Nadia Hashimi vit avec sa famille dans la banlieue de Washington, où elle exerce le métier de pédiatre. Ses parents ont quitté l'Afghanistan dans les années 1970, avant l'invasion soviétique. Ils sont retournés dans leur pays d'origine pour la première fois en 2002 avec leur fille. Un voyage marquant qui lui permet de découvrir sous un nouveau jour l'histoire et la culture afghanes dont ses romans sont imprégnés.

Du même auteur, chez Milady, en grand format :

La Perle et la Coquille
Si la lune éclaire nos pas
Pourvu que la nuit s'achève

Chez Milady, en poche :

La Perle et la Coquille (Prix des Lectrices 2016)
Si la lune éclaire nos pas
Pourvu que la nuit s'achève

Chez Castelmore :

Ma vie de Bacha Posh

CE LIVRE EST ÉGALEMENT DISPONIBLE
AU FORMAT NUMÉRIQUE

www.milady.fr

Nadia Hashimi

Pourvu que la nuit s'achève

Traduit de l'anglais (États-Unis) par Emmanuelle Ghez

Milady

Milady est un label des éditions Bragelonne

Titre original : *A House Without Windows*
Copyright © 2016 by Nadia Hashimi
Tous droits réservés.

© Bragelonne 2017, pour la présente traduction

ISBN : 978-2-8112-2861-3

Bragelonne-Milady
60-62, rue d'Hauteville – 75010 Paris

E-mail : info@milady.fr
Site Internet : www.milady.fr

Pour Cyra, notre rayon de soleil adoré.

Le message, la pluie et la lumière divine entrent par ma fenêtre
Ils tombent dans ma maison depuis mes origines
L'enfer, c'est une maison sans fenêtres
La religion véritable, ô serviteur de Dieu,
C'est elle qui ouvre les fenêtres
Ne brandis pas ta hache à tout va,
Brandis-la pour percer une fenêtre
Ne sais-tu pas que la lumière du soleil
N'est que l'image du soleil apparaissant sous son voile?

Rumi, *Masnavi*, III, 2403-2406.

Prologue

S ans doute ai-je ma part de responsabilité dans ce chaos
sanglant. Comment pourrait-il en être autrement ? Je
vivais avec cet homme. J'assaisonnais la nourriture à son
goût. Je lui frottais le dos. Je le traitais comme une épouse
doit traiter son mari.

Lui aussi faisait des choses pour moi. Il fredonnait pour
m'apaiser, entre le chant et l'excuse, dès que j'éprouvais une
vive contrariété. Ma colère ne tardait pas à s'éteindre. La
façon dont ses sourcils dansaient, dont sa tête se balançait…
Il était la glace venant à bout du feu de mes humeurs. Je me
blottissais contre lui pour le plaisir de sentir son souffle me
chatouiller la nuque.

Et dire que tout cela devait prendre fin à quelques mètres
à peine de notre lit conjugal. À quelques mètres de l'endroit
où un sang impie avait déjà coulé. Notre petite cour, avec
son rosier, sa corde à linge, fut le théâtre, l'année dernière,
d'un véritable carnage. Je crains pour la santé mentale des
roses, qui ont encore l'audace d'y fleurir.

Leur rouge profond serait du plus bel effet sur une tombe.
Cette pensée est-elle étrange ?

Je crois que la plupart des femmes imaginent la mort de
leur époux, soit parce qu'elles la redoutent ou l'attendent.

C'est inévitable. On se demande quand et comment cela arrivera.

J'avais imaginé mille morts différentes pour mon mari : en vieil homme entouré de ses enfants, ou bien abattu d'une balle par des insurgés, s'écroulant les deux mains sur le cœur, ou encore frappé par la foudre en se rendant là où il n'aurait pas dû. Cette dernière version était ma préférée. Allah, pardonne mon imagination débridée. J'ai hérité cette charmante manie de ma mère. La foudre aurait été tellement plus simple pour tout le monde : un éclair soudain et poétique fendant le ciel. Une fin douloureuse, mais brève.

Toute souffrance m'est insupportable.

Non, je n'ai jamais imaginé la mort de mon mari telle qu'elle s'est produite, mais que peut une épouse ? Les orages ne surviennent jamais lorsqu'on a besoin d'eux.

Depuis l'adolescence, je maîtrise mes émotions en mettant les mots en vers, en créant de l'ordre et du rythme dans ma tête quand mon univers en est privé. Aujourd'hui encore, dans le triste état où je me trouve, un poème me vient.

De toute ma hauteur, mon époux bien-aimé jamais ne me vit
Car me tourner le dos fut l'affront qu'il me fit.

Chapitre premier

S i Zeba avait été une femme moins ordinaire, Kamal aurait peut-être vu venir le coup, éprouvé quelque mauvais pressentiment à défaut d'une peur bleue. Mais elle ne lui envoya aucun signal, ne lui donna aucune raison de croire qu'elle serait un jour autre chose que ce qu'elle avait été pendant vingt ans : une épouse aimante, une mère patiente, une villageoise sans histoires, n'attirant jamais l'attention sur elle.

Ce jour-là, le jour qui bouleversa un village que tous pensaient immuable, Zeba vivait un après-midi tout aussi terne et répétitif que les nombreux autres l'ayant précédé. Le linge séchait sur la corde devant la maison. Le ragoût de gombos mijotait dans une marmite en fer-blanc. Rima, ses petits pieds potelés tout noirs à force de ramper dans la maison, dormait à quelques mètres, sa bouche innocente imprimant un cercle humide et sombre sur le drap. Zeba observa le dos de sa fille qui se soulevait puis s'abaissait et sourit devant sa jolie moue boudeuse. Elle enfonça le doigt dans un tas de cardamome fraîchement moulue. Le parfum s'attarda sur sa peau, doux et apaisant.

Elle soupira et rabattit un pan de son foulard blanc sur l'épaule. Elle évita de se demander où était Kamal, pour ne pas imaginer ce qu'il était en train de faire. Zeba n'était pas d'humeur à s'encombrer de telles pensées. Elle voulait que cette journée reste une journée banale.

Basir et les filles rentraient de l'école. Le fils aîné de Zeba était, à seize ans, bien plus endurci que les autres garçons de son âge. L'adolescence l'avait doté d'une malheureuse lucidité : il voyait ses parents tels qu'ils étaient. La maison n'était pas son refuge. Cela avait toujours été, du plus loin qu'il se souvienne, un lieu de casse : vaisselle brisée, côtes fracturées, moral en miettes.

Au cœur du problème se trouvait Kamal, le mari de Zeba, dont l'autodestruction se poursuivait d'année en année. Il ne tenait debout qu'en se persuadant que l'homme qu'il était l'espace de courts instants rachetait celui qu'il était le reste du temps.

Zeba regarda les braises scintiller sous la marmite. Kamal leur rapporterait peut-être un morceau de viande aujourd'hui. Ils n'en avaient pas mangé depuis quinze jours. La semaine précédente, il était rentré avec un sac d'oignons, si frais et si sucrés que les yeux de Zeba s'étaient embués rien qu'à leur vue. Elle avait versé des larmes de gratitude dans tous les plats qu'elle avait cuisinés cette semaine-là.

Rima bougea avec langueur, une jambe pâle repliée sous la couverture tricotée, un bras en arrière. Elle ne tarderait pas à se réveiller. Zeba fit glisser la cardamome fraîchement moulue dans un petit pot. Elle inspira profondément avant de refermer le couvercle, laissant le parfum lui chatouiller les narines.

Certains jours étaient particulièrement difficiles. La nourriture manquait, les enfants tombaient malades. Zeba avait déjà perdu deux bébés, elle savait que Dieu pouvait très bien reprendre ce qu'il avait donné. Kamal avait des humeurs qu'elle ne comprenait pas, mais elle avait appris à vivre avec, comme un pilote expérimenté traversant un ciel d'orage. Elle s'abrutissait de tâches ménagères et se concentrait sur les aspects positifs de son existence. Les filles étaient scolarisées. Basir, son unique fils, était brillant, et l'aide qu'il lui apportait dans la maison lui permettait de soulager son dos. Rima, le bébé, avait survécu à des maladies qui en avaient emporté d'autres avant lui, et ses joues roses étaient un véritable enchantement.

Rima. Contre toute attente, ce fut la petite dernière qui changea le cours de l'histoire. La plupart des enfants apprenaient d'abord à marcher.

Si Rima n'avait pas remué la jambe à cet instant, si le parfum de la cardamome n'avait pas empli les poumons de sa mère, si qui que ce soit d'autre s'était trouvé là pour détourner son attention, alors l'existence monotone qui s'écoulait dans leur humble jardin, dans la solitude de leurs murs d'argile, aurait continué une année de plus, une autre décennie, toute la vie peut-être. Mais les choses se passèrent ainsi : une brise légère traversa la fenêtre ouverte, et Zeba décida de rentrer le linge avant que Rima se réveille, avant le retour de Basir et des filles.

Elle franchit la porte de derrière, pénétra dans la cour, se dirigea vers la corde à linge. Elle se tint là quelques secondes avant de l'entendre.

C'était le genre de bruit que nul ne voulait entendre. Le genre de bruit dont on préférait se détourner.

Le cœur de Zeba se serra. Une vive chaleur envahit ses joues devenues blêmes, sa mâchoire se contracta, en ce jour qui aurait pu être merveilleusement banal. Elle hésita. L'épouse, la femme, la mère qu'elle était devait-elle regarder ?

Basir et ses sœurs franchirent le portail perçant le haut mur qui isolait leur foyer de la rue et des voisins. En entendant les pleurs de Rima, les cris d'un bébé appelant sa maman les bras tendus, Basir fut saisi d'une sourde angoisse. Les filles se précipitèrent dans la maison, et en un éclair, Shabnam souleva Rima pour la bercer sur sa hanche. Le visage du bébé était rouge, son nez coulait. Karima regarda sa sœur avec hébétude, tandis que l'odeur des gombos brûlés imprégnait l'air tel un mauvais présage. Aucun signe de Madar-*jan*. Quelque chose n'allait pas.

Sans un mot, Basir jeta un bref coup d'œil dans les deux chambres puis dans la cuisine. Les mains tremblantes, il poussa la porte donnant sur la cour. Des pantalons bouffants, des foulards, des chemises flottaient sur la corde à linge. Un faible gémissement attira son attention vers le fond du jardin, où se trouvait la remise, contiguë au mur extérieur du voisin.

Il fit un pas, puis deux. Comme il aurait aimé remonter le temps, revenir au matin, quand tout était encore normal ! Comme il aurait aimé faire demi-tour, trouver sa mère dans la cuisine en train de remuer des haricots verts dans une lourde marmite, en s'inquiétant de ne pouvoir nourrir correctement ses enfants.

Mais rien ne serait plus jamais comme avant. Basir le comprit dès qu'il contourna la remise, dès l'instant où la vie qu'il connaissait se noya dans le sang et la violence. Zeba, sa mère, leva vers lui un visage blême et hagard. Elle était assise, dos contre le mur, dans une atmosphère macabre. Ses mains étaient noires de sang, ses épaules tremblaient.

— Madar-*jan*, commença-t-il.

Une silhouette avachie reposait quelques mètres plus loin.

— *Bachem*, dit-elle d'une voix faible.

Sa respiration s'accéléra. Zeba se mit à sangloter, la tête entre les genoux.

— Rentre à la maison, mon fils… Rentre à la maison… Tes sœurs, tes sœurs… Rentre à la maison…

Basir sentit sa poitrine se serrer. Comme son père, il n'avait rien vu venir.

Chapitre 2

P etit, Yusuf n'avait jamais rêvé de devenir avocat, encore moins avocat en Amérique. Comme tous les autres enfants, il ne songeait guère à l'avenir au-delà du lendemain.

Il se rappelait nettement les après-midi passés à courir entre les branches basses du grenadier dans le verger de son grand-père. Les boules rouges pendaient aux branches de l'arbre comme des décorations de Noël au bout de bras tendus. Ces arbres majestueux donnaient assez de fruits pour rougir tout l'automne les doigts des enfants et petits-enfants de Boba-*jan*. Yusuf cueillait la grenade la plus lourde et la plus ronde qu'il pouvait atteindre, et plantait dans sa peau épaisse le couteau qu'il avait chapardé dans la cuisine de sa grand-mère. D'un craquement, il divisait la sphère en deux, en prenant soin de ne perdre aucun des grains rubis. D'un doigt expert, il les délogeait un à un de leur membrane blanche. Il œuvrait avec application, minutieusement. Parfois, il dégustait les perles l'une après l'autre, en sentait l'acidité pétiller sur sa langue. À d'autres moments, il en jetait toute une poignée dans sa bouche, en savourait le jus avant d'écraser les noyaux fibreux entre ses dents.

Yusuf balançait les épluchures par-dessus le mur de pisé séparant le jardin de son grand-père de la rue ; non pas que les grenades lui étaient interdites, mais il ne voulait pas que la famille découvre quelle quantité il en avait dévorée.

Benjamin d'une fratrie de quatre, Yusuf adorait son frère, de six ans son aîné, admirait son charme et son assurance. Il aimait également ses deux sœurs, leur tenait compagnie pendant qu'elles émiettaient du pain rassis entre leurs paumes pour le jeter aux pigeons et aux moineaux reconnaissants devant la maison. Yusuf était amateur d'histoires, en particulier celles qui faisaient peur, qui étaient pleines de rebondissements. La nuit, il se rêvait en héros chassant les djinns dans la jungle ou découvrant des trésors au fond d'un puits, en garçon courageux sauvant sa famille des griffes de méchants. En réalité, la plupart du temps, Yusuf se réveillait sur un matelas humide, imprégné de terreur enfantine.

Alors que Yusuf avait onze ans, son père décida que le temps était venu pour eux de quitter l'Afghanistan. Les missiles pleuvaient à proximité de leur village, qui était sorti relativement indemne de la dernière décennie. La mère de Yusuf, qui avait enseigné durant une année avant la fermeture des écoles, était contente de partir. Elle emporta dans leur nouvelle vie quelques objets symboliques : des photographies, un pull tricoté par sa mère, un châle bleu canard finement brodé que son mari lui avait rapporté d'un voyage en Inde au début de leur union. Elle laissa derrière elle les récipients en cuivre, les tapis pourpres tissés à la main, son plateau de mariage en argent, ainsi que la plupart de ses vêtements. Le père de Yusuf, pilote expérimenté, n'avait pas volé depuis des années, car les compagnies aériennes avaient été fermées. Il s'assura tout de même d'emballer ses diplômes et certificats, ainsi que ceux de ses enfants. En homme pragmatique, il ne pleura pas ce qu'il abandonnait.

Le voyage vers le Pakistan fut périlleux. La famille traversa des montagnes, parfois en pleine nuit, versa d'importantes sommes d'argent à des individus louches. Les quatre enfants, tous d'âges proches, se blottirent contre leurs parents dans le noir, à l'arrière de camions cahotant sur des chemins rocailleux. Ils frémirent lorsque des coups de feu retentirent dans les vallées. Leur mère, trébuchant sous sa burqa, les encourageait à poursuivre, leur disait que les tirs étaient trop éloignés pour les atteindre. Yusuf l'aurait volontiers crue si sa voix avait moins tremblé.

Au Pakistan, ils s'installèrent dans un camp de réfugiés. Même s'ils n'avaient jamais vécu dans l'opulence en Afghanistan, l'adaptation fut difficile. Les policiers pakistanais hurlaient, balayaient toute question d'un revers de main. Il fallait faire la queue pour se nourrir, se loger, obtenir des documents qui semblaient ne jamais se matérialiser. C'était un champ ouvert, un creuset poussiéreux rempli de tentes et d'âmes égarées. Ils dormaient les uns à côté des autres, en faisant fi, autant que possible, de la puanteur, de la mort et de la misère ambiantes. « L'oisiveté est mère de tous les vices », les prévint leur mère. Ils restaient entre eux, ne parlaient aux autres réfugiés que de l'attente interminable et de l'épouvantable chaleur. Cette situation était temporaire, promettaient leurs parents. Bientôt, ils rejoindraient le reste de la famille en Amérique.

Des semaines passèrent sans aucune évolution. Le père de Yusuf chercha du travail, mais au bureau de la compagnie d'aviation, on lui rit au nez. On refusa de l'embaucher comme mécanicien, et même comme assistant mécanicien.

Découragé, voyant ses économies fondre comme neige au soleil, il accepta un emploi de maçon.

« La dignité n'est pas dans le travail que l'on fait », insistait-il auprès de sa femme et de ses enfants, qui n'avaient pas l'habitude de le voir couvert de boue et de poussière. « Elle s'acquiert par la façon dont on exerce ce travail. »

Pourtant, c'était le dos voûté qu'il lavait ses mains maculées d'argile. La mère de Yusuf rongeait son frein, posait une paume sur le bras de son époux dans l'intimité toute relative de leur tente. La dignité était une denrée rare dans le camp. Ils s'isolèrent du mieux possible, gardèrent leurs distances avec ce qui s'y passait : combats de coqs, nuages d'opium, puanteur d'une foule privée d'hygiène, gémissements de parents assistant, impuissants, à l'agonie de leur enfant malade.

L'aîné de la famille travaillait aux côtés de son père. Les deux filles restaient avec leur mère. Yusuf, quant à lui, fut envoyé à l'école du camp, où vingt garçons prenaient place sous un abri de bois, ouvert sur trois côtés, devant un tableau noir défraîchi. Le professeur leur distribua, en guise de cahiers, des feuilles agrafées avec une couverture en papier pelure. Les membres de la famille déjà installés en Amérique leur juraient que tout était fait pour qu'ils puissent venir ; ils avaient déjà rempli des formulaires, soumis des relevés bancaires, et même engagé des avocats qu'ils pouvaient à peine rémunérer. Au consulat local, on fit savoir au père de Yusuf que son dossier était encore en cours d'examen.

— Padar-*jan*, je peux travailler avec Fazil et toi. Je ne suis plus un enfant. Je peux gagner de l'argent, moi aussi.

C'était le soir. Assis sous leur tente, ils dînaient d'une soupe claire que sa mère avait préparée au-dessus d'un feu.

Le père de Yusuf avait regardé le sol comme si celui-ci menaçait de céder sous ses pieds.

— Padar ?

— Yusuf-*jan*, l'interrompit doucement sa mère. Laisse ton père finir son dîner.

— Mais Madar-*jan*, je veux aider. Cette école est bondée, et les enfants sont…

— Yusuf.

Le ton tranchant de sa voix le réduisit au silence. Son père alla se coucher sans un mot cette nuit-là.

Les semaines devinrent des mois. L'afflux constant des familles au camp les découragea. Lorsqu'ils reçurent enfin la lettre leur annonçant que le visa pour les États-Unis leur était accordé, la mère de Yusuf étouffa ses sanglots contre le torse de son mari. La persévérance de Kaka Rahim avait payé. Ils faisaient partie d'une poignée de chanceux à qui l'on offrait la possibilité de quitter ce camp ; mais, après plusieurs années de vie en Amérique, ils en porteraient encore la marque, en particulier le père de Yusuf, qui ne parviendrait jamais à marcher la tête haute comme il le faisait dans son village, lorsqu'il était pilote au chômage.

La famille s'installa à New York, dans un quartier du Queens où la diaspora afghane s'était réunie. Ils s'émer-veillèrent de tout : des immeubles avec ascenseur, des foules se pressant dans les rues pour aller travailler, de l'eau chaude qui fonctionnait, des magasins d'alimentation où fruits et légumes débordaient des paniers, tombant presque sur le trottoir. Les réunions familiales étaient riches en accolades, en larmes, la viande ne manquait pas à leurs repas. Ils logèrent chez un oncle et sa famille, dans un trois-pièces, jusqu'à ce que l'aide sociale et leurs propres efforts leur permettent de louer un appartement à eux. Yusuf et ses sœurs furent inscrits à l'école ; son père et Fazil commencèrent par travailler à la pizzeria de Kaka Rahim.

La grande sœur de Yusuf, Sitara, tomba amoureuse alors qu'elle venait de finir le lycée. Elle rencontra un jeune Afghan qui vivait dans le même immeuble. De regards langoureux dans le sinistre ascenseur, ils passèrent à des moments volés dans l'humidité de la buanderie du sous-sol. Les parents tentèrent d'éloigner leur fille de ce garçon, qui travaillait à mi-temps au guichet d'une banque et dont la famille était d'une ethnie différente de la leur. Des portes furent claquées, des appels interceptés, des regards hostiles échangés. Inévitablement, les amoureux n'en devinrent que plus avides l'un de l'autre, s'embrassèrent dans le bus, craignant de moins en moins que leurs parents n'aient vent de leurs écarts de conduite.

Pour faire taire les rumeurs, les deux familles consentirent à les marier, et après une cérémonie modeste, Sitara s'installa dans l'appartement que son époux et sa famille habitaient depuis des années, pour démarrer sa nouvelle vie, deux étages au-dessus des siens. L'autre sœur de Yusuf, Sadaf, choisit de poursuivre sa scolarité et d'étudier la comptabilité à l'université publique. Le frère aîné, resté trop longtemps loin des livres, perfectionna son anglais en répétant les phrases de dialogue qu'il entendait dans les séries télévisées. Au restaurant, il grimpa rapidement les échelons et devint barman. Leur mère s'inscrivit au cours d'anglais que proposait la bibliothèque du quartier et trouva un emploi de vendeuse dans un grand magasin. Le père, reconnaissant envers Kaka Rahim, décréta qu'il n'était pas sain de mélanger travail et famille, et devint chauffeur de taxi, se résignant à un avenir professionnel loin du ciel. En un temps record, le jeune Yusuf maîtrisa les nuances de la langue anglaise et les wagons de métro bondés. Il excellait au lycée, impressionnait ses professeurs au point qu'ils le poussèrent à déposer des demandes de bourse pour l'université.

Il se débrouillait bien la journée, mais la nuit, au moins une fois par semaine, il se réveillait en sursaut, le corps couvert de sueur. Il n'avait jamais dormi sept nuits d'affilée sans tâtonner dans le noir pour changer de tee-shirt et de taie d'oreiller, en prenant soin de ne pas réveiller son frère ni ses sœurs.

La famille vivait modestement, mais jouissait du confort moderne. D'un poste de télévision, ils passèrent à deux. Leurs armoires se remplirent de vêtements neufs. Ils remplacèrent ce qu'ils avaient laissé derrière eux par de nouveaux objets. La mère de Yusuf versa des larmes de joie lorsque son époux rentra à la maison avec un plateau en argent, quasiment identique à celui de leur mariage. Ils regardaient la télévision tous ensemble, l'un d'eux gardant le doigt sur la télécommande en cas de scène d'amour. Ils suivaient les nouvelles de leur pays par la presse et le journal télévisé. Après le 11 septembre, ils durent s'armer de courage, choqués de voir des inconnus dans la rue leur hurler leur colère au visage. Le père de Yusuf applaudit la décision américaine d'envahir l'Afghanistan, tout en n'ayant aucune intention ni aucun espoir d'y retourner.

« Seuls les idiots se précipitent dans les immeubles en flammes », plaisantait-il.

Alors que Yusuf était en première année à l'université de New York, l'Afghanistan dominait l'actualité. C'était désespérant. Il n'était question que d'attentats-suicides, de femmes battues, de corruption. En deuxième année, il s'inscrivit à un cours sur les droits de l'homme, voyant là un bon moyen de faire grimper sa moyenne. Mais, dès le deuxième cours, tout s'illumina. Une vague de souvenirs ramena Yusuf dans son pays. Bilan des victimes. Petits garçons travaillant comme forgerons. Un journaliste prometteur assassiné avec sa femme et ses enfants. Camps de réfugiés déshumanisés. Une jeune fille vendue pour rembourser une dette dans la culture du pavot. Les intouchables seigneurs de guerre.

Comment aurait-il pu tourner le dos à tout cela ?

Beaucoup s'y refusaient. D'autres se montraient courageux, prenant fait et cause pour ceux qui n'avaient pas droit à la parole.

Ayant grandi en Amérique, Yusuf avait fini par croire qu'une seule personne avait le pouvoir de changer le monde. Les affichettes placardées dans le foyer des étudiants et la rhétorique optimiste de ses camarades avaient achevé de le convaincre. Il participa à sa première manifestation, aima scander les slogans avec la foule. Il haussait la voix, développait un goût pour le combat, pour la révolte qui se libérait de lui. La colère valait mieux que la peur.

Le deuxième semestre prit fin, et Yusuf se rendit compte qu'il n'avait pas connu de sueurs nocturnes depuis plusieurs semaines.

Il choisit le droit parce que cela consistait à distinguer le bien du mal, parce que c'était le seul moyen de défendre les faibles et de punir les agresseurs. Il étudia avec acharnement, s'entraîna sans relâche aux exercices d'admission jusqu'au jour de l'examen, dont il sortit avec d'excellentes notes. Il envoya une dizaine de dossiers de candidature, en croisant les doigts pour obtenir New York. Avec fébrilité, Yusuf ouvrit une épaisse enveloppe provenant de l'université Columbia. Les nouvelles étaient bonnes, mais ses parents secouèrent la tête avec déception.

— Tu es sûr que tu ne veux pas être médecin ? Les médecins sauvent des vies tous les jours, lui rappelèrent-ils.

— Je ne veux pas sauver des vies une par une, déclara Yusuf. Je veux faire mieux que ça.

Ses parents haussèrent les épaules, espérant que tout se passerait pour le mieux. Au moins, il aurait un métier, serait plus accompli que son frère et ses sœurs qui manifestaient peu d'intérêt pour les études. Ils se seraient davantage battus pour le faire changer d'avis s'ils avaient su quelles étaient ses intentions.

Yusuf étudia les droits de l'homme et l'immigration. Il offrit ses services d'interprète, ce qui lui permit d'aiguiser sa langue natale, le dari. À sa demande, des professeurs passèrent des coups de téléphone pour lui obtenir des stages auprès d'organisations humanitaires. Il se réjouissait que sa famille ait choisi New York, où les opportunités abondaient. Il vivait le nez dans les livres.

— Tu seras aveugle avant tes trente ans, se lamentait sa mère.

Elle était fière de son fils, mais s'inquiétait aussi pour lui. Certaines semaines, elle avait l'impression qu'il ne dormait presque pas.

Yusuf sortit diplômé de l'école de droit et fut engagé par le lobby où il faisait un stage depuis deux ans. Impressionnés par son énergie, les responsables avaient créé un poste pour lui. Il ne gagnait pas autant d'argent que ses camarades de fac qui avaient choisi la voie des affaires, mais bien plus que n'importe quel membre de sa famille. En outre, il était ravi d'avoir un but. Il travaillait dur, ne déclinait aucune proposition.

Yusuf s'aménagea du temps pour faire des connaissances, tout en se persuadant qu'il se constituait un réseau. Ainsi, il n'avait pas le sentiment de s'égarer.

D'abord, ce furent les « happy hours », excuse festive pour prendre un verre au sortir de bâtiments climatisés. Yusuf développa un goût prononcé pour la bière brune. Une chope à la main, il avait l'impression de nouer des liens avec ses collègues. Il cacha cette partie de son existence à sa famille. Même s'ils avaient partagé toute leur vie des espaces exigus, il se sentait obligé de rester discret sur ses péchés. Il ne s'agissait pas tant de dissimulation que de respect envers les valeurs de ses parents.

À la même période, il commença à fréquenter l'autre sexe. Il lui avait fallu plusieurs années pour ne plus avoir le sentiment que les filles de son entourage le considéraient comme un étranger ou un inférieur. Lorsqu'une Asiatique du nom de Lin se pencha au-dessus de la table et posa la main sur son avant-bras avec tendresse, Yusuf sentit sa confiance grimper en flèche. Il sortit avec quelques filles, mais ne s'autorisa jamais plus de cinq ou six rendez-vous. S'il avait le sentiment qu'elles désiraient aller plus loin, il s'éclipsait, évitait de répondre au téléphone, ou leur avouait sa réticence à s'engager.

Il avait conscience qu'un tel comportement était immature, mais avait décidé, à force d'entendre ses parents fulminer contre les multiples conquêtes de son grand frère, de trouver celle qu'ils adoreraient. Il rêvait d'une fille qui parlerait le dari, qui élèverait avec lui des enfants bilingues, qui comprendrait à la fois la culture américaine et la culture afghane. C'était le choix le plus commode et le plus respectable.

Et puis, il fit la connaissance d'Elena ; la belle et irrésistible Elena, venue toute petite du Pérou avec ses parents. Elle avait des cheveux couleur chocolat, des fossettes sur les joues lorsqu'elle souriait, ce qui lui arrivait souvent. C'était l'amie d'un collègue. Elle s'était arrêtée en les voyant assis à une terrasse de café. Elle sortait du cabinet d'expertise comptable où elle travaillait, vêtue d'un haut blanc à basque et d'un pantalon cigarette bleu marine.

Elle était douce et intelligente, et surtout, elle ne tressaillit pas quand Yusuf lui apprit que sa famille et lui étaient originaires d'Afghanistan. Pour leur premier rendez-vous, ils allèrent voir un concert gratuit de musique péruvienne à Central Park. Au deuxième, ils dégustèrent de la glace artisanale dans l'East Village. Yusuf ne pouvait s'empêcher de passer les bras autour de sa taille, de l'attirer vers lui. Elle était plus petite que lui d'une tête, de sorte qu'il respirait le parfum tropical de ses cheveux quand ils s'étreignaient. Elle s'accrochait suffisamment à lui pour qu'il se sente adoré, tout en observant assez de distance pour qu'il ne se sente pas piégé. Elle était capable de parler des implications d'un accord commercial et du dernier tube du groupe One Direction dans la même phrase. Les amis de Yusuf haussaient les sourcils et levaient leur bière en signe d'approbation. Elena était une belle prise.

Lorsque Yusuf la rencontra, il avait déjà pour projet de s'installer à Washington, de travailler pour une ONG concentrant son action sur les crimes contre l'humanité. Il se convainquit qu'elle comprenait, tout comme lui, que leur histoire se terminerait une fois qu'il serait parti. Elena n'entrait pas dans ses plans. Et pourtant, il trouvait un immense bonheur dans mille petits détails : la manière dont son nez se plissait quand elle riait, la façon dont elle glissait un doigt taquin dans son col, l'envie de l'appeler ou de lui envoyer un message quelques minutes après l'avoir quittée.

Le fait qu'ils aient si peu de points communs semblait les rapprocher. La langue, la religion, le domaine professionnel... ils s'étudiaient mutuellement avec un intérêt presque universitaire.

Elena écoutait Yusuf lui parler des articles qui avaient retenu son attention : la profanation de centaines de tombes musulmanes, l'exécution d'hommes et de jeunes garçons en Bosnie, la flagellation d'un journaliste dissident en Arabie saoudite, la disparition d'un avion rempli de Malaisiens. Les coudes sur la table, le regard profond, elle complétait son discours de détails qu'elle avait lus sur Internet. Yusuf remettait alors ses projets en question. Peut-être ne devait-il pas se limiter aux femmes de son milieu. Peut-être qu'une culture et une langue communes n'étaient pas tout.

Peut-être qu'Elena était celle qu'il lui fallait.

Ils se dirigeaient vers la station de métro après un dîner avec des amis lorsque Elena et Yusuf s'arrêtèrent à un passage clouté. Il se tourna vers elle et arrangea l'écharpe à motifs cachemire qu'elle portait autour du cou. C'était l'automne, et les soirées étaient fraîches.

—C'est le baptême de ma nièce, ce week-end. Tu m'accompagnes ?

La main rouge se transforma en silhouette blanche, les appelant à traverser. Yusuf n'obéit pas immédiatement. Elena dut le tirer par le coude.

—Peut-être, répondit-il. Si j'ai bien avancé dans le travail.

Ils prirent la ligne 7, la version new-yorkaise de la route de la soie. Elena en descendrait dès qu'ils entreraient dans le Queens, avant le cœur du quartier chinois. Yusuf aurait encore neuf arrêts avant Flushing.

—Tu sais, tu me manques déjà, lui dit Elena quand un mouvement du wagon les rapprocha. Je risque de venir te voir tous les week-ends à Washington.

Yusuf l'embrassa sur les lèvres, assez longtemps pour que la jeune femme soit rassurée sur ses sentiments. Pourtant, il était quelque peu déconcerté par la perspective d'assister à un événement aussi étranger à sa culture qu'un baptême, et quand leurs bouches se détachèrent, il recula. À l'annonce de son arrêt, Elena lui sourit et descendit du train. Il était déjà désolé de ce qu'il allait faire, mais il ne pouvait en être autrement. Yusuf ne voyait plus Elena pour ce qu'elle était, mais seulement pour ce qu'elle n'était pas.

Ce fut un Yusuf plein de remords qui se rendit à Washington. Il devait passer une année avec une équipe d'avocats pour monter un dossier contre des officiers de milice accusés de génocide en Afrique. Il fit de son mieux pour ne pas penser à Elena. Elle lui manquait souvent, alors il se plongeait dans ses recherches ou téléphonait à sa mère, ce qui lui rappelait à quel point la jeune femme n'aurait pas trouvé sa place dans sa famille. Les conversations avec sa mère étaient assez prévisibles. Elle lui racontait les derniers faits et gestes de son frère et de ses sœurs, les derniers potins concernant ses cousins. Immanquablement, son intérêt revenait à Yusuf.

—Tu as fini l'école, tu as un travail. Il est temps de te marier. Tu attends que toutes les filles bien soient prises par des garçons qui ne t'arrivent pas à la cheville ?

Yusuf esquivait ces discussions. Il aurait bien aimé avoir quelqu'un à ses côtés, mais il n'était pas question pour lui de se marier dans l'immédiat. Il ne s'imaginait pas lié à quelqu'un qui l'attendrait tous les soirs, lui reprocherait de rentrer tard. Il ne voulait pas s'encombrer d'un deuxième lot de parents, de cousins et d'oncles. Il n'était animé d'aucun désir de paternité. Il fit de fausses promesses à sa mère, prétendit qu'il serait davantage disposé à s'engager l'année suivante.

En réalité, ses plans étaient tout autres. Il devait faire des sacrifices, selon lui, pour suivre le chemin qui lui était destiné. Et, pour cela, il n'avait d'autre choix que de s'éloigner d'Elena.

Lui tourner le dos aurait été plus ardu s'il n'avait ressenti cet étrange pincement au cœur.

Il lui vint de la terre d'argile et de montagnes, comme un signal d'alarme retentissant dans ses rêves, le suppliant de la sauver d'elle-même. Il entendait son nom à la radio, voyait son visage sur les couvertures des magazines. Internet hurlait ses douleurs, racontait les bains de sang qui s'y déroulaient, les emprisonnements, les persécutions. Chaque injustice résonnait en lui comme s'il était son seul espoir.

L'Afghanistan.

Yusuf passa des coups de fil. Il envoya des e-mails minutieusement construits. S'il ne répondait pas à ses appels, qui le ferait ? Sa détermination se renforça.

Sur le trottoir bondé, il se rendit compte qu'il ne se rappelait pas à quand remontait sa dernière sueur nocturne. Il sourit intérieurement, devint plus fort rien qu'en pensant à elle. Belle et blessée. Sa patrie.

CHAPITRE 3

—S on mari a été assassiné! Ce n'est pas le moment de poser des questions ridicules! Vous n'avez donc pas honte? Il faut laver son corps, le préparer pour l'enterrement. Ses parents, sa famille… est-ce que quelqu'un leur a parlé?

Zeba serra les poings. Si seulement elle pouvait s'arrêter de trembler, peut-être alors arriverait-elle à rassembler ses esprits. À fournir des explications. Un étau lui comprimait la tête. Ça parlait trop autour d'elle. Le corps de Kamal était encore dans la remise. Les mouches devaient déjà tourner au-dessus de lui.

—Cet homme a été tué dans sa propre maison! Il faut qu'on sache ce qui s'est passé!

Basir et les filles se trouvaient dans la chambre. Karima et Shabnam, âgées de huit et neuf ans, essayaient d'être courageuses. Elles avaient couru vers leur mère dès qu'elle était entrée dans la maison, mais son regard et la façon dont elle se tordait les mains les avaient déconcertées. Alors elles étaient retournées vers leur frère, qui les avait chargées de s'occuper de Rima.

—S'il vous plaît, chers voisins et amis, comprenez que ma mère, ma famille, ont souffert aujourd'hui. Il faut que j'aille prévenir mes oncles.

—Mais nous devons appeler la police.

—C'est déjà fait. Elle est en route.

—Qui s'en est chargé ?

—Ça n'a pas d'importance. Le chef arrive. Il saura quoi faire.

Dans ce tumulte, les portes des maisons voisines s'étaient ouvertes une à une. Le goût du scandale avait quelque chose d'irrésistible. On ignorait qui était l'auteur des cris, et à présent, Basir et Zeba ne disaient plus un mot. L'adolescent se tenait dans la cour, mutique. Les yeux baissés, il refoulait des larmes. La foule d'hommes et de femmes grandissait à mesure que la rumeur se répandait dans le quartier, comme une goutte d'encre dans l'eau. Basir dirigea quelques regards furtifs vers ces visages familiers. Les femmes pinçaient pudiquement leur foulard sous leur menton, faisant claquer leur langue. Les hommes secouaient la tête et haussaient les épaules.

—Quelqu'un devrait appeler le mullah !

—Oui, appelons le mullah !

—Et, pour l'amour de Dieu, que quelqu'un prévienne sa famille ! Rafiqi-*sahib*, envoie ton fils.

Basir lança un regard angoissé à sa mère.

—Mais pourquoi ne parle-t-elle pas ? Que s'est-il passé, Khanum ? As-tu tué ton mari ?

—Évidemment qu'elle l'a tué ! Il a une hache plantée dans la nuque ! Vous croyez qu'il s'est fait ça tout seul ?

Au mot « hache », Zeba et Basir tressaillirent. Le garçon s'accroupit à côté de sa mère, qui était assise par terre, l'épaule contre le mur d'argile de leur maison.

—Madar, murmura-t-il nerveusement, je ne sais pas quoi... Tu peux leur dire ce qui s'est passé ? Est-ce que quelqu'un est entré ici ?

Basir appuya les paumes contre ses paupières, plongea le monde dans le noir l'espace d'un court instant. Il voyait encore du sang.

Elle le supplia des yeux, sans un mot.

— Que fait-on maintenant ? dit-il.

Il pleura en silence. Zeba tira son foulard sur son visage. Les regards étaient braqués sur elle, la condamnaient. Ses trois filles étaient tapies dans la chambre, de l'autre côté du mur. Elle inspira profondément, expira.

— Basir, *bachem*, s'il te plaît, va à l'intérieur t'occuper de tes sœurs. Elles doivent être terrorisées.

Les yeux s'étrécirent. Les oreilles se dressèrent. La veuve éplorée parlait. On attendit un aveu. Basir ne bougea pas. Il resta aux côtés de sa mère, essuyant furieusement ses larmes du dos de la main.

Que va-t-elle dire d'autre ? se demanda-t-il.

— Seigneur, quelle catastrophe nous as-tu apportée ? Qu'avons-nous fait pour mériter un tel sort ? Que devons-nous faire ? gémit Zeba, assez fort pour provoquer des mouvements de tête compatissants. Comment cela a-t-il pu se produire ici… dans notre foyer ?

Les femmes se tournèrent vers les hommes, puis se regardèrent. La mort avait frappé Zeba. Alors elles se mirent à faire écho à ses lamentations.

— Cette pauvre femme, désormais sans mari… Qu'Allah les protège, elle et ses enfants !

Le chef de la police, Agha Hakimi, était âgé d'une quarantaine d'années. C'était le petit-fils d'un seigneur de guerre vaincu par un rival plus puissant, jouissant de plus d'hommes, de plus d'armes, de plus d'argent. Hakimi était l'héritage vivant de l'impuissance et de l'échec. Le village le traitait comme tel.

Dès qu'il franchit le portail, on le conduisit à l'arrière de la maison. En découvrant le corps de Kamal, il secoua la tête et plissa les yeux, s'efforçant de prendre un air plus interrogateur que dégoûté. La nuque de l'homme était fendue, la chair en bouillie. Des bouts d'os, des flaques de sang et des fragments de cervelle – pulvérisation de rose, de rouge et de blanc – jonchaient le sol autour du cadavre.

Le chef de la police eut droit à divers récits plus ou moins décousus. Ses yeux passèrent de la dépouille macabre à la veuve avachie contre le mur, puis aux visages impatients tournés vers lui.

La veuve gémissait à voix basse, lugubrement.

Hakimi la regarda avec attention, remarqua ses yeux embués, ses mains tremblantes. Lorsqu'il s'adressa à elle, elle prit un air sidéré, comme s'il parlait une langue étrangère. Exaspéré, le policier se tourna vers la foule.

— Personne ne sait ce qui est arrivé ici ? Que Dieu ait pitié. Qu'est-il arrivé à Kamal ? Vous êtes les voisins ? Personne n'a rien entendu ?

Hakimi leva une main pour obtenir le silence. Il se tourna vers Rafiqi, celui dont la barbe était la plus blanche, et dont la maison était contiguë à celle de Zeba.

— Agha Rafiqi, vous partagez un mur avec cette famille. Vous les connaissez depuis des années. Qu'avez-vous entendu ?

Au fil des ans, Agha Rafiqi avait entendu beaucoup de choses. Rien de similaire au son qui avait attiré Zeba dans la cour, mais d'autres bruits plus faciles à nommer. Il regarda la femme recroquevillée sur le sol, apeurée comme un oiseau pris au piège.

— Je… Je les connais depuis des années, en effet. Kamal-*jan*, qu'Allah pardonne ses péchés… Il ne me causait pas d'ennuis. Il faisait vivre sa famille, il était… Oh, que puis-je en dire ? Sa veuve est assise ici. Elle a quatre enfants. Ma femme la connaît bien. Je ne peux pas croire qu'elle ait commis un crime aussi odieux.

Il y eut des grognements, des cris, des poings dressés.

— Ça suffit ! les somma Hakimi.

Un filet de sueur se mit à couler dans son dos. Il suffoqua presque, craignant que la foule ne réagisse mal, quoi qu'il propose. Ils le détestaient. Mais pourquoi diable avait-il accepté ce poste ?

— Je veux entendre ce qu'Agha Rafiqi a à dire.

Il se tourna de nouveau vers l'homme, qui semblait extrêmement gêné par le pouvoir qu'on lui conférait.

Agha Rafiqi se racla la gorge et commença, prudemment.

— Je ne suis pas juge, mais je… je dirais que, par décence, nous devrions l'autoriser à rester ici pour veiller sur ses enfants, en attendant que cette affaire soit résolue.

Il s'ensuivit un bourdonnement d'approbation du côté des femmes.

Hakimi hocha la tête avec autorité. Les gens respectaient Rafiqi, ils ne remettraient pas en question leur aîné. Les cris accusateurs se réduisirent à des grommellements. Hakimi toussa, tripota sa ceinture, recula d'un pas.

— Alors très bien. Et puis, il y a la question du corps…

— Nous allons l'envelopper et l'approcher de la porte. Sa famille pourra le laver ici, cria un des hommes.

Basir se sentit un peu moins nauséeux. Hakimi regarda autour de lui, scruta tous les recoins de leur foyer, puis examina la cour, mètre carré par mètre carré. Deux policiers l'accompagnaient, de jeunes hommes à peine plus âgés que Basir, à la tignasse épaisse et au visage imberbe.

Quelqu'un tira un drap de la corde à linge. Hakimi, mains sur les hanches, les remercia d'un hochement de tête. Il évita le regard de Zeba.

Basir vit que les voisins étaient fascinés par la scène de crime. Les femmes s'éloignèrent par respect, mais trouvèrent un prétexte pour s'attarder dans la rue, se tordant le cou en espérant apercevoir quelque chose. Était-ce vraiment si terrible qu'on le disait?

La situation aurait pu en rester là, sans l'entrée fracassante de Farid, haletant et furieux. C'était le petit cousin de Kamal. Un homme qui pouvait vous maudire et, la seconde d'après, échanger des civilités avec vous. Sa tunique flottait autour de lui, son visage était écarlate. Agha Hakimi en fit presque tomber son calepin.

—Que s'est-il passé ici? Où est mon cousin?

Les yeux de Farid se posèrent alors sur les quatre hommes portant le drap roulé. Des éclats de rouge obscurcissaient le tissu pastel à imprimé floral.

—Alors c'est vrai? C'est bien lui? Laissez-moi voir mon cousin! Que lui est-il arrivé?

Il poussa les autres pour s'approcher, mais deux hommes le retinrent en marmonnant des condoléances.

—J'exige de savoir ce qui s'est passé! fulmina Farid.

Tous les visages se tournèrent vers Hakimi. Le chef de la police redressa les épaules et résuma le peu qu'il savait.

—On a trouvé votre cousin dans la cour. Nous ignorons qui l'a tué pour le moment. Personne n'a rien entendu jusqu'à ce que Khanum Zeba sorte en criant. Nous pensons qu'elle a trouvé le corps. Nous allons enquêter et la laisser s'occuper des enfants pour ce soir.

Farid regarda la femme de son cousin, dont les tremblements s'étaient intensifiés depuis son arrivée. Elle se balançait d'avant en arrière, les yeux mi-clos. Il se tourna ensuite vers l'assemblée de curieux. Certains remuèrent avec nervosité, se sentant étrangement coupables devant le chagrin de cet homme. Ses narines se dilatèrent, il fronça les sourcils.

—Mais vous avez perdu la tête, vous avez tous perdu la tête ?

Les hommes se regardèrent.

Farid n'attendit pas qu'on lui réponde. Il se jeta brusquement sur Zeba et, avant qu'on puisse l'arrêter, lui saisit le cou des deux mains.

CHAPITRE 4

Z eba, comme une petite fille fiévreuse, avait cruellement besoin de sa mère dans ce sinistre moment. Pourtant, elle ne l'appela pas à l'aide. Après les mots pleins de fiel qu'elles avaient échangés, Zeba n'était pas encore assez désespérée pour se tourner vers Gulnaz. Elle attendrait.

C'était un véritable gâchis. Autrefois, mère et fille étaient aussi liées qu'une fleur et sa tige. Zeba avait été une enfant resplendissante, la parfaite illustration du nom que son père lui avait donné. Elle quittait les genoux de ce dernier pour s'asseoir à côté de sa mère, gloussait lorsque, à tour de rôle, ils lui chatouillaient le ventre, lui embrassaient le sommet du crâne ou la faisaient sauter en l'air.

Son frère Rafi, de cinq ans son aîné, était d'une nature plus sérieuse. C'était un enfant facile et obéissant. Ses parents n'avaient pas à se plaindre de lui, pas plus qu'il ne faisait leur fierté.

La plupart des femmes tombaient enceintes de leur deuxième enfant dès que le premier commençait à marcher. Gulnaz était différente. Elle s'épanouissait dans la maîtrise ; de ses émotions, de son corps, de sa famille. Son mari la laissait faire à sa guise et s'en satisfaisait. Elle provoquait les jalousies, ce qui alimentait son besoin de contrôle.

Gulnaz ferait un enfant lorsqu'elle en aurait envie. Parvenait-elle à ses fins en repoussant les avances de son mari, ou grâce à quelque décoction secrète ? Nul ne le savait. Lorsque ses belles-sœurs l'interrogeaient, elle se contentait d'un sourire suffisant.

C'était l'année 1979, les troupes soviétiques avaient commencé à envahir le pays, conséquence d'un flirt entre l'Afghanistan et la grande puissance commencé vingt ans auparavant, à la naissance de Gulnaz.

Rafi, son premier enfant, était assez grand pour se laver, s'habiller et se nourrir tout seul quand sa mère déclara qu'elle était prête pour une deuxième grossesse. Neuf mois plus tard, Zeba vint au monde. Gulnaz adora d'autant plus ce petit ange qu'il était la preuve vivante qu'elle était maîtresse de son propre navire.

L'Afghanistan changea de mains cette année-là, un président succéda à un autre dont on ne sut jamais s'il était mort de cause naturelle ou étouffé par des rebelles. Le chaos engendrant le chaos, le nouveau président serait lui-même remplacé avant la fin de l'année. Ce n'était pas une période propice aux grands bouleversements. Gulnaz se demanda même si sa dernière grossesse n'avait pas été une erreur.

Imaginons une maison dirigée par trois patriarches diffé-rents en une seule année ? songea-t-elle. Non, ce genre de foyer ne survivrait pas, pas plus qu'un pays.

« Nous n'aurons pas d'autre enfant », annonça-t-elle à son mari et à sa famille. Personne ne mit sa parole en doute. On savait désormais qu'elle avait le don de contourner la nature pour parvenir à ses fins.

Gulnaz était une sorcière, capable de taquiner le destin comme sa grand-mère avant elle. Elle avait beau prétendre que cette dernière ne lui avait rien transmis de ses ruses, nul ne la croyait. Gulnaz pratiquait un art subtil et complexe, affûté de génération en génération, et qui ne s'acquérait pas facilement.

Elle travaillait en fredonnant, ce qui rendait ses pratiques encore plus innocentes aux yeux de ses enfants et de son mari. Après tout, ses talents ne leur apportaient que des bénéfices. Lorsque les petits étaient brûlants de fièvre, elle faisait couler de l'eau bénite entre leurs lèvres et plaçait des amulettes sous leur oreiller. Le jour où Rafi se tordit de douleur parce qu'un furoncle de la taille d'une tomate avait poussé sur son mollet, Gulnaz partit au lac. Elle trouva une grenouille, la fendit en deux d'un coup de couteau, l'ouvrit au-dessus de la masse, puis fit tenir le cadavre sanglant en place à l'aide de bandes de tissu. Au bout d'une heure, l'enfant se mit à hurler. Le furoncle avait éclaté, et du pus s'écoulait sur sa peau. Gulnaz jeta le corps de l'animal dehors, et deux jours plus tard, la jambe de Rafi était guérie. C'était une épouse et une mère tout aussi dévouée et aimante que les autres, elle avait simplement plus de pouvoir. Les enfants trouvaient du réconfort dans la magie de leur mère, même si cela pouvait faire mal.

Alors que Rafi avait six ans, il se cassa une jambe. La veille, sa tante l'avait complimenté sur sa grande taille. En jurant à voix basse, Gulnaz tint une aiguille à coudre au-dessus d'une flamme avant de percer, les yeux pleins de larmes, l'oreille de son fils, qui hurlait et se débattait. Et jusqu'à ses quatorze ans, elle laissa une mèche de ses cheveux pousser jusqu'à atteindre le milieu de son dos. « Pour te protéger du *nazar* », lui avait-elle expliqué avec sérieux.

Le mauvais œil était puissant. Ces pratiques-là étaient nécessaires pour le contrer. Les autres membres de la famille étaient décontenancés par Gulnaz. Les cousins, les belles-sœurs, les tantes, tous se taisaient et s'accrochaient à leurs prières comme s'il s'agissait d'antidotes. Cette beauté aux yeux verts les inquiétait.

Zeba s'asseyait à côté de sa mère et la regardait planter des aiguilles chaudes dans des morceaux de gras de viande ou faire bouillir des œufs qu'elle déposerait subrepticement sur des seuils. Ces pratiques étaient tout aussi routinières que la lessive ou la corvée de pommes de terre. Ainsi se passait la vie avec Gulnaz. Si Zeba récitait les tables de multiplication comme les autres enfants de son âge, elle comprit mieux encore l'utilité des mathématiques le jour où sa mère lui expliqua qu'un fil noué cinq fois était cinq fois plus puissant pour faire d'un simple désaccord entre deux femmes un incendie dévastateur.

Gulnaz n'utilisait ses pouvoirs qu'en cas de force majeure, ou lorsque ses proches sollicitaient son aide. Elle agissait avec prudence, sachant que son mari était gêné par ses pratiques, sans pour autant les lui interdire. La magie de Gulnaz, comme tous les autres aspects de sa vie, ne dépendait que d'elle-même, elle l'exerçait dans la mesure du nécessaire, dont elle était seule juge.

Tout changea le jour où son époux disparut. Zeba constata alors une modification chez sa mère, une crispation de la mâchoire qui ne la quitta plus jamais.

Le père de Zeba se volatilisa alors qu'elle venait d'apprendre à lire. Cette période se grava dans son souvenir comme un temps où l'enchaînement des lettres sur la page faisait davantage sens que les événements de son petit foyer. Gulnaz raconta à ses enfants que leur père était parti combattre les communautés impies. Ils attendirent sagement son retour, comprenant vite qu'il était préférable de ne pas aborder le sujet avec leur mère. Si des membres de la famille mentionnaient ce départ soudain, Gulnaz passait le reste de la journée à battre les tapis ou à récurer frénétiquement ses marmites brûlées. Il valait mieux ne pas évoquer Padar, même si son absence les affectait telle une fenêtre laissée ouverte en plein hiver. La guerre était plus sanglante de jour en jour, et bientôt, semblait-il, le nombre de martyrs dépasserait celui des vivants.

Dans le domaine qu'ils partageaient, Gulnaz se tint à l'écart de sa belle-famille et garda ses enfants tout près d'elle, renvoyant l'image maussade de l'épouse délaissée. Lorsque assez de temps se fut écoulé pour que les gens la considèrent comme veuve, Gulnaz profita de leurs suppositions. Elle se vêtit de noir, tira ses rideaux, se mit à parler à voix basse. Elle restait debout quand les petits dormaient, veillait sur eux à la lueur vacillante d'une bougie. Avec ses enfants, elle se montrait joyeuse et affectueuse, mais seulement lorsqu'ils étaient seuls. Ils adoraient leur père et souffraient cruellement de son absence. Rafi devint plus morose encore qu'il ne l'était déjà par nature. Zeba, imprégnée d'une enfantine pensée magique, était persuadée qu'il reviendrait. Elle s'était trop souvent endormie contre son cœur, bercée par le rythme apaisant de ses battements, pour imaginer qu'elle n'y poserait plus jamais la tête.

Gulnaz et les enfants attiraient les regards, ici de compassion, là de méfiance. Elle les méprisait tous en bloc, ajoutant des noms à sa liste d'ennemis. Elle décida d'un châtiment pour chacun. Sous la protection de sa mère, Zeba s'habitua à ce statut de paria. Rafi, bien que silencieux et timide, devint son meilleur ami. Il était la seule personne au monde capable de comprendre ce que cela signifiait d'avoir Gulnaz pour mère.

«Quand un homme est à bout, il est à bout», avait déclaré la tante de Zeba lors d'un dîner de fête. La conversation portait sur un couple de voisins dont on entendait les disputes depuis la rue. Les femmes estimaient que le mari était une brute obstinée qui méritait les reproches de son épouse, mais Ama Ferei, la sœur de son père, ne voyait pas les choses ainsi : «Dans un couple, ni le mari ni la femme n'est absolument irréprochable. Ils sont les seuls à connaître la vérité de leur histoire.»

Zeba n'avait pas vraiment d'avis sur la question, estimant que sa tante était la voix de la raison. Gulnaz, quant à elle, s'était contentée de hocher la tête et de sourire. Mais une fois seule avec ses enfants, les rideaux tirés, tout était différent.

— Il est à bout, qu'elle dit, lança-t-elle sans s'adresser à quiconque en particulier. Évidemment qu'il est à bout. Sa femme doit être épouvantable !

— Qu'y a-t-il, Madar-*jan* ? demanda prudemment Zeba.

Elle avait alors douze ans, oscillait entre l'enfance et l'adolescence. Ses cousines et elle passaient leur temps en compagnie des femmes, apprenant ainsi les subtilités du commérage et des convenances.

— Ta tante dit toujours ce qu'elle pense, en prenant ses airs supérieurs, comme si elle valait mieux que ces commères. Je ne sais pas ce qui est le plus insultant, la façon dont elle insinue que j'ai fait fuir ton père ou le fait qu'elle me croie trop stupide pour comprendre ses allusions !

Rafi ne savait jamais comment réagir devant les crises de sa mère. Détestant ce sentiment d'impuissance, il se trouvait une occupation dans le jardin. Cette fois-ci, il s'était emparé du seau en plastique jaune et se dirigeait vers la porte pour tirer de l'eau du puits. Zeba le regarda s'éloigner. Elle n'avait pas de telles échappatoires, surtout à ces heures tardives.

— Mais, Madar-*jan*, elle n'a rien dit sur Padar, protesta mollement la fillette.

Autrement, elle se serait sentie offensée. Son père lui manquait toujours, même si les traits de son visage commençaient à se brouiller dans sa mémoire.

— Oh, tu crois ? soupira Gulnaz. Zeba, ma fille, la piqûre du scorpion est tout aussi mortelle que la morsure du tigre. Tu dois apprendre à être plus attentive et à voir les menaces pour ce qu'elles sont. Et la façon dont elle t'a regardée ! Je suis sûre qu'elle est jalouse parce que tu es beaucoup plus grande que sa fille et que ta peau est plus claire. Ta cousine est gentille, mais elle n'a pas ta beauté, et sa mère le sait.

Zeba ne se sentait pas tellement plus jolie que sa cousine. En fait, elle s'était toujours trouvée moins belle que les autres filles. Elle se plaisait à penser qu'elle s'était peut-être trompée.

— Et dire que j'ai passé deux jours entiers à préparer des boulettes pour ce repas parce qu'elle me l'avait demandé ; sans parler du fait que j'ai cuisiné tous les jours de la semaine quand elle était alitée. Mais tout ça, ta tante s'en moque. Elle s'est mis en tête que j'ai envoyé son frère dans les montagnes, comme si j'avais un tel pouvoir sur cet homme ! Elle ne sait pas de quoi elle parle, elle ferait mieux de tenir sa langue avant de la perdre pour de bon.

Zeba souffrait d'entendre sa mère parler aussi froidement de son père. Cela faisait six ans qu'il était parti, mais elle avait encore de l'espoir. Elle rêvait de tomber sur lui au marché. Se reconnaîtraient-ils ? Se précipiterait-il vers elle pour l'embrasser sur le front ? Mais elle nourrissait également des pensées plus sombres. Peut-être cela s'était-il déjà produit sans qu'elle le sache, et peut-être les avait-il évités. Il lui arrivait de sombrer plus encore dans ce pessimisme, et le monde de Zeba se teintait alors d'un voile de solitude, de soupçon et de doute.

Sa mère avait peut-être raison. Il était vrai qu'Ama Ferei leur avait décoché, à l'une comme à l'autre, quelques regards. Une semaine auparavant, alors qu'elle avait déposé une marmite de soupe chez elle, sa tante lui avait demandé si Gulnaz s'occupait bien d'elle et de son frère. Zeba n'en avait rien dit à sa mère, balayant cette question comme une simple politesse, mais il était fort probable que certains sous-entendus lui aient échappé.

Quatre semaines plus tard, Zeba était assise à côté de sa mère. Celle-ci éminçait une peau de serpent, dont elle versa une pincée dans une casserole d'épinards et de poireaux qui mijotaient sur le feu. Elles cuisinaient dans la pièce à ciel ouvert située à l'arrière de la maison, où fumées et émanations pouvaient se dissiper dans l'air. Tout en travaillant, Gulnaz bavardait avec Zeba, la complimentant sur sa tenue, lui disant qu'elle n'aurait pu rêver enfant plus parfaite. La fillette sentait alors son cœur se gonfler et savourait l'étincelle de fierté qui brillait dans les yeux verts de sa mère.

Gulnaz fit ensuite griller du fromage qu'elle disposa en couches sur les épinards, une fois les feuilles fondues. Elle remua la mixture à l'aide d'une fourchette, s'assurant que la peau de serpent avait complètement disparu.

—Qu'est-ce que ça va faire, Madar-*jan*? lui demanda Zeba.

—Ça apprendra à ta tante à nous dévisager. Et ça l'occupera assez longtemps pour l'empêcher de dire d'autres horreurs sur nous.

Gulnaz couvrit la casserole de son couvercle et enveloppa le tout dans une vieille couverture de laine pour maintenir sa préparation au chaud. Elles allèrent ensemble chez Ama Ferei.

—Oh, Gulnaz-*jan*, c'est pour moi? Pourquoi te donner autant de mal? s'exclama-t-elle en examinant soigneusement le contenu de la petite casserole.

Zeba se demanda si elle avait des soupçons. Elle retint son souffle.

—Tu es une sœur pour moi, Ferei-*jan*. Je te trouve anémique ces derniers temps, alors j'ai pensé que des épinards te feraient du bien.

—C'est vrai que je me sens très faible. Que Dieu bénisse ton mari, il disait que tu faisais des miracles, en n'utilisant que les herbes et les légumes que tu as à disposition. Alors, dis-moi, qu'as-tu mis dans ce *sabzi*?

Gulnaz haussa les sourcils.

—Mon mari disait ça? s'enquit-elle d'un air modeste. Oh, il était trop flatteur. En fait, j'y ai mis un peu de gingembre frais. Ma mère me répétait toujours qu'il n'y avait rien que le gingembre ne puisse guérir.

—Oui, j'ai entendu ça moi aussi, répondit Ama Ferei en feignant la désinvolture. Bon, je n'aime pas les commérages, mais tout le monde est au courant de tes astuces, ma chère. Qu'as-tu mis d'autre?

Gulnaz posa les mains sur ses hanches étroites. Elle redressa le dos et inspira profondément.

— Ferei, je ne te croyais pas capable de ça, répliqua-t-elle sur un ton vexé.

Le pan de son foulard bleu se souleva dans la brise.

Ama Ferei lâcha un petit rire avant de se tourner vers Zeba.

— Zeba-*jan*, dit-elle d'une voix douce malgré son visage accusateur. Qu'est-ce que ta mère a mis dans son plat ? Tu ne vas pas mentir comme elle, hein ? Je ne crois pas que notre famille pourrait le supporter.

Zeba regarda sa mère sourire avec grâce et toucher délicatement l'avant-bras de sa tante. Elle se sentit rougir de honte et de colère.

— Ma chère, je sais que tu ne vas pas bien. Mais ce n'est pas la peine de dire de telles choses, surtout devant mon enfant, qui est à peine une jeune fille. Tu n'as qu'à donner les épinards aux chiens errants, si tu es si méfiante. Je voulais simplement t'aider.

Gulnaz passa un bras autour des épaules de sa fille et tourna les talons, laissant l'offrande emmaillotée entre les mains d'Ama Ferei.

— Madar, pourquoi…, commença-t-elle.

— Zeba, ça suffit. Tais-toi.

Gulnaz ne permit pas à sa fille de poser davantage de questions.

Une nuit de pleine lune, toute la famille se réunit de nouveau. Une des tantes avait mis un bébé au monde un mois auparavant, et il s'agissait de fêter son quarantième jour de vie. Zeba et Gulnaz tombèrent sur Ama Ferei devant la porte de leur hôte.

Zeba eut le souffle coupé.

Le visage d'Ama Ferei était tendu, rouge de colère, sa peau craquelée aux ailes du nez et aux coins de la bouche. Son cuir chevelu était parsemé de petites taches blanches.

Elles échangèrent des civilités avant d'entrer, puis Gulnaz et Zeba prirent place à l'autre bout de la pièce. Le frottement des doigts sur le *tabla* fit taire les bavardages. L'humeur était à la fête, mais Zeba était trop distraite pour en profiter.

Toute la soirée, elle observa Ama Ferei, qui se grattait furieusement les bras. La pauvre s'arrêtait chaque fois que sa belle-sœur se penchait vers elle pour lui parler, mais reprenait dès qu'elle était seule. Zeba imaginait le corps entier de sa tante couvert d'écailles sous sa robe de coton.

Sur le chemin du retour, Zeba regarda le visage de sa mère, resplendissant sous la lumière crémeuse de la lune. Parfois, il était absolument merveilleux d'être la fille de la sorcière aux yeux verts.

CHAPITRE 5

Yusuf avait pris l'avion pour Dubai à l'aéroport Kennedy. Treize heures de vol contre le hublot d'un 747. Il réserva une chambre dans un hôtel au sol de marbre, plein de chandeliers clinquants et de canapés pelucheux. Exténué, il dormit une demi-journée, et le soir, à son réveil, alla errer dans le souk, au milieu des touristes au teint pâle et des autochtones en tuniques blanches. Les commerçants étaient presque tous des étrangers à la peau brune, vendant des produits indiens dans leurs boutiques qui s'ouvraient comme des tentes. Les vitrines brillaient de bracelets et colliers sophistiqués en or dix-huit carats. Yusuf se lassa vite de ces extravagances. Il mangea un kebab dans un café et pensa à son retour au pays, attendu depuis si longtemps.

Les deux heures de vol pour Kaboul passèrent rapidement, et Yusuf descendit d'avion dans un état d'émerveillement. De là, la terre de son enfance semblait intacte, comme si les événements de l'histoire n'avaient été qu'un mauvais rêve. Les montagnes étaient telles que dans son souvenir.

Il y avait une courte marche du tarmac au terminal ; des employés portant des dossards verts fluorescents montraient le chemin.

Yusuf récupéra sa valise sur le tapis roulant et monta dans un taxi stationné devant le bâtiment. La route jusqu'à la capitale n'était pas longue, et Yusuf garda les yeux rivés à la vitre. Il eut un bref aperçu de l'entrée principale de l'aéroport au moment de le quitter.

Les grandes portes vitrées étaient encadrées par deux portraits. À droite, celui d'Ahmed Shah Massoud, le Lion du Panshir mort en martyr, qui avait dirigé l'Alliance du Nord dans la bataille contre les talibans. Avec son *pakol* rond et plat posé sur son épaisse chevelure ondulée, Massoud avait été représenté le regard tourné vers le lointain. La moustache et la barbe discrètes, l'air farouche. Sur cette image, comme sur toutes les photos de lui existantes, il aurait pu tout autant être en train de préparer une attaque contre les talibans que de composer un poème. Une confusion qui reflétait bien l'âme de la nation.

À gauche se trouvait le portrait de Hamid Karzai, le premier président du pays après l'évincement des talibans en 2001. La posture de Karzai, par contraste, avait tout du portrait royal. Le *chapan* traditionnel – aux rayures vertes, or et bleu roi – était drapé sur ses épaules, et un chapeau de laine pointu posé sur sa tête. Sa barbe grise était soigneusement taillée, et ses yeux, petits mais fiers, semblaient également portés vers le lointain, au-delà des voyageurs qui pénétraient dans l'aéroport. Vers Kaboul ressuscitée.

Le chauffeur questionna Yusuf sur les raisons de son retour. Il voyait beaucoup d'expatriés revenir, mais les hommes jeunes voyageant seuls, en principe, n'étaient pas là pour rendre visite à leur famille.

— Vous avez des affaires ici ?

— Non, pas d'affaires.

— Vous voulez ouvrir une boutique ?

— Non, je suis ici pour un travail.

— Quel genre de travail ?

— Je suis avocat.

— Avocat ? Pour une entreprise étrangère ?

— Non, je suis employé par une organisation internationale qui fournit des avocats aux Afghans. Je suis venu travailler pour le peuple.

Yusuf sentit que la curiosité du chauffeur cachait un autre sentiment ; du scepticisme, voire de l'hostilité. Il savait qu'un grand nombre d'Afghans étaient rentrés à Kaboul pour profiter des opportunités de l'après-guerre. Ils vendaient des terres à des prix exorbitants, construisaient des hôtels, en profitant de sous-traitants étrangers. Yusuf décida de changer de sujet et interrogea le chauffeur sur le retrait des troupes américaines.

— Tout le monde s'en va, répondit ce dernier avec un geste dédaigneux de la main. Pourquoi est-ce qu'ils resteraient ? Mais ils reviendront, c'est sûr.

— Que voulez-vous dire ?

— Nos problèmes vont s'aggraver dès qu'ils seront partis. Tout le monde le sait. Parfois, on est tellement préoccupé par les fourmis qui envahissent la maison qu'on ne remarque pas les souris tapies dans les coins.

— Vous ne croyez pas qu'il est temps pour les Afghans de reprendre le pays en main ? Nous devons apprendre à nous tenir debout tout seuls.

Le chauffeur éclata de rire et appuya sur le klaxon au moment où une auto les frôla. Les rues grouillaient de taxis jaunes, de véhicules Toyota, de brouettes et de piétons. Les voitures étaient si proches les unes des autres que les conducteurs auraient pu passer la main à travers la vitre de leur voisin.

—Facile à dire pour vous, marmonna-t-il. Vous ne vivez pas ici.

—Maintenant si.

Le chauffeur empoigna le levier de vitesse et glissa vers le point mort, laissant son véhicule avancer tout seul. Il ne prononça plus un mot.

Yusuf reporta son attention sur les rues qui lui semblaient vaguement familières, oscillant parfois entre le sentiment de déjà-vu et le souvenir véritable. À un carrefour, il put presque sentir la main de son père tenant la sienne. Le nombre de nouveaux bâtiments aux structures de métal brillantes et aux grandes baies vitrées le surprit. Des bannières rouges annonçaient des prix cassés sur les articles d'ameublement.

Yusuf se fit déposer devant son hôtel, dans le quartier huppé de la ville, où séjournaient la plupart des ressortissants étrangers. Le chauffeur esquissa un sourire narquois ; ses a priori se trouvaient justifiés.

Après avoir défait sa valise et étanché sa soif avec la bouteille d'eau qu'il avait achetée dans le hall, Yusuf reprit son souffle et appela sa mère.

—Comment s'est passé ton vol ? Tu as bien mangé ? lui demanda-t-elle d'une voix inquiète.

—Tout s'est bien passé. Bien sûr que j'ai mangé, Madar-*jan*. Je suis ici pour le travail, pas pour faire un régime.

—Ne prononce pas ce mot avec moi. Je suis au régime depuis quinze ans et j'ai pris dix kilos.

—Avec ce régime, tu aurais pu en prendre vingt. Considère ça comme une réussite, plaisanta Yusuf.

— Tu as une opinion sur tout, hein ? Écoute, je sais que tu n'es là que pour quelques jours, alors ne perds pas de temps. Va voir Kaka Siar dès que tu le peux. Tu me l'as promis.

Yusuf grogna.

— J'irai ! Je pensais que tu serais contente que je t'appelle avant de rendre visite à nos anciens voisins.

— Ce coup de fil m'aurait vraiment fait plaisir si tu m'avais dit que tu étais passé chez eux prendre le thé.

Kaka Siar n'était pas réellement l'oncle de Yusuf. Sa famille et lui étaient partis pour l'Iran au moment où celle de Yusuf avait fui vers le Pakistan. Kaka Siar avait trois filles. La plus jeune venait de fêter ses vingt-quatre ans et s'appelait Mina. Enfant, Yusuf s'occupait d'elle pendant que leurs parents se passaient des plats et discutaient de la guerre en cours. Il était alors en âge d'aller à l'école, et elle un bébé. Au fil des ans, cela ne le dérangeait pas qu'elle le suive partout. Il se montrait toujours gentil avec elle, ravissant sa mère et celle de la petite.

Yusuf se rappelait le jour où ils avaient quitté Kaboul. Il s'était un peu éloigné de Mina cette année-là, ne trouvant guère d'intérêt à distraire une fillette de six ans. À onze ans, il était plutôt impatient d'entrer dans l'adolescence. Malgré tout, Mina s'accrochait à lui comme à un grand frère, et il ne supportait pas de la décevoir. Il s'asseyait en tailleur à côté d'elle, lui racontait des histoires ou écoutait les siennes. Le monde extérieur était violent, et il mettait un point d'honneur à la faire sourire.

— C'est une jolie fille, et ils forment une belle famille, soupira la mère de Yusuf (une phrase qu'elle lui répéterait sans relâche durant les quatre semaines de son séjour).

Tout ce que je te demande, c'est de passer un peu de temps avec elle.

La mère de Yusuf n'estimerait son voyage en Afghanistan réussi que s'il revenait fiancé. Elle le lui avait clairement fait comprendre, d'autant plus qu'il avait décliné toutes les suggestions qu'elle lui avait faites dans leur communauté de New York. Elle lui reprochait de se montrer difficile et le mettait en garde contre les dangers de la procrastination.

—Trop maquillée, pas assez instruite, trop grande, trop petite… Tu devrais passer moins de temps à chercher des défauts à ces filles et plus de temps à chercher la bonne. Tu attends trop ; bientôt, il ne restera plus personne de libre.

En réalité, les Afghanes de New York n'étaient pas si différentes des Américaines. Il s'était entretenu avec certaines d'entre elles lors d'événements communautaires ou à des réunions d'associations d'étudiants, et aucune ne voulait entendre parler de leur pays d'origine. Leur conception de l'identité culturelle semblait se résumer à enfiler une robe traditionnelle et porter un plateau de henné une fois l'an à l'occasion d'un mariage. Lier connaissance avec elles signifiait souvent s'engager dans des conversations téléphoniques secrètes, user de stratagèmes pour cacher leurs faits et gestes à leurs parents respectifs, avant de découvrir qu'en définitive ils n'avaient rien en commun.

Mina était un cas différent. La première fois que sa mère lui avait fait cette suggestion, il lui avait ri au nez. Les mains sur les hanches, l'air sévère, elle avait déclaré que la mère de la jeune fille n'y était pas opposée. Mina était en âge de fonder un foyer et venait d'achever ses études. Elle prenait des cours d'informatique, et ses parents voulaient la marier à quelqu'un de bien. Ils connaissaient la famille de Yusuf, avaient appris qu'il était avocat. Il ferait un bon parti pour leur fille, avaient-ils décrété avant d'en faire part à la mère du jeune homme.

Tandis que sa terre natale attirait Yusuf comme un aimant, il nourrissait également une curiosité grandissante à l'égard de Mina. Il l'avait vue en photo et trouvée très belle. Mais il n'en savait guère plus sur elle. Tant d'années s'étaient écoulées depuis la dernière fois qu'ils s'étaient vus, qu'il s'était agenouillé pour lui dire au revoir et qu'elle avait mis ses petits bras autour de son cou. Il avait essuyé les larmes sur le visage de la fillette, rougissant de la voir aussi triste.

—Je les appellerai demain matin et je passerai les voir dans la journée. D'accord? promit-il à sa mère, d'un ton laissant penser qu'il le faisait uniquement pour lui faire plaisir.

—Très bien. Souviens-toi, tu n'as que quelques jours à passer à Kaboul avant de partir en province. Mets ce temps à profit pour apprendre à la connaître.

Le lendemain, pour se rendre chez Kaka Siar, il traversa des nuées d'enfants des rues souriants, les mains tendues, le regard curieux.

—Monsieur, monsieur… c'est bien de donner!

—Bonjour, comment allez-vous? lui crièrent-ils dans un anglais scolaire ponctué de rires.

Ils étaient en haillons, leurs ongles étaient noirs de crasse. Yusuf se demanda s'il s'agissait d'orphelins ou de l'abondante progéniture d'une famille pauvre.

Il rit avec eux, ébouriffa les cheveux d'un garçon, donna à un autre le stylo à bille qu'il avait dans la poche.

—Vous allez à l'école, les garçons?

—Moi, j'y vais !

—Moi aussi !

C'étaient de futurs pilotes, médecins, professeurs, lui promirent-ils. Ils étaient persévérants et pas farouches pour un sou. Le nombre leur donnait de l'assurance.

Il passa devant des femmes en burqa, d'autres habillées à l'occidentale, cheveux crêpés sous leur foulard lâche, chaussures à semelles compensées élançant leur silhouette. Certains hommes étaient vêtus de tuniques traditionnelles, de pantalons bouffants, et coiffés de turbans. D'autres portaient des jeans près du corps, des bas de survêtement et des tee-shirts Adidas. Un homme était assis sur un tabouret devant sa boutique, dont la porte était surmontée de cages à oiseaux en roseaux. Sur leurs fins perchoirs, les perruches, pinsons et canaris ressemblaient à des pierres précieuses, multicolores et frémissantes.

Kaka Siar et sa famille vivaient dans la maison que l'un de leurs parents avait abandonnée. Leur propre demeure, tout comme celle dans laquelle Yusuf avait grandi, avait été détruite durant leur absence. Yusuf frappa au portail et attendit, nerveusement, qu'on vienne lui ouvrir. Il était chargé de présents, tous choisis par sa mère : chocolats, vêtements pour Kaka Siar, flacons de parfum pour son épouse.

Ce fut le chef de famille qui l'accueillit, incrédule, avant de l'entraîner dans la cour. Il le serra fort dans ses bras et lui embrassa les deux joues. Tandis qu'il reculait pour mieux examiner le garçon qu'il n'avait pas vu depuis vingt ans, son épouse, Khala Zainab, apparut. Elle l'étreignit à son tour, avant de lui caresser la joue d'une main maternelle. Yusuf se pencha vers elle, voulut lui embrasser les paumes, mais elle s'écarta pour l'attirer à l'intérieur.

— Tu es le portrait craché de ton père, déclara-t-elle. Comment vont-ils ? Et ton frère, tes sœurs ?

— Que Dieu te bénisse, quel bel homme tu es devenu ! Si je t'avais croisé dans la rue, je ne t'aurais pas reconnu, ajouta Kaka Siar.

Leurs deux filles aînées, mariées, étaient venues ce soir-là avec leurs enfants pour voir Yusuf. Elles étaient méconnaissables, tout comme Mina. Yusuf se leva au moment où celle-ci franchit le seuil. Elle rentrait du travail – un emploi en rapport avec les Nations unies, avait expliqué sa mère. Elle portait un pantalon noir et une blouse ample qui couvrait ses hanches, ainsi qu'un foulard vaporeux et lâche encadrant un sourire chaleureux.

Elle lui rappela Elena, mais il s'empressa de chasser cette pensée. Mina prit place sur les coussins de sol entre ses deux sœurs, tandis que sa nièce d'un an grimpait joyeusement sur ses genoux. Elle chatouilla le ventre de la fillette, qui fit semblant de protester en secouant la tête, ses couettes effleurant le visage de sa tante.

Yusuf, qui prit soin de ne pas la dévisager, dut admettre qu'elle était charmante. Il était là en ami de la famille et non en prétendant officiel, mais la présence de deux célibataires du même âge faisait régner une certaine tension dans la pièce. Il aurait aimé que ses parents soient là pour faire diversion, au lieu de quoi toutes les questions et tous les regards étaient dirigés vers lui. À plusieurs reprises durant la soirée, il surprit Mina en train de le regarder, mais dès qu'il le remarquait, elle repoussait une mèche de cheveux derrière son oreille, et se tournait vers un neveu ou une nièce. Ils étaient pareils à deux chevaux pourvus d'œillères, installés côte à côte, faisant comme si l'autre n'existait pas. Comment apprendre à la connaître s'ils ne se parlaient pas ? Attendait-on de lui qu'il décide du reste de sa vie après un seul dîner dans la même pièce qu'elle ?

Les grandes sœurs de Mina l'interrogèrent. Même si elles avaient presque le même âge que lui, la présence d'enfants sur leurs genoux et de maris à leurs côtés excluait toute indécence. Elles étaient libres de poser des questions, de plaisanter avec lui, et ne s'en privèrent pas, espérant de toute évidence obtenir des informations pour leur petite sœur.

« Que fait le mari de ta sœur ? Est-ce qu'ils vivent près de chez tes parents ? Et tes sœurs, quelles études ont-elles faites ? »

La mère de Yusuf aurait été fière de l'entendre dire que sa sœur était mariée à un banquier et que le couple vivait dans le même immeuble que la famille. Il passa sous silence le fait que leur appartement à loyer modéré était ce qui les retenait là en premier lieu. Avec un bébé en route, ils n'avaient pas les moyens de déménager. Son autre sœur étudiait la comptabilité, les informa-t-il. Il se garda bien de préciser qu'elle avait terminé en cinq semestres ce que d'autres avaient achevé en trois et qu'elle travaillait à mi-temps comme maquilleuse dans un grand magasin. Concernant son frère, Yusuf ne parla que du succès du restaurant qu'il gérait. L'établissement était plein presque tous les soirs et jouissait d'une excellente réputation.

Kaka Siar hochait la tête en signe d'approbation. Khala Zainab esquissait des sourires d'encouragement. Ils imaginaient déjà leur maison sans leur plus jeune fille, se figurant qu'elle s'envolerait bientôt pour les États-Unis et serait accueillie par les parents de Yusuf.

Le jeune homme proposa son aide pour débarrasser la table et rapporter les plats à la cuisine, espérant ainsi pouvoir échanger quelques mots avec Mina à l'abri des regards. Mais Kaka Siar leva une main et secoua la tête.

—Tu es notre invité, déclara-t-il avec un sourire bienveillant. Tu as fait tout ce chemin après tant d'années, et dans quelques jours tu vas quitter la ville pour une bonne cause. Ne te préoccupe pas de quelques assiettes.

C'était vrai. Il ne lui restait que quatre jours à Kaboul avant de débuter sa mission. Il était impatient de commencer.

Aussi énergique se voulait-il, il sentait le décalage horaire peser sur lui, et ses paupières s'alourdir. Il étouffa ses bâillements et, ne voulant pas paraître impoli, attendit que l'on ait servi les fruits et les sucreries pour s'excuser.

—Combien de jours restes-tu ? Il faut que tu reviennes, le pressa Khala Zainab en posant une main sur son bras, devant la porte.

Il espéra que le sentiment qu'il avait lu sur le visage de Mina au moment de partir était bien de la déception.

CHAPITRE 6

Trois officiers de police assistèrent Hakimi dans l'arrestation de Zeba. Ils se montrèrent brutaux, la poussèrent sans ménagement dans le véhicule qui devait la conduire à la prison la plus proche. Tous regrettaient de la voir partir, estimant que justice aurait été rendue si l'on avait simplement laissé Farid finir ce qu'il avait commencé. Au lieu de quoi, Hakimi ordonna aux villageois d'éloigner de Zeba le cousin de Kamal, laissant la veuve recroquevillée sur le sol, le souffle court. Ses enfants hurlèrent, protestèrent, comprenant qu'ils risquaient de se retrouver tout à fait orphelins.

À la prison pour femmes de Chil Mahtab, les policiers livrèrent Zeba aux gardiennes avant de cracher par terre. Elle avança, escortée par l'une d'entre elles, Asma, dont les cheveux rouges teints au henné étaient tirés en queue de cheval basse, ce qui lui donnait l'air sévère. Malgré tout, à côté des policiers qui venaient de partir, c'était une fée, et Zeba sentit sa respiration s'apaiser.

La frange trop longue d'Asma dissimulait à demi un œil paresseux. Son autre œil passa des portes ouvertes des cellules aux vilains bleus qui encerclaient le cou de la nouvelle détenue. Elles parcoururent le large couloir carrelé. Comme la plupart des gardiennes, Asma traitait les prisonnières correctement. Sans aller jusqu'aux échanges de sourires et de politesses, elle leur épargnait les coups et les regards menaçants.

Le personnel était exclusivement féminin, l'uniforme consistait en une veste kaki ceinturée sur une jupe informe à hauteur de genou ou un pantalon. Certaines le portaient avec fierté, grisées par l'autorité, le sentiment de contrôle et de supériorité qu'il leur conférait. D'autres se sentaient mal à l'aise dans ce costume, ce que Zeba comprenait aisément. La plupart des gardiennes se montraient respectueuses et polies, sachant sans doute qu'un seul doigt accusateur suffirait à les faire passer de l'autre côté des barreaux.

Zeba fut conduite dans une cellule exiguë où trois femmes la dévisagèrent sans vergogne. Elle commençait à s'habituer à attirer toutes sortes de regards.

—Voici ton lit. Celui du bas.

Zeba s'assit sur un matelas aussi dur que le sol en béton. La cellule comportait deux lits superposés, un petit poste de télévision dans le coin, et un calendrier des Nations unies au mur. Le lit faisant face au sien avait un cache-sommier à rayures jaunes et parme. Sur le mur, au-dessus, sa codétenue avait accroché un ours en peluche rose dans son emballage plastique. Au niveau du lit supérieur, des pages de magazine étaient collées au mur : des clichés de femmes outrageusement maquillées, d'acteurs et d'actrices de Bollywood, et même d'un chaton de dessin animé, aux yeux grands comme des soucoupes, un bouquet de tournesols entre les pattes.

Les autres femmes l'examinèrent, remarquant instantanément son cou marbré et son expression apeurée.

—Alors, dis-nous pourquoi tu es ici. Qu'est-ce que tu as fait ?

Quand les questions débutèrent, Zeba secoua la tête, ferma les yeux, puis s'allongea, tandis que ses codétenues laissaient libre cours à leurs spéculations. Elles avaient espéré que la nouvelle viendrait briser la monotonie de leurs jours. Mais Zeba, impassible, ne leur offrit pas ce sursis.

Elles retournèrent à leur partie de cartes, et Zeba écouta sans bouger leur bavardage, apprenant ainsi qui était qui.

Il y avait Nafisa, une langue de vipère d'une trentaine d'années, dont l'insolence avait ôté au juge toute velléité de clémence. Un membre de sa famille l'avait accusée d'entretenir une relation inappropriée avec un homme, un veuf exerçant le métier de forgeron. Pour être exact, ils avaient été aperçus un soir, mangeant ensemble dans un parc. Nafisa n'avait jamais été mariée, ce qui n'avait pas inquiété ses parents vieillissants jusqu'à ce que les accusations viennent frapper à leur porte. Ses trois frères aînés étaient furieux, elle avait sali leur nom. La jeune femme avait juré que ce n'était qu'un pique-nique entre amis, mais personne n'avait cru à sa version. Le fait qu'elle ait été toute sa vie une fille et une sœur docile et aimante n'y changeait rien. Craignant que ses fils n'envisagent de laver leur honneur en versant le sang de leur sœur, la mère de Nafisa décida de la dénoncer elle-même à la police. Le visage en larmes, les mains tremblantes, elle conduisit sa fille récalcitrante au commissariat.

« Je n'ai rien fait ! avait crié Nafisa. Je jure devant Dieu que je n'ai pas péché ! »

« Enfermez-la, avait murmuré sa mère d'une voix rauque. Elle s'est comportée de façon indécente. »

Nafisa avait été reconnue coupable de tentative de *zina* – des relations sexuelles hors mariage – et condamnée à trois ans d'emprisonnement.

Sa mère lui rendait visite une fois par semaine. Nafisa ne lui en voulut jamais, consciente que son initiative lui avait peut-être sauvé la vie. Son seul espoir était désormais que le veuf, un homme d'une quarantaine d'années, demande sa main. Il était vrai que leur repas avait fait suite à plusieurs échanges téléphoniques et à une cour persistante. Mais il était difficile de savoir si cette relation naissante débboucherait sur quoi que ce soit, à présent que Nafisa passait aux yeux de tous pour une dévergondée.

Si l'homme la voulait réellement, s'il pouvait convaincre sa famille de surmonter ce scandale, la jeune femme serait relâchée, et son honneur serait lavé.

— Je ne suis plus une enfant. Je devrais être libre de pique-niquer au parc avec qui je veux. Et, de toute façon, on ne faisait rien de mal. C'était juste un repas. Ma mère avait préparé des *bolanis*, et je voulais les partager avec lui, insista-t-elle d'un ton ferme.

— Je parie que ce n'est pas tout ce que tu as partagé avec lui, gloussa Latifa.

Latifa, qui avait cédé le lit du bas à Zeba, était une effrontée de vingt-cinq ans à la voix grave et au corps massif. Elle avait un air féroce, même dans ses moments de joie. Latifa n'avait jamais vraiment ressemblé à une enfant, et sa famille ne l'avait jamais traitée comme telle. Elle avait été battue et insultée, jusqu'au jour où elle avait décidé que c'en était trop. Sans bruit ni plan particulier, elle glissa quelques cigarettes volées à son père dans la poche de sa veste, attrapa sa petite sœur de quinze ans par la main, et sortit calmement par la porte principale, pensant que personne ne les regretterait. Elle prit un bus vers la ville et, de là, un autre pour Herat, espérant fuir vers l'Iran. Bientôt, l'argent lui manqua. Elle était à deux jours de voyage de chez elle et avait besoin d'un abri, alors elle sympathisa avec une femme rencontrée au marché, lui expliquant qu'elle était veuve et faisant passer sa petite sœur pour sa fille. La femme accepta à contrecœur de les loger pour la nuit.

Le matin, Latifa et sa sœur retournèrent à la station de bus pour poursuivre leur voyage. À un point de contrôle, la police l'interrogea et, remarquant la gêne de l'adolescente, se mit à avoir des soupçons. Lorsqu'on l'accusa de vouloir prostituer sa sœur, elle s'indigna. Elle expliqua avoir passé la nuit chez une femme respectable, mais on avait déjà retrouvé sa famille. Elle fut accusée d'enlèvement et de fugue. Sa sœur fut ramenée chez elle et mariée de force à un lointain parent dans la foulée. Latifa refusa l'aide d'un avocat, préférant assurer elle-même sa défense devant le juge.

— C'était ma décision, à moi seule, affirma-t-elle en frappant la paume contre son sternum et en hochant vigoureusement la tête. J'ai décidé de fuir ce misérable foyer. Pour me sauver et sauver ma sœur.

Latifa n'avait aucune envie de quitter Chil Mahtab, un endroit où on la traitait mieux qu'on ne l'avait traitée de toute sa vie. Si elle avait su à quoi ressemblait la prison, pensait-elle souvent, elle aurait franchi la barrière de barbelés bien plus tôt, en s'accusant de n'importe quel acte indécent.

À présent, elle purgeait une peine de sept ans pour fugue, enlèvement et tentative de proxénétisme.

Mezhgan était une jeune fille de dix-neuf ans aux yeux de biche, deux fois plus frêle que ses codétenues et bien moins audacieuse. Lorsqu'elle refusa d'épouser le beau-frère de sa sœur, la famille du prétendant cria au scandale. Ils apprirent qu'elle était amoureuse d'un jeune homme du voisinage et, en représailles, braquèrent sur elle des doigts furieux et la firent arrêter. Deux semaines après son incarcération, Mezhgan fut conduite dans une clinique pour un test de virginité. La voyant vider le contenu de son estomac dans la petite salle d'examen, le médecin pratiqua également un test de grossesse, qui acheva de prouver la culpabilité de la jeune fille.

Elle pleura pendant des jours, ne sachant comment ces quelques moments volés avaient pu mener à la conception d'un enfant et à la destruction de son honneur.

— Le pire, c'est que Haroun est en prison lui aussi, pleura-t-elle. Je jure que je n'ai rien fait de ce qu'ils disent. Ça n'avait rien à voir.

Les parents de la fille avaient supplié ceux du garçon de l'épouser, mais ils ne voulaient plus entendre parler d'eux.

— Je suis sûre que Haroun est bouleversé. Je sais qu'il m'aime et qu'il ferait n'importe quoi pour nous sortir tous les deux d'ici. Ses parents doivent refuser de l'écouter.

Latifa laissa échapper un éclat de rire guttural.

— Mais oui. C'est sûrement pour ça qu'il n'a pas encore demandé ta main.

Mezhgan poussa un profond soupir.

— Il l'a fait, j'en suis sûre. Mais sa mère… elle est impossible. Elle ne m'aime pas. Elle dit que j'ai couru après son fils, mais ce n'est pas vrai du tout. Haroun me suivait jusqu'à la maison après l'école, il m'aime sincèrement. Je vous ai déjà dit qu'il a appelé Radio Sabaa pour leur raconter que le monde essayait de nous séparer ?

—Depuis ton arrivée, il ne se passe pas une semaine sans que tu nous le répètes. Mais personne ne donne son nom sur Radio Sabaa. Tu ne peux pas être certaine que c'était lui. Ça pourrait être n'importe qui.

—J'ai entendu l'appel, Latifa. Il a dit que sa bien-aimée était aussi gracieuse que la lettre *alif*, avec des sourcils aussi délicats que la lettre *sheen*. C'est magnifique, non ?

Elle soupira de plus belle, et ses paupières tremblèrent. Elle tentait de reprendre le contrôle de ses émotions.

—C'est tout à fait le genre de choses qu'il dirait, et puis je connais la voix de mon aimé.

—Tu connais bien plus que sa voix, ma petite ! s'amusa Latifa. Si tu veux mon avis, les producteurs et les invités de cette radio devraient être en prison à la place de toutes ces femmes. Ils laissent les gens parler de romantisme et d'amour comme s'il y avait une place pour ça dans notre monde. Une pauvre fille va tomber amoureuse parce qu'elle a entendu un imbécile à la radio dire qu'il ne pouvait pas vivre sans elle. Et devine où elle va finir ? Sur le dernier lit de libre de Chil Mahtab.

—Les gens ne tombent pas amoureux à cause d'une émission de radio, protesta Mezhgan d'un ton agacé.

Elle afficha alors une moue pensive. Sa grossesse n'était pas suffisamment avancée pour modifier visiblement sa silhouette. Elle avait arrêté de vomir une semaine avant l'arrivée de Zeba, ce qui signifiait qu'elle en était au troisième mois. Ayant été témoin des deux dernières grossesses de sa mère, elle savait à quoi s'attendre. Elle posa les mains sur son ventre plat et prit un air triste.

— L'amour, c'est une alchimie. C'est le fait de ne pouvoir s'endormir sans s'être parlé, de retenir son souffle tant qu'on n'est pas ensemble.

— Il était si irrésistible que ça, ce garçon ?

— Oh, Latifa, je ne suis pas poétesse. Je n'ai pas les mots pour ça. Tout ce que je sais, c'est qu'à la seconde où j'ai posé les yeux sur lui, ses cheveux noirs, ses beaux yeux… Même morte et enterrée, je brûlerais encore pour lui !

Le visage de Nafisa se fendit d'un grand sourire. Mezhgan parlait également pour elle, même si elle n'aurait jamais avoué ses passions. Comment faire croire à son innocence en agissant ainsi ?

Les mots s'échappèrent de ses lèvres avant que Zeba n'ait décidé de les prononcer :

— « Les hommes ont l'intelligence de n'aimer qu'un instant / Les femmes la folie d'aimer éternellement. »

— Qu'est-ce que tu as dit ? demanda Nafisa.

— Elle vient de vous traiter de folles, toutes les deux ! pouffa Latifa. Elle n'a pas mis longtemps à vous cerner !

Zeba rompit son silence d'une voix claire et distante. Elle s'adressa aux murs sans fenêtres, aux chaises en plastique, au cadre métallique du lit, à la moquette verte et rêche sous ses pieds. Elle n'avait pas encore regardé ses codétenues dans les yeux, repoussant peut-être le moment où il lui faudrait se définir comme l'une des leurs, une prisonnière de Chil Mahtab.

— Je fais ça de temps en temps, c'est une femme qui avait vécu dans le sud qui me l'a appris, il y a très longtemps. Les femmes se réunissaient en secret, dans une maison ou près de la rivière, pour partager des poèmes courts, des mots, tout simplement. C'est une façon d'alléger son cœur.

Mezhgan haussa les épaules.

—Ça me plaît. Je suppose que ça fait de toi une poétesse.

— Tous ceux qui ont le cœur lourd peuvent devenir poètes, dit Zeba avant de fermer les yeux.

Dans les semaines qui suivirent, elle garda ses distances. Les autres femmes cessèrent peu à peu de s'intéresser à elle et s'occupèrent de leurs affaires. Zeba était parmi elles, mais pas l'une d'elles. En écoutant leurs conversations, elle apprit quel genre de criminelles occupaient les murs de Chil Mahtab : petites voleuses, trafiquantes de drogue, meurtrières. Les codétenues de Zeba, cependant, faisaient partie des nombreuses femmes emprisonnées pour crimes moraux – celles qui avaient eu le malheur de tomber amoureuses ou de fuguer.

Les autres pardonnaient à Zeba sa réserve, car elles devinaient sans peine ce qu'elle vivait dans ses yeux injectés de sang, sa façon de regarder dans le vide. Elles partageaient leurs histoires, en attendant de connaître la sienne.

La prison était un microcosme. La plupart des cellules n'étaient pas fermées à clé, et les femmes pouvaient arpenter librement les couloirs, se réunir dans des pièces ouvertes ou dans la cour. Il y avait une cuisine sinistre pleine de gigantesques marmites, une salle de classe comportant un tableau noir et des morceaux de craie, ainsi qu'une salle de jeu pour les nombreux enfants qui vivaient là avec leur mère. La classe était un espace partagé, utilisé à certains moments par les femmes, à d'autres par les enfants. Il y avait également un salon de beauté, avec un fauteuil bancal devant un miroir éclairé. On y trouvait des palettes d'ombres à paupières, des rouges à lèvres dans des teintes audacieuses, des pinces à épiler. Certains de ces produits étaient achetés par l'intermédiaire des gardiennes, d'autres apportés par des membres de la famille ou les avocats commis d'office, pour remonter le moral des prisonnières. Des graffitis au crayon de couleur recouvraient les murs des couloirs, qui servaient de toiles aux enfants de Chil Mahtab.

Les femmes ne connaissaient qu'un seul moyen efficace de combattre l'ennui de leurs journées. Elles s'asseyaient dans leurs cellules pour bavarder, échanger des récits plus édifiants les uns que les autres, même si, par ailleurs, elles s'accusaient de vol d'huile capillaire ou de lessive. Parmi les anecdotes qui s'échangeaient, certaines avaient subi autant de retouches que les femmes sortant du salon de beauté. Dans ce lieu de commérages, une détenue aux cheveux cuivrés dont on voyait apparaître les racines brunes apprit à Latifa l'histoire de Zeba. Ce fut ainsi que circula la nouvelle, un après-midi, dans la cour grillagée de la prison.

— Donc c'est vrai, ce qu'on a entendu à son arrivée. Ils ont trouvé son mari avec une hache plantée dans la tête, dit Latifa avec une froideur délibérée, avant de tirer une longue bouffée de sa cigarette, yeux étrécis et tête inclinée. Je suis surprise qu'elle se retrouve ici. Là d'où je viens, ils l'auraient lynchée en place publique.

— C'est dingue ! s'étonna Nafisa sans lever le nez de son téléphone de contrebande. (Elle venait d'envoyer un texto à son veuf adoré et attendait sa réponse.) Elle cache bien son jeu. Je me demande ce qu'il a bien pu faire pour mériter ça.

— Peut-être qu'il l'a battue une fois de trop, avança Latifa. Ou alors, elle l'a surpris avec une autre femme. Il y a beaucoup de choses qu'un homme peut faire pour mériter ce sort.

Mezhgan et Nafisa soupirèrent, rêvant à leurs amoureux, le genre d'hommes galants qui ne recevraient jamais le moindre coup de hache.

Les jeunes femmes s'étaient accordées sur la théorie suivante : le mari de Zeba l'avait bien cherché. Malgré tout, il n'était pas exclu que la nouvelle puisse être une tueuse de sang-froid. Ces pensées les empêchaient parfois de dormir, d'autant plus que leur mystérieuse codétenue était quasiment muette. Elles s'agitaient nerveusement quand celle-ci les regardait. Si elles osaient lever la tête vers elle, les yeux de Zeba changeaient de direction.

Lorsqu'elles trouvaient le sommeil, Zeba restait éveillée. Les ampoules vacillantes des couloirs de Chil Mahtab projetaient des ombres monstrueuses dans la cellule, tandis que les silhouettes endormies des autres femmes, se soulevant et s'abaissant dans leurs lits, avaient une étrangeté fantomatique.

Les repas avaient lieu dans la cellule. Quand les autres avaient terminé, Zeba se dirigeait vers la nappe étalée sur la moquette verte et picorait leurs restes. Elle mangeait assez pour que son estomac ne gronde pas, mais trop peu pour être rassasiée. La nourriture était toujours froide lorsqu'elle se décidait à y toucher, mais cela lui était égal. Elle n'était pas là pour festoyer.

On lui avait dit qu'elle verrait son avocat quelques jours plus tard. À entendre les autres parler du leur, elle n'avait pas grand-chose à en attendre. Mais quand ses pensées se tournèrent vers ses enfants, elle pria pour que Dieu lui envoie un avocat digne de ce nom. Elle avait conscience que sa vie ne tenait plus qu'à un fil.

Ses filles. Karima et Shabnam.

« Il a fait quelque chose ? leur avait-elle demandé avec insistance. Vous me l'auriez dit, n'est-ce pas ? »

« Madar, qu'est-ce qui s'est passé ? » avaient-elles sangloté, en état de sidération.

Zeba faisait peur à voir, son foulard froissé dans les mains, des mains qui semblaient avoir été trempées dans du henné pur. Rima était perchée sur la hanche de Shabnam. Celle-ci berçait machinalement sa petite sœur et lui embrassait la tête comme elle avait vu sa mère le faire des centaines de fois. Les joues du bébé étaient encore écarlates. Ses petits poings fermés, elle regardait sa mère, qui l'avait laissée seule dans la maison, tiraillée entre le ressentiment et le manque.

Basir. Avec quelle autorité il avait parlé aux voisins. Et pourtant, il avait eu un mouvement de recul lorsqu'elle l'avait touché. Le cœur de Zeba se serra à ce souvenir : les muscles tendus de son avant-bras, chaque fibre de son être se nouant pour la repousser. Sa propre mère. Elle n'avait jamais vu cet air auparavant, du moins sur le visage de son fils.

Qu'ont-ils cru ? Qu'ont-ils pensé de leur mère ?

Ses bras se tendaient dans le vide ; elle n'avait plus personne à étreindre. La tête lui tournait, son cœur tambourinait dans sa poitrine.

Rima aurait faim. Zeba regrettait de n'avoir pu lui donner le sein une dernière fois avant d'être emmenée.

Ses tétons la picotèrent. Durant sa première semaine à Chil Mahtab, elle dut tapisser son soutien-gorge de mouchoirs en papier pour absorber les incessantes fuites de lait.

Les filles.

Basir s'occupera d'elles. Il en a l'habitude.

Penser à ses enfants lui faisait mal, ne pas y penser plus encore. Comment faire abstraction d'une cellule pleine de femmes et de crimes ineptes ?

— Ta chanson préférée d'Ahmad Zahir ? demanda Latifa avec le sérieux d'un procureur.

— Facile, dit Nafisa dans un éclat de rire.

Elle chanta deux couplets, les yeux fermés, ondulant au rythme de la mélodie.

— « Le goût de tes lèvres s'attarde sur les miennes, les vagues de ton amour font battre mon cœur. »

— Petite effrontée ! cria Latifa. Mezhgan, à ton tour.

— Je ne connais pas bien ses chansons, marmonna-t-elle.

Elle ne répondait jamais aux questions la première fois qu'on les lui posait, préférant garder un semblant de pudeur.

— Menteuse ! la taquina Nafisa. Qu'as-tu fait tout ce temps avec ton petit ami ? Il a bien dû te chanter des chansons d'amour. Sinon, comment aurait-il pu te convaincre de soulever ta robe ?

Mezhgan grogna. Elle était habituée aux piques de Nafisa.

— Mon père les chantait, dit la jeune fille.

Son père était d'une génération plus proche de celle du chanteur disparu depuis longtemps, un homme qui avait mis en chansons tout un pays de cœurs brisés.

— Je me souviens bien de quelques-unes.

— Chante-les-nous ! s'enthousiasma Latifa en frappant dans ses mains.

La voix de Mezhgan, cristalline, ricocha délicatement contre les murs de la cellule.

— « Si c'est l'amour qui brûle en nous, alors l'amour est un péché… elaaahi elaahahi ! »

— Bravo, petite putain ! ironisa Nafisa.

— J'en ai une pour chacune de vous, annonça Latifa, qui se racla la gorge avant de se lancer. « Prends garde, mon cœur, car j'ai péché ; une peine d'amour frappe à ta porte. »

— Tu es terrible, Latifa, pleurnicha Nafisa. Attends un peu de tomber amoureuse. Tu seras moins pessimiste à ce moment-là.

— Oui, toutes les nuits, je prie Dieu de me frapper du même mal que vous.

— Au moins, ça nous donne l'espoir de sortir d'ici un jour. Avec un mariage en bonne et due forme, on peut implorer la grâce du juge.

Mezhgan était triste pour sa codétenue.

— Je suis sûre qu'il y a un autre moyen pour Latifa de demander une libération. Tu n'as même pas essayé. Tu devrais peut-être prendre un avocat. Pourquoi as-tu refusé ?

— Parce que s'ils me renvoient dans ma famille, je serai aussitôt ramenée ici avec une accusation de meurtre. Je leur fais une faveur en refusant.

Zeba prit soin de ne pas réagir, et les femmes ne l'invitèrent pas à prendre part à la conversation.

Amour. Mariage. Liberté.

Son esprit vogua entre mélancolie et colère, traversa une palette d'émotions. Une douce mélodie se glissa alors dans la cellule, brisant le silence. C'était la voix de Zeba.

— « Seule, affranchie de colère et de chagrin / J'ai assez saigné pour aujourd'hui et pour demain / À présent il est temps que fleurisse mon âme / Je suis un moineau, j'ai la solitude pour compagne / Les secrets, mon esprit en est plein / Je chante à tue-tête – je suis seule, enfin ! »

Les femmes poussèrent des cris de joie en entendant la voix de leur codétenue s'élever en chanson. Elles ne saisirent que plus tard l'absence de romantisme de ses paroles, et le plaisir étrange avec lequel elle les avait récitées.

CHAPITRE 7

Zeba appuya la tête contre le mur froid, dont la peinture se détachait par copeaux. Elle les ramassa avec désinvolture, comme on abîmerait une chose déjà en ruine. En quatre jours, elle n'avait rien fait d'autre que contribuer à la lente désagrégation de ces murs, décevant la curiosité des femmes qui l'entouraient. Une toile de murmures se tissait dans la prison, et à chaque voix étouffée, le récit du crime de Zeba changeait, parfois de degré, parfois aussi de nature.

— Tu savais qu'elle avait tué son amant pour ne pas que son mari s'en charge. Tu imagines quelle passion ça devait être ?

— Ce n'était pas son amant, c'était le mari de sa sœur. Il lui a fait des avances pendant que sa femme et son beau-frère étaient absents.

— Si elle l'a tué, elle devait avoir une bonne raison.

— Quelle bande de commères ! En plus, il paraît qu'elle lui a tranché la tête et qu'elle s'est promenée dans le village avec.

Zeba n'était jamais tombée en pâmoison devant Kamal et n'avait jamais rougi en sa présence avant leur mariage. En réalité, elle ne l'avait rencontré pour la première fois qu'au moment de leurs fiançailles. Sur les recommandations de son grand-père, sa mère et son frère l'avaient donnée en mariage à dix-sept ans. Elle n'avait pas eu son mot à dire dans cette union, la décision avait été prise entre son grand-père, Safatullah, et celui de Kamal, cinq ans auparavant. Safatullah était un *murshid* bien connu dans leur village, et la mère de Zeba s'était pliée à sa volonté puisque le grand-père du jeune homme était un général respecté. Les deux hommes étaient amis, ils jouaient aux échecs ensemble, priaient ensemble, et méprisaient les mêmes personnes.

En tant que *murshid*, le grand-père de Zeba jouait un rôle de guide spirituel, dispensant d'inestimables bénédictions et servant de lien avec le Tout-Puissant. L'apport du grand-père de Kamal était plus terrestre, il s'agissait d'alliances avec des membres importants du nouveau gouvernement. La famille de Zeba possédait des terres et avait besoin, pour sécuriser ses biens, d'amis haut placés.

Comme preuve de leur engagement fraternel, les deux hommes avaient donc organisé un mariage, liant leurs deux familles par cette union, qui engendrerait du sang commun.

Gulnaz, la mère de Zeba, avait protesté, supplié son père de reconsidérer sa décision. La famille de son mari, par respect pour le *murshid*, avait accepté l'idée des années plus tôt. Ils n'avaient été d'aucun soutien.

« Elle est jeune, et le moment est mal choisi pour un mariage, insistait Gulnaz. Attendons encore un peu. »

Les troupes soviétiques s'étaient retirées seize ans auparavant, mais en l'absence de véritable leader ou de gouvernement, l'Afghanistan avait peu à peu sombré dans la guerre civile. L'avenir du pays était encore confus.

« Si tu attends que les combats prennent fin, avait rétorqué le *murshid*, alors Zeba risque de ne jamais se marier.

L'histoire nous a appris que la guerre ne cessera pas avant que la dernière goutte de sang afghan ait été versée. »

Kamal et Zeba furent mariés en 1996 dans une région du pays qui échappait encore au contrôle des talibans. La cérémonie fut austère, tout comme la fête qui suivit, ponctuée par le rythme du *dhôl* et le son du tambourin. Les nouveaux mariés ne savaient rien l'un de l'autre. Zeba secoua la tête en pensant à sa première année dans le domaine familial de son mari. À cette époque, elle regrettait amèrement de ne plus vivre chez elle, avec sa mère, Rafi et sa jeune épouse, même si Zeba lui en voulait de lui avoir volé les faveurs de son frère.

Au début de leur mariage, Kamal fit ce qu'il put pour la mettre à l'aise. Lorsqu'il la voyait nerveuse et fuyante, il trouvait des moyens de se faire aimer. Il racontait des histoires drôles. Il faisait honneur aux plats qu'elle préparait et demandait à être resservi. Il lui parlait de tout et de rien, lui offrait même un cadeau de temps à autre. Des sucreries, une paire de chaussures. Ces attentions la mirent en confiance. Dans les meilleurs moments, elle avait l'impression que sa vie ressemblait aux chansons d'amour diffusées à la radio. En réalité, la dernière fois qu'elle s'était sentie aussi bien, c'était avant que son père ne prenne la route pour disparaître à jamais.

Zeba repensa au jour lointain où le frère de son mari avait acheté un poste de télévision et un lecteur DVD. Pendant un mois, ils n'avaient cessé de se vanter de cette acquisition, puis les femmes avaient décidé de se réunir pour visionner un film indien. Zeba s'était assise avec joie aux côtés des autres, et toutes avaient été captivées par le tourbillon de couleurs, de saris chatoyants, les danseuses tournoyant lascivement, bras et ventre nus. Le héros du film se frappait le torse du poing tout en dansant autour de sa bien-aimée, tendait les mains, lui déclarait effrontément son amour. À genoux, il avançait vers elle de telle façon que la pieuse belle-sœur de Zeba détournait le regard pendant que les autres se délectaient. Il n'aimerait qu'elle jusqu'à la fin de ses jours, chantait-il. La pièce vibrait des battements de cœur synchronisés d'une dizaine de femmes avides d'un amour frayant dangereusement avec le péché. Zeba rougissait. Kamal lui avait chanté cette chanson à peine quelques jours plus tôt, et même attrapé les fesses avec un sourire coquin lorsqu'ils s'étaient croisés dans l'étroit couloir de leur maison. Zeba avait passé les doigts dans les cheveux de son fils. Basir, âgé de trois ans, était blotti à ses pieds – une version miniature de son père.

Un amour enivrant, grisant, blasphématoire. La fille souriait pudiquement, glissait vers lui puis reculait, s'adonnait à la danse étourdissante de l'indécision. Les enfants gloussaient, imitaient les mouvements des acteurs. Une des femmes se mit à rire et donna une tape sur l'épaule de sa fille de quatre ans.

« Assieds-toi avant que ton père arrive ! Tu crois qu'il serait content de trouver une danseuse dans sa maison ? »

Zeba ne s'était jamais sentie aussi bien, mais cette sérénité serait de courte durée.

Contrairement au reste du pays où pleuvaient les missiles, leur village était calme, le quotidien rythmé par une routine agréable. Zeba avait de la chance. Ses beaux-parents la traitaient bien. Seule la sœur de Kamal, Tamina, gardait ses distances avec elle. Zeba ne lui en voulait pas. Elle montrait la même hostilité à l'égard de la femme de son frère.

À la naissance de Basir, leur premier enfant, Kamal se réjouit. Elle lui avait donné un fils qui lui ressemblerait, porterait son nom, ferait l'honneur de la famille. Le petit était vif, robuste et souriant.

Deux autres enfants suivirent, mais ils moururent en bas âge. Ce fut une période sombre pour le couple. Ils enterrèrent une petite fille de sept mois ; avec son visage angélique, elle danserait dans les rêves de Zeba pour le restant de ses jours, n'aurait de cesse de la réveiller en pleine nuit, le cœur lourd. Deux ans plus tard, ils perdirent un second bébé. Le garçonnet était mort un matin, alors que la famille venait de célébrer son quarantième jour de vie par une fête et une lecture du Coran. Kamal et Zeba se parlèrent peu après cet événement. Ce n'était pas de la colère qui planait entre eux. Ils n'avaient tout simplement plus rien à se dire.

—Je ne vais pas lui donner de nom, avait décidé Zeba à la naissance de son quatrième enfant.

Elle n'avait aucune raison de penser que celui-là survivrait, même après quarante jours.

—Mais, Zeba, il lui faut un nom. Si quelque chose lui arrive… il lui faut un nom.

Son mari disait vrai. Même si la petite mourait, il lui faudrait un nom pour être enterrée. Elle s'y refusa malgré tout. «Fais dodo, Petite Fille», lui chantait-elle doucement en la berçant.

—Petite Fille commence à marcher à quatre pattes, annonça-t-elle fièrement à son mari un jour.

Zeba retenait son souffle à chaque poussée de fièvre, à chaque nuit froide, à chaque fête, craignant qu'Allah ne la lui reprenne. Ce ne fut que lorsque Shabnam fit ses premiers pas que ses parents lui choisirent un prénom, même si, par habitude, ils continuèrent à l'appeler « Petite Fille », alors même qu'elle était en âge d'exiger qu'ils utilisent son véritable prénom.

Avec Karima, ce fut différent. Elle leur redonna confiance. Ils n'avaient plus besoin de compter sur des miracles. Ils pouvaient se comporter normalement. Ils connaîtraient des peines et des joies, comme n'importe quel autre couple. Ainsi, Zeba ne fit plus attention aux sautes d'humeur de son mari, ne lui tint pas rigueur de ses coups de poing occasionnels. C'était une preuve, se disait-elle, de sa normalité.

Trois ans auparavant, ils avaient emmené les enfants à la rivière. C'était bientôt Norouz, l'équinoxe de printemps et le début de la nouvelle année. Basir, Shabnam et Karima jouaient au bord du rivage, perchés sur des rochers. Ils plongeaient les mains dans l'eau, trempaient leurs habits. Kamal dormait sur le drap qu'elle avait étalé, tandis que Zeba surveillait les petits. Sur leurs lobes d'oreille et au bout de leurs doigts, des gouttelettes reflétaient le soleil comme de minuscules cristaux. Ils étaient rentrés à la maison, les vêtements dégoulinants, mais le cœur léger au terme d'une journée magique.

Sur une photo prise deux ans plus tard, Kamal portait Shabnam dans un bras et Karima dans l'autre. Basir se trouvait devant son père, regardant docilement l'objectif. Zeba se tenait discrètement derrière son époux qui, assis, cachait son ventre arrondi. Rima n'était qu'à quelques mois de rejoindre la famille. Zeba paraissait sereine, mais son cœur était au bord de l'explosion.

Pouvait-il y avoir tableau plus parfait ?

Les bavardages de ses codétenues bourdonnaient à ses oreilles, offrant un fond sonore à ses rêveries. Que faisaient les enfants ? Avaient-ils peur ? Les traitait-on correctement ? Ils étaient ensemble, c'était là sa seule consolation.

Zeba sentit son ventre se nouer à l'idée qu'on les considère comme des orphelins. Mais Basir était un garçon en qui une mère pouvait croire.

Il n'avait rien dit lorsqu'ils l'avaient emmenée. Zeba avait hurlé, agité les bras vers son fils qui avait tendu une main hésitante dans sa direction. Une ombre avait traversé son visage, un air sombre qu'elle avait feint de ne pas voir. Tous les enfants, en particulier Basir, étaient assez grands pour déceler les défauts de leur père. Malgré tout, un père colérique valait mieux qu'un père mort.

Zeba sentait encore les mains vengeresses de Farid autour de son cou. Basir avait aidé les deux voisins à écarter le forcené de sa mère.

—Laisse la police l'emmener ! lui avaient-ils crié en livrant la veuve à Hakimi, sidéré.

Zeba sentait les regards des gardiennes sur elle, entendait leurs clés tinter sans ménagement alors qu'elles arpentaient les larges couloirs. La plupart du temps, ce n'était que de la comédie. Il s'agissait d'un travail comme un autre, et ces femmes n'étaient que peu formées à discipliner des prisonnières. Le salaire que leur versait le gouvernement était dérisoire, mais valait mieux que rien du tout, et les anecdotes croustillantes des unes et des autres faisaient passer leurs journées.

L'histoire de Zeba faisait partie des plus intrigantes. D'ordinaire, c'étaient les maris qui tuaient les épouses, et non l'inverse.

Murmures. Ricanements. Haussements de sourcils entendus.

Les femmes chuchotaient tout près d'elle, au point que Zeba sentait presque leur souffle chaud dans son oreille. Certains commentaires lui valaient des migraines, elle imaginait ses enfants blottis les uns contre les autres, totalement perdus.

« Que Dieu aide ces petits. Si elle a des filles, elles seront données en mariage avant même son procès. »

« Tu sais ce qu'on dit. On ne tue pas son mari, même si c'est le diable en personne. »

Elle ignorait à quel moment le juge la convoquerait pour discuter des charges retenues contre elle, mais cela ne saurait tarder.

Les enfants logeaient chez la sœur de Kamal, Tamina. Zeba avait supplié qu'on les envoie plutôt chez Rafi, mais Hakimi, se rappelant les menaces enflammées de Farid, avait rejeté sa demande.

— Khanum, je ne crois pas que vous ayez les idées claires. Votre mari est mort. Ne portons pas davantage atteinte à son honneur en envoyant ses enfants chez un étranger.

— Les choses auraient pu se passer autrement, dit-elle doucement. Vous auriez pu nous sauver.

Hakimi n'avait pas répondu, il avait signé des documents avant de faire signe à un autre policier de la prendre en charge.

En effet, Zeba était allée le voir un mois plus tôt, des taches violacées au-dessus de la pommette, pour l'informer que certains hommes du village priaient un nouveau dieu, qui vivait dans une bouteille. Ils passaient leurs soirées à s'enivrer et rentraient dans leur foyer d'une humeur punitive.

« Dieu les terrassera pour leurs péchés, avait-elle prédit. Mais d'ici là, il sera peut-être trop tard. »

Zeba se demanda ce qu'elle dirait au juge. Quand elle fermait les yeux, les événements de cette journée fatale lui apparaissaient progressivement, comme les images hésitantes d'un écran de télévision, un jour d'orage.

Elle entendit la gardienne annoncer que le dîner était prêt. Au bout du couloir, une femme corpulente d'une cinquantaine d'années distribuait du riz fumant aux effluves de cumin et du ragoût de pommes de terre. Une seule femme de chaque cellule devait apporter un plateau de nourriture à partager avec les autres. Elles s'asseyaient autour d'une nappe jaune pâle étalée sur le sol et fourraient dans leur bouche du riz et des patates qu'elles pinçaient entre leurs doigts. Zeba se joignit à ses codétenues, sans lever vers elles son regard sombre, le cœur serré de n'avoir jamais pu nourrir aussi bien ses propres enfants. Les femmes secouèrent la tête, mais ne laissèrent pas la présence de la prisonnière mutique freiner leurs conversations. Elles se fendirent de sourires huileux, se délectèrent d'histoires ressassées à longueur de journée.

Au terme de la deuxième semaine, Zeba se rendit malade en se demandant ce que Basir pensait d'elle. Ses bras étaient en manque de ses filles, elle se rappelait la façon dont elles s'étaient serrées contre elle quelques instants avant que le voisinage ne fasse irruption chez eux. Jour et nuit, elle dormait le visage collé au mur.

Les autres femmes crurent que Zeba les prenait de haut.

« Nous sommes toutes ici pour une raison, coupables ou pas. Pourquoi ne pas nous dire ce que tu as fait ? »

« Tu te crois trop bien pour nous parler ? »

« Peut-être qu'elle a perdu la boule ? »

« Allez, si tu dois rester ici pour je ne sais combien d'années, il faut qu'on sache qui tu es ! »

Personne dans la prison ne connaissait Zeba. Ces gens ne savaient rien de son mari, de ses enfants désemparés. Elle était à des kilomètres de chez elle, de son village, et cet anonymat était une consolation. Elle verrait le juge une ou deux semaines plus tard, lui avait-on dit. Elle n'avait pas encore soufflé mot des événements sanglants qui l'avaient amenée là, n'avait rien dit de la hache plantée dans la tête de son époux, des traces de pas s'éloignant de leur maison.

CHAPITRE 8

Yusuf plissa les yeux, aveuglé par les phares de voiture tranchant dans la pénombre du soir. Un homme à bicyclette fit sonner la clochette de son guidon. Yusuf se décala sur le côté pour éviter de se faire écraser le pied par la carriole que celui-ci tirait derrière lui. Cette effervescence lui avait manqué, même si les quartiers chinois, indien et afghan du Queens étaient tout aussi bruyants et agités. Si à ce tumulte s'était ajouté le grondement du métro aérien, Yusuf se serait cru à quelques rues de chez lui.

Il avait passé la journée à redécouvrir la ville dans laquelle il avait grandi sans passer pour un touriste. Mais, entre la bouteille d'eau qu'il transportait et l'iPhone qu'il sortait pour photographier les jardins, les monuments, ou le lit de rivière asséché, il avait peu de chances de se fondre dans la foule d'autochtones.

Un autre quartier, une autre bande de gamins.

«Kaka, Kaka, l'avait interpellé l'un d'eux. Mon oncle, prends-moi en photo!» Le petit avait croisé les bras et esquissé un large sourire, révélant deux dents manquantes. Un autre garçon, coiffé d'une casquette de base-ball, avait imité son camarade: tête inclinée sur le côté, clin d'œil.

Il les avait pris en photo et, à leur grand ravissement, leur avait montré les images.

« Tu les ramènes en Amérique et tu les montres à tout le monde, d'accord ? »

Yusuf avait ri et promis de faire cela.

« Des stars de cinéma, ces garçons de Kaboul ! Voilà ce qu'on dira de nous ! »

Il but une gorgée d'eau et sentit son téléphone vibrer dans sa poche. C'était sa mère.

— Tu ne dormais pas, hein ?

— Non, Madar-*jan*. Il est encore tôt. Est-ce que tout va bien ?

— Oui, oui. Écoute, ta Khala Zainab m'a appelée tout à l'heure pour me dire qu'elle avait été ravie de te voir. Elle m'a remerciée pour les cadeaux, et a dit que tu étais très poli et merveilleux, et que… Bon, elle m'a fait tellement de compliments sur toi que je n'ai pas su quoi répondre.

— C'est gentil de sa part. J'étais content de les voir.

— Tu as de quoi écrire ?

— Pourquoi ?

— Je vais te donner le numéro de portable de Mina. Comme ça, tu pourras l'appeler et lui parler. Apprendre à la connaître.

— Le numéro de Mina ? répéta Yusuf, sidéré. Comment as-tu fait pour l'avoir ?

— Par sa mère, bien sûr. Ça lui ferait plaisir que vous discutiez tous les deux. Kaka Siar n'est pas au courant. C'est entre Mina et sa mère.

Yusuf s'interrogea sur la démarche de Khala Zainab qui avait appelé sa mère à l'autre bout du monde pour lui communiquer le numéro de sa fille. Était-ce très moderne ou parfaitement ridicule ?

— Je suis censé l'appeler ?

—Oui! gémit sa mère. Tu ne crois quand même pas que c'est elle qui va le faire? Bon, écoute. Quand tu l'as au bout du fil, demande-lui quels sont ses centres d'intérêt, combien d'enfants elle désire, et si elle veut travailler ou étudier. Et laisse-la parler.

Yusuf rejeta la tête en arrière et prit une profonde inspiration. Sa mère était-elle en train de lui donner des conseils sur la façon de s'adresser à une fille?

—Madar-*jan*, je suis capable d'avoir une conversation.

—Ce n'est pas seulement une conversation, *bachem*. Vous devez faire connaissance, voir si vous pouvez passer le reste de votre vie ensemble. C'est très important, tu sais. J'aurais aimé pouvoir poser ces questions à ton père.

Yusuf entendit l'intéressé crier quelque chose. Sa mère se mit à rire et lui répondit qu'il n'était pas encore trop tard pour le faire. Elle revint alors à son fils.

—Ton père prend tout à la plaisanterie. Mais sérieusement, Yusuf, appelle-la.

Yusuf attendit le lendemain, sans savoir si c'était grossier ou poli, mais il lui semblait précipité de l'appeler immédiatement après avoir raccroché avec sa mère. De plus, il était certain que Mina serait chez elle avec ses parents et qu'il lui faudrait se retrancher dans une autre pièce pour prendre la communication.

—Eh, Mina-*jan*, dit-il avec hésitation. C'est Yusuf. Comment vas-tu?

—Yusuf? Euh… je vais bien, merci. Et toi?

—Bien, merci. J'ai eu ton numéro par ma mère… ou plutôt la tienne. J'espère que je ne te dérange pas. Je…

—Ma mère t'a donné mon numéro?

Yusuf se mordit la lèvre.

—Oui, ça ne t'embête pas ?

Une fraction de seconde s'écoula avant la réponse de Mina, assez pour qu'il comprenne qu'elle n'était pas au courant. Il ferma les yeux et expira lentement, secouant la tête de dépit en pensant à la façon dont les mères complotaient dans le dos de leurs enfants. Il chercha un moyen de mettre fin à cette conversation avec courtoisie, mais Mina prit la parole.

—Non, tu tombes très bien en fait. C'est ma pause. Comment se passe ta journée ?

Yusuf sentit de la confiance dans sa voix. De toute évidence, elle ne parlait pas la main sur la bouche avec la crainte d'être espionnée. Il l'imagina même assise nonchalamment, jambes étendues devant elle.

Leur échange fut naturel et spontané ; la mère de Yusuf aurait été enchantée. Il l'interrogea sur son travail, et elle lui parla du programme des Nations unies pour l'égalité des sexes. En tant qu'assistante du directeur, elle était chargée d'organiser les réunions et de coordonner les sujets de débats entre les départements. La famille de Kaka Siar était retournée à Kaboul en 2002, l'année où les talibans avaient été évincés, et où commençaient à renaître les espoirs de paix. Même lorsqu'ils étaient réfugiés, Mina avait continué ses études, y compris son apprentissage de l'anglais. Sa maîtrise de la langue ainsi que les recommandations d'un oncle travaillant pour ce programme l'avaient aidée à obtenir ce poste. Elle avait pour ambition de gravir les échelons et prenait également des cours d'informatique.

—Ton travail te plaît ? s'enquit Yusuf.

Il était impressionné, d'autant plus qu'elle avait eu une scolarité décousue. Cela ferait beaucoup d'effet sur un CV, pensa-t-il, elle pourrait même postuler aux États-Unis pour un emploi similaire. Il se garderait bien de le lui dire. Il n'avait encore pris aucun engagement envers elle, et n'était même pas sûr de lui demander sa main. Il devait tenir compte de l'aspect logistique des choses.

—Oui, ça me plaît. Je travaille avec des personnes vraiment formidables, des Afghans, des Américains. Quelques Européens aussi. Des gens brillants.

—Je sais, je me demandais… Tu étais si jeune quand nous sommes partis. Tu te souviens de moi ? Tu étais une petite fille.

—Bien sûr que je me souviens de toi ! s'écria joyeusement Mina. J'étais assez grande pour me rendre compte que mon meilleur ami s'en allait. Mais je ne savais pas pour combien de temps. Tu étais si patient avec moi. Tu as été comme un grand frère pour moi. Je crois que c'est pour cette raison que mon père t'appréciait autant. Tu étais aussi le fils qu'il n'avait pas eu.

Ce sentiment d'avoir deux pères et deux mères, en ces temps difficiles, avait été un luxe pour eux. Kaka Siar et Khala Zainab avaient en effet traité Yusuf comme leur fils, et ses propres parents en avaient fait autant avec les enfants de l'autre couple. Tous avaient fui tandis que les talibans prenaient le chemin de la capitale. La situation du pays risquait alors de s'aggraver considérablement. Le père de Yusuf avait craint de voir ses fils enrôlés de force dans l'un ou l'autre camp.

—Tu étais le seul garçon de la terre prêt à supporter une gamine de six ans. Tu étais d'une patience incroyable. Tu me faisais des tresses, tu me racontais des histoires. Même si je les ai toutes oubliées aujourd'hui.

— Je suis ravi de t'avoir laissé un si bon souvenir. On a tous besoin d'un plus petit que soi, plaisanta Yusuf.

— Je suis heureuse pour toi, dit Mina avec une chaleur et une sincérité qu'il perçut malgré les parasites de la ligne. Je suis contente que tu aies si bien réussi, que ta famille soit en bonne santé, qu'elle s'agrandisse et que tu sois revenu. Je suis sûre que tu vas accomplir de grandes choses ici. On a besoin de gens comme toi.

Yusuf se passa les doigts dans les cheveux. Était-il vraiment en train de faire ça ? Ce n'était pas une conversation anodine entre deux amis d'enfance. Chaque minute passée au téléphone renforçait la perspective d'un engagement, d'une union de leurs deux familles. Ses sœurs l'avaient taquiné à ce propos avant son départ, mais il avait balayé cette idée, en prétextant nourrir de sérieux doutes sur les Afghanes, ayant vécu avec deux d'entre elles toute sa vie. En réponse, sa mère lui avait tiré l'oreille.

— Toi et moi, on est un peu pareils. Tu ne crois pas, Mina ?

— Oui, dit-elle pensivement.

Yusuf l'imagina rabattre une mèche de cheveux derrière son oreille d'un index délicat, comme elle l'avait fait l'autre soir. Il l'imagina sourire à ses petites phrases de séduction, des mots plus audacieux qu'une déclaration d'amour. Elle était enthousiasmante, vivante, loin de l'image qu'il avait des jeunes femmes vivant en Afghanistan.

— Oui, Yusuf, je crois qu'on est pareils.

Chapitre 9

C haque jour l'éloignait davantage de cet après-midi fatal. Chaque jour, Zeba était un peu plus veuve, un peu plus détachée de Kamal. À certains moments, elle se sentait légère et libérée. Ses enfants lui manquaient terriblement, mais il lui était difficile de ne pas apprécier cette liberté nouvelle. Si elle n'avait pas envie de se réveiller en même temps que ses codétenues, elle pouvait ignorer leurs bavardages, rouler sur le côté, et dormir toute la matinée. Elle n'avait aucune responsabilité à assumer en cuisine. Ses repas lui étaient servis avec une régularité de métronome. Zeba s'occupait de sa toilette et de la sienne uniquement. La douceur des joues de Rima contre les siennes lui manquait, mais elle découvrit également le plaisir de marcher sans bébé sur la hanche, sans petits poings cognant d'impatience, sans bouche cherchant son sein sans se préoccuper de ses besoins à elle. Combien de fois s'était-elle retenue, la vessie pleine, pour ne pas faire attendre plus longtemps son enfant affamée ? Et Rima était la dernière – du moins la dernière à avoir survécu –, mais Zeba préféra ne plus y penser pour le moment. Elle savourait un instant de légèreté.

Elle ne regrettait pas d'avoir eu des enfants, mais ils l'exaspéraient parfois. N'était-ce pas le cas pour toutes les mères ? Comment ne pas en vouloir à ces petits êtres qui ne faisaient que prendre, prendre, et prendre encore ? Comment les nourrir tous à la fois ? Où était Kamal lorsqu'ils étaient malades, faibles, ou se montraient capricieux ?

Ce n'était pas un père investi. Si les enfants n'étaient pas parfaitement nourris et éduqués, la faute en revenait à leur mère et à elle seule.

Son désir d'enfant – ce besoin viscéral qu'elle avait autrefois éprouvé – lui semblait loin à présent. Elle avait pleuré la perte de deux bébés, mais ce déchirement s'était peu à peu estompé dans sa mémoire, à mesure que la fatigue, la colère et la lassitude avaient pris le pas sur le chagrin.

Jeune, elle avait vécu entourée de mères. Le domaine familial était peuplé de tantes et de cousines plus âgées. Elle s'était dit que sa vie d'épouse serait similaire, mais lorsque Kamal avait décidé de s'éloigner de son clan, elle n'avait pas protesté. Ne s'étant jamais sentie à l'aise parmi ces gens, elle avait apprécié cette rupture. La sœur aînée de son mari, Mariam, s'était toujours montrée trop insistante et intrusive. La plus jeune, Tamina, faisait à peine attention à elle et trouvait toujours des raisons de les éviter. Si le père de Kamal n'avait pas succombé à une crise cardiaque avant d'avoir le moindre cheveu blanc, elle aurait sûrement eu d'autres frères et sœurs à ne pas aimer.

Zeba se demandait si sa belle-mère se réjouissait parfois de la disparition prématurée de son époux, mais c'était improbable. Elle était fidèle à sa famille et à la mémoire de son mari. L'unique frère de Kamal avait été tué dans l'explosion d'une mine, tandis que l'une de ses sœurs avait succombé à une maladie que le médecin du village avait été incapable de nommer. La mère de Kamal s'était alors recroquevillée sur elle-même, passant son temps à tripoter son chapelet, anéantie par le chagrin.

Après la disparition de son père, puis de son frère, Kamal devint le patriarche de la famille, sans pour autant obtenir le respect qu'il estimait lui être dû. Jour après jour, son humeur s'assombrit. Il se montrait glacial avec les enfants, les repoussant d'un geste dès qu'ils osaient approcher. De plus en plus souvent, il envoyait Zeba au sol d'un revers de main. Elle apprit à se taire en sa présence et à faire taire les enfants d'un regard sévère.

Fais en sorte qu'il soit heureux, se disait-elle. *Ça pourrait toujours être pire.*

C'est alors que commencèrent les absences de Kamal. Il se mit à errer dans la rue, à rentrer tard sans prendre la peine de se justifier. Il lui arrivait même de disparaître plusieurs jours. Une fois, on ne le vit pas à la maison pendant plus d'une semaine. Zeba n'osait en parler autour d'elle. Que signifiait cette absence prolongée ? Son mari était-il mort ou simplement indifférent à son foyer ?

Au neuvième jour, elle prit la décision de rendre visite à la sœur aînée de Kamal. Et tandis qu'elle préparait les enfants pour sortir, son mari fit irruption dans la maison en titubant, débraillé, la barbe hirsute, l'haleine fétide.

Zeba s'arma de courage et ne posa aucune question devant les enfants. Elle se mit en cuisine, puis lui servit son dîner, faisant fi de son air renfrogné.

Comme il est de coutume dans les villages, les gens se mirent à parler. Zeba évitait les voisins et la famille. Elle tirait son foulard sur son visage et faisait rentrer les enfants à la hâte pour ne pas affronter les regards.

—Kamal-*jan*, dit-elle prudemment un soir d'hiver, alors qu'elle avait préparé autant de plats à base de légumes et de yaourts qu'il était possible. Les enfants n'ont pas eu droit à un vrai repas depuis des jours.

—Tu ne crois pas que je rapporterais quelque chose si je le pouvais?

—Je pensais juste…

Mais les pensées de sa femme ne l'intéressaient pas. Il lui jeta une sandale à la figure, la manquant d'un cheveu.

Il était brusque avec elle, verbalement et physiquement. Il lui faisait des remarques sournoises déguisées en plaisanteries, comme pour la mettre au défi de réagir. Leurs moments d'intimité étaient devenus brutaux, leurs interactions physiques purement animales. Zeba avait changé, elle aussi. Elle n'était plus la jeune mariée aux yeux brillants d'autrefois, mais avait cru que leur histoire d'amour était toute tracée et ne dévierait jamais de sa trajectoire. Hélas, le sort en avait décidé autrement.

«La guerre, les années de privation, ça l'a détruit. Ce n'est pas sa faute», disait la mère de Kamal quelques mois avant de mourir, comme si elle avait su qu'elle ne serait pas là pour le défendre très longtemps. «Dieu merci, il est ici avec nous, en vie et en bonne santé.»

Zeba se retenait de répliquer. Les talibans étaient partis. L'Occident avait redécouvert l'Afghanistan, et des hommes et femmes au teint clair, casqués, en lourde tenue militaire, déambulaient dans le village. La souffrance de Kamal n'avait rien d'exceptionnel. Ce n'était ni un soldat ni un invalide de guerre. Son travail de forgeron leur permettait à peine de survivre.

Non, trancha Zeba. *Kamal aurait été le même homme méprisable s'il avait vécu dans le faste et la modernité.*

Elle le ménageait, prenant soin de ne pas le faire sortir de ses gonds. Qu'il passe la porte et ne revienne plus jamais aurait été pire.

Il ne lui inspirait aucune pitié, seulement de la honte, à un degré inavouable. Gulnaz n'aurait jamais toléré un tel comportement, mais Zeba n'avait pas hérité du caractère de sa mère. Loin de là.

Elle remarquait les regards vagabonds de Kamal au marché, la façon dont il lorgnait les femmes qui ne portaient pas la burqa. Il parcourait leurs courbes des yeux, les déshabillait avec une avidité qui la faisait rougir. Elle avait conscience, lorsqu'il la rejoignait au milieu de la nuit, qu'il ne pensait pas à elle, mais à mille autres, à n'importe quelle autre femme. Parfois, il partait dans une ville voisine, disparaissait une journée entière avec de l'argent qui aurait dû servir à acheter de la nourriture pour la famille. Il existait des femmes, tout le monde le savait, prêtes à s'allonger avec un homme pour le prix d'un repas.

Pour Zeba, cependant, ces rencontres clandestines restaient préférables aux vices auxquels il s'adonnait dans leur propre village. Lorsque Kamal était aperçu en train de quitter la maison d'un ami, le bruit se répandait jusqu'à elle : il était si soûl, disait-on, qu'il parvenait tout juste à mettre un pied devant l'autre.

— Je veux que tu saches que je suis choquée par ce que j'ai entendu sur Kamal, lui avait dit sournoisement Fatima, la femme de Farid. Tu peux me faire confiance, je ne répéterai rien à personne. Certains hommes sont faits ainsi. C'est incompréhensible… et dire qu'il vient d'une famille si pieuse et si respectable. Tu le savais, n'est-ce pas ? Je détesterais être celle qui t'apporte de mauvaises nouvelles !

Zeba était prise au dépourvu. Elle n'avait jamais réfléchi à une réplique appropriée pour de pareilles remarques, n'ayant jamais pensé qu'elle ferait l'objet de telles conversations au sein de la famille. Elle se sentait petite et sale, comme si c'était elle qui avait péché, et non lui.

L'alcool le rendait encore plus colérique. Les enfants avaient appris à l'éviter lorsqu'il rentrait à la maison l'œil vitreux. Karima et Shabnam prenaient Rima, et sortaient dans la cour pour retirer le linge sec de la corde. Elles marchaient la tête et les épaules basses, comme pour esquiver les coups avant même que l'humeur de leur père ne soit menaçante.

On jasait. Zeba le devinait à la façon dont les commerçants la regardaient. Ils haussaient les sourcils dès qu'elle entrait dans leurs boutiques, lui parlaient sur un ton méprisant. Zeba ne souriait jamais. Elle faisait ses courses à la hâte, en gardant les yeux rivés sur les sacs de farine qu'elle achetait ou sur la route devant elle. Chaque fois que Kamal titubait dans les rues du village, il la condamnait davantage à l'indignité. Elle le suppliait de penser à sa famille, à leur réputation.

Pour de tels mots, il lui avait brisé le nez, une côte, et avait détruit la moitié de leur vaisselle.

Il ne redevenait pas l'homme qu'il avait été lors de ses brefs intermèdes de sobriété. Dans ces moments, un Kamal furibond entrait d'un pas incertain dans la maison, hurlait à ses enfants de s'écarter de son chemin et marmonnait qu'il lui fallait son « médicament ». Zeba trouvait alors une consolation dans la poésie. Elle traduisait sa colère et son découragement en vers.

Médicament, c'est le mot de cet homme pour liqueur
Un bien étrange remède qui aggrave son humeur.

Zeba était incapable de se rappeler l'homme qui lui murmurait des mots tendres à l'oreille dans les premiers jours de leur vie commune, dont les yeux s'étaient remplis de larmes à la naissance de leur fils. Cet homme n'avait jamais réellement existé. C'était le fruit de son imagination, une façon de se convaincre que ses enfants étaient issus d'une union respectable.

Un matin, Fatima frappa à sa porte, et Zeba la fit entrer à contrecœur. Pendant qu'elle lui servait une tasse de thé vert, l'autre lui expliqua la raison de sa visite.

— Farid m'envoie pour voir si Kamal a l'argent qu'il lui doit. Nous ne sommes pas riches, tu sais, et il a promis de nous rembourser il y a des mois. Oh, regarde Basir-*jan*. Il ressemble tellement à son père maintenant…

Elle prononça ces mots d'une voix monocorde alors que le garçon traversait la cour.

Zeba sentit son ventre se nouer. Elle détestait admettre cette ressemblance frappante, car cela faisait naître en elle des sentiments envers son enfant qu'elle n'avait pas envie d'éprouver.

Elle avait même tenté de changer l'apparence du petit pour ne plus voir Kamal en lui. Elle lui avait coupé les cheveux très court, ne le laissait jamais porter les vêtements de son père. Lorsqu'elle l'embrassait, elle lui écrasait les deux joues pour effacer la similarité.

Basir sera différent, se promettait-elle. *Il sera meilleur que son père.*

C'était l'aîné, l'enfant qu'elle aurait dû chérir plus que les autres. Il n'avait rien fait de pire que la plupart des garçons de son âge, rien de bien terrible. De temps à autre, pourtant, Zeba voyait ou croyait voir un éclair de colère traverser son visage adolescent. Alors une peur panique s'emparait d'elle, celle d'avoir donné naissance à une nouvelle version de Kamal. Quand Basir rentrait de l'école, passait les bras autour de ses épaules et l'embrassait, elle avait honte de ses doutes. Quel genre de mère était-elle ?

Peut-être pouvait-elle réapprendre à aimer Kamal. Peut-être lui chanterait-il à nouveau des chansons d'amour, si elle y mettait du sien.

Il fallait du temps pour mépriser ou aimer un époux, Zeba l'avait appris de ses conversations avec d'autres femmes. Aucun sentiment ne naissait dès la nuit de noces ni aucune des cent nuits suivantes. Ce qu'une femme éprouvait pour son mari, qu'elle ait envie de cracher son nom ou de le chuchoter amoureusement, se construisait au fil du temps. Il fallait traverser plusieurs centaines de repas, la naissance de plusieurs enfants, la mort d'un être cher, des nuits l'un sans l'autre, des changements d'humeur aussi répétés que ceux des saisons.

Le mariage était un sport. Un match opposant l'amour à la haine. Le cœur comptait les points.

Un bras sur son épaule au clair de lune. Un baiser affectueux sur le front de ses filles. L'odeur de métal et de sueur sur ses vêtements après une journée de dur labeur. La façon dont il embrassait les mains de sa mère pendant les fêtes. Des points pour l'amour.

Mais, de jour en jour, les humeurs de Kamal connaissaient d'infinies variations, comme un poste de radio dont on aurait changé compulsivement la fréquence.

Oui, elle avait trop compté sur lui, mais n'était-ce pas à cela que servait un mari ? Elle se promit d'en attendre moins de lui. De toute façon, cela ne rimait plus à grand-chose. La façon dont il détournait la tête lorsqu'elle se déshabillait, ses ronflements pendant qu'elle accouchait, les moments de rage où il l'avait traitée de traînée sans père ; autant de points pour le mauvais côté du mariage. Le match n'était pas aussi serré qu'il aurait dû l'être.

Les pauvres enfants, songeait Zeba. *Ils ne jouaient pas, mais perdaient tout autant.*

Elle les aimait de tout son cœur. C'étaient de bons petits. Ils étaient son héritage, sa création, même s'ils venaient aussi de Kamal.

Zeba s'était maintes fois réveillée avec l'espoir que leur vie redevienne comme avant, et maintes fois couchée en fulminant contre sa propre naïveté.

Si seulement Kamal était mort à la place de son frère, pensait-elle.

« Allah décide du moment de notre naissance et de celui de notre mort bien avant notre premier souffle. » Son père lui avait enseigné cela avant de disparaître. Zeba aurait dû l'interroger davantage.

Et ce qui se passe entre les deux, c'est à Lui ou à moi ?

Avait-elle tué Kamal ? Zeba n'en était pas sûre. Tout était arrivé si vite. Les images défilaient dans son esprit à une vitesse infernale. En réalité, elle avait peur de ce qu'elle verrait si elle les faisait ralentir. Il lui faudrait un jour ou l'autre affronter la vérité, mais ce moment n'était pas encore venu.

Et peut-être n'était-ce pas si important, à bien y réfléchir. Elle pouvait se convaincre qu'elle l'avait tué, et tout aussi aisément se considérer incapable d'un tel acte. Les épouses, les mères, les filles… les femmes ne faisaient pas ce genre de choses. Elles n'avaient pas assez de cran pour cela.

Une fois le soleil couché, le dîner partagé avec les trois femmes de sa cellule, Zeba était encore un peu moins l'épouse de Kamal. Encore un peu moins la mère acariâtre et irascible. Encore un peu moins un pion entre les mains capricieuses du Tout-Puissant.

Le lendemain matin, Zeba échangerait quelques mots avec ses codétenues. Elle se sentirait un peu plus à l'aise derrière ces barreaux. Elle retrouverait son appétit, et les cernes sombres creusant ses yeux s'estomperaient.

Le lendemain matin, Zeba serait un peu plus Zeba, ne comptant sur personne pour réparer les petits tracas d'une journée ordinaire. Quel dommage que Kamal ne fût pas là pour le voir.

CHAPITRE 10

Z eba rencontra la directrice de la prison pour lui livrer sa version du crime dont on l'accusait. Cette dernière, une femme corpulente d'une cinquantaine d'années qui passait le plus clair de son temps derrière son bureau, ne se montra ni impressionnée ni surprise par la mémoire défaillante de la détenue concernant les événements récents. Avec un froncement de sourcils, elle referma le dossier en papier kraft sur lequel était inscrit le nom de l'accusée et ordonna d'un hochement de menton à Asma, la gardienne aux cheveux roux, de la reconduire à sa cellule.

Zeba foula d'un pas traînant, les épaules voûtées, les carreaux coquille d'œuf parfaitement réguliers. Les murs étaient de la même teinte, mais recouverts de gribouillages d'enfants et ponctués de silhouettes de femmes désœuvrées. Les portes des cellules et les barrières, quant à elles, étaient d'un bleu vif qui détonnait avec le reste du bâtiment.

Deux gamins en bas âge déboulèrent de l'autre extrémité du couloir, et un coude vint frôler la cuisse de Zeba. Leurs éclats de rire la mirent mal à l'aise.

— Ne courez pas ! les gronda Asma, qui secoua la tête en tirant sur son voile. Ils ne valent pas mieux que leurs mères.

Elles dépassèrent le poste des gardiennes, une cabine de verre en demi-lune trônant au milieu de l'édifice, et offrant une vue imprenable sur les longs couloirs de la prison. À l'intérieur se trouvait une table en bois avec une radio, dont l'antenne était rabattue, et un petit tas de journaux. Une autre gardienne y était assise. Elle leva la tête quand elles passèrent, et Zeba baissa de nouveau les yeux.

Elles tournèrent au bout du couloir, où un escalier menait au deuxième étage. Une fillette à peine plus âgée que Rima était assise sur le palier, un moulin à vent dans les mains. Sa robe indigo se détachait nettement sur le sol en béton. Elle leva le nez de son jouet et sourit béatement à Zeba, qui fut tentée de lui rendre son sourire, mais se ravisa devant l'absurdité de la scène.

Des éclats de voix s'élevèrent depuis la petite pièce près de l'escalier. Zeba y jeta un coup d'œil et vit une chaise pliante posée devant une coiffeuse. Des tiroirs béants révélaient des brosses à cheveux rondes et plates, des boîtes en fer remplies de pinces à cheveux, des tubes de rouge à lèvres, une bombe de laque. Une prisonnière fraîchement coiffée y était installée, et se tordait le cou pour inspecter l'arrière de son crâne. Deux autres femmes aux doigts rougis par le henné s'affairaient autour d'elle. L'une d'elles lui appliquait de la poudre sur les pommettes, un minuscule miroir dans la paume de la main. Elles ne prirent pas la peine de lever la tête au passage de Zeba.

— On dirait qu'elles vont à un mariage, marmonna Asma qui n'avait ni crayon autour des yeux ni fard sur les joues. L'oisiveté est mère de tous les vices.

La gardienne la conduisit jusqu'à la porte bleue que Zeba reconnaissait désormais au creux qu'un coup de pied furieux y avait imprimé.

— Zeba, tu es revenue!

—J'ai cru qu'ils t'avaient libérée. Ça fait un bout de temps que tu es partie.

Soudain, Zeba en eut assez d'entendre la voix de ses codétenues. Il était décidément impossible, dans cette prison bondée, avec ses larges couloirs et ses cellules exiguës, d'avoir un moment à soi.

—Sois gentille, la gronda Asma en haussant un sourcil. Ne commence pas les provocations, Latifa.

Elle balaya rapidement la pièce du regard, puis ses yeux se posèrent avec insistance sur Latifa. Cette dernière gonfla les joues et soupira d'agacement.

—La seule différence entre nous, c'est ton uniforme, Asma. Tu le sais bien.

—Ouais, bien sûr, Latifa. C'est la seule différence, ironisa la gardienne.

Elle appuya ses propos d'un regard sévère avant de tourner les talons. Zeba en conclut que la porte avait été cabossée par le pied de plomb de Latifa.

Elle se glissa dans la cellule et s'assit sur son lit.

Elle n'avait aucune envie de bavarder avec les autres, mais comme Asma aimait à le rappeler, l'ennui préludait au crime. L'impatience et l'angoisse la gagnaient. Elle préférait ne pas s'imaginer passer toute sa vie entre ces murs, mais l'autre solution lui semblait à peine concevable. Le juge ne lui avait pas annoncé de date pour son procès. Son frère cherchait un avocat qui accepterait de la défendre. Zeba avait conscience de la difficulté de la tâche.

—Tu n'as pas encore vu le juge, hein ? lui demanda Latifa quand Asma se fut éloignée.

—Non, répondit simplement Zeba. Pas encore.

—Ils nous gardent le plus longtemps possible avant de démarrer le procès. Tellement longtemps qu'on finit par se croire coupable du crime qui est inscrit dans notre dossier.

Latifa s'assit sur une chaise en plastique devant le poste de télévision installé dans un coin de la pièce. Mezhgan et Nafisa étaient assises par terre, au pied de leurs lits superposés. Elles suivaient religieusement un feuilleton turc, dont les voix étaient bizarrement doublées en dari. Elles ne détachèrent pas les yeux de l'image granuleuse.

—Combien de temps t'ont-ils gardée ici avant ton procès ? s'enquit Zeba.

Latifa éclata de rire.

—Deux mois. C'était un cas simple, mais le procureur n'arrêtait pas de demander des reports. Pourtant, je n'ai jamais contesté les accusations de fugue et d'enlèvement. Mais je crois savoir pourquoi il a agi ainsi. Le juge espérait que mon père lui verserait un pot-de-vin.

Deux mois. Zeba sentit une boule se former dans sa gorge. Elle baissa la tête.

—Ça ne veut pas dire que ce sera pareil pour toi, c'est ce qui s'est passé dans mon cas, c'est tout. Hein, Khanum ?

Latifa fit un signe du menton en direction d'une autre gardienne, une femme quelconque d'une quarantaine d'années, au foulard marron d'où s'échappaient quelques mèches. Celle-ci s'était arrêtée devant leur porte, le regard attiré par l'écran.

—Ça suffit, Latifa. Tu sais que je n'écoute jamais tes âneries ! s'agaça la gardienne.

Latifa se mit à rire.

—Tu es une véritable amie, merci. Comment va ta fille, au fait ? Est-ce qu'elle a repris l'école ou est-ce qu'elle est toujours malade ?

—Elle va beaucoup mieux, merci. Elle a repris les cours hier, ce qui veut dire que je peux être ici pour te surveiller, au lieu de m'occuper d'elle. Quelle chance, n'est-ce pas ?

L'humeur était légère, jusqu'à ce que la gardienne aborde un autre sujet.

—Nafisa, tu es prête pour demain ?

L'intéressée prit une profonde inspiration et se mit à se tortiller sur le sol. Mezhgan posa une main sur le genou de son amie.

—Tout ira bien, la rassura-t-elle.

—C'est stupide, déclara Latifa.

—Si tu n'as rien à cacher, ça pourra t'aider, fit remarquer gentiment la gardienne.

Latifa décela l'incompréhension sur le visage de Zeba.

—La petite doit se faire examiner demain, annonça-t-elle avec la solennité d'une présentatrice de radio. Un docteur bien avisé va révéler au monde si elle est vierge ou pas. C'est ce que tout le monde veut savoir. Est-elle vierge, oui ou non ? Est-elle encore une jeune fille ou bien une traînée ? A-t-elle déshonoré son père ?

Nafisa devint écarlate.

—Tais-toi, Latifa ! siffla-t-elle.

Cette dernière continua, imperturbable.

—Laisse-moi te préparer un peu, puisque personne ne va le faire. Tu vas devoir enlever tes sous-vêtements et soulever ta chemise. Le docteur va utiliser une lampe pour examiner tous les trous de ton corps, pour voir si un homme s'en est déjà approché. Eh oui, ton derrière aussi est concerné. Mais c'est surtout devant que ça se passe. Il va mettre le doigt pour vérifier si tes parties féminines ont toujours leur voile de pudeur. Si tu n'as plus cette petite chose, alors tu es dans le pétrin. Si tu es déjà tombée d'une fenêtre ou d'un arbre, tu ferais mieux d'en parler avant qu'on t'écarte les jambes. C'est ton seul espoir de justifier ce qu'ils vont peut-être trouver et de t'éviter dix ans de plus derrière les barreaux. Tu es déjà tombée d'un arbre? Réfléchis, ma petite. Ça a dû t'arriver à un moment ou un autre.

Mezhgan fit claquer sa langue.

—Ça suffit, Latifa! Tu prends tout à la légère. C'est déjà assez humiliant pour elle. Inutile d'aggraver la situation.

—J'essaie juste de la préparer. Regarde son visage, la pauvre. Tu n'as pas remarqué qu'elle ne mange rien et qu'elle ne dort plus depuis plusieurs jours? C'est un vrai paquet de nerfs. Les autres n'ont pas la chance d'être aussi bien préparées à se faire enfoncer un doigt entre les jambes.

Mezhgan saisit sa brosse à cheveux et la jeta à la tête de Latifa. Celle-ci l'esquiva de justesse. L'autre se leva brusquement, comme si elle comptait sortir de la cellule. Elle se dirigea vers la porte, s'y arrêta, les bras croisés. La gardienne sourit d'un air amusé.

—J'espère que son avocat est meilleur que le mien, soupira Latifa. Celui qu'on m'a imposé m'a dit que je devrais avoir honte d'avoir quitté ma famille. Il en a dit autant au juge le jour de l'audience et ensuite il lui a demandé d'avoir pitié de moi parce que j'avais l'air repentie. Tu parles d'une défense! Il y a une femme ici qui a été examinée, et le docteur a affirmé qu'elle couchait au moins une fois par semaine avec deux hommes différents.

— Ils peuvent deviner ça rien qu'en regardant là-dedans ? demanda Nafisa d'une voix étonnée.

— Je ne suis pas médecin. Peut-être que les hommes y avaient laissé leur carte d'électeur. Qu'est-ce que j'en sais…

Nafisa était trop nerveuse pour trouver la plaisanterie drôle.

— Qu'a révélé ton test ? demanda Nafisa.

Durant les semaines qu'elles avaient passées ensemble dans la cellule, Latifa n'avait jamais parlé de son test, ni même du fait qu'elle en avait subi un.

— Mon test ? Tu es aussi stupide qu'eux ? souffla Latifa. Ce n'est pas la peine d'interroger mon entrejambe pour savoir si j'ai déjà couché avec un homme. Tu n'as qu'à me le demander directement, et je te dirai que non, même si les membres de ma famille n'y croient pas. Mon frère a juré qu'il me tuerait pour mon comportement de traînée.

Latifa marqua une pause, les yeux clos. Elle agita un doigt en l'air comme pour capter un signal radio.

— J'en ai un ! J'en ai un ! « Si l'homme tire tant d'honneur de sa virilité / Pourquoi entre les cuisses d'une femme vouloir la fourrer ? » Vous ne trouvez pas ça brillant ? reprit-elle.

Zeba était trop préoccupée pour apprécier ces rimes ou le simple fait d'avoir inspiré un peu de créativité chez sa codétenue.

— Est-ce qu'ils examinent tout le monde ? demanda-t-elle nerveusement.

— Non, répondit Latifa en se levant et en secouant les jambes. Seulement si tu es ici pour adultère ou *zina*. Et quelque chose me dit que ce n'est pas ton cas.

Latifa avait raison. Zeba n'avait eu presque aucun désir sexuel dans le mariage. Et encore moins envie d'aller voir ailleurs.

—Alors, Zeba, tu vas nous raconter ce qui s'est passé ou tu nous laisses deviner ?

Zeba croisa le regard insistant de Latifa. Elle secoua la tête et prit une profonde inspiration.

L'odeur du sang avait imprégné l'air avec une rapidité impressionnante. Une ombre mortifère était apparue sur le visage de son mari. Était-ce la douleur ? Il semblait sous le choc, comme s'il regardait le diable dans les yeux. Il s'était effondré, bras tendus, espérant peut-être que Zeba le retiendrait. Le sol avait tremblé sous ses pieds, et elle avait poussé un cri étouffé. Quelque chose de sombre s'écoulait du crâne de son mari, maculant la terre autour de lui, et glissant vers elle. Zeba s'était relevée maladroitement, sans lui tourner le dos. Elle avait reculé d'un pas hésitant, jusqu'à heurter le mur de la remise, puis s'était écroulée. Elle avait alors levé les yeux une fraction de seconde, juste le temps de crier un seul mot.

« Cours. »

—Je n'ai rien à dire.

Zeba regagna son lit et boutonna le poignet de sa manche.

Les autres virent ses doigts tâtonner, ses lèvres trembler. Ça la prenait de temps à autre. Des flashs de cette journée. Dans ces moments-là, elle avait du mal à s'exprimer, et respirer devenait une épreuve.

Latifa le comprit, mais ne put s'empêcher d'insister.

—Rien du tout ? Je me serais trompée ? Ou alors il n'était pas très beau, tout simplement. Ou alors, poursuivit-elle d'un ton dubitatif, tu es tout autant mordue d'amour que ces filles. Pour un autre, un homme un peu moins ridé. Avec la bourse plus pleine. Je t'en supplie, dis-moi que c'est ça. Voilà une histoire que j'aurais envie d'entendre!

Le visage de Kamal, à nouveau. Ses yeux fous, luisants.

Latifa fouilla dans ses poches et en sortit un paquet de cigarettes froissé. Elle y fourra un gros doigt et prit un air déçu, avant de jeter l'emballage vide sur le lit.

Zeba respirait difficilement. Ses doigts la picotaient.

«Cours!»

Était-ce sorti comme un cri ou un chuchotement? Sa mémoire lui jouait des tours.

—Ça suffit! cria Nafisa. Latifa, tu es une imbécile.

Zeba avait déjà sombré, sa respiration s'était ralentie, son esprit vidé. C'était son troisième évanouissement depuis son arrivée. Mezhgan en était mal à l'aise. Elle frotta sa robe nerveusement et se jura de ne jamais rester seule dans une pièce avec Zeba.

Nafisa mit de côté ses inquiétudes sur son examen imminent. Elle le subirait au nom de l'amour. Elle croyait au romantisme, aux amants maudits par le sort, à la passion choisie par Dieu. Sinon, comment survivre au fait que son veuf, malgré ses promesses enflammées, n'avait pas encore approché sa famille pour lui demander sa main? Elle s'y connaissait suffisamment en amour pour savoir qu'il n'y en avait aucune trace sur le visage de Zeba. La prison de Chil Mahtab –les Quarante Lunes– abritait aussi des femmes qui avaient commis des actes bien plus graves que le péché de chair.

—Pour l'amour de Dieu, Latifa, tu es aveugle? Ce n'est pas un crime passionnel, murmura Nafisa en regardant les mains tremblantes de Zeba. C'est quelque chose d'impie.

CHAPITRE 11

Zeba ouvrit lentement les paupières, son regard se fixa sur une grille métallique. Sa tête était lourde. Elle leva un doigt. Une main. Elle bougea, sentit un drap froissé sous son pied. Elle se trouvait sur son lit. Elle ne se rappelait pas avoir été déplacée, ses codétenues avaient dû l'étendre sur le matelas sans lui ôter ses chaussures. Elles ne prenaient plus la peine d'alerter les gardiennes.

Avant ces deux semaines, Zeba ne s'était jamais évanouie. Pas même enfant, lorsqu'elle avait vu des missiles tomber du ciel. Ni enceinte durant les mois les plus chauds et les plus secs. Ni même lorsqu'elle avait pleuré la disparition de son père. Quelque chose en elle avait changé, et elle savait de quoi il s'agissait. La noirceur venait la chercher.

Toute une vie s'était écoulée avant sa première apparition, de si longues années que Zeba en avait presque oublié à quoi ressemblait un quotidien sans terreur. Ce fut progressif, peu fréquent au début. Elle s'insinua dans leur maison comme la fumée d'un feu, se glissa par l'interstice des fenêtres, les effleura dans leur sommeil, agita leurs rêves de soubresauts. Elle s'accrocha obstinément à son mari, s'enroula autour de ses doigts, rampa le long de ses bras, enfuma sa tête d'un nuage toxique. Les enfants la respiraient, l'absorbaient dans leurs corps innocents, leurs veines s'assombrissaient à leur insu. Dans la grande chambre qu'ils partageaient, Zeba épiait toute la nuit la respiration de ses petits, craignant que la noirceur ne s'enroule autour de leur cou frêle, qu'elle les étouffe avant le lever du soleil. Plus d'une fois, les filles avaient été réveillées en sursaut par les doigts affolés de leur mère sur leur gorge, avant qu'une caresse rassurante aux épaules ne les invite à se rendormir.

Lorsque Zeba trouvait le sommeil, la noirceur hantait ses rêves. Elle la voyait se faufiler dans leur nourriture et savait qu'au petit matin elle trouverait des preuves de son existence : des vers dans le sac de riz, de la moisissure sur le pain à peine sorti du four, des meurtrissures plein les pommes. À son réveil, elle jetterait les aliments pourris aux chiens errants. Elle n'aurait même rien gardé si elle l'avait pu, mais il fallait bien nourrir sa famille. Zeba sentait la présence d'un film gris sur leurs assiettes et leurs tasses, entendait le bourdonnement incessant des mouches. Elle tentait de s'en débarrasser, mais en percevait toujours le goût. Il traversait le métal, la pierre, la peau. Irrémédiablement.

L'angoisse de Zeba ne cessait de croître. La noirceur se fit plus fréquente, elle vint une fois par mois. Puis une fois par semaine.

Sa mère lui manquait. Qui mieux que Gulnaz aurait pu combattre un mal aussi intangible ? Elle aurait abordé la noirceur avec sa science bien à elle. Mais Zeba ne pouvait plus se tourner vers elle, pas après les mots qu'elle avait eus à son encontre.

« Que veux-tu, Madar ? Que mes enfants grandissent sans père, comme nous ? Tu veux que je leur impose une vie de honte et de souffrance, c'est ça ? Je ne suis pas comme toi. Je ne veux pas que les gens me regardent comme ils te regardent ! »

Non, sa mère ne lui avait sans doute pas encore pardonné. Il lui faudrait faire face à cela toute seule.

Elle trouva le courage d'en parler à Kamal.

« Il y a quelque chose ici, Kamal. Quelque chose qui nous fait du mal. »

C'était une ombre qui planait sur leur foyer, qui obscurcissait leur vie. La première fois qu'elle lui fit part de son angoisse, elle fut surprise d'être écoutée. Quand elle eut fini de parler, ses mains tremblantes derrière le dos, il leva les yeux au ciel et secoua la tête.

« Tu te fais des idées. Ne joue pas les sorcières comme ta mère. »

Ses mots piquaient, mais ils l'apaisèrent également. Il était sûr de lui et pragmatique, elle pouvait se fier à sa parole.

La deuxième fois, il ne répondit rien, mais lui tira si violemment l'oreille que celle-ci en devint violacée. Elle la cacha sous ses cheveux et son foulard pour ne pas affronter les questions des enfants.

« Je ne veux pas que ma femme soit comme toutes ces idiotes qui croient à l'incroyable. »

Mais si elle y croyait, comment cela pouvait-il être incroyable ?

Alors Zeba se tut et retourna à sa couture, peu convaincue. Il ne voyait pas ce qu'elle voyait. Il ne comprenait pas qu'ils vivaient dans une maison sans fenêtres.

Elle observait attentivement les enfants. Elle les gardait près d'elle. À leur retour de l'école, elle s'assurait qu'ils jouaient à ses pieds pendant qu'elle préparait le repas. Elle les récurait comme de la vieille vaisselle, posait sans cesse la main sur leur front, à l'affût d'une montée de fièvre. La noirceur pouvait prendre n'importe quelle forme, se disait-elle. Kamal ne lui était d'aucune aide. C'était à elle de protéger leur famille.

Zeba passait ses nuits éveillée, prête à croiser l'intrus invisible, cherchant des moyens de le repousser. Elle ne pouvait le voir, mais le sentait, comme un morceau de viande avariée dont les effluves nauséabonds vous retournaient l'estomac. Même les souris se tenaient à distance.

En cuisine, elle inhalait les parfums de coriandre, d'ail, de cumin, de citron, nettoyait ses sens de la puanteur qui imprégnait leurs murs.

La nuit, cela recommençait.

Les enfants ne voyaient pas non plus ce que Zeba voyait. Ils se comportaient normalement dans la journée, tant que leur père n'était pas dans les parages. Le rire de Basir résonnait dans la rue. Il rentrait épuisé par ses matchs de foot, mais sain et sauf. Karima et Shabnam s'aidaient mutuellement aux tâches domestiques. Elles tiraient l'eau du puits et rapportaient le seau débordant, tenant chacune une des poignées en métal déformées. Elles chantaient des comptines, comme toutes les petites filles de leur âge. Rima trottinait, marchait à quatre pattes, babillait comme n'importe quel autre bébé. Nul ne se doutait de rien. Zeba était déroutée par leur immunité. Parfois, elle en était contente. À d'autres moments, elle était furieuse d'être le seul membre de la famille à sentir la noirceur peser sur eux.

Deux jours avant l'Aïd, Zeba suspendit le tapis du salon dans la cour pour le dépoussiérer. D'une main, elle se couvrit la bouche et le nez à l'aide de son foulard ; de l'autre, elle frappa le tapis avec un gros bâton. Son mari était parti depuis le matin. Pour travailler, espérait-elle, même s'il était plus probable qu'il était allé dilapider ses maigres revenus en boisson et tabac.

Elle commença par un côté, fit le tour du rectangle. Le tapis oscilla pathétiquement sous ses coups.

Zeba dirigea son bâton vers le bas, assena quelques coups secs supplémentaires. Quand son bâton se brisa en deux, elle poussa un cri, puis saisit le manche d'un balai et reprit sa tâche là où elle l'avait interrompue. « Paf, paf, paf. » Elle grogna entre les coups, tandis que des nuages de poussière s'échappaient de la fibre comme une toux tuberculeuse.

Arrivée au dernier mètre carré, Zeba s'arrêta. Elle était exténuée, son épaule la brûlait. Elle s'assit sur un seau en plastique renversé, le temps de reprendre son souffle et de reposer les muscles de son bras.

Un froid sec avait saisi le village. Même à l'intérieur, les enfants avaient les doigts tout bleus. Elle rentra le tapis et l'étala sur le sol. Ses couleurs n'étaient pas plus vives après son attaque. Pour une raison qui lui échappait, elle en eut les larmes aux yeux.

Zeba souffla sur ses mains et les frotta l'une contre l'autre. Elle se retourna en entendant la porte claquer derrière elle. Kamal défit son écharpe noire, et jeta un sac de noix et de raisins secs sur la table. Zeba lui adressa un faible sourire, en songeant que cela tombait à pic.

— C'est parfait, déclara-t-elle en prenant la bouilloire. Basir vient de rapporter du pain frais. Ça va nous réchauffer l'estomac.

— Ce n'est pas pour eux, répliqua-t-il. Ils n'ont qu'à manger les restes d'hier soir. J'ai apporté ça pour moi.

Quelque chose dans la voix de son époux lui hérissa l'épiderme. Elle leva aussitôt les yeux. Kamal détourna immédiatement le regard. Elle l'observa attentivement pendant qu'il accrochait son chapeau et sa veste dans l'entrée. Elle vit ses épaules voûtées, son menton méprisant, les ombres autour de ses yeux. Depuis combien de temps était-ce ainsi? Sa gorge se noua, elle eut du mal à respirer.

Les mots lui manquèrent.

Kamal la regarda du coin de l'œil. Il n'avança pas vers elle, ne s'éloigna pas non plus. Ils se tinrent à une distance raisonnable, précisément à six pas l'un de l'autre. Lui, fermement planté sur le tapis qu'elle avait tenté de dépoussiérer. De là, il pouvait voir les quelques cheveux argentés sur la tête de sa femme, et elle, presque sentir la barbe de plusieurs jours sur le visage de son mari, ce même visage qui s'était frotté contre le sien la nuit précédente, lorsqu'il s'était collé à elle malgré ses protestations. Elle posa subitement ses doigts noircis sur ses lèvres.

Mais c'est mon mari. Comment est-ce possible?

Elle était en lui. Cette chose qu'elle ne pouvait nommer, qu'elle n'arrivait pas à formuler.

— Zeba, dit-il en lui opposant son dos massif. Ne cherche pas les problèmes.

CHAPITRE 12

Zeba fut conduite dans une pièce contiguë au secrétariat de la prison, tout juste assez spacieuse pour contenir une table et deux chaises. Une grande fenêtre donnait sur la cour clôturée et des murs blancs. Elle s'assit en face d'un jeune homme aux yeux bruns qu'elle aurait bien vu porter un cartable d'écolier au lieu de sa serviette. Il avait les cheveux courts et bouclés, un visage lisse.

Oh, Rafi. À quoi pensais-tu ?

Le garçon se racla la gorge puis la salua. Il posa une main sur son cœur et hocha la tête avant de se présenter.

— Bonjour. Je m'appelle Yusuf et je serai votre avocat. Nous avons beaucoup de choses à nous dire.

Zeba avait du mal à croire qu'il s'agissait de l'avocat que son frère avait engagé. Il avait l'air trop jeune pour défendre autre chose qu'un poteau de but. L'angoisse la saisit ; elle serait sûrement pendue avant la fin de l'été.

— J'ai lu le dossier d'arrestation et le rapport de police. Mais je suis ici pour vous écouter. Par où voulez-vous commencer ?

Zeba appuya le front contre sa paume et regarda la table. Yusuf ne sut comment interpréter ces gestes.

— Peut-être devrais-je commencer ? proposa-t-il.

Il se mit à faire les cent pas dans la petite pièce. Il était surpris, lui dit-il, qu'elle n'ait pas subi le lynchage immédiat des villageois ou de sa belle-famille.

—Ce n'est pas… Ce n'est pas comme ça que ça se passe habituellement. Je n'arrive pas à croire qu'ils aient simplement haussé les épaules et décidé de vous livrer à la police, quand on sait qui fait réellement la loi au village. C'est complètement inattendu et sans précédent, et nous devons nous concentrer là-dessus parce que c'est important. C'est crucial, en fait.

Son village n'était pas particulièrement noble ni indulgent, pensa Zeba, mais elle garda cela pour elle. Cet homme ne savait rien de son mari ni de ses voisins.

Yusuf décrivit les obstacles auxquels il s'était heurté uniquement pour organiser une rencontre avec elle. Il avait lu très attentivement le dossier de la prison et compris que la bataille serait rude. Il avait besoin de s'entretenir avec la famille de Zeba ou quiconque serait en mesure de parler en son nom. De nombreux codes de procédures avaient été bafoués, précisa-t-il. Il glissa un doigt dans le nœud de sa cravate et tira dessus avec impatience, comme si cela l'empêchait de parler aussi vite qu'il l'aurait voulu.

Zeba se demanda s'il n'y avait pas une erreur. Était-il possible que Rafi ait engagé un autre avocat pour elle ? Il aurait été plus approprié d'attribuer ce jeune homme à une autre prisonnière, une de celles qui étaient incarcérées pour crime d'amour. Ce genre de cas devait correspondre à ses compétences.

Yusuf tira l'autre chaise et croisa son regard. Zeba détourna instinctivement la tête.

—J'ai besoin de savoir ce qui s'est passé. Je dois tout savoir de cette journée et aussi quel genre d'homme était votre mari.

Zeba resta silencieuse. Il lui expliqua poliment, puis de manière pressante, pourquoi il fallait qu'elle coopère. Zeba ne dit pas un mot, et se demanda laquelle de ses codétenues craquerait pour lui en premier, Mezhgan ou Nafisa. Même la glaciale Latifa était capable de fondre devant son charme juvénile.

Yusuf lui rendit deux autres visites au cours desquelles Zeba se mura dans le silence. Elle concentra son attention sur la table, parcourut du regard le motif du bois, comme une souris coincée dans un labyrinthe. Yusuf ne lisait aucune émotion sur son visage. Il nettoya ses lunettes avec l'extrémité de sa cravate, attendant une réponse.

—Je suis ici pour vous aider. Vous ne comprenez pas ? Savez-vous ce qui va vous arriver si… ou plutôt quand vous serez déclarée coupable ? Khanum, nous allons bientôt rencontrer le juge, et vous ne m'avez rien donné sur quoi je puisse travailler, aucun moyen de vous défendre ou… ou… ou…

Yusuf leva les mains en l'air. Il portait son costume brun ce jour-là, celui de sa première visite. Zeba avait remarqué les coutures régulières, les plis soignés à l'avant. Il ne l'avait pas acheté dans la région. Yusuf n'était vêtu comme aucun homme de son village. Ses mots, sa tenue, la façon dont il la regardait… tout chez lui semblait venir de l'étranger.

—J'ai une question, dit-elle platement en levant les yeux vers lui.

Il s'immobilisa.

—D'où venez-vous ?

Yusuf resta silencieux, déconcerté par la simplicité de sa cliente. Son frère l'avait assuré que c'était une femme bien, une mère douce et aimante. Certainement pas une tueuse.

—Khanum, quelle importance d'où je viens? De Mazar, de Kaboul ou de Paghman. Qu'est-ce que ça change?

—Ça change tout, jeune homme. Si vous ne venez pas de mon village, vous ne savez pas quels fruits poussent sur ma terre. Vous pensez pouvoir planter un oranger dans mon quartier? Il mourra avant que vous ayez eu le temps de vous éponger le front. Car vous ne savez pas d'où je viens.

—Il ne s'agit pas de planter des arbres, Khanum. Il s'agit de meurtre, de prison et de mort. Il s'agit de trouver un moyen de vous défendre contre des accusations graves.

Yusuf était agacé. Ne comprenait-elle pas la gravité de la situation?

—Me défendre? Vous pensez donc qu'il y a un espoir que je quitte cet endroit.

Elle tourna la tête vers le mur.

—Pas vous?

Yusuf recula au fond de sa chaise. Au moins, sa cliente lui parlait.

—Je suis une femme. On m'a trouvée avec le sang de mon mari sur les mains. Son corps était derrière la maison, et personne n'a vu ce qui lui est arrivé. Je ne sais pas d'où vous venez, *sahib*, mais dans mon village, là d'où je viens, le pardon n'est pas envisageable. Le sang... appelle le sang.

—Le sang.

—Oui.

—Pourtant, ils ne vous ont pas tuée. Ils vous ont envoyée ici.

—Oui, admit-elle.

Le chef de la police lui avait passé les menottes et avait ordonné son transfert. Il ne voulait pas d'une tueuse de mari sous sa garde. Ce bon vieux Hakimi avait chargé ses meilleurs agents de la conduire à la prison le soir même, avant que la famille de Kamal n'en ait vent. Hakimi connaissait les pratiques du coin. Si la famille du défunt désirait se venger, elle trouverait un moyen d'y parvenir.

—Et vous pensez que je ne sais rien de là d'où vous venez ? dit froidement Yusuf.

—Si c'était le cas, vous ne perdriez pas votre temps ici.

—Vous avez des enfants qui sont sans père ni mère à l'heure actuelle. Si vous pensez ne pas mériter une chance de les revoir, alors demandez-moi de remballer mes dossiers et de partir. Dites à votre frère qu'il n'a plus besoin de s'occuper de vous. Vous épargnerez des maux de tête à tout le monde.

Zeba pinça les lèvres. Elle ne dit rien. Un Afghan qui avait vécu à l'étranger était pire qu'un étranger. Il revenait en pensant tout savoir et se hâtait de le prouver.

Yusuf glissa son carnet dans sa serviette, en fit claquer le rabat puis se leva.

—Bon, très bien. Il est temps d'aller voir le juge. Vous ne m'avez pas beaucoup aidé. Tout ce que je vous demande, c'est de coopérer avec moi une fois là-bas. Ne rendez pas les choses plus difficiles qu'elles ne le sont déjà.

Ils longèrent le couloir, sortirent du bâtiment, se dirigèrent vers une petite structure à quelques centaines de mètres de la prison. L'endroit était sombre et empestait la cendre froide.

Quand le juge ouvrit la porte et leur fit signe d'entrer, Yusuf jeta un dernier regard furibond à sa cliente.

Zeba garda un visage neutre. Elle était déjà à bout de nerfs, et son avocat semblait déterminé à l'accabler davantage.

Le bureau du juge était une petite pièce étroite, sans fenêtre, meublée d'un vieux bureau en chêne d'un côté, et de l'autre, d'une petite table basse et d'un canapé à imprimé fleuri. Zeba se tint devant la porte tandis que Yusuf prit place sur le sofa. Le *qazi*, un homme au visage fin, lança un regard sévère en direction de l'accusée tout en touchant les perles de son *tasbih*.

Le procureur s'assit dans un fauteuil en face de Yusuf. Il avait au moins quarante ans, à en juger par les taches de gris qui parsemaient sa chevelure. Visiblement, il était plus à l'aise dans ce bureau que Yusuf, ce qui serra le cœur de Zeba.

—Votre avocat et vous avez eu le temps d'examiner les accusations portées contre vous, commença le *qazi*. J'espère que vous mesurez la gravité du crime dont il est question.

Yusuf se pencha en avant, ses notes – fouillis de mots reliés par des traits et des cercles – éparses sur les genoux.

—Oui, votre Honneur, nous mesurons la gravité des accusations, et c'est pour cette raison que je demande à avoir plus de temps avec ma cliente. Les informations dont je dispose sont insuffisantes pour la représenter de manière efficace et relater les faits de la journée en question. Je rencontre quelques difficultés.

Le procureur se mit à rire. Sur la table basse se trouvait un dossier mince en papier kraft sur lequel figurait le nom de Zeba. Elle évita de le regarder.

—Des difficultés ? Quelles difficultés ? Vous avez pu vous entretenir à loisir avec votre cliente. La famille de son mari n'a rien fait pour vous en empêcher, d'après ce que j'ai compris.

Le juge secoua la tête. Il n'avait pas l'habitude de ce genre d'échange.

—En effet, votre Honneur, mais ma cliente est, comme on peut l'imaginer, dévastée par la mort de son mari et…

—Dévastée?

Le juge se pencha en avant, regarda Zeba en plissant les yeux, l'amenant à baisser les siens. Elle était de plus en plus nerveuse.

Le procureur s'abstint de tout commentaire. La réaction du juge l'en dispensait.

—Oui, monsieur, poursuivit Yusuf, regardant furtivement Zeba pour s'assurer qu'elle se tenait bien. Cette femme a perdu son mari et a été séparée de ses enfants. Je demande un délai supplémentaire de trente jours comme prévu par…

—C'est ridicule! intervint finalement le procureur. Vous n'allez rien accomplir en trente jours qui ne vienne réfuter l'évidence. Pourquoi nous faire perdre notre temps? Nous savons tous qu'elle est coupable. Faites votre travail et demandez grâce.

Les yeux du juge passèrent du visage soigneusement rasé de l'avocat à ses notes griffonnées à la hâte puis remontèrent vers le nœud de sa cravate.

—Je ne vous avais jamais vu auparavant, jeune homme. Je ne sais pas où vous vous croyez, mais si vous voulez rendre service à cette femme, je vous suggère de vous conformer à nos usages. Vous êtes censé aider votre cliente à exprimer des regrets pour les actes qu'elle a commis. Je suis d'accord avec le procureur. N'avez-vous pas lu la déclaration qu'elle a faite quand la police l'a conduite ici ? Elle est aussi coupable qu'on peut l'être. Nous n'avons pas de temps à perdre avec des caprices.

Yusuf observa un silence crispé.

Oui, il avait lu la déclaration, mais c'était un faux, de toute évidence. Les mots avaient été écrits en son nom par un policier affirmant qu'elle était incapable de le faire elle-même. Au bas de la page était apposée l'empreinte bleue du pouce de Zeba.

— Votre Honneur, cette déclaration pose problème.

— Comment cela ?

— Tout d'abord, elle n'a pas été rédigée par cette femme. C'est un agent de police qui s'en est chargé alors qu'elle est assez lettrée pour le faire.

Malgré ses yeux baissés, Zeba sentait ceux du *qazi* sur elle. Elle se concentra sur l'accoudoir du canapé, sur les fleurs grises et bleues du tissu. Il avait dû être satiné autrefois. Désormais, il était élimé et terne.

— Bon, on l'a écrite pour elle. Quelle différence cela fait ? Peut-être était-elle trop dévastée pour prendre le stylo, ironisa le procureur en décroisant puis recroisant les jambes.

La police l'avait interrogée pendant une heure ce soir-là. Deux agents l'avaient assaillie de questions, en la menaçant de coups – et même de pire – si elle refusait de coopérer.

« Vous l'avez tué. Dites-nous juste pourquoi. »

« Vous n'allez pas y échapper. Ce sera plus facile si vous dites la vérité. »

« Votre propre mari… Coopérer est votre seule chance de salut. »

Zeba avait refusé d'avouer quoi que ce soit. Elle avait eu bien trop peur pour s'expliquer et s'était contentée de répéter les mêmes mots.

« Je ne l'ai pas tué. »

Lorsqu'ils avaient glissé la feuille devant elle et appuyé dessus son pouce recouvert d'encre bleue, elle était en larmes et tremblait. S'ils l'avaient emmenée derrière le poste de police pour l'abattre, elle n'aurait pas été surprise.

— Et deuxièmement, poursuivit Yusuf, elle ne m'a jamais dit les choses qui sont écrites sur ce prétendu aveu. Ce document n'est pas valable, votre Honneur, il ne devrait pas être utilisé contre elle.

— C'est un aveu signé ! Ils ont clairement noté qu'elle a décidé de prendre la hache et de frapper son mari à la tête pour le tuer. Son empreinte figure au bas de la page.

Zeba eut presque pitié de son jeune avocat en entendant le juge lui parler de la sorte. Yusuf commençait à s'agacer. Elle le voyait à sa mâchoire serrée.

Sa capacité à déceler une émotion si subtile chez un homme qu'elle connaissait à peine l'étonna. Pourquoi n'avait-elle pas lu davantage en son mari ? Avait-elle toujours été aussi aveugle ? Qu'y avait-il d'autre qu'elle n'avait pas vu ?

— Et vous, Khanum, avez-vous quelque chose à dire pour votre défense ? Le meurtre de votre mari, c'est une accusation très lourde.

Zeba secoua la tête, ses oreilles bourdonnaient. La pièce semblait si sombre. La voilà, une fois de plus, renvoyée dans le passé. Elle n'avait pas trouvé le courage de s'approcher du corps de son mari pour lui fermer les yeux. Ils étaient encore luisants et vengeurs alors que ses lèvres avaient déjà viré au bleu. Elle avait reculé, tremblante, horrifiée de le voir s'éteindre avec ce regard sidéré et furieux. Il avait été si beau autrefois.

Le procureur parlait, mais Zeba n'écoutait pas. Elle évitait de regarder le dossier en papier kraft. Une corde lui aurait fait le même effet.

Un escalier s'élevait au bout du couloir. Si elle avait pu se hisser sur le toit du bâtiment et se jeter dans le vide, elle aurait mis fin à ce supplice. L'enterreraient-ils à côté de Kamal ? Les époux étaient censés se retrouver dans l'au-delà. Mais Dieu ne pouvait pas être aussi cruel, si ?

Tu es mienne pour toujours, disait mon époux
Non, seulement jusqu'au Jugement dernier.

Zeba se rêvait en oiseau solitaire, comme celui qu'elle avait chanté quelques jours auparavant. L'air lui trotta de nouveau dans la tête, et sa respiration se calma. Être seule, c'était être libre.

Kamal avait tenté de prononcer son nom, sans parvenir à articuler le moindre son. Elle n'avait même pas eu droit à cela. Il y avait quelque chose de profondément triste dans cette idée.

La noirceur lui était apparue distinctement ce jour-là, nette et tranchante contre la lumière du soleil. Elle s'était échappée des pores de Kamal comme de la vapeur, un millier de minuscules particules s'assemblant pour former un nuage, qui s'était enroulé autour de ses bras et de ses jambes. Lentement, les spasmes avaient cessé, et la volute noire avait commencé à se dénouer. Elle avait tracé un chemin le long de la jambe de son mari, contourné sa hanche, puis était remontée vers son cœur pour lui arracher son dernier souffle. Elle avait flotté un instant autour de son visage. Zeba l'avait vue, si distinctement qu'elle aurait pu l'attraper si elle avait osé. La tête de Kamal avait commencé à tomber sous son poids. Les secondes s'étaient égrenées, et la noirceur s'était répandue sur le sol avant d'être absorbée par la terre.

Reviendrait-elle la chercher ? Chercher ses enfants ?

Rima pleurait. Zeba était incapable de se lever. Elle ne pouvait affronter sa fille avec des taches de sang sur les mains et le visage. Et bien qu'il n'y ait plus la moindre étincelle de vie en lui, elle savait désormais que Kamal n'était pas digne de confiance, même mort. Il fallait qu'elle le surveille, comme s'il risquait de se réveiller d'un seul coup. Rima attendait. Sa mère faisait de son mieux. Elle imaginait la petite, seule dans la cuisine, la cherchant à quatre pattes dans la maison.

« Chut, avait-elle murmuré. Ne pleure pas, ma chérie. Ne pleure pas, mon cœur. Une chose terrible est arrivée, mais nous ne devons pas crier. »

Zeba était restée à l'affût de la noirceur. Elle s'était assurée qu'elle ne reparaissait pas au fond du jardin pour s'insinuer de nouveau dans leur maison, où Rima hurlait sans comprendre.

La voix de Basir avait résonné dans la cour. Il l'appelait. Ses enfants étaient rentrés de l'école. Ils la trouveraient bientôt.

Allah avait quatre-vingt-dix-neuf noms. C'était le Miséricordieux, le Bienveillant, le Protecteur. C'était aussi Celui qui sait, Celui qui pardonne, qui venge, qui sait tout. C'était également le Témoin.

Zeba se taisait. Elle ne prierait que lorsqu'elle saurait lequel de ces noms choisir. Mais si elle ne pouvait même pas prier, était-elle déjà damnée ?

—Khanum ? Khanum ! Vous m'écoutez ?

La respiration de Zeba se fit saccadée. Ses jambes étaient lourdes comme du plomb, et les murs du bureau du juge semblèrent se refermer sur elle, comme si quelqu'un les poussait de l'extérieur. Comment était-ce possible ?

Une masse se forma dans sa poitrine, se fraya un chemin vers la sortie, cherchant l'air libre. Zeba contracta chacun de ses muscles, tenta de la repousser, de la garder enfouie un peu plus longtemps, mais la chose refusait d'être apprivoisée.

— Khanum, avez-vous entendu ce que j'ai dit ? Avez-vous quelque chose à…

Zeba leva la tête. Yusuf entrouvrit les lèvres. Son expression sidérée lui rappela les derniers instants de Kamal. Le procureur reposa sa tasse de thé et plissa les yeux.

Elle eut des picotements dans les doigts, puis dans les mains tout entières. Lorsque la sensation eut atteint ses épaules, la jeune femme ne se contrôlait plus. Elle ouvrit la bouche, et un cri perçant, tout à fait inconvenant, éclata dans le bureau du *qazi*.

Chapitre 13

Zeba fut maîtrisée par la force et reconduite à sa cellule. Au premier grincement de porte, Nafisa s'empressa de glisser son téléphone portable dans sa taie d'oreiller pour éviter qu'on le lui confisque à nouveau. Les femmes regardèrent avec sidération les gardiennes déposer sur le lit le corps presque inerte de leur codétenue. Celle-ci se mit en boule sur le côté, face au mur, et ferma les yeux avant de sombrer dans un sommeil profond. Elle dormit l'après-midi, la nuit, et la matinée qui suivit. Elle ne se leva ni pour le petit déjeuner ni pour le déjeuner. Nafisa et Mezhgan s'assirent au bord du lit et échangèrent des murmures. Latifa approcha son visage de celui de Zeba, la scrutant avec une curiosité insolente.

— Qu'est-ce que tu fais ? Écarte-toi de sa figure !

— Je veux voir si elle respire. Avec une détenue morte dans la cellule, ça va très vite empester, chuchota Latifa.

— Elle dort, espèce d'idiote ! siffla Nafisa. Laisse-la dormir autant qu'elle veut. Elle n'est pas si différente quand elle est éveillée. Le juge la croit folle. C'est ce que la gardienne a dit.

Le soir, tandis que les femmes venaient de dîner, Zeba ouvrit les yeux. Ses membres et son cou étaient engourdis. Elle se redressa lentement sur son lit ; la tête lui tournait.

Latifa y alla de ses sarcasmes.

— Notre détenue est revenue d'entre les morts. Un peu tard pour le repas, cela dit je ne me plains pas, déclara-t-elle en fourrant une boulette de riz dans sa bouche. Mais à point nommé pour apprendre la grande nouvelle. Notre Nafisa chérie a passé le test avec succès! Sa virginité a été confirmée!

Latifa posa un gros bras sur les épaules de l'intéressée tandis que la pauvre fille rougissait jusqu'à la racine de ses cheveux.

— Latifa! protesta-t-elle en se dégageant et en détournant le regard. Je n'ai pas envie d'en parler.

Mezghan secoua la tête.

— Tu es une brute, Latifa. Laisse-la tranquille. Elle vient de traverser une épreuve assez pénible. Devoir écarter les jambes pour ce stupide docteur…

Latifa fit un grand sourire, mais se garda de renchérir.

— Je suis contente pour toi, Nafisa, déclara Zeba d'une voix sombre.

— Oui, approuva Mezghan avec douceur. Tu as ton honneur. Il y a de l'espoir pour toi maintenant. Écoute, Khanum Zeba, ça va te plaire. J'ai écrit des vers pour elle! «L'innocence est un mot qui ne peut être prononcé / Que si ton voile féminin n'a pas été brisé.»

Zeba esquissa un sourire. Sa poésie avait toujours constitué un passe-temps solitaire, une échappée intime. Elle s'étonna d'apprécier autant le fait que d'autres s'y adonnent.

— Bon, ne te fais pas trop d'illusions non plus, la prévint Latifa. Qui sait? Il se peut très bien que le docteur ait pris ton honneur au passage.

Les yeux de Nafisa se remplirent de larmes. Elle serait toujours considérée comme la traînée qu'on avait emprisonnée pour relations sexuelles hors mariage, malgré les conclusions du médecin figurant dans son dossier. Le veuf voudrait-il d'elle pour femme en sachant qu'on avait dirigé une lampe dans la zone de son corps qu'un seul homme sur terre était censé posséder ? Elle se laissa tomber sur le lit et enfouit la tête sous la couverture. Les femmes l'écoutèrent pleurer, partagèrent son chagrin.

Le lendemain, Yusuf revint.

«Les femmes et leurs crises d'hystérie», marmonna une des gardiennes en le faisant entrer. Devant le visage de marbre de l'avocat, elle prit un stylo et se retourna pour ajuster la ceinture autour de sa veste kaki.

Tout le monde était au courant de la crise de nerfs de Zeba. Elle s'était déchaînée pendant une demi-heure dans le bureau du juge, s'enfonçant les doigts dans le crâne et déchirant sa robe.

Yusuf s'était levé d'un bond. Sa gêne aurait été plus grande encore si le *qazi* et le procureur n'avaient pas montré la même sidération que lui.

Zeba remarqua un changement chez son avocat. Il parlait d'une voix calme, choisissait ses mots avec soin.

— Que me cachez-vous ?

Elle porta une main à son front et ferma les yeux. Si Zeba avait entrevu une issue favorable à cette histoire, elle l'aurait criée à la cantonade.

— Khanum, avec tout le respect que je vous dois, vous devez me raconter ce qui s'est passé ce jour-là. Dites-moi quel genre d'homme était votre mari. Vous battait-il ? A-t-il déjà essayé de vous tuer ? Frappait-il les enfants ? Se droguait-il ?

Comme vous êtes optimiste, songea Zeba.

—Cessez de me considérer comme un gamin ou un étranger. Je suis né dans ce pays. Je viens de la même terre que vous, du même peuple. Je sais comment les choses se passent. Qu'une personne, quelle qu'elle soit, soit là pour prendre votre défense relève du miracle. Je ne pourrai vous aider que si vous me parlez. Mais si vous pensez qu'il n'y a rien à défendre, dites-le-moi. J'irai l'expliquer à votre frère et je vous laisserai tranquille.

Yusuf retint son souffle. Plus il passait de temps avec Zeba, plus le comportement de cette femme lui semblait étrange, et plus il était persuadé qu'elle valait la peine d'être défendue. Et c'était cette conviction, plus que tout le reste, qui amenait sa cliente à le considérer à la fois comme un avocat inexpérimenté et un étranger.

—Mon frère ? répéta-t-elle d'une voix blanche.

—Oui, votre frère, Rafi. Il m'a dit qu'on vous avait fait du tort. Mais je n'ai aucun élément qui puisse le confirmer. J'ai entendu la description de la scène, et vous n'expliquez en aucune façon ce que vous faisiez à côté du corps de votre mari. Peut-être que Rafi a peur pour sa petite sœur, mais j'ai le sentiment qu'il risque d'être très déçu très bientôt.

Son frère avait cinq ans de plus qu'elle. Lorsque leur père s'était volatilisé, Rafi était devenu une figure paternelle pour sa sœur. Leur mère s'était mise à compter sur lui pour tout, de la nourriture à la représentation de la famille lors des enterrements. Rafi avait soutenu son grand-père Safatullah dans sa décision de marier Zeba à Kamal. Il n'avait aucune raison valable de s'y opposer.

—Est-ce que ma mère était là, elle aussi ?

—Qui ça ?

—Ma mère. Est-ce qu'elle est venue avec Rafi ?

—Non, pourquoi?

Zeba ne répondit pas. Elle ferma les yeux, se remémora le doux visage de Gulnaz, ses incroyables yeux verts pailletés d'or, sa bouche dont les coins se soulevaient presque imperceptiblement lorsqu'elle parlait. Zeba éprouva le désir soudain d'être à ses côtés, de tomber à genoux devant elle, d'appuyer son visage contre ses mains.

—Qui d'autre est venu? demanda Zeba. Vous avez dit qu'une personne du village était venue. De qui s'agit-il?

—Je ne sais pas. Le *qazi* ne m'a pas donné de nom. Il n'a pas non plus précisé s'il s'agissait d'un parent à vous. Peut-être était-ce un voisin ou un ami. Avez-vous une idée?

Zeba n'en avait pas la moindre.

—Tout ce que cette personne a dit, c'est que vous étiez innocente. Que votre mari avait connu un sort tragique et que vos enfants avaient besoin de leur mère.

Zeba tressaillit.

—Vous avez des nouvelles de mes enfants?

Yusuf haussa les épaules et secoua la tête. Au moins, elle lui parlait.

—Très peu, malheureusement. Je sais seulement qu'ils sont avec de la famille. J'aimerais pouvoir vous en dire plus.

La sœur de Kamal.

Sa belle-famille était sans doute en train de fomenter sa mort et de dresser les enfants contre elle. La prison interdisait l'accès aux enfants de plus de sept ans. De toute façon, ils auraient réclamé la garde des enfants, et même en tant que mère, elle n'aurait pu s'y opposer.

—Je veux les voir.

—Je ne sais pas si ce sera possible. Je n'ai aucun moyen de les contacter.

Zeba savait parfaitement que ce n'était pas envisageable. Chaque jour, elle était un peu plus convaincue qu'il serait vain de plaider l'innocence. Mieux valait céder, accepter le châtiment que le *qazi* fixerait. Si on lui enlevait ses enfants, elle n'aurait plus rien. Et même si on la libérait, la famille de son mari la tuerait.

— Pourquoi êtes-vous ici ? Vous pensez vraiment qu'il y a un moyen de me défendre ?

Zeba posa cette question avec un calme étrange.

— Je suis ici parce que la réponse est oui. Pour être honnête, tout est contre vous dans ce dossier. Mais je pense malgré tout qu'il y a un espoir, à condition que vous acceptiez de me raconter ce qui s'est passé le jour où votre mari est mort.

Zeba regarda fixement la table et secoua la tête.

« Le jour où votre mari est mort. »

Yusuf ne la croyait pas coupable et le lui faisait comprendre.

— Vous venez ici avec votre porte-documents, vos papiers… des formulaires remplis. Ce carnet qui ne vous quitte pas, vos lunettes d'un autre pays. Peut-être avez-vous vu des choses dans votre courte vie, des choses qui vous laissent croire que tout ça peut aboutir. Qu'il y a plus que le *qazi*, plus que le Coran, plus que les gens qui nous entourent. Mais il n'y a rien de plus. Il n'y a rien dans votre sacoche qui puisse changer ce qui s'est passé. Le village a vu mon mari avec une hache plantée dans la tête. Ils ont vu son sang sur mes mains, monsieur.

Yusuf la dévisageait. Les épaules de Zeba s'étaient redressées. Elle était assise, le dos droit, au bord de sa chaise. Son menton tremblait légèrement, mais sa voix était claire.

Yusuf sentit ses lunettes en titane lui pincer le nez. Il se retint de les enlever pour frotter leur empreinte. Il évita également de regarder son carnet. Pour l'instant, il se contenterait d'écouter.

—J'ai perdu mes enfants le jour où ils m'ont emmenée, le jour où mon mari… Ils sont avec sa famille à présent. Ces gens vont les nourrir, leur offrir un toit, leur raconter les péchés de leur mère. Dois-je les détruire davantage par mes revendications ? Des yeux curieux sont braqués sur eux maintenant. Ce sont des orphelins. Des orphelins ! Dois-je les monter contre les seules personnes qui s'occupent d'eux ? Dois-je faire de mes enfants des cibles uniquement parce qu'ils me manquent horriblement ? Ils méritent mieux de la part de leur mère. La seule chose que je puisse faire désormais, c'est les laisser partir. Mon fils est fort et sage. Dieu lui montrera le chemin.

Zeba relâcha les épaules d'épuisement. Elle avait passé des nuits entières à tourner cette histoire tragique en tous sens dans son esprit, à en explorer tous les angles, toutes les fins possibles. Elle priait, sans prosternation ni mains en coupe, mais dans une immobilité désespérée.

Ô Allah miséricordieux, leur destin est entre tes mains. Mon destin est entre tes mains. Tout est entre tes mains, Dieu adoré, n'est-ce pas ? Mais alors… tes mains ne sont-elles pas tachées de sang, ô toi qui sais tout ?

Zeba secoua la tête. Était-elle idiote ? N'avait-elle rien appris de ses années passées avec Gulnaz ? Avec son pieux grand-père, le *murshid* ?

Yusuf observa son visage. Il lut en elle, la vit pour la première fois autrement qu'en cliente ou en accusée. Son absence de combativité l'avait exaspéré, sa soumission déconcerté, comme si elle était satisfaite de finir sa vie en prison, voire d'être exécutée pour le crime qu'elle avait probablement commis. Il comprenait à présent qu'elle se battait, sans doute avec plus de force que n'importe quel autre de ses clients. Yusuf vit la flamme qui brillait dans ses yeux. Sa tête se mit à bouillonner.

— Vous n'allez pas m'aider à vous défendre.

Zeba respirait calmement, semblait résolue. Si Yusuf voulait défendre cette femme, il faudrait qu'il le fasse tout seul.

— Je ne vous ai pas demandé de venir. Vous n'avez qu'à dire à Rafi que j'ai refusé de coopérer. Il peut garder son argent.

Yusuf se rappela sa dernière conversation avec Rafi. Celui-ci n'avait pas beaucoup de moyens et savait que le cas de sa sœur était épineux. Yusuf l'avait rassuré. L'association d'aide légale prendrait en charge les frais de défense. Il restait encore de l'espoir.

Il se pencha en avant.

— Alors pourquoi ne pas faire simple ? Pourquoi ne pas plaider coupable ? Une seule visite au *qazi*, et vous nous épargnerez à tous beaucoup de travail.

Il ne semblait ni contrarié, ni condescendant, ni même prêt à s'en aller. Quel étrange jeune homme !

Zeba le regarda fixement. Il lui posait la question qu'elle-même s'était posée une centaine de fois. Pourquoi ne pas franchir un pas décisif et se déclarer coupable avant que le *qazi* ne le fasse ? Pourquoi prolonger ce supplice ?

— Alors ?

Elle remarqua ses yeux brillants, ses cheveux épais. Il y avait quelque chose de solennel en lui, une gravité qu'elle n'avait rencontrée chez personne d'autre et qu'elle ne comprenait pas. C'était cela, plus que ses lunettes fines, qui en faisait un étranger pour elle.

Il lui était impossible de répondre à cette question. Était-ce parce qu'avouer ce crime lui semblait mal ? Était-ce parce qu'elle redoutait que ses enfants l'entendent ? Peut-être espérait-elle secrètement que Yusuf trouverait un moyen de l'aider. Les questions, c'était trop. Elle détourna la tête.

— Vous n'êtes pas prête à abandonner, conclut Yusuf.

Il s'entêtait sur ce dossier alors que tous ses collègues lui conseillaient de ne pas perdre son temps.

— Je ne saurais dire pourquoi, mais vous refusez de faire le moindre aveu. Et c'est tout ce dont j'ai besoin dans l'immédiat. Je peux travailler là-dessus.

Yusuf avait l'esprit en ébullition. Il lui faudrait faire preuve d'inventivité. Il donna un coup de pied sur le sol comme s'il appuyait sur une pédale d'accélérateur.

Zeba ferma les yeux. Que faisait-elle subir à ce jeune homme ? N'était-ce pas une erreur de l'attirer avec elle dans cet abîme ? Il était si jeune, trop jeune pour prendre part à ce bain de sang. Cela le détruirait, sans nul doute, et elle serait la seule responsable du désastre.

CHAPITRE 14

G ulnaz savait qu'il l'avait vue gravir la colline. Son fauteuil était positionné à l'ombre du platane d'Orient, ce qui lui offrait une vue imprenable sur les visiteurs se dirigeant vers le temple. Le *ziyarat*, haut et majestueux, se dressait au-dessus de son modeste bureau, une planche de bois posée sur une caisse. Lorsqu'elle fut assez proche pour qu'il soit sûr que ses yeux ne lui jouaient pas des tours, il posa sa tasse de thé, intrigué. Il s'attendait à la voir dépasser son atelier à ciel ouvert sans s'arrêter.

Jawad observa son pas prudent, son grand foulard cachant ses cheveux et ses épaules délicates. Le reste du monde pouvait se dégrader, dépérir, et c'était déjà le cas pour une grande partie, le temps n'osait effleurer Gulnaz.

À cinquante ans et des poussières, c'était encore une très belle femme. Avec un pincement au cœur, Jawad se prit à rêver de sa peau laiteuse, de ses yeux verts ensorcelants. Il secoua la tête et, pour la millième fois de sa vie, regretta que ses pouvoirs ne lui permettent pas de réaliser ses propres désirs.

Jawad tira trois minuscules carrés de papier de sa bourse en cuir. Comme tous les autres, Gulnaz venait à lui avec une requête.

—*Salam-aleikoum*, salua-t-elle, en essayant de paraître moins essoufflée qu'elle l'était.

Elle se tenait droite, l'air confiant, mais regardait derrière elle de temps à autre. Cela ne faisait aucun doute, son fils n'avait pas la moindre idée de l'endroit où elle se trouvait.

—*Wa-aleikoum al-salam*, répondit-il.

Gulnaz n'avait pas fait appel à ses services depuis des années. Jawad était curieux de savoir quel tourment amenait la veuve la plus séduisante du village. La brise libéra de son foulard des mèches de cheveux ébène.

C'était le milieu de la matinée, un moment entre deux prières. Quelques âmes flânaient sous les portiques, entre les pilastres cannelés. Personne ne remarqua Gulnaz, la fille de leur guide spirituel adoré. Jawad, qui connaissait bien le *murshid*, était l'un des rares habitants du village à ne pas lui être totalement dévoué. Il sourit en pensant à ce que dirait le grand Safatullah s'il voyait sa fille s'adresser à lui.

—Que puis-je pour vous, Khanum ?

Les carreaux turquoise de la mosquée scintillaient sous le soleil. Gulnaz mit sa main en visière au-dessus des yeux. Elle fit mine de ne pas remarquer la façon dont l'homme la regardait.

—Je suis venue vous demander quelque chose.

—Bien sûr. Dites au simple mortel que je suis en quoi il peut vous aider.

Gulnaz prit un ton formel, comme s'il s'agissait de leur première conversation.

—J'ai besoin d'un *tawiz*.

Elle ne voulait pas dévier du discours qu'elle avait répété sur le chemin.

—Et quel genre de *tawiz* vous faut-il exactement ?

Jawad était le faiseur de talismans le plus réputé des environs. Il en avait confectionné pour la quasi-totalité des villageois, sans compter les visiteurs qui venaient prier au *ziyarat*. L'espoir qu'offrait un *tawiz* en faisait rêver plus d'un, et ceux de Jawad étaient connus pour leurs pouvoirs bien au-delà des frontières du village. C'était la raison pour laquelle, après tant d'années, Gulnaz se tenait une fois de plus devant lui dans ce lieu sacré. Si sacré, prétendait la légende, qu'un pigeon sur sept, parmi ceux qui le survolaient, était habité d'un esprit, et que les pigeons gris se joignant aux autres devenaient blancs dans les quarante jours.

— Une protection.

Jawad observa un silence.

— Une protection, répéta-t-il.

Il sembla intrigué par sa demande. Il leva vers elle son visage ridé, bruni par des années d'exposition solaire au sommet de la colline. Âgé d'une soixantaine d'années, il n'avait pas un seul cheveu blanc. Aussi loin que remontait la mémoire de Gulnaz, il avait toujours rédigé des *tawiz*, et s'était maintes fois disputé avec Safatullah à ce sujet.

Safatullah Kazimi était le *murshid* le plus renommé de leur province. Il avait, dès son plus jeune âge, attiré l'attention pour sa dévotion mystique à Allah, ainsi que pour sa capacité à faire résonner aux oreilles du Tout-Puissant les prières de ceux qui l'entouraient. À l'âge de vingt-cinq ans, sa chevelure avait intégralement blanchi, ce que tout le monde avait pris pour une preuve de sa divinité et de sa sagesse.

La famille de Safatullah vivait à un kilomètre du *ziyarat*, la tombe d'un mystique vénéré. Peut-être était-ce cette terre bénie, ou les nuées de voyageurs fervents, qui faisaient de Safatullah un personnage plus grand que nature. Sa réputation s'étendit lorsqu'il guérit des enfants atteints de maladies mortelles, rendit la vue à des aveugles, provoqua d'heureuses naissances chez des couples stériles. Il n'acceptait pas d'argent pour ses services, mais on lui apportait tous les cadeaux possibles. Même lorsque leurs désirs n'étaient pas réalisés, les gens partaient apaisés, avec le sentiment d'avoir été compris. Le *murshid* calmait les esprits tourmentés et confortait les croyances.

La tâche de Jawad était similaire. Contre rémunération, il offrait aux gens un recours lorsque les prières ne suffisaient pas. Ses talents n'étaient pas cités dans le Coran, et même si la plupart des fidèles faisaient appel à lui, personne ne parlait de ses *tawiz*. C'était une affaire privée entre le demandeur et Jawad, qui inscrivait soigneusement lettres et chiffres sur de minuscules morceaux de papier.

À plus d'une occasion, Safatullah avait déconseillé à ses fidèles de pactiser avec cet homme. « Un cœur dévoué valait mieux, disait-il, qu'un talisman en papier. » Il n'approuvait pas le fait que Jawad facturait ses talismans et ne jugeait pas ce dernier assez pieux pour en confectionner. L'autre avait lancé, assez fort pour que son détracteur l'entende, que demander une modeste somme d'argent était plus honnête que d'attendre un agneau d'une famille pauvre.

Jawad avait également accusé Safatullah de suivre les pas de son père en servant d'espion à la solde des Anglais. En effet, le bruit courait que le précédent *murshid* avait aidé à renverser le roi Amanullah, le monarque qui voulait libérer l'Afghanistan du joug de la Grande-Bretagne. Même si Safatullah était encore bébé au moment de son abdication forcée, ce soupçon lui colla à la peau comme l'odeur de l'ail sur les doigts.

De plus, en tant que fils d'un grand *murshid*, Safatullah faisait partie des éclairés, des justes, tandis que Jawad se situait hors de l'islam, offrant secrets et astuces aux gens dont le désespoir avait émoussé la foi.

— Une protection, Jawad-*jan*. Aucune famille n'est immunisée contre le malheur. Comme vous l'avez dit, la mienne est très respectée. Toutes sortes de regards se posent sur nous, et je dois veiller sur ceux que j'aime. Je dois les protéger.

— Je comprends. Et que pense Safatullah-*sahib* de cela ?

Jawad sortit trois stylos : un vert, un noir et un rouge. Il les leva, examina leurs pointes, puis revint au visage stoïque de Gulnaz. Visiblement, elle ne souhaitait pas alimenter la querelle opposant les deux hommes.

— Je suis venue pour un *tawiz*, Jawad-*jan*. Rien de plus.

Il émit un petit ricanement. Elle l'avait appelé Jawad-*jan*. Était-ce une marque de respect ou d'affection ?

— Bien, dit-il, aplatissant le premier carré de papier du bout du doigt. Qui exactement se trouve menacé ?

— Faites-moi un bon *tawiz* pour que ni le village ni vous n'ayez besoin de le savoir.

Il observa un silence, les yeux fermés, la tête baissée. Aussi ensorceleuse fût-elle, peu d'hommes pouvaient supporter une femme comme Gulnaz. Elle était trop arrogante et beaucoup trop intelligente pour la plupart d'entre eux. Cela expliquait peut-être la disparition de son mari. Le village avait des centaines d'hypothèses à ce sujet. Sa position à l'entrée du temple permettait à Jawad d'entendre aussi bien les prières toutes semblables des villageois que les rumeurs divergentes circulant parmi eux. Les gens ne s'accordaient même pas sur le fait qu'il soit mort ou en vie. Jawad fut soulagé lorsque le mot « veuve » fut prononcé pour la première fois afin de désigner Gulnaz. Il était moralement plus acceptable de convoiter la femme d'un mort.

L'intelligence insolente de Gulnaz ne faisait qu'attiser le désir de Jawad. Son travail, après tout, consistait à surmonter les obstacles. Le doigt encore sur le papier, il tira le carré vers le centre de la table.

— Il faut que je me concentre.

Gulnaz le vit choisir le stylo vert. La couleur de l'encre était cruciale, tout comme les autres détails dont seul Jawad avait connaissance. C'était aussi pour cela que les gens venaient à lui ; la concentration, le geste méticuleux, la méthode indéchiffrable avec laquelle il remplissait les petits carrés d'un poème, d'un symbole, d'une succession de chiffres. Sa magie ne laissait pas de place au hasard.

Quinze minutes plus tard, Gulnaz, fille d'un homme qui détestait les amulettes, tendit une liasse de billets pliés à Jawad et prit le *tawiz* qu'il avait rédigé pour sa fille. Elle le glissa dans la poche de sa robe et le remercia d'un hochement de tête. Tandis qu'elle redescendait la colline, elle sentit le regard satisfait de Jawad suivre le mouvement de ses hanches, et sourit à l'idée qu'après toutes ces années elle puisse encore faire de l'effet à un homme. L'heure de la prière approchait. Gulnaz accéléra le pas. Elle espéra que Safatullah n'aurait pas vent de son initiative, tout en ayant conscience du risque.

Une mère ne doit reculer devant rien, se dit-elle.

CHAPITRE 15

B asir se promenait le long du fleuve, torrent d'eau et de
déchets urbains. Il observa les minuscules poissons
qui passaient à toute vitesse et s'étonna qu'ils survivent au
milieu d'une telle saleté. Ces eaux-là étaient bien pires que
celles qui dévalaient dans les rues de son quartier. Il imagina
les vairons s'étouffer avec des détritus, se faire piéger dans
des bouteilles en plastique, succomber aux maladies qui
couvaient dans ces profondeurs troubles. Perché sur un
rocher, il distinguait leurs contours fragiles, à quelques
centimètres sous la surface. Ils étaient plus nombreux qu'il
ne l'avait pensé.

Basir ramassa un galet et le lança vers les poissons.

Depuis que ses sœurs et lui vivaient chez Ama Tamina,
celle-ci s'était peu exprimée sur le meurtre de son frère ou
sur l'arrestation. Elle semblait trop désemparée pour parler.
Son mari, Kaka Maziar, avait défendu avec emportement
la mémoire de son beau-frère. Basir l'avait écouté la tête
baissée. La ferveur de son oncle le surprenait, car il ne se
souvenait que de vifs échanges entre son père et ce dernier,
d'aucun lien d'amitié. Ils se disputaient à propos d'argent,
de politique, et même lorsqu'ils jouaient aux cartes.

L'adolescent se sentait coupable de ne pas être aussi
scandalisé que son oncle, un homme qui n'était lié à son

père que par alliance. C'était pourtant lui qui avait découvert en premier l'abominable scène de crime. C'était son foyer, sa famille, qui avaient été dévastés. Il n'avait pas vu sa mère et ne lui avait pas parlé depuis qu'ils l'avaient emmenée. Elle avait levé la tête vers lui, l'avait supplié du regard de la comprendre, sans prononcer un seul mot. Si les voisins ne s'étaient pas trouvés là, Kaka Farid l'aurait tuée. Basir ignorait s'il aurait été capable de l'en empêcher.

Ses sœurs étaient taciturnes. Shabnam et Karima ne se quittaient pas et gardaient le silence lorsque des membres de la famille maudissaient Zeba. La nuit, Rima réclamait en pleurant le sein de sa mère. Avec Ama Tamina, la petite n'avait droit qu'à une tape dans le dos pour se rendormir. Sa tante avait quatre enfants, dont aucun n'était en bas âge.

« Le jugement n'appartient qu'à Dieu », glissa-t-elle à Basir quand personne n'écoutait.

Leur tante était patiente et ne semblait pas en vouloir aux enfants. Basir en était surpris. Il savait que Zeba avait toujours pensé que sa belle-sœur la méprisait. Leurs visites chez elle étaient rares et brèves, et celles de Tamina chez eux plus brèves encore, purement formelles, ne servant qu'à prouver aux autres que les deux familles n'étaient pas en guerre.

Ama Mariam, une tante plus âgée, passait régulièrement chez eux. Elle était beaucoup plus loquace sur le meurtre de son frère et pleurait sa mort à grands cris, compensant ainsi la retenue de Tamina.

— A-t-elle oublié ce que j'ai fait quand tu es né ? Je lui ai apporté à manger pendant les quarante jours où elle était *zacha* et ne devait pas lever le petit doigt. J'étais là pour m'occuper d'elle et de son foyer. Je lui ai montré comment t'emmailloter. Je t'ai tricoté de minuscules mitaines pour que tu ne te blesses pas au visage. Elle ne savait rien faire de tout ça ! Et c'est ainsi qu'elle exprime sa gratitude après tout ce qu'on a fait pour elle ?

Basir ne trouvait pas les mots pour défendre sa mère, et n'était pas sûr d'en avoir envie.

— Laisse les enfants en dehors de ça, Mariam, l'implorait Tamina. C'est déjà assez dur comme ça pour eux.

— Ils doivent savoir ce qu'elle a fait ! protestait l'autre, décochant ses mots comme des flèches. Elle a détruit leur vie ! Ils porteront ça sur leurs épaules jusqu'à leur dernier souffle. J'espère qu'elle sera pendue !

Basir était content que son père ait décidé d'installer son foyer dans un autre quartier après s'être querellé avec plusieurs membres de la famille, parmi lesquels Kaka Maziar.

Le village était assez grand pour que les familles évoluent chacune de leur côté, mais aussi assez petit pour que circulent les qu'en-dira-t-on. Kamal était le frère à problèmes, celui que l'on croisait ivre en ville. Il souillait son nom par ses abus, mais Ama Mariam le défendait à la moindre médisance.

Pourtant, elle aussi gardait ses distances.

Basir avait entendu sa mère parler d'une chose qu'elle appelait la noirceur, mais il n'y croyait pas. Il savait seulement que sa famille était différente des autres. Il entendait des murmures infamants sur le genre d'homme qu'était son père et craignait que cette mauvaise réputation ne lui colle à la peau. Il observait sa mère du coin de l'œil, remarquait la méfiance avec laquelle elle examinait les légumes. Il savait qu'elle rôdait autour de lui la nuit, passait la main sur son torse et faisait semblant de lisser sa couverture s'il remuait.

Il la voyait s'inquiéter pour ses sœurs, les astiquer jusqu'à ce que leur épiderme devienne rouge et sec, avant de les enduire d'huiles apaisantes en guise d'excuse. Il voyait la façon dont elle regardait son époux, dont elle scrutait ses vêtements, à l'affût d'une chose dont elle ne parlait jamais. Malgré ce comportement étrange, Basir aimait profondément sa mère. Lorsque son père explosait de rage, elle faisait littéralement barrage devant lui pour que ses poings ne frappent qu'elle.

À l'âge de onze ans, Basir se rendit avec son père dans une ferme avoisinante pour acheter un agneau tout juste abattu. C'était l'Aïd, la fête qui marquait la volonté d'Abraham de sacrifier son fils et de l'échanger contre un agneau. L'enfant regarda le fermier tirer l'animal par les deux pattes arrière vers l'abattoir, un abri où des crochets métalliques étaient suspendus à une poutre ; le couteau de boucher était recouvert d'une épaisse couche de sang séché, et le sol ressemblait à un charnier. Les yeux exorbités comme des bulles de savon sur sa tête cotonneuse, l'agneau semblait avoir parfaitement conscience du sort qui l'attendait. Il bêla furieusement, gratta le sol de ses pattes avant dans une vaine protestation.

Entre ces murs, un sacrifice avait lieu presque quotidiennement.

Basir eut la gorge serrée, les mains moites. Il se précipita derrière la remise et vomit. Son père remarqua à peine son absence.

Basir savait ce que sa mère faisait pour eux. C'était grâce à elle qu'il pouvait rire, manger, s'occuper de ses sœurs. Elle leur cachait ses bleus et ses cicatrices.

Les jours où la détermination de Zeba faiblissait, un rien la faisait sursauter. À la façon dont elle contemplait les flammes dans le four en argile, Basir avait peur de la laisser seule. Quand son père quittait la maison, ils pouvaient tous se détendre. Mais si son absence s'éternisait, une attente angoissée s'emparait de leur foyer.

Basir était déchiré. Malgré son désir de mépriser son père, quelque chose l'en empêchait. Il voyait en lui un homme fort et compétent. Il l'écoutait lui raconter ses bêtises de jeunesse, et cela lui donnait envie de remonter le temps pour devenir le copain d'enfance de Kamal. Basir se comparait à lui, il lui tardait d'avoir des pieds aussi grands, une barbe aussi fournie, de jouir de la même liberté de mouvement.

Puisque sa mère semblait pardonner ses colères à son père, pourquoi n'en ferait-il pas autant ? Si les travers de cet homme la tourmentaient tellement, pourquoi ne disait-elle rien ? Pourquoi ne criait-elle jamais, ne rendait-elle pas coup pour coup ? Elle ne leur avait jamais fait comprendre que leur situation n'était pas acceptable. Elle s'était toujours comportée comme si Kamal était exactement le genre de mari qu'elle avait espéré avoir.

Basir lança une autre pierre vers le fleuve. Les poissons tournaient en rond, sans but, ce qui l'agaça de façon inexplicable.

Il détestait habiter chez Ama Tamina et Kaka Maziar. Il détestait entendre toutes ces horreurs sur sa mère. Chaque fois qu'une personne la déclarait maudite ou souhaitait son exécution, il serrait les dents et étouffait un cri.

Un matin, alors que son oncle était sorti, Basir prit ses sœurs à part.

— N'écoutez pas tout ce qu'ils disent sur notre mère, d'accord ? Ils ne savent pas de quoi ils parlent. Madar-*jan* ira bien, et en attendant qu'elle revienne, je veille sur vous. Vous n'avez aucune raison de vous inquiéter.

Il ne disait pas cela par conviction, mais pensait qu'elles avaient besoin d'entendre ces mots.

Ses sœurs avaient peur, elles se tenaient très sages. Shabnam s'occupait de Rima autant que possible. Elle avait l'habitude d'aider Madar-*jan* à la maison, alors elle fredonnait les mêmes airs apaisants jusqu'à ce que les paupières du bébé s'alourdissent. Karima gardait les quelques vêtements qu'ils avaient apportés soigneusement pliés dans un coin de la pièce où elles dormaient avec leurs cinq cousines. Les filles restaient aux côtés d'Ama Tamina et l'assistaient dans les corvées ménagères.

Basir s'assit sur un rocher plat, les genoux remontés contre son torse. Le soleil s'enfonçait dans un ciel strié de violet et d'orange. Il devait rentrer avant le dîner, sinon Kaka Maziar serait fâché. Basir détestait se sentir contrôlé. Il aurait voulu rendre visite à sa mère. On disait qu'elle avait un avocat désormais. Lorsqu'il avait demandé si elle était passée devant un juge, son oncle et sa tante avaient changé de sujet. À quoi bon poser des questions ? On ne lui disait pas tout.

Basir baissa les yeux et planta les mains dans la terre, sentit les grains s'infiltrer sous ses ongles et apprécia la sensation. Il gratta le sol, souleva la terre, la laissa glisser entre ses doigts. Combien de poignées de terre avait-il fallu pour recouvrir son père ?

Basir essaya d'imaginer sa dépouille drapée de blanc. Ses oncles avaient insisté pour qu'il les aide à laver le corps de son père pour l'enterrement.

Kaka Farid n'avait manifesté aucune retenue.

— Regarde ! Regarde ce que ta mère a fait ! Cet homme devrait être en vie. Ton père devrait se tenir là, à côté de moi. Et voilà que je suis en train de laver son cadavre parce que ta maudite mère lui a planté une hache dans le crâne.

Les yeux de Kamal étaient clos, et sa mâchoire scellée par une bande de coton blanc enroulée autour de son visage, sous le menton, et nouée sur le dessus de la tête. Il lisait du mépris dans la courbe descendante de sa bouche. Basir ne supporta pas cet air, se demandant s'il l'avait dirigé vers sa mère ou vers quelqu'un d'autre. Il avait pris la main de son père, senti les doigts raides contre les siens, puis l'avait lâchée comme un morceau de charbon brûlant. Il avait fait deux pas abrupts en avant, tandis que les cousins de Kamal le dévisageaient avec un mélange de déception et de compassion. Ils n'avaient rien dit quand il s'était assis et avait enfoui sa tête dans ses paumes.

Ma mère a-t-elle vraiment fait ça ?

Cela dépassait son entendement. Pourtant, il était incapable d'imaginer une autre explication plausible en se remémorant la scène qu'il avait découverte avec horreur ce jour-là. Le sang, l'expression sur le visage de sa mère, sa voix tremblante quand elle lui avait demandé d'emmener les filles à l'intérieur.

Basir avait creusé un petit trou, de la taille d'une pomme. Il serra le poing, l'appuya contre le sol, puis bougea la main d'avant en arrière, laissant le frottement lui brûler la peau. Sa poitrine se souleva, il respira profondément.

Peut-être qu'il ne la connaissait pas si bien, tout compte fait. Peut-être que son père avait de bonnes raisons de partir vagabonder.

Basir eut mal à la tête à l'idée de devoir choisir entre ses deux parents, d'autant plus que l'un des deux était mort. Il ne savait pas qui blâmer. Il espérait que sa mère aurait la vie sauve.

« N'importe quel parent, lui avait-elle dit un jour, valait mieux qu'aucun parent du tout. »

CHAPITRE 16

Gulnaz étendit les jambes sur le coussin de sol et appuya la tête contre le mur. Elle avait passé la journée à éviter tout le monde. Elle voulait parler à Rafi, mais il n'était pas encore rentré de la ville. Sa femme, Shokria, la surveillait nerveusement. La mine renfrognée, Gulnaz préférait détourner ses yeux verts. À plus d'une occasion, Shokria avait confié à sa sœur que le regard émeraude de sa belle-mère était si perçant qu'il la tétanisait.

Gulnaz savait ce qu'on pensait d'elle. En tant que fille du puissant *murshid*, les gens l'avaient toujours traitée avec un respect prudent. Si par mégarde ils venaient à croiser ses yeux verts, ils semblaient soudain retenir leur souffle, comme si elle avait jeté un mauvais sort dans l'air même qu'ils respiraient. Même lorsqu'elle était enfant, ses tantes et cousines lui lançaient des regards accusateurs dès qu'un problème se présentait. Ce ne pouvait être que sa faute si elles avaient trop salé leur ragoût ou trébuché sur une pierre dans la cour. Cette couleur d'yeux était unique dans la famille, ce qui les rendait d'autant plus impressionnants. Quand elle eut atteint l'âge de deux ans, on conclut qu'elle avait hérité des dons du *murshid*, mais sous une forme vicieuse : son talent n'était pas de ceux qui redonnaient espoir, mais de ceux qui pouvaient déclencher une rage de dents ou détruire une récolte.

Gulnaz était fille unique, une autre étrangeté que l'on associait à ses pouvoirs mystérieux.

«Elle a dû jeter un *nazar* sur le ventre de sa mère pendant les neuf mois qu'elle y a passé. Pas un seul enfant après elle ! Qu'Allah ait pitié !»

À la naissance de Gulnaz, l'Afghanistan flirtait avec la folie. Les Soviétiques venaient d'aider à la construction d'un aéroport à Kaboul. Ils couvraient d'or le petit pays, l'abreuvaient de compliments, ornaient ses poignets de bracelets et ses oreilles de pierres précieuses.

S'ensuivit une période difficile où le *murshid* sembla perdre son lien avec le divin. Les champs d'oignons restèrent en jachère, les chevaux succombèrent à des maladies, les prières restèrent sans réponses. Une rumeur se propagea alors : Safatullah était, disait-on, un espion œuvrant pour les nations étrangères. Il vendait ses propres compatriotes. Pour certains, c'était un émissaire des Russes, pour d'autres, des Américains, ou encore des Anglais ; il leur fournissait des informations sur le gouvernement et les mouvements des moudjahidine. Chaque bouteille de parfum, chaque stylo à encre, chaque bouilloire nickelée était une preuve de sa duplicité.

Mais, au comble du désespoir, les gens étaient prêts à se tourner vers un espion présumé si cela signifiait manger de nouveau à leur faim ou sauver la vie de leur enfant.

Gulnaz avait vu son père crouler sous les attentions des villageois. Les bras chargés d'offrandes, les visiteurs venaient chez eux pleurer leurs malheurs. Le guide spirituel les écoutait, mettait les mains en coupe pour se joindre à leurs suppliques. Et ensuite, comme on recollerait les morceaux d'une pipe brisée, les prières du *murshid* ramenaient la vie et l'espoir dans leurs cœurs.

Son corps semblait vieillir en accéléré, ce qui n'était pas surprenant. Les demandes incessantes des voisins, les rumeurs scandaleuses et les conflits à l'intérieur de sa propre famille pesaient lourdement sur lui. Le prestige était une bénédiction tout autant qu'une bête sauvage.

Son père n'avait jamais pris au sérieux les superstitions à propos des yeux verts. Il souriait tendrement à sa fille et lui caressait la tête.

—Ces beaux yeux ? Comment peut-on croire qu'ils puissent apporter autre chose que de la joie ? Le *nazar* naît de l'absence de foi. Il surgit là où Dieu n'est pas. Tes yeux ne sont pas la source du *nazar*, Gulnaz. Les gens du village devraient se garder d'avoir ce genre de pensées.

Pourtant, les croyances allaient bon train. Gulnaz et sa mère restaient à l'écart lorsque des visiteurs se présentaient chez le *murshid*, ce qui arrivait quotidiennement. La fillette se cachait dans la cour et voyait la magie de son père opérer. À l'âge de neuf ou dix ans, elle commença à s'interroger sérieusement. Que faisait-il pour que les gens quittent leur maison aussi apaisés, comme délestés d'un fardeau ?

Elle suivit un visiteur pour comprendre. Un homme avec un panier d'œufs fut escorté par les cousins de Gulnaz ; ils le conduisirent dans le domaine familial à une allure tranquille, tout en lui faisant la conversation. Pendant ce temps, un autre cousin se précipita derrière la maison. Gulnaz l'espionna. Il se dirigea vers la pièce où Safatullah consultait. À bout de souffle, il annonça le visiteur au *murshid*, lui parla du panier d'œufs et de l'épouse souffrante.

L'homme entra, tête baissée, main sur le cœur en signe de respect. Le *murshid* tendit la sienne pour le saluer et lui embrassa les joues. Depuis le couloir où elle se tenait, Gulnaz entendit son père se racler la gorge.

—C'est un plaisir d'avoir ta visite, mon ami, même si j'aurais préféré te voir dans des circonstances plus heureuses. Je sens que quelque chose te tourmente.

—Vous avez tout à fait raison, Safatullah-*sahib*, répondit l'homme, la voix rauque d'émotion.

—Et ce qui pèse le plus sur ton esprit n'est pas ce qui contrarie les hommes ordinaires. Tu n'es pas ici pour demander à Dieu plus de nourriture ou plus de terre. Non, ton cœur n'est pas avide. Tu es ici pour quelque chose de bien plus important.

—Oh, mon bon *murshid*! Mon âme est nue devant vous!

—Tes yeux me disent ta douleur. Comment va ta chère épouse?

—Elle va mal, *sahib*. Elle s'affaiblit de jour en jour. La fièvre va et vient. Sa peau et ses yeux ont jauni. Je la supplie de manger, mais elle n'a pas la force de porter quoi que ce soit à ses lèvres. J'ai peur que les enfants ne se trouvent bientôt sans mère, et je ne sais plus quoi faire. Nous avons essayé tous les remèdes que les anciens nous ont recommandés.

—Tu dois garder la foi. Allah est le mieux placé pour juger. Il ne la laissera pas souffrir ainsi, car vous lui avez toujours été dévoués. Dieu est miséricorde, mon cher ami. Récitons une prière ensemble…

Les mains en coupe, tête baissée, épaules oscillant de droite à gauche, les hommes priaient. Le cousin de Gulnaz la surprit en train de les espionner et l'éloigna.

La jeune fille avait été frappée par la voix de son père, elle n'était pas habituée à ce ton-là. Celui qu'elle lui connaissait était plus dur, dans ses moments d'agacement comme de joie. Elle eut l'impression qu'il y avait deux hommes en lui, un pour sa famille et un autre pour les villageois en quête de miracles. Gulnaz commença alors à apprendre de lui. Elle se cacha, écouta attentivement, dos contre le mur, tendit l'oreille pour saisir tous les mots. Elle s'inspira du ton de sa voix, du choix des mots, des silences bien placés. Elle y ajouta quelques idées personnelles, comme l'inclinaison de la tête, les mains frappées l'une contre l'autre. Elle s'entraîna à l'abri des regards, chuchota des prières dans le noir avant d'aller se coucher, comme une répétition avant de remplacer son père. Seule sa mère remarqua son jeu, et s'en amusa plus qu'autre chose.

Plus Gulnaz observait son père, plus le niveau de respect que lui valaient ces simples échanges l'intriguait. Les gens revenaient souvent, le couvrant de nouveaux cadeaux quand leurs prières avaient été exaucées. À ceux qui n'avaient pas cette chance, le *murshid* offrait de réconfortantes explications, il les guidait dans leur chagrin. Le pauvre homme au panier d'œufs revint dévasté après que la maladie eut emporté sa femme.

— Tu vois, mon ami, Allah ne voulait pas qu'elle souffre davantage. Allah est le meilleur juge, il va veiller sur tes enfants. Maintenant, prions ensemble pour eux…

Ainsi, les cœurs tourmentés trouvaient un apaisement. Le *murshid* était adoré, indispensable à la communauté dont il représentait un pilier. Gulnaz envia à la fois sa popularité et son pouvoir. Elle demanda à son père si elle pouvait s'asseoir avec lui lorsqu'il recevait, mais il refusa. Elle voulait qu'il lui apprenne à réaliser des miracles, à faire entendre à Dieu les prières des gens.

—Ce n'est pas une tâche à prendre à la légère, dit-il en secouant la tête. Ce que je fais n'a pas pour but de me distraire ou de distraire les autres. Je ne le fais pas pour que les gens se prosternent à mes pieds. Ils ont besoin d'aide. Ils ont besoin de quelque chose que je peux leur offrir, et Allah m'a désigné pour satisfaire ce besoin. Je n'ai pas choisi cette mission. Elle a été choisie pour moi.

Gulnaz savait que ces paroles venaient du fond du cœur. Elle le savait, car sa voix était dure et tranchante ; c'était la voix de son père, non pas la voix apaisante du *murshid*.

Lorsqu'elle essaya de prier tout haut au sein du domaine familial, elle s'attira les regards cyniques de ses cousins, oncles et tantes. Ils mettaient en doute ses motivations et secouaient la tête devant son besoin d'attention. À leurs yeux sceptiques, elle n'était pas pieuse. Elle jouait avec le feu.

Gulnaz voulait faire le bien. Elle voulait s'occuper des autres comme le faisait son père. Elle imita ses prières, s'inspira de ses mots. Elle rendit visite aux membres de la famille pour leur dire qu'elle priait pour eux ou pour leurs enfants.

Mais quand une famille refusa de donner sa fille en mariage, quand un fils se brisa la jambe en jouant au football, quand le visage d'une femme se couvrit d'urticaire, on se rappela le passage de Gulnaz le matin même, la semaine précédente, ou un mois auparavant. On la congédia, parfois poliment, parfois par la force.

Ces mêmes personnes baisaient la main du *murshid* pour le remercier d'une simple *dua*. Gulnaz ne comprenait pas pourquoi ses attentions bienveillantes se heurtaient à une telle résistance.

—Cela n'a rien à voir avec ta foi, lui avait expliqué sa mère. C'est leur propre foi qui est en cause.

À dix ans, Gulnaz était devenue amère. On aurait dit que tout ce qui n'allait pas lui était reproché, même lorsqu'elle n'avait rien fait. En dehors du domaine familial, ce n'était pas la fille bien-aimée du *murshid*. C'était Gulnaz, l'enfant aux dangereux yeux verts.

Elle était destinée à accomplir de grandes choses, à agir sur la vie des gens, elle en était persuadée. Pourquoi ne le voyaient-ils pas ?

Safatullah lui recommanda de ne pas se tourmenter. Parfois, les gens avaient besoin de temps pour comprendre ce qui était bon pour eux.

Déçue, Gulnaz refoula les dons qu'elle pensait avoir hérités de son père. Mais ils se mirent à bouillonner en elle, à se transformer en une tout autre force. Elle ne put contenir cette énergie.

Elle décida de vivre en accord avec l'image que les gens s'étaient faite d'elle. Quand l'humeur lui en prenait, elle pouvait faire naître une lueur d'effroi dans leurs yeux méfiants.

Gulnaz se délecta de ce pouvoir. Elle avait le contrôle.

À l'adolescence, elle maîtrisait déjà ses effets. Par quelques mots doux bien choisis, elle était capable de plier certaines situations à son bon vouloir. Cela devint un sport. Puisqu'on ne l'avait jamais considérée comme une créature innocente, elle ne ressentit pas la moindre culpabilité. C'étaient les autres qui avaient créé cette Gulnaz, cette jeune femme se nourrissant de leurs soupçons, de leurs peurs. La famille la traitait avec délicatesse. On l'aimait de loin et on brûlait des graines d'*espand* sur son sillage pour neutraliser les effets de son regard. Sa mère voyait d'un mauvais œil la méfiance que suscitait sa fille. Elle se réjouit donc que Gulnaz ait appris à utiliser les peurs des autres contre eux. Cela valait mieux pour elle que d'être la victime.

Comme toutes les filles, Gulnaz adorait son père, mais elle était totalement dévouée à sa mère. Celle-ci la comprenait et l'aimait telle qu'elle était, sans condition. Dès l'instant où elle ouvrait les yeux le matin, elle sentait le regard attentif de sa mère. Elle la voyait murmurer des prières et des bénédictions pour sa fille. Grâce à elle, l'adolescente pouvait traverser le domaine la tête haute, sans se soucier des humeurs des uns et des autres.

—Ma fille, garde tes tours pour toi désormais. Tu es une jeune femme, et ce n'est pas le moment de faire la démonstration de tes capacités.

Gulnaz avait compris que sa mère la préparait au mariage. Elle venait d'un foyer très respecté, et sa beauté était indéniable, mais si toute la ville venait à apprendre qu'elle était capable de semer le trouble dans un foyer avec une pincée d'épices et une boule d'argile, aucune famille n'envisagerait de la courtiser pour son fils.

Elle n'était guère intéressée par le mariage, mais, par respect pour sa mère, fit ce qu'on lui dit. Sa mère faisait remarquer avec désinvolture que sa fille était désormais trop grande pour s'adonner à la magie. Gulnaz jouait son rôle en baissant sagement le regard. Elle affichait un sourire neutre, prenait des airs de jeune fille discrète. Au bout de deux ans, tout le monde était devenu beaucoup plus chaleureux avec elle. Gulnaz regretta l'époque où elle pouvait provoquer des frissons dans les réunions de famille, mais se consola en songeant qu'elle ne faisait que refréner ses pouvoirs. Cette phase, également, était une manifestation de son contrôle.

Quand elle atteignit l'âge de quinze ans, sa mère décida de l'emmener à des fêtes et des mondanités. Elle était assez âgée pour s'asseoir avec les femmes et être vue aux côtés de sa mère. Sa beauté était saisissante, et les femmes la remarquèrent. Elle sentait sur elle les regards, qui prenaient note de ses sourcils fournis, de sa dentition régulière, de la courbe prometteuse de ses hanches. Les garçons du village furent intrigués par le portrait enthousiaste que leur dépeignaient leurs mères.

« Fais attention à tes manières, la prévenait sa mère avant qu'elles ne quittent la maison. Réponds poliment aux questions et embrasse les mains des dames âgées. Parle d'une voix douce et choisis bien tes mots. Nous sommes la famille du *murshid*, les gens attendent davantage de nous. »

Gulnaz hochait la tête. Elle entendait ces instructions depuis qu'elle était petite et savait parfaitement comment se tenir.

C'était l'automne, et Gulnaz allait sur ses seize ans. La famille du *murshid* avait été invitée à un mariage. Le fiancé était issu d'une des familles les plus aisées de la ville, qui avait expressément invité Safatullah, en remerciement des bénédictions que le guide avait prodiguées à leur fils avant ses fiançailles, et insisté pour que son épouse et sa fille l'accompagnent.

Gulnaz était excitée. Elle n'avait jamais assisté à un mariage. La promesse de musique, de danse, de robes somptueuses, piquait sa curiosité.

Le choix de sa tenue se fit plusieurs mois avant la fête. Le jour J, la mère de Gulnaz prit dans sa boîte à bijoux une paire de boucles d'oreilles en filigrane or dix-huit carats et les posa dans la paume de sa fille. Celle-ci les mit puis tourna la tête de gauche à droite pour les sentir se balancer au bout de ses lobes. Elle se trouva adorable, étant donné sa sobriété habituelle.

Lorsqu'elles entrèrent dans la pièce dédiée aux femmes, Gulnaz resta bouche bée. La musique était si forte qu'elle sentit presque les percussions du *tabla* à l'intérieur de sa poitrine. Des vases fins dans lesquels se dressaient des roses rouges étaient posés sur des tables rondes recouvertes de nappes roses. Un lourd rideau divisait en deux la grande salle de banquet sur toute sa longueur. À l'abri des regards des hommes, les femmes secouaient les épaules et ondulaient des hanches, attirées sur la piste par le tempo rapide de la musique. Elles tournoyaient, marquaient des pauses, comme conduites par un partenaire invisible. Leurs visages exaltés luisaient de sueur. Elles riaient, poussaient de petits cris en se regardant les unes les autres.

Les grands-mères et les adolescentes timides restaient assises ; elles tapaient dans leurs mains et profitaient du spectacle. Les mères de jeunes hommes scrutaient attentivement les invitées, à l'affût d'une jeune fille qui serait belle mais pas trop hautaine, qui danserait bien mais pas de façon trop suggestive… en bref, d'un être irradiant l'innocence, la vertu et la fertilité.

Gulnaz et sa mère se frayèrent un chemin à travers le dédale de tables et de chaises pour rejoindre les membres de leur famille, installés suffisamment loin des haut-parleurs vibrants pour avoir un échange. Les rythmes du synthétiseur et la chanson au tempo endiablé résonnaient dans toute la pièce.

Gulnaz parcourut la salle du regard, se délecta de tout ; elle n'avait jamais été confrontée à un tel volume sonore. Elle repoussa des mèches de cheveux de son front, appréciant le cliquetis de ses bracelets, la sensation du métal froid contre sa peau. Tandis que sa mère la guidait d'une main vers la table, Gulnaz garda les yeux baissés, jouant le rôle qu'on attendait d'elle.

Sa robe de coton lourd était de la couleur des plumes de paon. Elle avait des manches étroites qui se terminaient sous le coude, une taille resserrée, et une jupe ample qui se gonflait lorsqu'elle marchait. Un plastron de broderies dorées et de petits miroirs épousait sa poitrine naissante. Les coutures royales tourbillonnaient des épaules aux poignets, qui étaient bordés de satin vert émeraude. La robe était extravagante, mais pour certaines occasions, le *murshid* décidait de gâter sa fille.

Gulnaz traversa la pièce, et les têtes se tournèrent à chacun de ses pas. Ses cheveux noirs caressaient délicatement son dos, ses yeux brillaient d'un éclat saisissant. Elle esquissa un sourire timide à peine perceptible. Au moment où elle atteignit la table, Gulnaz avait compris que sa beauté était magnétique, sans pareille, et qu'elle n'avait rien perdu de ses pouvoirs.

Dans les trois semaines qui suivirent la fête, la maison de Safatullah fut envahie de gens, chose inhabituelle même pour l'estimé *murshid*. Plus inhabituel encore, ce furent des femmes qui vinrent frapper au portail, et elles demandèrent à parler à l'épouse du *murshid*. À chaque visite, la mère de Gulnaz poussait sa fille amusée dans l'autre pièce ou la faisait sortir dans le jardin pendant que les visiteuses l'abreuvaient de platitudes.

Gulnaz souriait pudiquement derrière une porte fermée ou l'oreille collée au mur d'argile. Elle gloussait de ces flatteries, de la façon dont les mères vantaient les qualités physiques de leur fils, leur intelligence, leur sens de l'honneur. Parfois, elle passait rapidement devant la pièce pour les provoquer d'un regard furtif. Pourquoi s'embarrasser de magie quand un bref aperçu de son visage pouvait faire sursauter des femmes adultes ?

Les prétendants furent nombreux, les mères insistantes. La sombre réputation de Gulnaz appartenait désormais au passé, ce n'était qu'une phase de son enfance, une distraction pour garder les soupirants à distance. Ses tantes et cousines considérèrent cette vague d'intérêt avec méfiance. Elles chuchotèrent, échangèrent des regards, expliquant ainsi le phénomène : Gulnaz avait jeté un sort au village.

Elle devint la jeune fille la plus convoitée des environs, et ses parents se sentirent obligés de la marier rapidement, craignant que cet attrait ne se retourne contre elle. Les soupirants éconduits ne manqueraient pas d'être déçus, et les langues de vipères de faire passer Gulnaz pour une briseuse de cœurs ou une tentatrice.

Sa mère lui parlait des prétendants. Elle lui décrivait les familles, les capacités qu'avait chaque garçon de subvenir aux besoins d'un foyer. Gulnaz haussait les épaules. Elle n'était guère intéressée par un homme qui rentrerait à la maison les mains abîmées par le travail du métal ou qui aspirerait à suivre le chemin pieux de son père, le *murshid*. Elle fit la grimace lorsqu'on lui proposa un garçon résolu à devenir général dans l'armée. Elle n'avait que faire d'un homme qui aimait aboyer des ordres à longueur de journée.

La mère de Gulnaz commença à perdre patience. Elles avaient repoussé beaucoup trop de prétendants, et cela devenait inquiétant.

La famille du tailleur ne pensait pas avoir ses chances. Elle faisait partie des plus modestes du village. Le fils aîné, un jeune homme de vingt ans, avait un physique avantageux, mais il était timide et ne savait pas quoi faire de ses mains quand il ne tenait pas une aiguille et du fil. Sa mère était déjà venue deux fois, seule. Lorsqu'elle vint avec son fils, Gulnaz sortit de la maison pour dérober un regard aux visiteurs par la fenêtre du salon. Le dos contre le rideau de dentelle, la mère du garçon ne vit pas les yeux verts de la jeune fille percer avec curiosité la vitre poussiéreuse. La mère de Gulnaz, en revanche, fut horrifiée de découvrir le visage de sa fille. Elle resservit du thé à ses hôtes, en priant pour qu'ils ne tournent pas la tête et ne repèrent pas l'espionne. Le garçon était assis dans l'angle, les yeux rivés au tapis : l'image même du jeune homme bien élevé que sa mère avait loué.

Gulnaz le trouva assez beau. Elle aima la douceur de sa voix et la façon dont ses doigts jouaient avec sa tasse de thé. Il semblait gentil. Il ne lui dirait pas comment se comporter.

Regarde-moi, lui ordonna Gulnaz en pensée. *Laisse-moi voir tes yeux.*

La mère de Gulnaz avait les épaules raides. Elle acquiesça poliment quand la mère du garçon s'exprima, sans écouter un traître mot de ce qu'elle lui dit. Elle se demandait comment elle expliquerait le comportement de sa fille si son invitée venait à tourner la tête.

Gulnaz appuya les doigts contre la vitre.

Allez, fais-le. Tu veux vraiment être mon mari pour toujours ? Fais-moi voir qui tu es.

Le dos du garçon se crispa. Son menton se souleva légèrement.

Gulnaz écarquilla les yeux.

Regarde dans cette direction. Je suis là si tu as envie de me voir. Promets-moi que tu me traiteras comme une reine, et je serai à toi.

Pourquoi faisait-elle cela ? Ce n'était pas l'homme le plus séduisant venu faire sa cour. Ni le plus audacieux ni le plus accompli. Mais elle était charmée par son attitude, et par la patience qu'il fallait pour enfiler une aiguille, pour mesurer du tissu au centimètre près, pour coudre un ourlet parfait. C'était le genre d'homme qui saurait l'apprécier à sa juste valeur. Il laisserait à Gulnaz la liberté d'être Gulnaz.

Elle soupira. Il fallait qu'elle le regarde dans les yeux pour être sûre. Elle avait besoin qu'il écoute tout de suite pour penser qu'il écouterait plus tard.

Suis-je celle que tu veux de tout ton cœur ? Crois-tu que ce soit notre kismet *d'être mari et femme ? Regarde-moi si nous sommes faits l'un pour l'autre.*

Comme tiré par un fil invisible partant de la fenêtre, le jeune homme dirigea peu à peu son attention vers la jeune femme incroyablement jolie qui l'appelait à lui prouver sa dévotion. Ses yeux se levèrent du tapis, ses mains se détendirent, et il regarda par-dessus l'épaule de sa mère.

Gulnaz en eut la respiration coupée, elle mit une paume sur sa bouche comme si elle venait de prononcer ces paroles effrontées à voix haute.

Lorsqu'il sourit, elle pivota d'un seul coup et plaqua le dos contre le mur en s'éloignant de la fenêtre. Le souffle court, elle revint à son poste d'observation pour risquer un nouveau coup d'œil furtif. Ses yeux! Ils étaient aussi doux qu'elle l'avait espéré, mais une drôle d'étincelle y brillait également, et elle avait un faible pour les mystères.

La mère de Gulnaz se tordait nerveusement les mains, faisait son possible pour que la mère du prétendant continue de regarder droit devant elle. Ce comportement était impardonnable.

Le garçon avait de nouveau baissé les yeux, et son visage arborait une expression espiègle.

Oui, pensa Gulnaz. *Toi, je te veux bien. Je serai ta bien-aimée, ta fiancée, ta précieuse.*

Six mois plus tard, la fille du *murshid* était fiancée, et bientôt mariée à un jeune tailleur prometteur qui, un jour, lui fausserait compagnie indignement, la laissant avec deux enfants et mille raisons de haïr le monde qui l'entourait.

Chapitre 17

Malgré la faim qui la tenaillait, Zeba ne put rien avaler. Ses codétenues l'avaient encouragée à goûter à son petit déjeuner puis à son déjeuner, mais en réponse à leurs inquiétudes, elle s'était contentée d'un grommellement. Au dîner, l'indifférence les avait gagnées. Au fond, c'était une adulte, et si elle n'avait pas assez de bon sens pour se nourrir, elles seraient bien contentes de se partager ses restes.

Yusuf était jeune et inexpérimenté, Zeba en avait conscience. Il avait de nobles intentions, les plus nobles qu'elle ait jamais rencontrées, mais en Afghanistan, les intentions ne menaient pas loin. Les armes, l'argent, le pouvoir, l'orgueil : c'était avec ces choses que l'on parvenait à ses fins. L'étincelle qu'elle avait vue dans son regard lors de leur dernier échange ne le rendait que plus pathétique aux yeux de Zeba. Yusuf était un enfant qui avait repéré un jouet dans un champ de mines.

Zeba ne pouvait le sauver. Elle avait déjà du mal à se sauver elle-même.

Elle pensa à sa mère. La célèbre Gulnaz. Une année entière s'était écoulée depuis qu'elle avait frappé à sa porte puis scruté son foyer de ses yeux perçants. Elle sentait quelque chose d'anormal. Elle faisait d'horribles cauchemars : les enfants dégringolaient du toit, ou bien Basir se faisait écraser le pied par une voiture, ou alors Karima était enlevée par des nomades *kuchis* en caravane. Gulnaz se réveillait au milieu de la nuit avec de terribles pressentiments.

—Madar-*jan*, je suis une adulte. Je ne me laisserai plus impressionner par tes cauchemars, avait protesté Zeba.

Elle ne le pensait pas, et sa mère le savait. Zeba n'avait pas grandi dans une famille banale. Elle avait grandi dans l'ombre de Gulnaz, la *jadugar*, et de Safatullah, le grand *murshid*. Les cauchemars n'étaient pas des mauvais rêves ordinaires, mais des présages. Et les sentiments, des prémonitions. Faire fi de ses intuitions était un péché.

Gulnaz avait tiré sur les cordons d'une bourse et fait tomber dans sa main des graines d'*espand*.

—Laisse-moi répandre l'*espand* sur les enfants… et sur toi. Permets-moi au moins de faire cela pour mes petits-enfants.

L'air suffisant, Zeba avait regardé sa mère jeter les graines dans une petite casserole et la tenir au-dessus du feu jusqu'à ce qu'une volute de fumée s'élève du récipient. Gulnaz avait remué les graines avec un bâton, pour être sûre qu'elles brûlent toutes. La fumée s'était épaissie, et l'odeur de l'encens avait empli la pièce avant de se répandre dans la cour.

—Tu as vu? avait dit Gulnaz en faisant claquer sa langue. Tu as vu comme la fumée est dense? C'est signe qu'un puissant mauvais œil a été jeté sur ta maison et tes enfants.

La fumée était un instrument de mesure très précis pour Gulnaz, qui pouvait presque estimer le poids du *nazar*.

—Regarde ça! s'était-elle écriée en braquant le doigt vers la colonne de fumée. Tu as vu comme la fumée se tord et tourbillonne ? Elle forme la lettre *beh*, je te le jure. Et aussi un *kof* comme Karima. Et un *meem*.

Une fois que lui étaient apparues toutes les initiales de ses petits-enfants, Gulnaz s'était convaincue que son *espand* en disait long, qu'il prouvait l'intensité du mauvais œil qu'on avait dirigé vers eux.

— Madar, c'est ridicule. Ce n'est que de l'*espand*, avait protesté Zeba.

— Tu fais ta tête dure. J'essaie simplement de t'aider. Quelque chose ne va pas. Je le sens dans mon sang. C'est pour ton bien que je te mets en garde, pour le bien de mes petits-enfants.

— Il ne se passe rien ici. On va bien. Les enfants vont bien. Que puis-je faire de toute façon ? Tu as des cauchemars, mais que veux-tu que j'en fasse, Madar-*jan* ?

Enfant, Zeba considérait sa mère comme une magicienne, capable de tours dont elle seule connaissait les secrets. Si son frère avait de mauvaises notes en mathématiques, une visite de Gulnaz à l'école suffisait à faire remonter ses résultats. Si celle-ci surprenait la femme d'un voisin en train de dire du mal de sa famille, elle saupoudrait du poivre séché devant leur porte. Et le lendemain matin, les infortunés trouvaient leur vache sans vie. Zeba se sentait alors protégée, en sécurité.

Elle regardait sa mère, accroupie près du feu, chauffant des feuilles qu'elles avaient cueillies ensemble. Elle se tenait à ses côtés lorsque celle-ci frottait des cendres sur la photo d'une personne. Gulnaz n'avait pas de livre de recettes ; aucune de ses astuces n'était écrite. Elle ne donna jamais de cours à sa fille sur la façon de mener à bien ces sortilèges. Ses marmonnements sur le mal, ses chuchotements mystérieux éveillaient la curiosité de Zeba. Gulnaz rendait ces pratiques assez séduisantes pour que la petite ait envie d'y assister, et la supplie de la laisser entrer dans ce monde secret et puissant.

Quand elles étaient avec le reste de la famille, Zeba remarquait que les autres femmes tenaient leur langue en présence de Gulnaz. Elles souriaient poliment, offraient des sucreries à Rafi et Zeba. Sur le chemin du retour, Gulnaz marmonnait d'un air affligé qu'elle voyait clair dans leur jeu et qu'elle n'était pas dupe de leurs civilités. Un peu de sucre adoucissait un enfant, elle le savait, c'était pourquoi elle en mettait une cuillerée dans leur lait. Une trop grande quantité produisait l'effet inverse et gâtait un caractère pour toujours.

Zeba était impressionnée par la perspicacité de sa mère. Les gens essayaient vraiment de leur faire du mal. Elle tâchait de s'en souvenir au moment de déposer une poignée de fleurs sauvages sur le seuil d'une porte, souriait en pensant à l'urine de chien que sa mère et elle y avaient versée le matin même.

Après la disparition de son mari, Gulnaz se plongea plus que jamais dans la sorcellerie, et sembla y accorder plus d'importance qu'aux faits et gestes de ses enfants. Cet événement venait confirmer ses soupçons sur le mauvais œil. Pire que tout, elle prenait conscience de son incapacité à protéger son foyer. Tapie dans un coin de la cuisine, Zeba la regardait couper des rognures d'ongles en minuscules morceaux, ivre de rage contre sa belle-sœur, puis les insérer dans un mélange de bœuf, d'oignons et d'épices. Ce fut Zeba elle-même qui porta les boulettes de viande chez sa tante, sans oser la regarder dans les yeux, mais craignant également de désobéir à sa mère. L'estomac noué, elle s'éloigna en imaginant sa tante mordre dans les boulettes avariées entre deux morceaux de pain plié.

Petite, Zeba ne comprenait pas les effets qu'avait eus sur sa mère la disparition de son père. Elle ignorait à quel point ils s'étaient aimés et combien Gulnaz s'inquiétait pour lui depuis son départ, une inquiétude qui dura des jours, des semaines, des mois, des années. Elle le pleurait en silence, fait rare chez elle, souffrant de ne pas savoir s'il était mort ou vivant. Zeba ne l'avait interrogée qu'une seule fois sur son père.

— C'est l'œuvre d'une personne dont le mauvais œil est plus puissant que le mien, avait affirmé Gulnaz.

Elle avait interrompu l'éminçage des aubergines, levé en l'air le couteau le plus tranchant, dont la lame avait reflété le soleil de l'après-midi.

— Mais, Madar-*jan*, est-ce qu'il se comportait bizarrement avant de partir ? Khala Miri dit qu'il racontait des choses étranges…

— Que Dieu ôte la vue à ta Khala Miri pour avoir parlé de lui de cette façon ! Elle avait ses raisons de détester nous voir heureux. Elle ne pouvait pas le supporter ! Elle veut juste que je souffre autant qu'elle. Cette femme… oh, toutes les choses que je pourrais lui faire si je le voulais. Je me suis montrée indulgente avec elle, mais parfois je me demande bien pourquoi. J'ai vécu dix ans sans mari. Et elle… elle vit avec ton oncle autoritaire dans cette maison, et avec ses enfants qui courent partout comme des gamins des rues, et elle ne prend même pas la peine de me saluer.

À l'adolescence, Zeba se lassa de la magie de sa mère. Elle connaissait sa réputation et n'aimait pas être associée à ses mauvais tours. Elle en voulait à ceux qui la considéraient comme l'héritière des pouvoirs de Gulnaz ou sa complice. Zeba n'avait aucune envie d'être crainte ni évitée. Elle aspirait à une vie ordinaire. Si seulement sa mère avait cessé de regarder le monde avec méfiance, ils auraient pu s'intégrer dans la famille.

Je n'ai rien à voir avec ma mère, se répétait-elle.

Elle tournait les talons dès que Gulnaz jetait un nouveau sort. La première fois qu'elle lui tint tête, ce fut d'une voix tremblante, à peine audible.

—Non... Je ne veux pas, Madar-*jan*! Si tu tiens tant à envoyer ces biscuits chez Khala Ferouz, tu n'as qu'à le faire toi-même.

—Zeba! Apporte-leur ces biscuits immédiatement. Cesse tes bêtises!

—Je ne le ferai pas, Madar-*jan*. Je ne veux pas être complice de ça. Je ne peux plus le supporter! Tout ce mal...

Zeba aurait aimé que son père franchisse la porte. S'il était rentré à la maison, sa mère aurait peut-être renoncé à provoquer des tempêtes de sable. Cette pensée l'attristait, mais il se pouvait que le comportement de son épouse ait été la cause de sa désertion.

—«Ce mal»? Tu penses que je suis mauvaise? Tu n'as donc aucune idée du mal qui se trame ici-bas? Tu n'en as pas vu assez pour comprendre?

Leurs rapports ne s'adoucirent jamais. Zeba savait que sa mère ne lui faisait plus confiance. Gulnaz la regardait du coin de l'œil en se mordant la lèvre. Une colère brûlante se mit à circuler entre elles, et même si Zeba ne doutait pas de l'amour de sa mère, elle ne put s'empêcher de s'interroger: userait-elle de ses dons contre sa propre fille? Quand Safatullah et la famille de son père se réunirent pour annoncer les fiançailles de Zeba, cette dernière ne fut pas aussi scandalisée que Gulnaz. Elle adorait Rafi, mais il était devenu difficile de vivre dans le monde obscur que sa mère avait créé. Le mariage serait une échappatoire.

À présent, sa mère lui manquait. Les ressorts du matelas s'enfonçaient dans ses côtes, comme pour la pousser à admettre ce qui planait dans son esprit.

« Tu n'as donc aucune idée du mal qui se trame ici-bas ? C'est pour ton bien que je te mets en garde, pour le bien de mes petits-enfants. »

Elle avait repoussé Gulnaz, et les regrets lui serraient le cœur.

Lorsque sa mère avait vu la noirceur de Kamal, Zeba s'était montrée hautaine, déterminée à ne pas faire fuir son mari à son tour. Elle ne finirait pas seule, sans la respectabilité d'une veuve ou d'une épouse. Elle se souvenait très clairement de ces jours où sa mère se cloîtrait dans leur maison étouffante pour ne plus entendre les médisances. Zeba refusait de devenir cette femme.

Mais à peine Gulnaz partie, la noirceur fit glisser ses longs doigts opportunistes autour de la gorge de la jeune femme. Si seulement elle n'avait pas claqué la porte au nez de sa mère.

Elle ne put se résoudre à bouger, préférant garder cette position inconfortable, sentir quelque chose lui transpercer la peau. Elle appuya la tempe contre le matelas, contracta les muscles du dos et du cou, enfonçant la tête autant que possible.

Trouver sa place dans une famille ordinaire avait été son seul souhait. Être aimée, et non pas crainte ou méprisée. Elle avait tout appris de sa mère, de la dangereuse Gulnaz aux éblouissants yeux verts.

Elle aurait dû agir. Peut-être le pouvait-elle encore.

Zeba se redressa d'un coup, le cœur soudain vibrant d'un élan nouveau.

Chapitre 18

—M a mère me rend visite aujourd'hui, annonça Zeba un matin alors qu'elles déjeunaient de pain et de thé sucré.

Nafisa leva les yeux avec curiosité. Elle était impressionnée par la transformation qui s'était opérée chez Zeba en à peine deux jours. C'était une autre femme. Elle se joignait aux codétenues pour les repas et souriait chaleureusement. Rien ne semblait justifier un changement si soudain. Les hypothèses s'étaient alors multipliées.

—Ta mère ? Tu n'as jamais parlé de ta mère. Où vit-elle ?

Nafisa jeta un regard furtif à Mezhgan, qui tenta de ne pas avoir l'air trop intriguée.

—Elle vit avec mon frère, à une demi-journée d'ici. Elle est… différente… ma mère. Elle n'est pas comme les autres femmes, leur confia une Zeba hésitante, elle-même perplexe à l'idée de voir Gulnaz dans ce lieu.

—Que veux-tu dire ? Comment est-elle ? demanda Latifa.

Elle avait tiré ses cheveux en chignon serré, ce qui faisait ressortir ses traits épais. Le brusque rétablissement de Zeba après sa crise d'hystérie ne l'avait nullement impressionnée. Elle avait décrété que tout cela n'était qu'une comédie, que la prisonnière se moquait du monde.

—C'est… c'est une femme forte. Et d'une détermination sans faille.

—C'est tout ? pouffa Latifa en secouant la tête.

Chaque fois qu'elle donnait à Zeba une chance de se racheter, cette dernière la décevait.

—Non, ce n'est pas si simple. Elle a une façon bien à elle de gérer les problèmes, grâce à des rites qu'elle a appris au fil des ans.

—Que fait-elle ?

Craignant leurs réactions, Zeba avança avec précaution.

—Toute ma vie, j'ai vu ma mère préparer des mélanges d'herbes et d'ingrédients divers. C'est une experte en mélanges. Ceux qui permettent… de parvenir à ses fins.

—Une *jadugar* ! s'exclama Latifa en claquant une main contre sa cuisse, un grand sourire aux lèvres. C'est donc une de ces femmes capables de jeter un sort à un ennemi pour qu'il s'étouffe avec sa nourriture ou de provoquer une violente dispute dans un couple.

Mezhgan et Nafisa écarquillèrent les yeux.

—Non, non, ce n'est pas ça. Elle ne faisait pas ce genre de choses… Elle n'a jamais provoqué d'étouffement. Ses sorts n'ont rien à voir avec ça.

Zeba s'efforçait de trouver les mots justes, en vain, car ils n'existaient pas.

—Est-ce qu'elle utilise des pigeons morts ? J'ai entendu parler de ce genre de pratiques !

—Ta mère fait ça ? demanda Nafisa avec admiration.

Leur méfiance s'évanouit, Zeba devint bien plus intéressante à leurs yeux, grâce aux pouvoirs de sa mère.

Lorsqu'elles virent Gulnaz apparaître derrière la clôture métallique de la prison, leurs théories furent confirmées.

Elle les impressionna par sa silhouette. Les pans de son foulard aubergine drapaient élégamment sa poitrine, et son dos était droit comme celui d'une jeune fille. Sa peau était lisse, presque aucune ride ne creusait les coins de ses yeux, aucune marque ne venait témoigner des longues années passées à pleurer son mari ou à s'inquiéter des rumeurs circulant à son sujet. Même de l'autre côté de la cour, ses iris verts captaient la lumière du soleil et scintillaient comme des pierres précieuses.

Dès que Zeba pénétra dans la cour avec les autres, elle repéra sa mère. Ses codétenues évitèrent les regards trop insistants. Latifa observa du coin de l'œil et haussa les sourcils au lieu de dire ce qu'elle pensait. C'était sa façon à elle de faire preuve de réserve.

Zeba les laissa pour se diriger vers Gulnaz, se retenant de courir pour la simple raison que le monde qui l'entourait attendait encore d'elle un certain type de comportement. Elle savait, sans avoir besoin de se retourner, que ses codétenues s'installeraient sur des bancs autour d'une table en bois, et jetteraient des coups d'œil par-dessus leurs épaules.

Gulnaz vit sa fille approcher, et son cœur se serra.

Elle fut soudain projetée trente-cinq ans en arrière, se revit touchant nerveusement le crâne encore fragile de son nouveau-né. En l'espace d'un instant, la voilà un an plus tard : Zeba tendait ses petites jambes potelées pour faire ses premiers pas, s'accrochant aux tables basses, sautillant sous les applaudissements de son père. Un autre éclair : la fillette, coiffée d'une queue de cheval, était assise sur ses genoux, et chantait des comptines en se trompant dans les paroles. Elle avait cinq ans et tenait sa dent dans sa paume tiède, exhibant fièrement son sourire lacunaire. Un battement de cœur : Zeba à huit ans, levant vers elle ses grands yeux noisette, réclamant une histoire. Le vacillement d'une bougie : Zeba à douze ans, chuchotant à son oreille que la vieille dame assise derrière elle à la *fateha* venait de péter ; Gulnaz faisant taire sa fille et cachant son visage derrière un mouchoir pour feindre le chagrin.

Zeba s'assit en face de sa mère. Un grillage et un océan de bonnes intentions les séparaient désormais.

— *Salam*, Madar.

— *Salam, bachem.*

— Tu as fait un long voyage.

— Je serais venue de plus loin encore.

Zeba baissa la tête. Gulnaz observa le visage de sa fille. Elle avait l'air fatiguée, bien plus âgée que la dernière fois qu'elles s'étaient vues. Les quelques semaines passées en prison, loin de ses enfants adorés, avaient creusé des cernes noirs sous ses yeux. On aurait dit que c'était Zeba, et non Gulnaz, qui avait voyagé toute la journée.

— Tu as des nouvelles de mes petits-enfants ?

Zeba secoua la tête. Elle eut la sensation d'avoir du verre pilé dans la gorge. Si elle parlait, sa voix se briserait.

Gulnaz parla pour elle.

— Basir a toujours eu la tête sur les épaules, il est très mature. Pas comme son père.

Zeba passa les doigts à travers les mailles du grillage. Elle avait tant besoin de paroles rassurantes sur ses enfants, d'où qu'elles viennent. Elle laissa échapper un soupir.

— Aux dernières nouvelles, ils allaient bien. Basir s'occupe de ses sœurs. Ils sont ensemble, et je ne peux rien demander de plus à l'heure actuelle.

— C'est un bon début, dit Gulnaz en touchant les doigts de sa fille qui, à son grand soulagement, ne recula pas. Dis-moi ce qui s'est passé, Zeba.

Elle leva les yeux et croisa ceux de sa mère.

— Qu'est-ce que ça change ?

— Ça change tout.

— C'était une scène affreuse.

— Ça, tout le monde le sait.

Zeba ne retira pas sa main du grillage. La présence de sa mère, son contact, étaient plus réconfortants qu'elle ne l'aurait pensé. Elle retombait en enfance.

— Madar-*jan*, je ne sais pas comment c'est arrivé.

— Dis-moi ce que tu sais.

Zeba regarda le sol. Elle avait répété cette conversation en pensée. Son récit changeait à chaque fois, devenait de plus en plus honnête.

— Lorsque tu es venue me voir pour me mettre en garde, je n'étais pas prête à t'écouter. Je me croyais capable de protéger mon foyer mieux que tu n'avais protégé le tien. Je voulais rester en dehors de… de tout ça. Et puis, j'ai commencé à voir la chose. Je l'ai sentie se glisser dans ma maison, se rire de moi pendant mon sommeil. Ce jour-là, je l'ai enfin vue pour ce qu'elle était. Dans notre propre cour, le mal absolu. Celui dont on ne parle qu'à demi-mot. Celui qui empêche les mères de dormir la nuit. Qui fait pourrir nos entrailles rien qu'à l'idée de s'être trouvé en sa présence. Je ne me souviens pas de grand-chose de cet après-midi. Je sais seulement que lorsque j'ai rouvert les yeux, la noirceur avait disparu. Et maintenant je suis ici, sans mes enfants, et je ne sais pas si je dois m'inquiéter davantage pour eux, ou moins qu'avant.

—Zeba…

—Je n'arrête pas de penser que j'aurais dû me tourner vers toi.

Le regard de Gulnaz s'adoucit et se brouilla. Elle tendit son autre main vers le grillage, passa deux doigts de l'autre côté. Zeba les tint serrés.

—Cette idée m'obsède. Ça aurait peut-être tout changé. Ces choses que tu faisais depuis des années… Je trouvais ces pratiques obscures et malveillantes, mais je sais à présent ce qu'est le vrai mal. Pardonne-moi, Madar-*jan*.

Gulnaz eut envie de prendre sa fille dans ses bras, de sentir son visage contre le sien. Elle aussi avait des regrets. Elle savait qu'elle aurait dû insister, décrypter ses cauchemars, obéir à ses intuitions. Elle aurait pu faire beaucoup plus.

—Zeba, soupira-t-elle. Je me suis fait tellement d'ennemis que je suis surprise de tenir encore debout. Je ne vais pas me fâcher contre ma propre fille. De toute façon, le temps n'est ni à la pitié ni aux reproches. Tu as fait ce que tu pensais être le mieux pour ta famille, tout comme moi.

Sa fille hocha la tête. Le nœud de sa gorge commença à se desserrer.

—Tu as de gros ennuis, Zeba. Le meurtre, c'est une accusation grave. Il faut voir la vérité en face. Tu as rencontré l'avocat que Rafi t'a envoyé ?

—Oui.

—Et ?

—Que Dieu bénisse mon frère. Je sais qu'il se sent obligé de s'occuper de moi parce que je suis sa sœur et que je suis… veuve. L'avocat qu'il a engagé est un gamin naïf qui croit pouvoir me sauver. Mais mon châtiment va tomber. Ce n'est plus qu'une question de temps.

—Rafi dit du bien de lui. Ils veulent tous les deux t'aider, mais ce sont des hommes, et les hommes ne voient que ce qu'ils peuvent toucher. Le monde est constitué de pierre, de bois et de chair pour eux. Ce n'est pas leur faute ; ils sont faits ainsi. Nous ne pouvons pas tout laisser entre les mains des hommes. J'ai commis cette erreur une fois, je ne la reproduirai pas.

Zeba se retourna. Elle vit Latifa se pencher au-dessus de la table pour murmurer quelque chose à ses deux codétenues. Elle s'imagina alors quelles folles hypothèses Gulnaz devait éveiller en elles. Elle revint à sa mère.

—Et les femmes ? lui demanda-t-elle, songeuse. De quoi est fait le monde pour nous ?

Gulnaz lui adressa un faible sourire.

—Tu ne le sais donc pas, ma fille ? Ce sont les espaces vides entre la pierre et la chair qui le constituent. Nous voyons le sourire sur un visage de marbre, le mince rayon de soleil entre deux branches mortes. Le temps traverse différemment le corps d'une femme. Nous sommes hantées par les jours passés et tourmentées par nos lendemains. C'est ainsi que nous vivons, déchirées entre ce qui s'est déjà produit et ce qui reste à venir.

Un voile se forma devant les yeux de Zeba. La voix de sa mère l'apaisait telle une berceuse. Elle enregistra ses mots pour les méditer plus tard. En attendant, elle préféra l'interroger sur un autre sujet.

—De quelle erreur parlais-tu tout à l'heure ?

Gulnaz prit soudain une expression grave. Elle regarda sa fille droit dans les yeux.

—Je n'ai aucune raison de te cacher quoi que ce soit. Tu n'es plus une enfant.

Zeba attendit la suite.

—Ton père… Quand nous nous sommes mariés, il était au courant de mes pratiques, de ce dont j'étais capable pour faire tourner le vent. Il trouvait ça attendrissant. Il m'observait en souriant, mais en réalité, il trouvait mes inquiétudes excessives. Il me reprochait de sentir des odeurs de brûlé quand il n'y avait pas la moindre flamme.

Zeba fut mal à l'aise. Entendre parler des conversations intimes de ses parents lui semblait inapproprié.

—J'étais jeune, bien sûr. Je voulais le rendre heureux. Et peut-être qu'une partie de moi était épuisée par cette vigilance permanente. J'ai laissé tomber mes barrières. Nous avons passé plus de temps avec la famille, avec les amis. La situation était grave à cette époque. La guerre, le sang, la privation. Partout dans le pays. Nous n'étions pas si différents. Nous luttions comme les autres. Tu t'en souviens, j'en suis sûre. Nous ne pouvions pas vous cacher toute cette laideur, à ton frère et toi. Je me disais que l'adversité touchait tout le monde. J'essayais de me persuader que je n'étais pas la cible de mauvaises pensées. J'essayais très fort.

Zeba observa les mains de sa mère. Ses ongles s'écaillaient aux extrémités. Elle découvrit également des taches de vieillesse qu'elle n'avait jamais vues auparavant. Les années qui ne marquaient pas le visage de Gulnaz étaient trahies par ses mains. Zeba se fit cette remarque avec un pincement au cœur.

—En réalité, nous n'étions pas plus mal lotis que d'autres. Rafi et toi n'aviez pas assez à manger, mais ailleurs, d'autres enfants mouraient de faim. Je me disais que ton père avait peut-être raison, que j'étais trop sensible, que je m'inventais des problèmes. Alors j'ai laissé mon *jadu* de côté et, pour la première fois, j'ai eu l'impression qu'on m'ôtait un sac de pierres des épaules. Même lorsque ma propre mère est morte, je n'ai pas flanché. Je n'ai blâmé personne. Je me suis dit qu'elle avait vécu sa vie et que c'était notre destin à tous. Je vivais ainsi, aveuglée par ton père qui ne voyait rien, surtout pas ce qui était sous ses yeux.

Zeba fut surprise d'apprendre qu'il avait existé une époque où sa mère avait tourné le dos au *jadu*.

— Madar-*jan*, je ne me rappelle pas un seul jour où je ne t'ai pas vue occupée à préparer un sort. C'était ton obsession dès le réveil.

— Ça n'a pas toujours été le cas. Je le faisais uniquement lorsque c'était nécessaire.

Zeba devint pensive.

— Pourquoi mon père est-il parti se battre ? Personne d'autre ne l'a fait dans la famille.

Gulnaz fit claquer sa langue et tourna la tête. Elle battit des paupières au souvenir de cette époque. Elle ne parlait pas de lui comme on parlait des morts, pas non plus comme on parlait des vivants. Voilà le purgatoire dans lequel le père de Zeba se trouvait depuis toujours.

— Je ne peux pas expliquer les pensées de ton père. Il ne les partageait pas vraiment avec moi. Cet homme – qu'il soit en paix, où qu'il se trouve – était déraisonnable. Il n'obéissait qu'à sa propre boussole. Je n'avais aucune emprise sur lui. Il écoutait sans arrêt cette vieille radio russe, ce bloc de bois au cadran de cuivre. Et puis, un jour, il est parti. Il a franchi la porte et n'est jamais revenu.

Zeba ne bougeait pas.

— Il n'a pas dit où il allait ni aux côtés de qui il s'engageait ? Personne ne l'a jamais vu dans les combats ? Beaucoup de morts ont été rapatriés pour être enterrés auprès de leur famille.

— Et bien plus encore ont été absorbés par la terre pour laquelle ils avaient combattu. Nous ne saurons jamais, Zeba, et cela ne sert à rien de se tourmenter avec ça maintenant. Tu as bien plus important à faire.

— Tu n'as jamais pensé qu'il reviendrait ?

Gulnaz fronça les sourcils.

— Autrefois, j'attendais de le voir franchir le seuil. Je me disais : peut-être vendredi prochain, après les prières du *Juma* ; ou alors dans deux semaines. Ensuite, je me disais qu'il rentrerait peut-être pour l'*Aïd*, amaigri par un mois de combat et de jeûne. Et puis les Russes sont partis. J'ai encore attendu, mais toujours aucun signe de lui. Quand les combats ont repris, je me suis dit qu'il s'était replongé dans la guerre.

Le retrait des troupes russes n'avait pas été synonyme de paix. Au contraire, la guerre civile s'était installée. Comment aurait-il pu en être autrement, quand la diversité de l'Afghanistan et les ressentiments profondément ancrés dans sa terre refaisaient surface ? Le pays semblait s'être replié sur lui-même. Sans ennemi extérieur commun, les différentes ethnies s'étaient retournées les unes contre les autres.

— Finalement, je me suis demandé s'il reviendrait avant que Rafi se marie. Je me suis dit que s'il ne rentrait pas d'ici là, c'est qu'il devait être mort. Guerre ou pas, comment un père pouvait-il manquer le mariage de son fils ?

— Il n'était peut-être pas au courant ?

— J'en avais assez de lui chercher des excuses. Je l'ai compté parmi les morts, et tu en as fait autant.

C'était vrai. Lorsqu'elle joignait les mains pour prier, elle demandait toujours à Dieu de garder son père dans les jardins du paradis. C'était l'hypothèse la plus sensée étant donné le bilan des combats.

—Je ne me suis pas débarrassée de ses vêtements. Il y avait toujours une place pour lui au cas où il reviendrait. Et je pleurais souvent en voyant le vide qu'il laissait, mais les temps étaient durs, et je devais penser à vous. J'avais deux enfants à nourrir, et mes travaux de couture étaient mon seul moyen de subsistance. Tes oncles voulaient que je me remarie avec l'un d'entre eux, mais je leur répétais que je ne me lierais à personne d'autre tant que la dépouille de ton père ne me serait pas restituée.

Zeba eut un mouvement de recul à cette pensée.

—Tu ne me l'avais jamais dit.

—Je n'avais aucune raison de le faire.

Zeba lâcha le grillage. Ses bras commençaient à lui faire mal. Elle tenait bon depuis trop longtemps.

—Rafi était au courant ?

—Il était assez grand et assez intelligent pour saisir ce qui se passait, mais il n'a appris que des bribes. Je ne voulais pas que vous sachiez, ni lui ni toi.

Zeba comprenait parfaitement. Comment aurait-elle pu en vouloir à sa mère d'avoir gardé ce secret alors qu'elle-même voulait à présent épargner à ses propres enfants la vérité honteuse qu'elle avait découverte ?

—Es-tu allée voir ton père ?

Gulnaz secoua la tête.

—Qu'aurait-il pu faire pour moi ? C'était déjà un vieil homme, et les gens étaient convaincus que c'était un espion à la solde des Anglais. J'ai grandi dans cette maison, et je savais qu'il n'était pas aussi puissant qu'il le prétendait. Il ne l'admettra jamais, mais cet homme est plein de ruse.

Zeba baissa les yeux.

— Ma fille, il est particulièrement douloureux d'apprendre que ses parents ne sont pas les anges ou les héros qu'on aimerait qu'ils soient. Je le sais mieux que personne.

Zeba voulait parler, dire à sa mère qu'elle ne lui inspirait ni ressentiment ni déception, mais les mots s'arrêtèrent au bord de ses lèvres.

— Nous y survivons. Nous survivons tous à la découverte de la vérité sur nos parents, car nous ne pouvons rester des enfants éternellement.

Une légère brise souffla, soulevant quelques mèches des cheveux de Zeba et picotant sa nuque humide. Gulnaz lissa sa jupe.

— Tu n'as pas pu sauver mon père, déclara soudain Zeba.

Accroupie sur le sol, elle tripotait l'ourlet de son pantalon autrefois blanc.

— Qu'est-ce qui te fait croire que tu peux me sauver maintenant ? ajouta-t-elle.

— Tu es ma fille, Zeba. Tout comme j'ai observé ton grand-père dans son art, tu es restée à mes côtés dans la cuisine et tu as tout vu de mes pratiques. Tu sais à quel point nous étions fortes ensemble. Tu as vu ce qui est arrivé aux personnes qui nous voulaient du mal. Je vous ai protégés du mauvais œil, ton frère et toi, car nous étions cernés de mauvaises intentions. Que tu veuilles l'admettre ou non, tu connais tous mes tours. Tu connais mes secrets mieux que personne, même si tu leur tournes le dos. Rien n'a changé. Tout est à tes pieds.

Zeba avait mal à la tête. Le sang battait à ses tempes, le soleil l'aveuglait, mais bizarrement, Gulnaz plissait à peine les yeux. Sa mère était décidément insaisissable.

—Je t'ai apporté quelque chose, murmura Gulnaz. Ce n'est pas grand-chose, mais c'est un début.

Elle glissa deux doigts dans la manche de sa robe, au niveau du poignet. Elle tira légèrement et en sortit un objet que Zeba reconnut immédiatement : un *tawiz*.

—Ça vient de Jawad ?

Elle recueillit la bénédiction pliée dans le creux de la main, referma les doigts dessus. Le temps suspendit son cours. Elle redevint une enfant, en admiration devant sa mère, cet être capable de contrôler le ciel. C'était précisément ce qu'elle avait voulu : que Gulnaz vienne la sauver, qu'elle fasse tourner le vent en sa faveur. Si l'espoir était permis, il ne pouvait prendre que cette forme.

—Bien sûr que ça vient de Jawad. Je voulais un *tawiz*, pas un simple bout de papier. Cet homme est le seul à posséder un véritable don.

Zeba ferma les yeux et se remémora les traits de Jawad. Même lorsqu'elle devenait une jeune femme, c'était sa mère que cet homme préférait regarder. Elle le revoyait, le dos courbé au-dessus d'un minuscule carré de papier, maniant le stylo avec détermination. Chaque *tawiz* qu'il créait rendait furieux son grand-père, Safatullah. Jawad pratiquait la magie noire tandis que le *murshid* transmettait la lumière divine.

—Tu crois donc au pouvoir de ses talismans.

—Parce que j'en ai vu les résultats. C'est son art. Ton grand-père a le sien, et j'ai le mien. Tu peux choisir de croire à l'une de ces méthodes, ou bien à toutes, mais croire à quelque chose rend la vie bien plus facile.

— Mon grand-père ne serait pas content…

— Ton grand-père est malheureux depuis des années. Une fois que les gens se sont mis à douter de lui, son cœur s'est affaibli et ne s'est jamais remis. Je suis une fille respectueuse, alors je garde mes activités secrètes, mais je suis aussi ta mère. Faire tout ce qui est en mon pouvoir pour t'aider, c'est ma seule préoccupation.

— Madar-*jan*, je te remercie, mais je ne veux pas me sentir… Je veux dire, il n'y a aucune raison pour que ça marche, dit prudemment Zeba, scrutant le visage de sa mère dans l'attente de sa réaction.

Gulnaz s'approcha de la grille, de sorte que sa fille sentit son souffle sur sa joue. Elles étaient de nouveau réunies. La sensation du contact de sa mère s'attarda sur la peau de Zeba. Il était temps d'aller de l'avant tout en regardant derrière soi.

— Dis-moi, ma chérie, qu'as-tu à perdre ?

CHAPITRE 19

« Tu t'abîmes les yeux, le nez toujours dans tes livres. » Yusuf ôta ses lunettes. Les mots de sa mère résonnaient encore dans sa tête. Lire dans la pénombre du soir lui fatiguait les yeux. Il savait très bien qu'en les frottant il ne faisait qu'aggraver la situation.

Son appartement était situé au troisième et dernier étage de l'immeuble. Le salon ouvrait sur un balcon tout juste assez spacieux pour y mettre une chaise pliante. Il offrait une vue peu engageante sur un autre immeuble avec des rideaux fermés à toutes les fenêtres et des cordes à linge sur chaque balcon. Une cuisine linéaire occupait un mur, derrière lequel se trouvait la chambre. La salle de bains était simple et fonctionnelle. Pour Yusuf, qui avait passé des années à partager un deux-pièces exigu dans le quartier de Flushing avec toute sa famille, ce logement était amplement suffisant.

Il avait installé une petite table et deux chaises dans un coin du salon. Cela lui servait à la fois de coin repas et de bureau. La pièce comptait également une table basse en verre et un canapé élimé. Les murs étaient nus, si l'on exceptait une photographie sous cadre de La Mecque.

L'équivalent de la Bible dans les hôtels américains, s'était dit Yusuf en la découvrant. Il n'avait aucun mépris pour sa religion, mais avait développé une certaine objectivité à l'égard du monde qui l'entourait en vivant ailleurs.

Il prit sa trousse de toilette en cuir dans le placard.

Il ne lui restait que quatre dosettes de gouttes oculaires. Il s'en voulut de ne pas en avoir apporté davantage. Il n'avait pas anticipé les effets que le vent poussiéreux aurait sur ses yeux.

Tu parles d'un enfant du pays.

Il secoua le flacon blanc et décida de garder ce qu'il restait. Il ne rentrerait pas aux États-Unis avant plusieurs mois, et la qualité de l'air n'allait pas s'améliorer.

Yusuf était coutumier des crises d'insomnie. Les affaires importantes le tenaient éveillé, et il pouvait enchaîner plusieurs semaines en ne dormant que trois heures par nuit. Il fonctionnait ainsi. Il dressait des listes de précédents à vérifier, des failles dans ses arguments, des recherches qu'il lui restait à effectuer. Loi par loi, point par point. C'était un processus méticuleux, comme extraire un à un les pépins d'un pamplemousse. Cependant, le cas de Zeba n'était pas le seul motif de son agitation. Sa conversation de la veille avec Mina l'avait pris au dépourvu. Il s'efforça de la chasser de son esprit pour se concentrer sur le travail.

Il se servit une autre tasse de thé noir. Il avait, depuis son arrivée, laissé le café de côté. Non pas qu'il fût difficile d'en trouver, mais le goût afghan pour le thé lui était rapidement revenu.

Un courant d'air se glissa par la fenêtre entrouverte, charriant une légère odeur de sang en provenance de la boucherie d'en bas.

Yusuf n'était qu'à quinze minutes en taxi de la prison. À quinze minutes de Zeba, sa cliente récalcitrante. Il pouvait la voir quotidiennement s'il le désirait, mais préférait s'en abstenir. En gardant ses distances, il espérait lui faire comprendre qu'elle avait cruellement besoin de son aide. D'ordinaire, il n'aimait pas jouer ainsi avec ses clients, mais la défense de Zeba exigeait de la créativité. Ses chances de démontrer son innocence étaient plus que minces.

Comme il s'entretenait rarement avec elle, Yusuf passait ses journées à déterrer des lois méconnues, plongé dans ses livres de droit. L'infrastructure légale de l'Afghanistan avait été détruite au fil des ans, mais une équipe d'acteurs internationaux travaillait à la reconstruire. Ils avaient créé un ensemble sensé de lois pour le pays, un manuel lisible pour lui. Le véritable système de justice, toutefois, était à mille lieues de ces textes. En dehors des grandes villes, nul n'appliquait la loi.

Les collègues de Yusuf comprenaient sa frustration, mais celle-ci éprouvait aussi leur patience. Parfois, ses soupirs d'exaspération provoquaient la colère de ceux qui avaient diligemment effectué son travail avant son arrivée. Anisa était à la tête du groupe d'aide juridique. C'était une femme audacieuse d'une quarantaine d'années qui s'était exilée en Australie durant les pires années de la guerre. Elle était revenue après la chute des talibans, déterminée à utiliser à bon escient son diplôme de droit étranger. Yusuf avait été impressionné par cette avocate dès leur première rencontre.

—Yusuf-*jan*, commença fermement Anisa, le système judiciaire, si on peut l'appeler ainsi, est aussi tortueux que le turban d'un mullah. Il est possible de travailler avec ce que nous avons à disposition, mais cela demande de la créativité et de la patience. Tu ne peux pas exiger de ce pays qu'il mette tout en ordre dès l'instant où tu y poses le pied.

Il y a beaucoup à faire. Et encore plus à défaire. Oui, dans de nombreuses régions, c'est encore l'autorité des barbes blanches qui domine. La parole des anciens fait loi. Tu as de la chance que ta cliente soit confrontée à un juge, et non à un tribunal populaire. Et d'après ce que j'ai entendu sur le juge qui gère cette affaire, tu as vraiment de quoi te réjouir. Tu aurais pu tomber sur bien pire.

Yusuf pensa au *qazi*. Anisa avait peut-être raison. Le magistrat n'avait pas encore parlé d'exécution. D'autres l'auraient déjà fait. Il ouvrit une nouvelle page de son carnet, notant qu'il devait en apprendre un peu plus sur ce juge. Peut-être trouverait-il un angle d'approche avantageux.

Le lendemain matin, Yusuf arriva au travail à 9 heures, avant tous les autres à l'exception d'Anisa. Quand il entra, elle lui fit un signe de la main depuis son bureau et ajusta son foulard, un voile couleur moka parfaitement assorti à son tailleur-pantalon. Elle avait des traits agréables et doux, de jolis yeux noisette, un menton délicat. Elle pinçait légèrement les lèvres lorsqu'elle réfléchissait. Yusuf avait rapidement détecté son esprit affûté en matière de droit. Maîtrisant à la fois les règles de la charia et les lois constitutionnelles, elle était capable de naviguer entre le dari et le pachtoune, et s'était bâti une solide réputation depuis son retour en Afghanistan : c'était l'une des avocates les plus redoutables de la ville. Yusuf imaginait le pouvoir qui devait être le sien en Australie, et le salaire auquel elle avait probablement renoncé pour rentrer dans son pays.

Il la salua et s'assit à son bureau, de l'autre côté de la salle. Deux meubles d'archivage couleur mastic faisaient office de séparation entre eux.

Anisa le dévisagea, ce qui le mit mal à l'aise.

—Tu as dormi ?

Il hocha la tête.

—Je vais bien. La poussière ici, c'est… Je vais bien.

—Comment avance ton affaire ?

Elle lui parlait anglais, avec un léger accent australien qui donnait une tonalité plus décontractée à la conversation.

—Ça n'avance pas, admit Yusuf en se passant les doigts dans les cheveux pour s'empêcher de se frotter les yeux. Je défends une femme qui ne veut pas être défendue. Elle pense qu'il vaut mieux pour ses enfants qu'elle ne se batte pas. Lorsqu'elle ne hurle pas comme une folle, elle se mure dans le silence. Elle ne me donne rien sur quoi travailler. Comment puis-je étudier son cas avec si peu d'éléments ?

—Nous travaillons avec ce que nous avons, déclara Anisa comme une évidence. Si tu me disais ce que tu as appris des accusations qui pèsent contre elle ? Peut-être qu'on peut trouver quelque chose ensemble.

Elle avança sa chaise et posa les coudes sur le bureau. Celui-ci était bancal. Sans un mot, Anisa déchira une page de journal, la plia et la glissa sous le pied oblique. Yusuf fit mine de ne pas remarquer. Il avait eu la même idée. Il se racla la gorge et commença à lui exposer ce qu'il savait du jour du meurtre.

—La police a-t-elle relevé des traces de coups sur le corps de Zeba ? A-t-elle parlé du comportement violent de son mari ?

Yusuf secoua la tête.

—Elle avait des bleus sur le cou. Quelqu'un a visiblement essayé de l'étrangler juste avant son arrestation. Je vois où tu veux en venir. J'espérais pouvoir utiliser cette ligne de défense, mais elle n'a même pas insinué que son époux lui avait fait du mal. Tout de même, il doit y avoir une piste à creuser dans cette direction.

Yusuf se remémorait le visage de marbre de Zeba. Elle choisissait toujours ses mots avec une grande prudence.

— J'ai du mal à croire que cette femme aurait planté une hache dans le crâne de son mari sans raison. Je ne la vois pas comme ça. Elle est beaucoup trop douce pour en arriver là.

— Douce ? La femme qui a piqué une crise de nerfs dans le bureau du juge et a dormi deux jours d'affilée pour s'en remettre ?

— Ce n'était pas son plus grand moment de retenue, je te l'accorde. Mais crois-moi, c'est une femme qui ne lâche pas prise si facilement.

— Peut-être. Qu'a dit sa famille ? Que pensaient-ils de son mari ?

— Sa famille n'était pas dans le coin. Son frère, Rafi, n'a pas dit grand-chose, juste qu'il aurait préféré qu'elle n'épouse jamais cet homme. Il se sent coupable, de toute évidence. Il ne dit rien de précis. « Parlez à ma sœur. C'est elle qui le connaissait le mieux. » C'est tout. Il a simplement ajouté que ma cliente ne méritait pas d'être en prison, que ses enfants avaient besoin d'elle et ne seraient pas heureux dans la famille de leur père. Je veux bien le croire.

— Et il n'y a aucun autre membre de la famille à interroger ?

— Il n'y a rien d'inscrit dans le registre d'arrestation, répondit le jeune homme en tapotant la pointe de son stylo contre son carnet. D'après le chef de la police, il n'y avait aucun témoin, mais tout le voisinage était là pour voir le corps, et Zeba assise à côté, couverte de sang. Ça ne laisse guère de place au doute.

— Parle aux voisins. Quelqu'un doit savoir quelque chose. On ne cache pas le soleil avec deux doigts.

Yusuf observa un silence crispé. Il avait pris le rapport d'arrestation pour acquis, mais Anisa avait raison. Il n'avait d'autre choix que de se rendre au village de Zeba pour enquêter.

Pourquoi pas, se dit-il, regardant son téléphone portable et constatant qu'il n'avait reçu aucun appel.

Les bruits de la circulation et de la vie urbaine s'insinuaient par la fenêtre, rompant le calme de l'appartement. Des gamins espiègles pourchassaient un chien dans la ruelle, exactement comme Yusuf le faisait à leur âge. L'activité du marché battait son plein, tandis que le ciel s'embrumait, que les parfums des chariots s'élevaient dans l'air. Yusuf envisagea d'abord de fermer la fenêtre puis se ravisa, car les voix de la rue le rassuraient tout en l'aidant à se concentrer.

À quoi pensaient les enfants de Zeba ? Son fils était assez grand pour s'être rendu compte que quelque chose n'allait pas entre ses parents. Accepterait-il de parler de son père ? Était-il possible que Zeba n'ait pas tué son mari ? Yusuf ferma les yeux, tenta d'imaginer sa cliente en train de planter une hache dans la nuque de son époux. Combien mesurait ce dernier ? Était-il frêle ou costaud ? À quelle distance se trouvait la maison la plus proche ?

Yusuf se mit à faire les cent pas. Anisa lui avait donné des idées, indiqué une piste à explorer. Il fallait qu'il voie Zeba. Ils avaient beaucoup à se dire.

Il sortit son carnet jaune et prit quelques notes. Il entoura certaines phrases, en raya d'autres. Il se frotta les yeux.

Son téléphone sonna. Le nom de Mina apparut sur l'écran. Devait-il répondre ? Ils s'étaient parlé plusieurs fois, et chacune de leur conversation avait été plus agréable que la précédente. Trois jours auparavant, cependant, Mina l'avait surpris. Le ton de sa voix avait été poli et réservé. Elle n'était pas sûre qu'il soit raisonnable de poursuivre leurs appels, lui avait-elle avoué. Yusuf avait été pris au dépourvu et lui avait demandé des explications. Était-elle mal à l'aise à l'idée de passer autant de temps avec lui au téléphone ? Peut-être avait-elle besoin qu'il précise ses intentions. Mais Mina avait hésité, laissé sa question en suspens et lui avait promis de le rappeler quelques jours plus tard.

Il décrocha.

— Yusuf, commença-t-elle d'une voix sérieuse. Je ne veux pas que tu sois fâché contre moi. Je ne savais pas que ma mère t'avait donné mon numéro. Elle t'aime beaucoup… mon père aussi. Toute ma famille t'adore, en fait.

— Mina, qu'y a-t-il ?

— Il faut que je t'avoue quelque chose. Je ne savais pas comment aborder le sujet, mais tu mérites la vérité.

Yusuf se pencha en avant, les coudes sur les cuisses.

— Je t'écoute, Mina-*qand*, la pressa-t-il, craignant d'aller trop loin en utilisant un terme affectueux. Dis-moi ce que tu as sur le cœur.

— Je… Je suis amoureuse d'un garçon depuis un an. Mes parents ne sont pas contents parce qu'ils n'apprécient pas sa famille, mais… ça ne change rien à nos sentiments. C'est tellement gênant de te dire ça.

Amoureuse d'un autre.

Yusuf cligna des yeux. Il pensait que Mina se montrait distante parce qu'elle en attendait davantage de lui, alors qu'en réalité elle en attendait moins.

—Oh, je vois, dit-il, oscillant entre la colère et la déception.

—Je suis vraiment désolée. Je ne voulais pas te donner de faux espoirs…

—Écoute, Mina, tu n'as pas besoin de te justifier.

—Ma mère espérait que si je te voyais, si je te parlais… que l'opportunité d'aller en Amérique… ça me ferait changer d'avis. Tu vois ce que je veux dire ?

Il avait servi de stratagème, de pion malgré lui dans le plan de Khala Zainab.

—Écoute, Mina. Tu devrais suivre ton cœur, répliqua-t-il sèchement. Je ne t'en veux pas. Merci de m'avoir mis au courant. J'ai beaucoup de travail, maintenant. Bonne soirée, d'accord ?

—Oh, oui, pardon. Je ne voulais pas te déranger. Je voulais juste… Oui, bonne soirée.

En un clic, c'était terminé, et Yusuf était plus déçu qu'il n'aurait dû l'être. Ils ne se parlaient que depuis quelques semaines, et seulement par téléphone. Ils ne s'étaient jamais tenu la main, n'avaient jamais pris le thé ensemble ni marché côte à côte dans la rue. Pourquoi aurait-il le sentiment d'avoir perdu la fille qui lui était destinée ?

Yusuf poussa un grognement de colère, roula sur le ventre et enfouit son visage dans l'oreiller. Peut-être que sa mère avait raison. Peut-être avait-il réellement besoin de se marier.

Chapitre 20

M ezhgan était assise en tailleur devant le lit de Zeba.
Elle se réveillait rarement aussi tôt le matin, mais elle
ne tenait pas en place depuis la visite de Gulnaz.

—Zeba-*jan*, j'aimerais te demander une faveur.

L'intéressée ne répondit pas.

—S'il te plaît. Je sais que tu es réveillée. Je le vois à ta
façon de respirer.

Zeba gémit tout bas, trop bas pour que Mezhgan
l'entende. Elle se redressa et bâilla. Que pouvait-il y avoir
de si urgent pour que la jeune fille soit debout aux aurores ?

—Est-ce que ta mère va bientôt revenir ? Tu crois qu'elle
accepterait de m'aider ?

—Ma mère te dirait que ce sont tes problèmes et que
c'est à toi de te débrouiller avec. Elle te dirait que c'était
une erreur de tomber amoureuse d'un homme avant que
sa famille ne tombe amoureuse de toi.

Mezhgan resta imperturbable. Elle battit des paupières,
posa les paumes contre le léger arrondi de son ventre et prit
un air pensif.

—Toi, je parie que tu peux m'aider. Tu connais sûrement
ses trucs. Il faut que tu m'apprennes ce que tu sais. Elle a
bien dû traiter des cas similaires par le passé. Est-ce qu'il y a

quelque chose que je devrais manger ? Ou donner à manger à la mère de mon fiancé ?

—Ton fiancé ? se moqua Latifa, qui se leva de son lit et s'étira ostensiblement. Si c'était ton fiancé, tu ne serais pas ici. Tu veux que la mère de Zeba secoue une plume magique pour que ton amoureux transi se précipite chez tes parents et les supplie de lui accorder ta main ? Pff, si ça se trouve, elle fera du trop bon travail, et des centaines de garçons se bousculeront devant la porte de ton père. Ce ne serait pas fantastique ? Toi et ton petit *harami*, vous aurez l'embarras du choix.

—Ne dis pas ça, Latifa. Il veut m'épouser, mais ses parents n'ont pas encore donné leur accord. Tu n'y connais peut-être rien en *jadu*, mais je sais que ça peut marcher. Mon oncle est marié à une femme hideuse qu'il n'aurait jamais regardée en temps normal. Toute ma famille est persuadée qu'elle lui a jeté un sort. Il ne voulait pas entendre parler d'elle, et soudain, il a demandé sa main à ses parents. C'est du *jadu*, c'est certain.

Latifa se rassit sur son lit et leva les yeux au ciel.

—Ton oncle a tout de la fille enceinte.

—Toi aussi, tu es curieuse, intervint Nafisa. Tu as failli escalader la clôture pour les espionner !

—Il n'y a rien à faire ici ! Je suis enfermée dans ce poulailler avec les mêmes personnes depuis des mois et j'en ai assez d'entendre toujours les mêmes histoires. Si le jour du Jugement dernier arrive et que Dieu a des questions sur chacune d'entre vous, c'est moi qu'il devrait interroger en premier. Je le mettrais au courant de ce que vous avez fait, quand et avec qui, plaisanta Latifa.

Nafisa et Mezhgan étouffèrent un cri aigu.

—Latifa ! Attention à ce que tu dis ! Que Dieu te pardonne.

Nafisa se redressa et laissa pendre ses jambes au bord de son lit, situé au-dessus de celui de Latifa.

—C'est vrai, insista Latifa, qui poussa les jambes de sa codétenue et se leva.

—Allez, Zeba. Dis à cette pauvre fille ce qu'elle veut entendre. Donne-lui la recette secrète et aide-la à retrouver le chemin d'une vie respectable. Épargne au monde la honte d'un autre *harami*, tu veux bien ?

Mezhgan se mordit la lèvre.

—Ferme ta vilaine bouche, Latifa ! lança Nafisa.

Elle pouvait tolérer beaucoup de choses chez Latifa, mais considérait qu'elle franchissait la ligne rouge en parlant d'un enfant à naître comme d'un bâtard.

—Arrête de traiter le bébé de *harami* ! Ce n'est pas comme si tu étais irréprochable. Tu n'es pas ici parce que tu es trop bien pour ta famille, que je sache !

L'air était chargé de tension. Mezhgan ne quittait pas des yeux le drap de Zeba, craignant d'attirer les insultes sur elle en s'exprimant. Nafisa baissa le regard vers Latifa depuis le lit supérieur, les bras croisés en signe de défi.

Zeba rompit le silence par des vers.

—« La vie comme un furoncle a percé ton cœur / N'en verse pas le pus sur ton innocente sœur. »

Latifa tapa du pied avec ennui.

—D'accord, je n'utiliserai plus ce mot, concéda-t-elle avant de se fendre d'un rictus narquois. Et tu as raison. Ma famille me reproche ce que j'ai fait. Mais au moins, mon ventre ne porte pas la preuve de mon crime.

Mezhgan sourit faiblement, et les épaules de Nafisa se relâchèrent. Ces bavardages comblaient leurs jours sinistres.

— Non, mais ton ventre n'a pas besoin de ça pour grossir, ma dodue !

Latifa pouffa de rire et se frotta l'abdomen en signe de trêve. Massive de nature, elle s'était considérablement épaissie en prison. Sa robe couleur citrouille lui boudinait la taille. Son visage s'était arrondi telle une lune montante. À chaque repas, Latifa mangeait comme si l'on venait de lui annoncer qu'elle allait retourner à une vie de disette dès le lendemain.

— Ton amie évite ta question, Mezhgan. On dirait bien que Khanum Zeba n'a pas envie de t'aider, la taquina Latifa.

Mezhgan sentait du vrai dans ces mots. Elle se tourna de nouveau vers Zeba.

— Tu m'aideras, hein ? Ce serait un acte noble de réunir deux familles par un mariage respectable. Pense à la bénédiction que ce serait pour cet enfant. Comment pourrais-tu refuser ?

Zeba était nerveuse. Ces filles ne savaient rien du *jadu* qu'elle avait appris de Gulnaz. Elles n'avaient aucune idée des choses qu'elle avait aidé sa mère à accomplir. Zeba rougit intérieurement en pensant aux mélanges qu'elles avaient préparés, aux maladies qu'elles avaient infligées, à la malveillance qu'elles avaient alimentée. Pourrait-elle utiliser cet héritage pour faire le bien ?

Ça doit être possible, conclut Zeba.

Elle songea à la façon dont sa mère avait regardé au loin pendant leur conversation. Elle imagina le long voyage qu'elle avait accompli pour simplement glisser deux doigts à travers un grillage. Il y avait du bon en elle, et cela n'était sûrement pas nouveau. Zeba la voyait juste sous un autre jour. La noirceur avait au moins permis cela.

—Le *jadu* de ma mère est incomparable, affirma-t-elle avec aplomb. Elle a déclenché des histoires d'amour, mis fin à d'autres. Elle a sorti des gens de leur lit de mort et en a jeté certains dans le leur. Elle a enflammé des âmes, en a adouci d'autres comme du miel. Toute petite déjà, je restais à côté d'elle, apprenant chaque potion, chaque mélange insondable. Je connais mieux que personne le pouvoir de sa magie. Tu veux épouser ce garçon, Mezhgan ? Un problème aussi simple que le tien peut se régler en moins de temps qu'il ne faut à l'eau pour bouillir.

Zeba expira profondément. Il y avait de la fierté dans sa voix, ce qui la surprit elle-même. Les femmes de la cellule l'écoutaient religieusement, voyaient ses yeux briller, ses joues se creuser, son cou se tendre. Latifa ne ricanait plus, ne se moquait pas d'elle. Mezhgan et Nafisa buvaient ses paroles. Zeba savoura ce respect soudain, rechignant à rompre le silence et le charme du moment.

Mezhgan parla en premier.

—Je te crois, Khanum Zeba, dit-elle d'une voix tremblante et pleine d'espoir. Je te supplie de m'aider. Dis-moi ce que je dois faire !

—Je ne sais pas si je dois me mêler de tes problèmes, répondit doucement Zeba.

C'était vrai.

—S'il te plaît, Zeba. Je te le jure, c'est mon bien-aimé et je suis sa promise. Nous sommes faits l'un pour l'autre. Nous avons seulement besoin que quelqu'un déverrouille nos vies.

De l'autre côté de la pièce, les sourcils de Nafisa se soulevèrent.

Ai-je déjà été aussi naïve ? se demanda Zeba.

Elle s'identifia à Gulnaz : une voyante au milieu d'aveugles. Mais elle ne pouvait se résoudre à décevoir cette fille, qui implorait désespérément son aide. C'était un crève-cœur. Zeba pensa aux longues heures qui l'attendaient en cette matinée. Aux innombrables jours à venir. Elle posa les mains à plat contre le fin matelas de son lit de prisonnière.

Mon lit, songea Zeba. *C'est ici que je vais passer Dieu sait combien de nuits. Peut-être toutes les nuits de ma vie, ou ce qu'il en reste.*

Si elle ne trouvait pas un moyen de s'approprier les murs froids qui l'entouraient, ils se refermeraient sur elle. Zeba examina la cellule. Les autres femmes avaient décoré leurs petits espaces de photos – images découpées dans les magazines ou clichés de membres de leur famille. Nafisa avait cousu au point de croix un liseré géométrique rouge sur sa couverture blanche. Latifa avait posé au pied de son lit un vase garni de roses artificielles.

Pour survivre, une adaptation était nécessaire. Elles pouvaient se fondre dans ce lieu ou s'en emparer, comprit Zeba. En tant que prisonnière de Chil Mahtab, il lui faudrait en faire autant. Elle regarda ses codétenues. Elle pouvait y arriver, avec leur aide. Elle trouverait sa place entre ces murs, en y devenant quelqu'un.

— Écoute attentivement, commença-t-elle.

Elle savait que les femmes seraient suspendues à ses lèvres. Elle savait aussi que ce serait un test pour tout le monde. Cela permettrait à Zeba d'évaluer la foi qu'elles avaient en elle, tout en jugeant de ses propres talents de sorcellerie. Elle mettrait également à l'épreuve la patience de

Mezhgan, le temps que le sort censé influencer les parents de son amant fasse effet.

Zeba expliqua à la jeune femme, de façon détaillée, comment les cœurs de ces gens s'adouciraient à son égard. Elle lui parla de la ficelle rouge, des sept nœuds et des trois gouttes de sang. Elle décrivit le tissu dans lequel tout cela serait caché, puis jeté par-dessus les murs de la maison de son amant, en même temps que trois plumes arrachées à un poulet fraîchement tué. Elle n'oublia pas d'évoquer le fil qui serait attaché autour du poignet de la jeune fille, avec les mêmes sept nœuds la liant à son adoré.

Mezhgan écouta le plus attentivement du monde, mimant avec les doigts le nouage d'un fil invisible pendant que Zeba lui parlait. Elle hocha la tête à chaque directive, n'osant interrompre sa codétenue.

— C'est tout ce qu'il faut faire, déclara Zeba. Mais il faut agir vite, avant que leur refus ne soit ferme et définitif.

— Combien faudra-t-il de temps pour que le sort opère ?

— C'est difficile à estimer. Cela dépend du soin avec lequel la procédure sera suivie. Le *jadu* est une créature capricieuse. On est à sa merci dès l'instant où on le convoque.

Mezhgan se jeta au cou de Zeba. Celle-ci posa timidement les mains sur le dos de sa codétenue, sans bouger, mais les yeux soudain pleins de larmes. Ses filles seraient-elles un jour aussi naïves que cette jeune femme ? Elle repoussa cette idée et puisa du réconfort dans cette étreinte, même s'il lui semblait désormais appartenir un peu plus à la prison.

La mère de Mezhgan vint lui rendre visite une semaine plus tard. Mezhgan lui transmit les instructions très précises de Zeba. Elle insista pour que le plan d'action soit suivi scrupuleusement. Oui, la ficelle devait être rouge. Non, le sang n'avait pas besoin d'être frais ni de venir de Mezhgan. Oui, le petit paquet devait être jeté par-dessus le mur de la maison de son aimé pour que la magie opère.

La mère de Mezhgan écouta, dubitative, mais désireuse de tout tenter pour lever le déshonneur que sa fille aux yeux de biche avait jeté sur la famille. Le père de la fille n'avait pas quitté la maison depuis trois semaines, craignant d'affronter les regards de ses voisins. Une tension insoutenable régnait au sein du foyer.

La mère refit le long chemin à pied jusque chez elle, s'arrêtant sur la route pour acheter une bobine de fil rouge à la mercerie. À la lueur d'une lampe à huile, elle confectionna les nœuds de ses doigts arthritiques, en murmurant une prière pour faire bonne mesure. Après la préparation du rite, elle revint au salon et prit une tasse de thé fraîchement infusé. Elle l'approcha de son visage, laissant la vapeur réchauffer sa peau. Son mari ne leva pas la tête pour lui demander ce qu'elle tramait. Une chance.

Soit la magie ferait effet, se dit-elle, soit sa fille venait de la tourner en ridicule une fois de plus.

Onze jours plus tard, la mère de Mezhgan revint à la prison.

Mezhgan serra si fort les anneaux métalliques du grillage que ses doigts blanchirent. Ses codétenues l'observèrent de loin, faisant mine de respecter son intimité.

Elles n'entendirent pas un mot de l'échange, mais décelèrent la joie qui circulait à travers le treillis. Mezhgan, en état d'exaltation, rejeta la tête en arrière. Elle frappa ses paumes l'une contre l'autre, une fois, deux fois, trois fois, et tournoya sur elle-même. Elle redressa les épaules et cacha son sourire des deux mains. Sa mère essuya une larme de bonheur.

—Soit les poux de son crâne se sont répandus sur tout son corps, soit elle vient de recevoir de bonnes nouvelles, railla Latifa en regardant Zeba du coin de l'œil.

Nafisa ne put détacher le regard de Mezhgan. Son humeur joyeuse était contagieuse, même depuis l'autre côté de la cour.

Mezhgan revint vers les autres en courant, les pans de son foulard lilas flottant dans la brise. Zeba se prépara mentalement. Jusqu'à ce moment très précis, elle nourrissait encore des doutes sur ses pouvoirs ; cela faisait si longtemps qu'elle ne s'était pas frottée à l'art de Gulnaz.

—Zeba-*jan*, tu as réussi! Sa mère est venue demander ma main! Je savais qu'il m'aimait. Tu as débloqué mon *nasib*. Comment pourrais-je te remercier de m'avoir rendu mon amour?

Mezhgan, les mains jointes, lança à Latifa un regard faussement timide.

—Latifa, tu as eu tort de te moquer! Le sort de Zeba a marché plus vite et coûté beaucoup moins cher que la corruption d'un juge à la tête dure!

Mezhgan s'accroupit pour embrasser les paumes de sa sauveuse en signe de gratitude. Cette dernière recula de surprise en cillant.

—Ce n'est pas nécessaire, dit-elle de façon abrupte. Je suis contente que la famille du garçon se soit manifestée. Pour toi et pour le bébé.

Les yeux de Mezhgan étaient pleins d'étoiles. Depuis l'autre côté de la clôture, sa mère l'appela et lui fit un signe de la main. Elle secoua la tête devant la légèreté de sa fille. Ils n'étaient pas encore tirés d'affaire. Il fallait organiser un *nikah* dans les règles. Tant que sa fille n'était pas mariée aux yeux de l'islam, il était trop tôt pour se réjouir. Une célébration prématurée risquait de porter malheur.

Mezhgan ne perdit pas de temps. Sa mère quitta ce jour-là la prison avec des consignes encore plus strictes, venant, cette fois, de sa propre fille. Il lui fallait une robe de mariée digne de ce nom. Les vêtements qu'elle portait en prison ne conviendraient pas pour une occasion si solennelle. Quand les amants rendirent visite au juge pour l'informer du nouveau stade de leur relation, la jeune fille se rapprocha du garçon pour lui murmurer des mots doux à l'oreille.

— Je savais que nous étions faits l'un pour l'autre. Je n'ai pensé qu'à toi, roucoula-t-elle. Et maintenant, nous devons préparer notre union.

Haroun, le fiancé à présent enchaîné, fut renvoyé avec une liste de choses à se procurer pour célébrer l'événement capital derrière les barreaux. Il était censé transmettre la liste à ses parents, qui remettraient au plus vite les objets à la jeune fille pour qu'elle puisse s'organiser. Elle lui tendit une feuille de papier portant son écriture enfantine : chocolats pour les invités, dragées, rouge à lèvres rose, et de l'argent à remettre à sa mère pour toute autre dépense.

Mezhgan marchait avec l'assurance d'une reine. Latifa semblait contrariée. La promesse d'un *nikah* ôtait tout le piquant de leurs conversations.

Les parents d'Haroun, ainsi que ceux, inquiets, de Mezhgan, arrivèrent le jour où le jeune couple devait signer le *nikah*. Ils se saluèrent poliment, mais leur échange s'arrêta là. Le père de Mezhgan était encore habité par la colère et la honte. Quant à sa mère, elle adoptait un profil bas, redoutant que le sort du fil et de la plume ne se retourne contre elle. Elle tirait nerveusement sur ses manches.

Les parents et les futurs époux furent conduits dans une petite salle d'audience où se trouvaient trois rangées de chaises en bois. Le fiancé, vêtu d'un pantalon blanc et d'une tunique assortie, fut escorté par deux gardes portant à la ceinture des pistolets qui n'avaient rien à faire dans une fête. Mezhgan, qui entamait son quatrième mois, rayonnait dans son foulard de brocart argent et sa volumineuse robe émeraude marquant sa taille encore délicate. L'ourlet du vêtement tombait sur ses mollets et couvrait un pantalon de satin ivoire. Elle sourit pudiquement à son aimé. Sa belle-mère récalcitrante détourna la tête. Elle avait consenti à cet arrangement, mais seulement parce qu'elle ne voulait pas que son fils purge les dix-huit mois restants de sa peine.

Comme elle était déçue d'avoir élevé un garçon aussi bête.

On retira aux deux jeunes gens leurs menottes pour qu'ils puissent signer le contrat de *nikah* qui les unissait. C'était le morceau de papier le plus important que Mezhgan ait jamais touché, elle prit donc son temps pour dessiner les courbes et les tirets de son nom. Avant d'être emmenée par les gardiennes, la jeune fille s'exclama d'une voix rêveuse qu'ils organiseraient une magnifique fête à leur libération. Le garçon secoua le menton et lâcha un soupir amusé. Mais tandis qu'on l'emmenait à son tour, il haussa brusquement les sourcils. Sa jeune et jolie épouse ne plaisantait pas.

Dans la prison, la nouvelle du *nikah* de Mezhgan se répandit. Murmures, hochements de tête et histoires extravagantes se propagèrent de cellule en cellule. Certaines détenues se moquèrent, d'autres gloussèrent, d'autres se montrèrent simplement un peu craintives. Mais chacune des femmes logeant derrière ces barreaux se demanda s'il y avait vraiment une sorcière parmi elles. Bientôt, elles se mirent à faire la queue devant la porte cabossée de la cellule de Zeba, alimentant de leur espoir nouveau le feu sauvage que celle-ci avait allumé entre les murs froids de Chil Mahtab.

CHAPITRE 21

P ostée devant l'entrée de la prison, Gulnaz observait un jeune homme qui s'extirpait d'un taxi tout en glissant des billets au chauffeur, en tâchant de garder sur l'épaule la bandoulière de son sac.

Il était pressé de pénétrer dans la prison, comme s'il avait plus à sauver qu'une poignée de minutes. Il referma la portière et remercia d'un geste le conducteur, davantage préoccupé par le cadran de sa radio.

Oh, Rafi. Est-ce un avocat pour ta sœur que tu as déniché ou un camarade pour tes fils ?

Gulnaz regretta de ne pas lui avoir accordé plus d'attention lorsqu'il était enfant. Ses intentions étaient bonnes, mais ses efforts n'étaient pas à la mesure de la situation.

L'homme marchait vite, et sa besace cognait contre sa hanche. Il consulta sa montre, et Gulnaz soupira.

Le temps n'est pas le problème, mon enfant. Le temps est tout ce que nous avons.

C'était l'avocat au visage de bébé dont Zeba lui avait parlé, le jeune homme bien mis dont l'eau de Cologne hors de prix ne pouvait masquer le parfum de l'inexpérience. Zeba avait eu raison d'être consternée.

Lorsqu'il atteignit l'entrée ombragée, Gulnaz fit un pas en avant. Yusuf posa une paume sur son cœur et inclina la tête en signe de respect. Il tendit la main vers la poignée de la porte.

— Vous êtes l'avocat de ma fille, déclara Gulnaz.

Yusuf s'immobilisa, pris au dépourvu.

— Je vous demande pardon ?

— Vous êtes l'avocat de Zeba.

— Oui, en effet, dit-il prudemment, les doigts toujours sur la poignée de métal. Je suis confus, vous êtes…

— La mère de l'accusée.

Il eut un brusque mouvement de recul puis se tourna vers Gulnaz. Le vert cristallin de ses yeux l'aimanta.

Comme c'est exotique, songea-t-il, se sentant alors pleinement occidental.

C'était le genre de regard qu'on mettait à la une des magazines. Il recouvra alors son esprit afghan, et les iris étincelants de Gulnaz lui glacèrent le sang.

Ensorcelant.

Sa mère aurait marmonné tout bas des prières si elle avait croisé de tels yeux.

Yusuf refréna ses pensées.

— Je suis ravi de vous rencontrer. Vous venez rendre visite à votre fille ?

— Nous venons de passer un moment ensemble.

— Comment va-t-elle ?

Cela lui semblait la bonne question à poser, même s'il n'était pas convaincu que l'instant était propice aux civilités. Il avait des choses bien plus urgentes à demander à la mère de sa cliente.

Gulnaz devait être du même avis. Elle éluda la question et en posa une autre, plus pertinente.

— Vous a-t-elle beaucoup parlé ?

— Eh bien, elle a rechigné à me dire quoi que ce soit jusqu'à présent, répliqua lentement Yusuf.

La famille ne le rémunérait que très modestement pour ses services, mais elle donnait tout de même un peu d'argent. Et ses efforts à lui restaient vains.

— Elle n'est pas bête, fit remarquer Gulnaz. Le corps de mon gendre a été trouvé dans sa maison. Cela veut simplement dire qu'il est mort, pas qu'elle l'a tué. Quel est votre plan d'action ?

D'un geste nerveux, Yusuf fit passer sa bandoulière sur son épaule gauche.

— Eh bien, tout d'abord, je vais me rendre dans son village. J'ai besoin de parler avec les voisins, les gens qui les connaissaient, son mari et elle. Il faut que je voie où c'est arrivé, d'autant plus qu'elle s'exprime très peu. Je fais mon travail, Khanum. Votre fille semble croire que son cas est désespéré, mais je ne vois pas les choses de cette façon. Il y a toujours un moyen de…

— Les gens ne disent jamais du mal des morts. Vous croyez vraiment que vous découvrirez la vérité là-bas ?

— Ce sera un début.

— Vous n'avez donc pas de plan d'action, déduisit Gulnaz.

— C'est un cas complexe, essentiellement parce qu'il paraît très simple. Ça ne va pas être facile de plaider l'innocence.

Yusuf était sur la défensive et savait que cela s'entendait à sa voix.

—L'innocence est un luxe que tous ne peuvent pas se permettre.

Parlait-elle des prisonniers qui laissaient leurs convictions de côté et s'en sortaient par la corruption, ou bien du rôle de sa fille dans la mort de Kamal ?

Gulnaz souleva les pointes de son foulard noir et vert, les croisa devant elle et en drapa ses épaules d'un geste fluide.

—Je voudrais que vous fassiez quelque chose pour moi, dit-elle tandis qu'une voiture passait en vrombissant devant la prison. J'aimerais que vous disiez au *qazi* que la fille de Safatullah demande à le rencontrer.

—Très bien. Puis-je savoir qui est Safatullah ?

—C'est mon père.

—Je suis désolé, ce nom ne me dit rien. Devrais-je le connaître ?

—Non, répondit laconiquement Gulnaz.

Yusuf haussa légèrement les sourcils.

—Connaissez-vous le juge ?

—Je n'ai aucune raison de connaître des juges.

—Non, bien sûr.

Ils observèrent tous deux un silence pensif.

—Je parlerai au *qazi*, accepta finalement Yusuf. Mais si vous et moi nous installions un moment pour discuter ? Nous pouvons trouver un endroit tranquille à l'intérieur.

—Je n'ai pas envie d'entrer dans une prison. Parlons ici.

Gulnaz commença à s'éloigner du bâtiment. Yusuf n'eut d'autre choix que de la suivre.

—De quoi voulez-vous me parler ?

—Pour défendre Zeba, je dois la comprendre. J'ai besoin de savoir qui elle est. Quel genre de mère elle est. J'ai besoin d'en apprendre plus sur sa relation avec son mari.

Gulnaz n'avait jamais aimé parler de choses intimes. Dans la famille du *murshid*, la discrétion était le maître mot. Les gens ne devaient surtout pas savoir comment se débrouillait leur guide spirituel pour être aussi bien informé. Il fallait cacher au monde que sa maison était un réseau complexe d'observateurs, d'enquêteurs, de messagers. Safatullah était le *murshid*, mais sans sa famille, il aurait été sourd, aveugle et incompétent.

Dans sa vie d'adulte, la discrétion s'avéra utile à Gulnaz, quand les gens se mirent à l'accabler de questions embarrassantes sur la disparition de son mari.

Elle ne dit à personne, pas même à ses enfants, qu'elle l'avait vu remplir une Thermos de thé et glisser un pistolet rouillé dans son turban. Dans un petit sac, il avait mis une des vieilles robes d'intérieur de Gulnaz et quelques vêtements. Il avait embrassé sa femme sur la joue et lui avait déclaré que le monde entier s'était transformé en champ de bataille.

Devant son visage déterminé, Gulnaz avait compris qu'il était inutile d'insister.

Il était parti pour mettre fin à la guerre. Année après année, elle s'en était tenue à cette version, se demandant si ce n'était pas, d'une certaine manière, un peu vrai.

— Ma fille ne me parle pas de son mari. Elle ne l'a jamais fait.

Pourquoi se serait-elle confiée à ce sujet ? Zeba avait calqué sa réticence sur celle de sa mère. En guise de punition.

— Dites-moi alors quel genre d'enfant elle était, suggéra Yusuf.

Elle devait bien avoir quelques informations utiles à offrir.

Gulnaz tourna la tête vers la prison, plissant les yeux sous le soleil de midi. *Zeba enfant.* Rien n'apportait plus de joie à Gulnaz que de se remémorer cette époque. Les souvenirs se mirent à affluer.

— Zeba scintillait comme une étoile. Elle était très rieuse, suivait son frère partout. Je la gardais à côté de moi et lui enseignais tout ce que je pouvais sur la façon de tenir un foyer. Nous étions une famille pieuse, et Zeba récitait ses prières, son comportement nous honorait. C'était une bonne petite, toujours obéissante.

— Comment s'entendait-elle avec son père ? demanda gentiment Yusuf.

— Elle était dans ses bras dès l'instant où elle est née. Il la soulevait et la lançait en l'air. Ils étaient très proches jusqu'à son départ.

— Son départ ?

— Il est parti combattre les Russes, poursuivit Gulnaz avec une aisance éprouvée. Il n'est jamais revenu.

Yusuf soupira d'empathie.

— Un homme courageux. Vous n'avez plus eu de nouvelles de lui depuis ?

— Pas un mot, pas une lettre.

— Comment Zeba a-t-elle vécu son absence ? Cela a dû être dur pour elle.

— C'était dur pour nous tous. Nous l'avons mal vécu. Elle n'avait que six ans à l'époque. Elle pleurait. Elle le réclamait sans arrêt. Mais les gens vont de l'avant, et c'est ce qu'a fait Zeba. Mon mari n'était pas un combattant. Je savais qu'elle ne le reverrait jamais. Ma belle-famille a continué d'espérer. Ils avaient envie de croire qu'un jour ou l'autre il franchirait le seuil et nous raconterait ses exploits de guerre.

— Vous pensiez qu'il n'y avait aucune chance qu'il revienne ?

— S'il avait pu rentrer, il l'aurait fait. Comme ce n'est jamais arrivé, j'en ai conclu qu'il était mort.

— Je vois. Bien sûr.

Non, il ne voyait pas du tout, pensa Gulnaz. Toute famille était mystérieuse pour une personne extérieure. Il ne suffisait pas de s'asseoir avec eux et de leur poser quelques questions pour comprendre un père et ses enfants, ou un mari et sa femme.

— Parlez-moi de son mariage.

— Ça devait être un mariage heureux.

— N'est-ce pas toujours le cas ? ironisa Yusuf.

Gulnaz trouva cette remarque étrange venant d'un individu si jeune.

— Le grand-père de Kamal était un général de l'armée, un homme très respecté. C'était un bon ami de mon père. Un jour, alors qu'ils prenaient le thé ensemble, ils ont décidé que Zeba et Kamal deviendraient mari et femme. Ils se sont liés l'un à l'autre par l'intermédiaire de leurs petits-enfants.

— Approuviez-vous cette union ?

— Personne n'a pris la peine de me consulter.

— Vous y êtes-vous opposée ?

Gulnaz lui lança un regard impatient.

— Cela me dépassait.

Yusuf pensa à sa sœur. Ses parents avaient toujours imaginé qu'elle épouserait le fils de leur ami, mais elle avait contrarié leurs plans en tombant amoureuse du voisin. Yusuf était encore petit au moment du mariage, mais se souvenait des cris, des claquements de porte faisant trembler les murs de l'appartement. Aurait-il défendu sa sœur s'ils avaient insisté pour qu'elle se plie à leurs souhaits, ou cela l'aurait-il dépassé lui aussi ?

— Et que pensait Zeba de ce mariage ? Elle devait être jeune.

— Elle avait dix-sept ans et était prête à vivre sa vie. Elle était plus mûre que beaucoup de gens de son âge… probablement parce qu'elle avait perdu son père.

— Alors elle était satisfaite.

— Aussi satisfaite qu'une jeune fiancée peut l'être.

Gulnaz songea brièvement aux premières semaines de son propre mariage avec le père de Zeba. Son jeune époux l'avait inondée de cadeaux ; il la regardait de telle façon que, même dans l'intimité de leur maison, elle utilisait son foulard pour masquer le rouge de ses joues. Gulnaz avait commencé à véritablement l'apprécier quand les commentaires étaient venus. Son mari louait ses qualités devant sa famille, créant, goutte après goutte, un océan de jalousie à l'égard de sa jeune épouse.

— Nous pensions que Kamal était un homme respectable. Zeba ne se plaignait pas à moi, mais je ne la voyais pas beaucoup. Au début de leur mariage, elle vivait chez sa belle-famille. Je ne voulais pas me mêler de leur vie, et Kamal était secret. Il préférait garder ses distances avec nous. Mon fils Rafi et lui n'ont jamais eu grand-chose à se dire.

— Mais Zeba et Kamal ont quitté sa famille à un moment donné. Quand cela est-il arrivé ?

— Ils ont déménagé après la naissance de leur deuxième enfant. Petite Fille. Du moins, c'est ainsi qu'ils l'appelaient à cette époque.

— Ont-ils déménagé pour une raison particulière ?

Gulnaz secoua la tête.

—Si c'est le cas, je l'ignore. Personne ne savait rien de lui. Il n'était pas digne de confiance, ça, c'était certain.

—Qu'est-ce qui vous fait dire ça?

—Un jour, Kamal a emmené Zeba et les enfants chez moi avant d'aller rendre visite à un de ses cousins. J'avais préparé du ragoût de champignons, une recette de ma mère, que son âme repose en paix. J'avais aussi fait du riz et des boulettes de viande. La femme de Rafi, Shokria, se remettait à peine de son accouchement. Elle avait besoin de manger sainement, alors j'avais passé la journée à cuisiner des produits frais. Kamal s'est assis et n'a touché à rien. Il a reniflé la nourriture puis a détourné la tête. Tout le monde était affamé, surtout les enfants. Nous l'avons supplié de goûter au moins une bouchée, parce que ça nous gênait de manger devant lui s'il ne se joignait pas à nous. Je n'avais jamais vu d'attitude aussi grossière.

—Peut-être avait-il déjà mangé, suggéra Yusuf, ne comprenant pas où elle voulait en venir.

Gulnaz regarda au loin.

—Ensuite, deux mois plus tard, nous avons été invités au mariage de la sœur de Kamal. C'était un soir d'été, chaud et sec. Kamal m'a fait un signe de tête et a tout juste salué Rafi. Mon fils s'est dirigé vers lui pour engager la conversation, comme tout beau-frère l'aurait fait. « Reviens nous rendre visite, un de ces jours. On se voit trop peu. » Rafi est comme ça. Il accueillerait le diable chez lui s'il venait frapper à sa porte.

—Et qu'a répondu Kamal?

—Il a dit qu'il ne remettrait jamais les pieds dans une maison où on l'a traité comme un chien. Il a dit que nous lui avions manqué de respect en mangeant devant lui et en ne lui offrant rien. Sans nous laisser le temps de nous défendre, il a éloigné Zeba de nous. Alors nous sommes partis. Nous ne pouvions pas rester après cela.

Le visage de Gulnaz ne trahissait aucune émotion.

—Je ne veux pas vous manquer de respect, Khanum, mais cette anecdote ne suffit pas à justifier un meurtre.

Gulnaz ferma brièvement les yeux.

—Vous avez sans doute raison, admit-elle d'une voix douce. Il vous faudra enquêter davantage.

CHAPITRE 22

L e qazi accepta de recevoir Gulnaz. C'était tout à fait
exceptionnel, mais la mère de l'accusée n'en espérait
pas moins. Le juge avait accueilli cette demande avec une
grande retenue, ne laissant rien paraître de ses émotions
quand Yusuf avait mentionné la fille de Safatullah. La fille
de Safatullah… cela signifiait que la femme que le jeune
avocat avait amenée dans son bureau était la petite-fille de
cet homme illustre. C'était la petite-fille du *murshid* que
les gardes avaient fait sortir par la force, hurlante, ne tenant
plus sur ses jambes.

Inimaginable.

Qazi Najib secoua la tête en pensant à ce que les anciens
du village auraient dit d'une telle scène, mais ils étaient
morts depuis longtemps.

Le *qazi* n'avait pas revu Zeba depuis ce triste épisode et
n'était guère pressé de la convoquer à nouveau.

Lorsque les gardes conduisirent Gulnaz dans son bureau,
il se leva instinctivement. Il était rare qu'une femme exige
un entretien, plus rare encore qu'une femme de la trempe
de Gulnaz se présente à lui. C'était presque une légende
dans leur village. Depuis son plus jeune âge, ses pouvoirs
éveillaient toutes sortes de rumeurs. On prétendait que son
regard suffisait à jeter des sorts et à influencer les esprits.

Najib se souvenait des femmes de sa famille parlant d'elle alors que ce n'était qu'une adolescente.

Il n'avait rencontré Gulnaz qu'une seule fois. Un jour, il s'était rendu chez Safatullah avec son père, qui avait eu besoin des prières du *murshid* pour son autre fils, gravement malade. Najib avait été curieux de rencontrer Gulnaz, la fille qui attisait la jalousie de toutes les autres. C'était lui qui avait frappé au portail, son père ayant les bras chargés de gâteaux à l'eau de rose encore tièdes, de fromage maison et de tomates fraîchement cueillies.

Deux jeunes garçons étaient venus leur ouvrir. Ils avaient délesté son père de ses offrandes avant de les conduire dans une cour luxueuse, soigneusement entretenue, pleine d'arbres fruitiers et de massifs de fleurs. La maison du *murshid* était faite des mêmes matériaux que toutes les autres, mais elle était différente. Les poutres en bois semblaient plus robustes, le plâtre plus lisse, les vitres des fenêtres plus transparentes. Son père le lui avait fait remarquer d'un regard. La beauté d'un foyer était une sorte de garantie. S'il existait une personne capable d'aider le garçon souffrant qu'ils avaient laissé à la maison, c'était bien l'homme qui vivait entre ces murs bénis.

Ils étaient arrivés dans le salon du *murshid*, une pièce simple avec des coussins de sol de chaque côté et un tapis bordeaux au tissage complexe, dans lequel apparaissaient, en noir et blanc, des pieds d'éléphant octogonaux. Le *murshid* était assis sur un des coussins, orienté de telle sorte que, par l'unique fenêtre de la pièce, un rayon de soleil tombait directement sur lui, éclairant son visage et laissant ses visiteurs dans une obscurité relative. Hors de portée des invités, il y avait des bols en verre remplis de raisins blonds, de noix, de pignons de pin. Najib et son père avaient salué le *murshid* d'un signe de tête avant de lui baiser la main. Safatullah était charmant. Il avait porté sa paume à son cœur et déposé un baiser sur les cheveux de Najib.

Son père lui avait alors exposé sa requête. Il avait expliqué la situation, décrit les maux de ventre de son fils et sa fièvre tenace. Le *murshid* avait écouté attentivement, puis hoché le menton avant de le remercier pour ses largesses.

— Vos tomates sont les seules à avoir survécu à la sécheresse, avait-il fait remarquer. Que vous les partagiez avec notre famille est signe d'une âme charitable.

Najib et son père s'étaient demandé comment le *murshid* savait qu'ils avaient apporté des tomates, mais cette question était restée sans réponse.

Le *murshid* s'était ensuite raclé la gorge et, faisant signe à Najib et son père de se joindre à lui, avait levé les mains pour prier. Le ton et le vibrato de ses supplications témoignaient d'une grande maîtrise ; il maniait sa voix comme un calligraphe sa plume. Najib avait regardé le visage de son père : les yeux rapprochés, le front plissé par la concentration. Sa tête se balançait de droite à gauche, tout comme son corps, qui oscillait au rythme des prières du *murshid*.

Najib avait légèrement baissé la tête en signe de respect.

Le guide spirituel priait la tête baissée lui aussi, et les mots s'écoulaient de ses lèvres comme s'il les avait déjà prononcés des centaines de fois.

Levant les yeux une fraction de seconde, Najib avait vu le *murshid* se gratter frénétiquement l'oreille en fronçant les sourcils. Un instant plus tard, l'homme était revenu à son balancement gracieux.

Ce n'était rien. Najib n'aurait pas dû voir cela. Mais il l'avait vu. Les mots illustres du guide avaient été interrompus par un événement aussi banal qu'une démangeaison. À quel point devait-il vénérer un homme qui se grattait comme le reste du monde ?

Il avait suivi son père vers la sortie, en observant la même attitude obséquieuse que lui : tête inclinée, épaules basses, main sur le cœur.

— Merci d'avoir pris de votre temps pour nous, Agha Safatullah. Nous apprécions votre gentillesse.

— Je continuerai à prier pour votre fils. *Inshallah*, il guérira vite et grandira pour devenir aussi fort que le garçon qui vous a accompagné aujourd'hui.

On les avait escortés jusqu'au portail quand Najib s'était rendu compte qu'il avait perdu son chapeau, quelque part entre la porte d'entrée et le salon de Safatullah. Il avait rebroussé chemin pendant que son père l'attendait dehors. À un tournant, il était tombé nez à nez avec une jeune femme. À un centimètre de son visage. Il avait reculé dans un sursaut.

Si ses yeux n'avaient pas croisé les siens et ne l'avaient pas laissé sans voix, il se serait excusé de l'avoir bousculée.

Quelle est cette couleur ? Un vert si pur, la couleur même de l'islam, et en même temps, il y a quelque chose en eux de dangereusement impie. Comment voit-on le monde à travers de tels yeux ?

C'était Gulnaz, il l'avait deviné aux battements accélérés de son cœur. Elle avait fait un pas en arrière, sans le quitter du regard.

Najib avait repris son souffle.

— Tu es venu prier pour ton frère, avait-elle dit doucement.

Il avait eu terriblement envie de lui répondre, mais une brique avait pris la place de sa langue. Alors il avait simplement hoché la tête.

— Je prierai pour lui, moi aussi. Je prie toujours pour les enfants innocents. Je prierai pour qu'il ait une vie longue et fructueuse, avait-elle ajouté.

Gulnaz s'était ensuite éclipsée, sans attendre de réponse.

Najib avait quitté le domaine sans son chapeau. Son frère s'était rétabli en trois jours, recouvrant ses forces et son appétit. Son père avait loué les prières du *murshid*. Najib s'était gardé de tout commentaire à ce moment-là, ainsi que six mois plus tard, quand ses sœurs étaient venues leur annoncer les fiançailles de Gulnaz. Il ne devait donc la revoir que des années plus tard, lorsqu'elle apparaîtrait dans son bureau et qu'il se lèverait devant elle, en homme grisonnant mais important.

Se souvient-elle de moi ? Serait-ce présomptueux de le croire ?

— Merci d'avoir accepté de me recevoir, dit Gulnaz d'une voix formelle ne laissant percer nulle nostalgie.

— D'ordinaire, je ne parle pas aux mères des accusées.

Ce n'était pas tout à fait vrai, et il prononça ces mots d'un ton bien plus indigné qu'il ne l'avait voulu. Il se rassit une fois que Gulnaz eut pris place. Il lui servit une tasse de thé, qu'il posa sur la table gigogne devant elle.

— Je n'ai guère plus à vous offrir. Le bureau d'un juge n'est pas réputé pour son faste.

— Cela dépend du juge, fit remarquer Gulnaz en lâchant un morceau de sucre dans sa tasse et en le regardant sombrer au fond.

Qazi Najib observa ses paupières baissées, la courbe gracieuse de ses pommettes.

Dieu du ciel, pensa-t-il. *Voilà comment toute femme devrait vieillir.*

—C'est vrai, admit-il. Vous n'avez pas amené Yusuf avec vous. Pourquoi ?

—Il vous a déjà parlé. C'est mon tour.

—Je vois.

—Qazi-*sahib*, commença-t-elle. Je suis ici au sujet de ma fille. Vous êtes le juge qui présidez à son cas. Puisque je suis celle qui lui a donné la vie, je trouve normal de venir parler à l'homme qui pourrait la condamner à mort. Vous et moi sommes liés en ce sens, c'est indéniable. Vous ne croyez pas ?

Qazi Najib fronça les sourcils, dérouté.

—Oui, en effet, mais c'est une bien étrange façon de présenter les choses.

—C'est une bien étrange situation.

—Eh bien, pas tant que ça. Ce n'est pas la seule femme de Chil Mahtab à avoir assassiné son mari. Les hommes ont intérêt à protéger leurs arrières ces temps-ci.

—Quelle horreur ! lança Gulnaz sans gêne.

Le juge se pencha en arrière, l'esprit encore dans le passé.

Avez-vous sauvé la vie de mon frère ? Je crois que vous l'avez fait. Oh, cela fait des années que je rêve de poser cette question.

—Qazi-*sahib*.

—Oui ?

Najib se racla la gorge et prit une gorgée de thé. Il avait entendu dire qu'elle avait perdu son mari quand ses enfants étaient encore petits, mais n'en savait pas plus.

—Comme je le disais, ma fille n'est pas une meurtrière. Je vous demande de faire preuve d'indulgence. C'est une femme pieuse et une mère dévouée. Ses enfants ont besoin d'elle.

— Est-ce qu'elle l'a tué?

Gulnaz cligna deux fois des yeux, lentement, pour lui laisser le temps de regretter sa question.

— Bon, une question plus simple. J'ai remarqué que vous n'aviez rien dit sur le genre d'épouse qu'elle était. Était-elle une bonne épouse pour lui?

Il n'y a qu'un homme pour poser une question aussi stupide, pensa Gulnaz.

— Je suis sa mère, Qazi-*sahib*. Qu'est-ce qui vous fait croire que ma réponse à cette question vous sera d'une quelconque utilité? Je n'étais pas là. Et même si je l'avais été, si j'avais vu Zeba tuer son mari, mon témoignage ne serait pas valable. Pour autant que je sache, il n'y a pas d'autre femme qui soit susceptible de venir le compléter.

C'était vrai, et le juge acquiesça. Le discours d'une femme avait deux fois moins de poids que celui d'un homme. Il n'y était pour rien. C'était ainsi, depuis toujours, que l'on mesurait la parole féminine.

— Un point discutable, Khanum, puisque je sais que vous n'étiez pas présente au moment du crime.

— Personne ne l'était, et pourtant le monde entier est prêt à la condamner.

— Examinons raisonnablement la situation. Elle était à la maison avec lui, et a été trouvée avec du sang sur les mains et les vêtements.

— C'était son mari. Elle a pu le tenir pendant qu'il mourait.

— Ce qui ne nous dit pas qui l'a tué.

225

—Je peux vous dire une chose, Qazi Najib, puisque vous craignez Dieu. Si vous aviez connu l'homme, vous l'auriez tué vous-même.

—Pourquoi ? demanda le juge en se penchant en avant. Pourquoi dites-vous cela ?

Gulnaz secoua la tête.

—Ma fille n'était pas sereine dans les mois précédant la mort de son mari. Je suis allée la voir plusieurs fois, mais elle acceptait tout juste de m'ouvrir la porte.

—Elle n'ouvrait pas la porte à sa propre mère ?

—Sachez, Qazi Najib, que si dans notre pays la parole d'une femme a deux fois moins de valeur que celle d'un homme, celle d'une mère est toute-puissante. Je suis en train de vous dire que Zeba était profondément perturbée, et que cet homme était la cause de ses soucis.

—Qu'est-ce qui ne va pas chez elle, à votre avis ?

—C'est difficile à dire. Mais j'ai peur qu'elle n'ait perdu ses facultés à cause de lui.

—Je vois, dit le juge en reculant au fond de son fauteuil. Une femme dérangée tuant son mari ? Ce serait la bonne explication, selon vous ?

—Je ne crois pas qu'elle l'ait tué, et je n'ai pas dit cela non plus. Je veux que l'on fasse une enquête. Je vous demande de prendre en considération le genre d'époux qu'il était. Je ne la voyais pas souvent, mais lorsque je passais, je voyais qu'elle craignait pour sa vie.

Najib hocha la tête.

—Encore du thé ? proposa-t-il en montrant du doigt la bouilloire nickelée sur le réchaud électrique à fil rouge derrière son fauteuil.

Gulnaz posa la main au-dessus de sa tasse encore pleine.

Il s'ensuivit un silence. Chacun attendait que l'autre reprenne la parole.

Ce fut Qazi Najib qui brisa le silence. Sa femme l'aurait maudit en le voyant se comporter de la sorte. À son âge, c'était une honte.

— Toute information qui nous parviendra sera examinée avec la plus grande attention. Mais même s'il a levé la main sur sa femme, cela ne justifie pas un meurtre, et le village le sait. Les voisins et la famille de Kamal sont sûrement impatients d'entendre le verdict.

— Évidemment. Le corps de cet homme repose sous terre, mais sa famille est bien vivante. Je suis sûre qu'ils mettent toutes sortes de mensonges haineux dans l'esprit de mes petits-enfants.

— Khanum, je ne suis peut-être qu'un homme à vos yeux, mais je connais quelques vérités, et en voici une que je vais partager avec vous : les enfants pardonnent toujours à leur mère. C'est ainsi que Dieu les a faits. Il leur donne deux bras, deux jambes, et un cœur qui criera « maman » jusqu'à son dernier battement. Si des cornes venaient à pousser sur la tête de votre fille, ses enfants croiront que c'est une couronne.

Gulnaz regarda le juge. Des picotements lui parcoururent l'épiderme. Que savait-il du pardon ? Elle se souvint du visage de Zeba, quadrillé par la clôture métallique de la prison. Elle pensa à la façon dont sa fille avait passé les doigts à travers la grille pour toucher les siens. Était-ce du pardon ou du désespoir ? Avait-elle cherché le contact de sa mère uniquement parce qu'elle était enfermée à Chil Mahtab ?

— Avec tout le respect que je vous dois, Qazi, des tas d'enfants naissent sans bras ou sans jambes.

Le juge lâcha un petit rire.

227

— C'est vrai. Mais aucun ne naît sans cœur. Je maintiens ce que j'ai dit. Une mère reste une mère, jusqu'à la fin.

Gulnaz redressa le dos. Elle n'avait pas remarqué qu'un clou sortait de la chaise et s'enfonçait dans sa cuisse. Elle se déplaça, mais il sembla la suivre.

Elle se leva pour partir, et tandis qu'elle se dirigeait vers la porte, Najib se retint de la regarder. Il se conduisait comme un gamin. Et puis, c'était elle qui était entrée dans son bureau d'un pas nonchalant pour lui demander un traitement de faveur, il ne l'y avait pas invitée. Quel genre de femme se comportait aussi effrontément ?

— Khanum Gulnaz, commença-t-il, sentant que les frontières de la bienséance avaient déjà été franchies. Ce fut un plaisir de parler avec vous. Je suis ravi que vous ayez demandé à votre avocat d'organiser cette rencontre.

Gulnaz planta sur lui le même regard intrépide qu'elle lui avait lancé lorsqu'ils s'étaient trouvés nez à nez dans la cour somptueuse de Safatullah.

— Je suis venue pour obtenir justice, expliqua-t-elle d'un ton tranchant. Une véritable justice, ce dont ce pays manque cruellement. J'espère seulement que vous comprendrez que Zeba n'est pas responsable de la mort de Kamal, tout comme elle n'était pas responsable de sa vie.

Elle lui tourna alors le dos. Leur discussion prenait fin. Najib sentit sa poitrine se serrer à l'idée qu'elle quitte son bureau et ne revienne plus jamais. Que pensait-elle de lui ? Elle était toujours aussi énigmatique.

Gulnaz s'arrêta, la main sur la poignée de la porte. Elle tapota du doigt le métal une fois, deux fois, avant de se retourner pour lui poser une dernière question désinvolte.

—Au fait, Qazi-*sahib*. Ce serait grossier de ma part de partir sans vous demander des nouvelles. Comment va votre petit frère ?

Chapitre 23

À l'âge de dix ans, Basir fit une importante découverte : les adultes en qui il avait toujours eu confiance étaient susceptibles de mentir. En fait, ce n'était pas tant une faculté qu'un penchant. Leur malhonnêteté couvrait tout aussi bien les détails insignifiants du quotidien que les grands bouleversements de l'existence. Lorsque Basir détecta le premier mensonge, il se promit d'être vigilant. Mais à la troisième, puis à la quatrième tromperie, il comprit qu'il était impossible de se fier à quelque parole que ce fût sortant de la bouche d'un adulte.

Kaka Maziar prétendait avoir fait la guerre, alors qu'il s'était enfui en Iran. Khala Shokria jurait avoir confectionné des galettes de pommes de terre spécialement pour lui, mais il savait qu'elle les avait achetées à un marchand ambulant. Sa mère affirmait aimer tous ses enfants de la même façon, mais Basir voyait bien que Shabnam occupait une place particulière dans son cœur.

Basir ne faisait pas remarquer leurs mensonges à ceux qui les proféraient. Il était bien trop avisé pour contredire les membres de sa famille. Il se contentait de hocher la tête et de pincer les lèvres pour éviter de laisser échapper des mots irrespectueux.

Cette décision de ne plus rien croire compliqua la vie de Basir. Il examinait attentivement tout ce qu'on lui disait. Parfois, il aurait voulu être moins soupçonneux, mais lorsqu'il détectait des failles dans une histoire, il n'était pas en paix tant qu'il n'avait pas scruté de près la moindre de ses lacunes et vu tout ce qu'il y avait à voir. La vérité devint une obsession, et l'examen approfondi, une manie. Ce fut cette manie qui l'amena à cacher une boîte secrète dans le bosquet du petit jardin de Kaka Maziar et Ama Tamina.

Des mois avant d'entrer chez lui et de découvrir son père le crâne fracassé, Basir avait appris d'un ami que les femelles scorpions mangeaient leurs petits. Pour Basir, qui avait vu des chiennes frotter leur museau contre leurs chiots et des poules couver leurs poussins, cela semblait contre nature. Les scorpions étaient certes de vilaines créatures, mais cela n'était pas une raison pour perturber l'ordre des choses décidé par Dieu. Les mères dépensaient leur énergie à procréer et à s'occuper de leurs bébés. Même les mamans scorpions ne consommeraient jamais leur progéniture. C'était aberrant, forcément faux.

Basir entreprit de découvrir la vérité par lui-même.

Il retourna des pierres neuf jours durant avant de trouver une femelle scorpion enceinte, qu'il fit glisser dans une boîte. Celle-ci s'agita de gauche à droite, dressa la queue sans trouver d'issue. Basir posa une lourde pierre au-dessus de la boîte pour éviter que l'animal s'échappe et cacha le tout derrière la remise de sa maison, où personne ne penserait à regarder. C'était dangereux, il le savait, mais sa curiosité exigeait ce risque.

Il jeta des morceaux de nourriture dans la boîte tous les deux jours et utilisa un long bâton pour titiller le scorpion, en conservant une distance raisonnable. La femelle était furieuse de cette captivité. Basir le devina à la position de sa queue, à la posture vindicative qu'elle prenait lorsqu'il soulevait le couvercle de la boîte.

Elle le tuerait s'il lui laissait la moindre chance. Mais ses propres enfants ? Basir était encore sceptique.

Jour après jour, il allait voir sa prisonnière. Dès qu'il avait terminé ses observations, il abaissait le couvercle de la boîte et remettait en place la pierre piégeant le scorpion à l'intérieur. La boîte était cachée à l'abri des regards, dans un coin reculé du jardin. Malgré tout, son existence le rendait nerveux, et il était impatient que l'insecte mette bas afin de pouvoir clore ses expérimentations.

Lorsqu'il entra dans la cour en ce jour fatidique, Basir crut, pendant une fraction de seconde, que son scorpion était la cause de cette scène sanglante. Comme si son besoin de mettre à l'épreuve une créature aussi dangereuse devait, tôt ou tard, se retourner contre lui en éliminant un membre de sa famille. Dès qu'il mit un pied chez lui, il sentit planer la mort et la destruction. Il faillit tomber à genoux, terrassé par la culpabilité, s'imaginant responsable du carnage. Et puis, il aperçut la hache.

Lorsque Basir et ses sœurs furent envoyés chez Ama Tamina, le scorpion était encore dans sa boîte.

Un soir, il sortit de la maison sans intention précise, marcha jusque chez lui. Il faisait presque noir, et personne ne remarqua l'adolescent frêle qui se glissa à travers le portail.

Il resta un moment dans la cour, immobile, comme s'il attendait que sa mère ou son père franchisse la porte de la maison, un thé à la main, pour le gronder d'être encore dehors à cette heure tardive. Personne ne sortit. Basir approcha du seuil et fut frappé par l'odeur pestilentielle d'oignons pourris. Ayant craint de faire une découverte bien plus terrifiante, il en fut presque rassuré. Le mortier en cuivre et le pilon de sa mère reposaient sur une feuille de papier journal, à côté d'un petit tas de cardamome. La couverture tricotée rose de Rima se trouvait roulée en boule contre le mur.

Basir avança de quelques pas. Pendant des années, on lui avait ordonné de rester entre ces murs, défendu de s'attarder trop longtemps dehors l'après-midi. À présent, c'était l'intérieur de la maison qui avait un parfum d'interdit. Il jeta un coup d'œil dans la petite chambre que ses parents partageaient autrefois. Le chapeau de laine et l'écharpe de son père étaient posés sur la commode, dont il manquait une poignée à l'un des tiroirs. Sur leur matelas, étalé à même le sol froid, les oreillers marquaient les places du couple comme des pierres tombales.

Il examina le lieu à la façon d'une vieille photographie. Pourquoi avaient-ils décidé de vivre loin du reste de la famille ? Basir avait entendu ses parents se disputer. Il avait perçu la colère de son père et vu sa mère chanceler sous ses coups. Il l'avait crue faible mais dévouée, exaspérante mais pétrie de bonnes intentions. Son père était colérique de nature, mais pourquoi sa mère n'arrivait-elle pas, après tant d'années de vie commune, à éviter de déclencher sa fureur ? Avait-elle enfin décidé, en ce jour fatal, que c'en était trop ? S'était-elle enfin affirmée par un unique et grandiose geste de défi ?

Basir connaissait mal ses parents, il devait bien l'admettre.

Il sortit par la porte de derrière et pénétra dans la cour, là où le corps de son père avait reposé, où la terre était encore assombrie par le sang qui avait coulé de sa blessure à la tête. La menthe en pot avait séché, tout comme la plante à piments, et les feuilles désormais brunes et rabougries étaient éparpillées en demi-cercle sur le sol. Les fruits rouges et secs ressemblaient à de minuscules poignards endommagés. Le rosier de sa mère, dans un coin du jardin, était le seul survivant du carnage. Il semblait étranger à tout ce qui s'était passé en sa présence.

Basir tendit l'oreille vers le ciel. Il ne perçut que le bruit lointain de la télévision des voisins. Il les imagina en train de visionner leur émission préférée, de boire du thé, de picorer des amandes, de jouer aux cartes… comme si de rien n'était. Avaient-ils entendu quelque chose ce jour-là ? En savaient-ils plus que lui sur les faits et gestes de ses parents ?

Il se dirigea vers la remise, en s'assurant de ne pas fouler la zone où son père s'était écroulé. Derrière un des murs se trouvait la petite boîte. Le garçon ôta la pierre qui bloquait le couvercle. Il s'empara de la boîte et guetta un signe de vie.

Tout était calme.

Il emporta son butin au centre de la cour, à la lueur de la pleine lune. Il souleva le couvercle et eut le souffle coupé.

La maman scorpion était en pleine forme, le dos chargé de bébés scorpions, deux douzaines de petits scarabées en devenir. Basir arracha une brindille au rosier et donna un petit coup à la mère. Ses pinces se refermèrent immédiatement, et elle se retrancha au fond de la boîte, la queue dressée, en état d'alerte.

Oui, se dit-il, *même les bébés scorpions ont droit à l'amour d'une mère.*

Il aurait dû détruire tout le groupe. On ne faisait pas de quartier quand il s'agissait de créatures capables de tuer des humains adultes d'une simple piqûre. Basir aurait dû noyer la mère et ses petits dans l'huile de cuisson et leur jeter une allumette. C'était un moyen efficace de tuer les scorpions et une attraction pour les enfants, qui s'amusaient de l'éclatement des carapaces détruites par les flammes.

Cependant, il se sentait coupable. Il l'avait maintenue prisonnière pendant des mois uniquement parce qu'il soupçonnait son espèce d'aller à l'encontre de l'ordre établi en dévorant sa propre progéniture. Il s'était trompé. Même les mamans scorpions savaient veiller sur leurs petits.

Il refit le long chemin du retour, la boîte sous le bras, et la cacha dans un bosquet derrière un des murs d'argile, à un endroit où ses sœurs et ses cousines ne risquaient pas de poser le pied dessus. C'était tout de même risqué. Dès le lendemain matin, il apporterait la boîte en lisière du village – là où il n'y avait que des étendues rocailleuses – et libérerait les insectes.

Kaka Farid l'attendait dans la cour. Il avait pris l'habitude de passer chez Ama Tamina pour prendre des nouvelles au sujet de l'affaire de Zeba.

— Où étais-tu ?

Basir sentit une chaleur monter dans sa poitrine. Il se retint de toutes ses forces de repartir en courant. Il voyait encore les doigts de Kaka Farid autour du cou de sa mère.

— Je suis allé faire un tour, bredouilla-t-il.

— Pourquoi tu n'as rien dit à ton *ama* ? Tu vis dans cette maison. Tu ne peux pas aller et venir à ta guise.

— Je lui présenterai mes excuses, répondit Basir en faisant un pas vers la porte.

Il voulait fuir avant que Kaka Farid ne dise autre chose. C'était la troisième fois qu'il passait depuis que Basir et ses sœurs logeaient chez leur tante. Même Ama Tamina soupirait d'agacement lorsqu'il arrivait.

La dernière fois, il avait traité sa mère de voleuse et de meurtrière. Kamal lui devait de l'argent, jurait-il, et Zeba l'avait probablement tué pour s'en mettre plein les poches.

Basir n'eut pas besoin d'enquêter très longtemps pour savoir que c'était un mensonge.

Lorsque Kaka Farid traitait sa mère d'imposteur, Basir rongeait son frein. Il avait envie de crier que c'était faux, mais les mots refusaient de sortir de sa bouche. Tout ce qu'il pouvait faire, c'était implorer son oncle de ne plus parler d'elle.

— Où étais-tu ? insista l'homme en fronçant les sourcils et en inclinant la tête.

— Nulle part, Kaka-*jan*. Je suis allé marcher un peu, c'est tout. J'avais besoin d'air.

— Tu mens aussi mal que ta mère, affirma l'autre avec un sourire narquois.

Basir se mordit la lèvre jusqu'au sang. Farid commençait sa diatribe, à croire qu'il avait ruminé sa colère en attendant le retour de son neveu.

— Exactement comme ta mère. Des mensonges, des mensonges, encore et toujours des mensonges. Fais attention à toi, sinon tu risques de finir criminel comme elle. Cette traînée mérite la mort. Que Dieu nous aide, avec ces juges qui restent assis le cul sur leur chaise du soir au matin sans rien faire. Avant, on avait une vraie justice dans ce pays. C'est fini maintenant, et cette pute s'engraisse en prison pendant qu'on nourrit ses orphelins. Elle l'a tué. J'aurais dû l'étrangler quand j'en avais encore l'occasion.

Jusqu'à présent, Basir s'était contenté de quitter la pièce lorsque le cousin de son père se mettait à fulminer contre sa mère. Ses sœurs et lui dépendaient de la famille de son père, et Basir craignait de se retrouver à la rue avec elles s'il prenait la défense de leur mère.

L'entendre traiter Zeba de voleuse et de meurtrière était déjà pénible. De traînée, c'était pire encore. L'orgueil adolescent de Basir se gonfla.

— Va te faire foutre, lança-t-il à voix basse, mais en articulant.

Kaka Farid n'hésita pas une seconde, il lui assena une gifle du revers de la main.

— Fils de pute !

Ama Tamina entra comme un ouragan dans la cour en entendant la voix tonitruante de son cousin. Elle vit Basir à terre, le visage caché dans ses paumes, puis les yeux injectés de sang de Farid, prêt à frapper de nouveau. Elle s'interposa entre les deux hommes et rabattit un pan de son foulard sur l'épaule.

— Farid, que s'est-il passé ?

Ce dernier ne lui prêta aucune attention, il ne quittait pas Basir du regard.

— Kamal et sa femme m'ont escroqué tous les deux. Et maintenant, leurs profiteurs de gosses sont ici, et celui-là a le culot de me répondre. Je vais lui donner une bonne leçon !

Farid se jeta sur Basir. Ama Tamina se posta devant lui, bras tendus.

— Je t'interdis de le toucher ! hurla-t-elle.

L'adolescent se releva maladroitement. Sa tante était deux fois plus petite que Farid.

— Cousine, ôte-toi de mon chemin ! C'est entre moi et le fils de Kamal. Tu as oublié qu'ils ont tué ton frère ?

Ama Tamina s'exprima d'une voix tremblante, mais ne bougea pas.

— Tu ne viens pas pour défendre l'honneur de Kamal. Tu le détestais. Tous les deux, vous ne pouviez pas vous trouver dans la même pièce à moins d'être trop soûls pour y voir net.

— La ferme !

— C'est la vérité. Et maintenant, tu viens exiger de ses enfants le remboursement d'une vieille dette ? Sors de ma maison. Je me fiche que tu sois mon cousin. Je ne laisserai pas un ivrogne s'en prendre à mon neveu !

Farid colla son visage à celui d'Ama Tamina, qui puisa en elle toute la détermination possible pour ne pas reculer.

— Espèce de folle, dit-il lentement. Tu n'as pas le droit de me parler sur ce ton !

Basir se tint à côté de sa tante. Tout cela lui était familier. Il avait vécu la même tension des centaines de fois dans son propre foyer.

— C'est chez moi, et je parle comme j'en ai envie ! répliqua Tamina.

Ce que Farid aurait fait ensuite resterait un mystère, car à cet instant précis, Kaka Maziar sortit de la maison. Il avait entendu les cris et vu son cousin se dresser d'un air menaçant devant sa frêle épouse. Il l'attrapa par la peau du cou et le poussa vers le portail.

— Qu'est-ce que tu…, bredouilla Farid.

— Sors de chez nous ! gronda Maziar.

Farid leva les mains en l'air en signe de défaite.

—Tu mérites ces enfants de chiens.

Jamais sa mère n'avait davantage manqué à Basir qu'à ce moment-là, dans la cour sombre de sa tante, dans cette atmosphère chargée de ressentiment et de colère.

Farid s'en alla. Les filles épiaient la scène, laissant apparaître deux petits visages curieux dans l'embrasure de la porte.

Ama Tamina se racla la gorge.

—Rentrez, les filles. Il est tard, et vous devriez déjà être au lit. Allez, dit-elle en les poussant à l'intérieur. Il n'y a plus rien à voir.

—Je… Je suis désolé, Ama-*jan*, dit Basir d'une voix hésitante.

La sœur de son père se tourna vers lui, lèvres serrées. Elle avait toutes les raisons du monde de les haïr. Kaka Farid avait dit vrai. Elle avait perdu son frère, et leur mère était enfermée pour meurtre. Comment aurait-elle pu aimer les enfants de Zeba ?

—Ça suffit, grogna-t-elle. J'en ai eu assez pour ce soir.

Kaka Maziar mit les poings sur les hanches.

—Qu'est-ce qui l'a énervé comme ça, au fait ?

—C'est ce garçon, répondit calmement Tamina. Il rentre à cette heure-ci sans dire où il était passé.

—Je… Je voulais juste marcher un peu, bredouilla Basir. J'aurais dû prévenir, mais je ne voulais déranger personne.

—Farid détestait Kamal, et maintenant il reporte sa colère sur nous, soupira Tamina d'une voix plus ferme.

Basir eut envie de la remercier. Sa tante s'était interposée en sa faveur, et il aurait voulu qu'elle sache combien il avait apprécié ce geste. Si elle décidait de les considérer, ses sœurs et lui, uniquement comme les enfants de Zeba, et non comme ses nièces et neveu, ce serait catastrophique pour eux. Il n'était pas capable de subvenir aux besoins de sa famille.

—Ama Tamina-*jan*, je… Je voulais juste m'excuser. Je te demande pardon, tout cela est ma faute. Je sais que tu es en colère contre ma mère, mais…

—Tu ne sais rien, lâcha sèchement sa tante. Tu crois que c'est simple, mais ça ne l'est pas du tout !

Basir recula d'un pas. C'était exactement ce qu'il craignait. Ama Tamina était la seule personne qui avait proposé de les accueillir, mais sa gentillesse avait des limites.

Kaka Maziar posa une main sur l'épaule de sa femme.

—Ne te tourmente pas pour ça, Tamina. Je rentre.

Shabnam et Karima s'écartèrent du seuil pour le laisser passer. Il les regarda à peine, ne touchant que les têtes de ses propres filles avant de leur dire d'aller se coucher.

—Tu ne comprends pas, murmura si bas Ama Tamina que Basir n'entendit que parce qu'un silence de mort régnait désormais dans la cour. Tu ne pourras jamais comprendre ce que ta mère a fait.

Basir resta planté là. Même lorsque sa tante eut disparu dans la maison, il resta immobile. Il redoutait qu'elle ne revienne pour leur demander à tous les trois de partir. Ou alors elle l'attendait à l'intérieur, emballait leurs rares vêtements à la lueur d'une lanterne, dans le but de se débarrasser d'eux au matin.

Basir s'assit sur une des deux chaises en plastique.

Que faisait Madar-*jan* pendant ce temps ? Pensait-elle à lui et aux filles ? Avait-elle la moindre idée de la précarité de leur situation ?

Pourquoi n'as-tu pas raconté ce qui s'était passé, Madar-jan ?
Il doit bien y avoir une explication à tout ça, une vérité à dire ?

Des vérités, Basir en connaissait plus sur son père qu'il n'aurait osé l'admettre.

Ils avaient essayé de se sauver mutuellement, mère et fils, mais leurs tentatives de révolte s'étaient soldées par de plus gros bleus, de plus grands cris, de plus violentes insultes. Conscient de la futilité de leurs efforts, Basir choisissait parfois de se dérober lorsqu'il sentait la bourrasque paternelle s'engouffrer dans la maison. Ce n'était pas la réaction la plus noble à avoir, mais elle permettait de limiter les dégâts.

Un an avant la mort de Kamal, Basir avait testé de nouvelles tactiques. Au lieu de s'allier avec sa mère, il tendait la main à son père. Si sa mère était incapable de ne pas attiser la colère de son époux, peut-être pouvait-il lui montrer comment faire. Basir avait donc décidé de lustrer les chaussures de son père le matin, comme s'il partait dans un bureau en ville et non dans un atelier de forgeron. Il lui portait une tasse de thé et grappillait tout ce qu'il pouvait trouver dans la cuisine pour le placer devant lui dès son retour.

Son plan avait fonctionné. Alors qu'il entrait tout juste dans l'adolescence, il célébrait chaque journée de paix comme un général une victoire stratégique. Il souriait à sa mère, sans comprendre pourquoi son visage n'exprimait pas la même satisfaction. Elle semblait méfiante. Ils ne parlaient pas de l'équilibre délicat qui régnait dans leur petite maison. C'était la même chose dans tant d'autres foyers dominés par des maris brutaux. Les périodes de calme étaient entrecoupées de tempêtes.

Cela ne durait jamais longtemps. Kamal était de ces hommes qui ne se sentaient exister qu'en abusant de leur position dominante. Il avait besoin de voir sa femme et ses enfants réagir à sa présence pour confirmer qu'il était le seul maître à bord. La force d'un homme était dans l'ordre naturel, puisque personne ne l'avait jamais remise en cause. Et Kamal avait des secrets, des secrets honteux et sales. Lorsqu'il était en état d'ébriété, en colère ou préoccupé, il parvenait à oublier ses péchés. Mais sa conscience profonde connaissait également de rares moments d'éveil, qu'il n'avait guère envie d'affronter. Dans ces instants-là, son visage devenait rouge de confusion, son dos se voûtait d'horreur. C'était insoutenable. Il ne tolérait pas que l'on dénonce le moindre de ses défauts, car il sentait que cela le détruirait complètement, de la même façon que tirer sur une minuscule peluche dépassant d'un pull pouvait ramener le vêtement tout entier à un tas de fil.

Kamal n'était pas un père facile à aimer, admit Basir. Mais il aurait pu changer. Peut-être que les choses auraient pu s'améliorer.

Le garçon se leva à l'aube, dès que les premiers rayons percèrent la brume violette du ciel. Il s'assit en tailleur dans le salon où il dormait la nuit, à l'écart de ses sœurs et de ses cousines. Toute la maisonnée sommeillait encore d'un seul souffle. Il pouvait presque sentir les murs se soulever et s'abaisser comme une poitrine.

Basir se souvint alors de sa boîte cachée dans un bosquet, de l'expérience qu'il avait menée. Il pensa à ses jeunes cousines et à ses sœurs, et décida qu'il était préférable de se débarrasser immédiatement des scorpions, avant que les bébés et leur mère ne parviennent à s'échapper de leur cage.

Il sortit en silence de la maison et se dirigea vers le fond de la cour. Il libérerait les insectes avant que quelqu'un ne trébuche dessus.

La boîte était là où il l'avait laissée quelques heures auparavant. Du bout de sa sandale, Basir poussa la pierre qui lestait le couvercle, puis se servit d'une brindille pour le soulever. Le jeune ravisseur fit un bond en arrière, renversant la boîte sur le côté dans sa maladresse. Il poussa un cri d'horreur : la cruelle vérité lui sautait au visage.

Délestée de son fardeau, la femelle scorpion s'échappa enfin, laissant derrière elle deux dizaines de minuscules dépouilles à moitié dévorées.

CHAPITRE 24

Zeba regarda sa mère.

— Et qu'a dit le juge ?

— Pas grand-chose. Mais ce n'est pas lui qui posera le plus de problèmes.

— Qu'as-tu fait ? lui demanda Zeba, sentant une vieille angoisse monter en elle.

— Rien. Nous avons surtout parlé de tes enfants, du fait qu'ils avaient besoin de toi.

Avant que sa fille ne pose davantage de questions, Gulnaz hocha rapidement le menton en direction de la cour.

— Qu'ont donc ces filles à nous observer ?

Zeba jeta un regard par-dessus son épaule. Latifa détourna brusquement la tête. Nafisa fit semblant de montrer quelque chose au loin. Pas étonnant qu'elle se soit retrouvée en prison. Cette fille était incapable de mentir pour sauver sa peau.

— Je leur ai parlé de toi, admit Zeba. Les femmes sont fascinées par les gens comme toi, surtout celles qui ont de gros soucis.

— Vraiment ? Quel plaisir d'apprendre que j'intéresse encore à mon âge…

Gulnaz haussa les sourcils d'un air amusé.

— Bien sûr. Tu as toujours fasciné les gens. Même lorsque ta fille est accusée de meurtre, c'est toi le centre de l'attention.

— Tu es sûre que c'est moi qu'elles regardent?

— Absolument.

Gulnaz sentit un changement chez sa fille. Son dos était un peu plus droit, ses yeux moins fuyants.

— Tu as fait quelque chose, devina-t-elle.

Zeba esquissa un sourire penaud, confirmant l'intuition de sa mère.

— Qu'as-tu fait? lui demanda-t-elle.

Zeba secoua la tête, mais ses iris pétillaient malgré elle.

— Zeba! murmura gaiement sa mère.

— D'accord, Madar-*jan*, je vais te le dire, chuchota-t-elle avec une fausse réticence. Il y avait une fille ici; une fille naïve, enceinte, éperdument amoureuse d'un garçon. En un sens, je dois admettre qu'elle n'était pas si bête. Elle a réussi à se faire emprisonner et à faire emprisonner son amant en le dénonçant. Pour qu'il soit libéré, il fallait qu'il l'épouse.

— Tu plaisantes?

— Pas du tout, s'échauffa Zeba. Elle avait besoin que la famille du garçon fasse sa demande, et ils l'ont faite.

— Si seulement il existait une prison pour les couples. Quoique, ça s'appelle le mariage, non?

Zeba ne tressaillit pas en entendant cette remarque. Depuis la disparition de son père, elle n'avait jamais vu sa mère pleurer sa mort comme les autres veuves. En fait, elle semblait presque soulagée.

— Raconte-moi ce que tu as fait, insista Gulnaz, de plus en plus intriguée.

Zeba se mordit la lèvre inférieure. Elle eut soudain l'impression d'être une fillette surprise en train d'essayer les chaussures de sa mère.

—Je lui ai parlé de la ficelle et des plumes de poulet.

—Ah oui ?

—Oui.

Gulnaz paraissait perplexe.

—Où as-tu appris ça ?

—Je l'ai appris de toi, évidemment. C'est moi-même qui ai arraché les plumes du poulet quand on l'a fait pour Nouria-*jan*.

—Oh, j'avais oublié. (Gulnaz regarda au loin. L'air était brumeux, annonciateur de pluie.) Latifa ne l'aurait jamais épousé si nous ne l'avions pas aidée. Ça jasait dans le village, les gens disaient qu'elle lui tournait autour et avait aussi des vues sur son cousin.

—Aujourd'hui, elle serait ma codétenue. Elle aurait pris dix ans pour *zina*. Heureusement pour elle, l'époque était plus clémente pour ce genre de crime. Comment va-t-elle, au fait ? Elle doit avoir des petits-enfants maintenant, rêvassa Zeba.

—Elle est morte il y a dix ans. Son mari dévoué s'est remarié trois mois plus tard.

—Trois mois entiers. C'est si beau, l'amour, hein ? ironisa Zeba.

Gulnaz eut un faible sourire. Quand Zeba était-elle devenue si sarcastique ? Qu'était-il arrivé à sa fille docile, qui n'avait pu cacher ses larmes au moment de lui fermer la porte au nez ?

—Quoi qu'il en soit, ma codétenue et sa mère ont suivi toutes mes instructions. J'étais surprise, à vrai dire, lorsque nous avons appris que la famille du garçon était allée chez ses parents pour leur demander sa main. Je n'étais pas sûre que ça fonctionne.

—Sept nœuds ?

—Sept nœuds, confirma Zeba.

Gulnaz esquissa un sourire satisfait.

—Alors il n'y avait pas de raison que ça échoue.

—Il fallait que ça marche. Elle est trop jeune pour voir sa vie gâchée de cette façon. Sans parler du bébé.

—Oui, sa vie aurait été fichue pour de bon, si tu ne l'avais pas sauvée des flammes. Tu imagines, une fille qui prend de tels risques, uniquement pour un bref moment de gêne dans le noir, ajouta Gulnaz à voix basse.

—Elle fait bonne figure, Madar-*jan*, mais je doute fort qu'il n'y ait eu qu'un seul moment, et ce n'était sûrement pas dans le noir.

Gulnaz se mit à rire, sans frein, avec insouciance. Les paupières closes, la tête rejetée en arrière.

Elle dut reprendre son souffle. Il n'y avait plus de clôture, plus de prison. Il n'y avait qu'une mère et sa fille, échangeant des ragots sous le soleil. Ses douleurs articulaires s'estompèrent, et sa nuque se dénoua, juste assez pour que son rire ne la fasse pas souffrir. Le sang circula dans ses orteils et ses doigts, ses ongles devinrent tout roses. Elle se sentait, dans ce moment de légèreté, plus vivante qu'elle ne l'avait été depuis des années.

En observant sa mère, Zeba fut submergée par l'hilarité. Elle se mit à glousser comme une petite fille.

Les yeux de Gulnaz se remplirent de larmes de joie et de nostalgie.

Savourant la musique de leurs rires perdus, mère et fille se regardèrent. Plus rien n'existait autour d'elles.

— Madar, tu vas bien ? demanda timidement Zeba.

— Ah, Zeba, tu es ma fille après tout, n'est-ce pas ?

Six mois auparavant, Zeba n'aurait pas apprécié cette remarque. Mais là, étonnamment, elle ressentit de la fierté. Elle cilla et décroisa les jambes. Le sol de la cour était caillouteux, et Zeba n'avait pas apporté de couverture sur laquelle s'asseoir.

— J'ai discuté avec ton juge et ton avocat. Ce dernier est parti au village grappiller des informations, voir s'il y a des gens qui croient à ton innocence.

— Personne n'acceptera de lui parler.

— Probablement pas, mais on ne sait jamais. Et Yusuf m'a l'air d'un jeune homme obstiné. Ça peut être une bonne chose pour toi.

— Il y a pire travers, je suppose.

— Tu es prête à me dire ce qui s'est passé ? tenta Gulnaz. Je serais plus à même de t'aider si je savais la vérité.

— Je croirais entendre mon avocat, soupira Zeba.

— Tu as sans doute raison.

Gulnaz plongea la main dans sa poche et en sortit trois chocolats enveloppés dans du papier d'aluminium rouge.

— Tiens. Voilà de quoi adoucir ton palais dans cet endroit plein d'amertume.

Elle fit glisser les friandises à travers le grillage. Zeba les réceptionna dans sa paume, regrettant de ne pouvoir passer la main entière, le bras, le corps, de l'autre côté.

Gulnaz se pencha en avant, appuya le front contre le métal froid.

—Je te connais, Zeba. Tu penses peut-être le contraire, mais tu es mon sang. Ton âme me parle, même lorsque ta bouche est fermée. Depuis toujours.

Zeba leva la tête. Pourquoi sa mère s'exprimait-elle toujours par énigmes ? Pourquoi fallait-il que toute sa famille se veuille plus pieuse, plus rusée que les autres ?

—Je ne sais pas de quoi tu parles, Madar. Je te dis seulement ce que je pense, sans sous-entendu. Ce qui résonne à tes oreilles vient de toi, pas de moi.

Zeba déballa un bonbon et le fourra dans sa bouche ; la chaleur du corps de Gulnaz l'avait ramolli. Elle froissa le papier dans son poing et sentit le chocolat fondre à l'intérieur de sa joue.

—Zeba, je suis ici pour voir ce que je peux faire pour toi. Crois-moi, je suis plus avisée.

Sa mère se trompait. Elle n'avait jamais écouté Zeba. Pourquoi l'aurait-elle fait, puisqu'elle était plus avisée ? Gulnaz prenait toutes les décisions, et sa paranoïa avait éloigné un à un tous les membres de la famille qui avaient un jour posé un regard bienveillant sur sa fille.

—Tu l'as toujours été, hein ? lui répondit-elle sur un ton sarcastique.

Gulnaz observa un silence. À quel moment avait-elle fait fausse route ? Pourquoi devait-elle prendre autant de précautions lorsqu'elle s'adressait à son enfant ?

—Zeba, je ne suis pas venue ici pour me disputer avec toi.

—Alors pourquoi es-tu venue, Madar ? Parce que tu ne veux pas me voir en prison ou parce que tu veux, toi la tristement célèbre Gulnaz, être celle qui me sortira d'ici par son puissant *jadu* ?

Sa mère prit une profonde inspiration.

— Je suis venue parler au juge, Zeba, parce que je le connais un peu. Je l'ai rencontré il y a des années, avant ta naissance. Il était venu consulter le grand Safatullah avec son père. Ils cherchaient désespérément à guérir son petit frère d'une maladie invalidante. Le garçon était à l'article de la mort, pour autant que je me souvienne.

Zeba bouillonnait intérieurement. Il était difficile d'écouter Gulnaz quand trente ans de ressentiment remontaient à la surface.

— Son petit frère a cru que c'était ton grand-père le *murshid* qui l'avait sauvé.

— Quel est le rapport avec moi ? demanda Zeba en serrant les dents.

— Une vie a été sauvée. Les gens n'oublient pas ce genre de choses.

Zeba tourna la tête vers la cour, n'écoutant sa mère que d'une oreille. Latifa était assise par terre, le dos contre le mur de la prison. Une cigarette encore éteinte pendait entre ses doigts, une façon de faire durer son stock. Les yeux clos sous le soleil à demi voilé, elle semblait endormie. Avait-elle déjà connu une telle tranquillité dans sa vie ? À la façon dont elle décrivait sa famille, probablement pas.

Zeba fut tentée de se lever pour la rejoindre, de s'asseoir à côté d'elle, épaule contre épaule, visage tourné vers le soleil.

Peut-être pourrait-elle accorder une seconde chance à sa mère. Elle déballa le deuxième chocolat. Ils avaient un goût de rassis, et elle n'en avait pas très envie, mais cela la dispenserait d'avoir à décider plus tard si elle devait les partager ou non avec ses codétenues.

Gulnaz passa les doigts dans les anneaux de métal. Zeba était têtue comme une mule. Un destin funeste l'attendait si elle s'obstinait à refuser son aide.

Mes pauvres petits-enfants, songea Gulnaz. *Ils ne reverront plus jamais leur mère.*

— Ton père et moi n'étions pas assortis, lança-t-elle d'une voix hésitante.

Zeba resta silencieuse.

— Au début, nous nous entendions bien. Nous étions jeunes, cela nous semblait important d'être mariés, c'était nouveau pour nous. Il ne me dérangeait pas, et je ne le dérangeais pas. Nous faisions ce que les maris et les femmes étaient censés faire. Je cuisinais. Il travaillait. Nous allions voir nos parents pour l'Aïd. Mais nous étions différents. Nous nous disputions. C'était sans fin. Nous trouvions toujours des raisons de mettre l'autre en colère. Si je savais qu'il avait envie de riz pour le dîner, je préparais de la soupe. Il laissait des coquilles de noix sur le sol uniquement parce que je lui avais demandé de faire attention. Au bout du compte, je ne supportais même plus son odeur. Nous étions à deux doigts de nous étrangler par moments. C'est affreux à dire, mais c'est vrai.

La colère de Zeba retomba. Le ton de sa mère était inédit.

— Pourquoi vous détestiez-vous autant ? Avait-il fait quelque chose de mal ?

Gulnaz haussa les épaules.

— Je ne l'ai jamais détesté pour une raison particulière. Et je ne sais qui de nous deux a pris l'autre en grippe en premier, mais une fois que cela a commencé, il n'y avait plus moyen de faire machine arrière. Quand je regarde les couples autour de moi, je vois une quantité de gens comme nous, qui se répondent sèchement, s'assoient le plus loin possible l'un de l'autre. Nous étions ainsi, mais en plus audacieux. Nous admettions que nous n'étions pas assortis.

— Crois-tu qu'il ait décidé de prendre les armes à cause de vos disputes ?

— Qui sait ?

— Tu dois bien avoir une idée. Je suis sûre que tu me caches quelque chose.

— Tu es mal placée pour me reprocher de ne pas tout avouer, répliqua Gulnaz.

Zeba se tut quelques secondes.

— Pourquoi ne m'as-tu jamais parlé de lui avant ?

— À quoi cela aurait-il servi ? L'homme était parti. Il n'a pas été un mauvais père pour toi dans les premières années. Mais après, tu n'avais plus du tout de père, alors il n'y avait rien à dire.

— Mais tu l'appelles mon père.

— Je préfère l'appeler père que d'entendre les autres te traiter de bâtarde.

Zeba savait que c'était vrai, mais n'osa lui donner raison. Cela faisait longtemps qu'elle avait remis en question la sagesse de sa mère. Le rétablissement serait long.

Zeba cambra le dos. Ses muscles étaient engourdis. Comment faisait Gulnaz pour avoir l'air si à l'aise pendant tout ce temps ? Les cailloux ne s'enfonçaient-ils pas dans sa chair ?

— Tu ne pouvais pas arranger la situation avec lui ? demanda Zeba, pensant à Kamal autant qu'à son père. Quand j'étais petite, je croyais que tu pouvais tout réparer.

Un nuage glissa devant le soleil, projetant une ombre sur le visage de Gulnaz. La question de Zeba appuyait sur une plaie ancienne, mais encore sensible. Pourquoi Gulnaz n'avait-elle pas agi sur leurs disputes ? Un jour, elle avait pourtant commencé. Elle avait coupé des mèches de cheveux de son mari pendant son sommeil et mis un de ses caleçons en lambeaux. Une pincée de cendre, quelques gouttes de sang, et il aurait été un homme nouveau.

Mais elle n'avait jamais dépassé les premières étapes du sortilège. Au lieu de cela, elle l'avait laissé partir. C'était aussi simple que de lâcher au vent le fil d'un cerf-volant. Elle n'avait rien eu à faire.

— Nos esprits sont des bêtes sauvages. Nous les apprivoisons par la crainte de Dieu et du châtiment, mais parfois ils refusent de plier. C'est là que les choses tournent au vinaigre.

Zeba comprenait parfaitement sa mère sur ce point. Les derniers mois de sa vie conjugale avaient eu un goût particulièrement acide.

CHAPITRE 25

C'était le milieu de l'après-midi à Chil Mahtab, quelques jours avant l'Aïd. La température à l'intérieur de la prison avait atteint quarante degrés. Au lieu d'être chez elles en train de préparer la fête du sacrifice, les femmes se fanaient derrière de grands murs. La chaleur aurait dû les rendre apathiques, mais il n'en était rien.

La réussite de Zeba avec Mezhgan les avait rendues ivres d'espoir.

Un flot continu de prisonnières traversait la cellule que Zeba partageait avec les autres. Les gardiennes, au début, tentèrent d'empêcher ces rassemblements, mais eurent tôt fait de renoncer. Les détenues étaient tenaces, et elles, curieuses.

— Vous voulez bien me laisser parler ? Votre tour est passé ! s'agaça Bibi Shirin – une femme qui aurait pu être la grand-mère de Zeba – en se frayant un chemin dans la file. Zeba-*jan*, tu es une mère. Tu dois comprendre. Mon fils était amoureux d'une fille, et quand ils ont fugué ensemble, les frères de celle-ci les ont retrouvés et ont tué mon enfant. Ils m'ont enfermée ici parce que mon fils est mort et qu'il leur faut un bouc émissaire. Et à présent ils veulent marier ma fille à un des tueurs, pour racheter le crime de mon fils. Je suis ici depuis trois ans, et il me reste encore vingt-sept ans à purger. Tu as vu mes cheveux ? Ils sont blancs comme une gousse d'ail ! Je vais mourir ici ! Que peux-tu faire pour moi ?

— Quels idiots ! Bibi Shirin, j'ignorais qu'il te restait vingt-sept ans. C'est une honte, déplora Latifa avec un dégoût manifeste.

Assise au bord du lit, elle écoutait les demandes l'une après l'autre. Elle apprenait sur les résidentes de la prison des détails qu'elle avait ignorés pendant les dix-huit mois de sa détention.

— Dis-moi, Zeba-*jan*. Que dois-je faire ? On m'a raconté un jour que les plumes d'une colombe pouvaient apporter la miséricorde, mais la personne qui m'a dit ça ne m'inspire pas confiance. Dis-moi quoi faire, et je le ferai.

Zeba écoutait en silence. Elle n'avait pas eu l'intention de provoquer une telle effervescence. Elle avait plutôt vu cela comme un exercice, une façon de se prouver qu'elle était capable de faire quelque chose, même si cela impliquait une plongée en eaux troubles.

— Bibi-*jan*, répondit-elle d'un ton respectueux. Je vais réfléchir à ta situation.

Les femmes venaient par groupes de deux ou trois avec toutes sortes de requêtes. Certaines avaient besoin de recettes pour pousser leur famille à accepter leur bien-aimé. Mais d'autres étaient là pour des motifs bien plus graves qu'un simple mauvais choix dans leur vie amoureuse. À cause de leur comportement inconvenant, nombre d'entre elles avaient été reconnues coupables d'un crime majeur : le *zina*, les relations sexuelles hors mariage. Certaines avaient été accusées de tentative de *zina*, ou d'avoir aidé une autre femme à commettre cette transgression. Une jeune fille de dix-huit ans avait fui son vieil époux. Une femme avait quitté son mari alors qu'il venait de vendre leurs filles de dix et douze ans pour les marier. Une autre avait été arrêtée parce qu'un inconnu avait affirmé l'avoir vue quittant le bureau d'un homme.

Toutes supplièrent Zeba de les aider. Elles avaient besoin de l'indulgence du juge. De la compréhension de leur famille. De se voir accorder le divorce par leur mari. La prison grouillait d'histoires d'amour, de sexe et de violence.

Zina. Zina. Zina.

Deux femmes se présentèrent ensemble à Zeba.

— Vas-y, explique-lui, toi, dit la plus âgée des deux, dont les plantes de pied étaient tachées de henné.

Zeba crut d'abord qu'elles étaient mère et fille, mais comprit bien vite qu'elle se trompait.

— Notre mari a été tué par ses propres cousins, mais la famille nous a pointées du doigt. Ils sont libres, et nous sommes enfermées ici. Nous n'avons rien fait, mais on dirait que tout le monde s'en moque. Que devons-nous faire ?

— Vous étiez toutes les deux mariées à cet homme ?

— Oui, répondit la plus âgée. J'étais sa première épouse. Ensuite, il l'a épousée. C'était un homme respectable. Il possédait des terres que ses cousins convoitaient depuis des années. Finalement, ils l'ont tué pour les obtenir. Trois d'entre eux sont venus chez nous et l'ont étranglé. C'était tellement plus facile de nous accuser.

Zeba se mordit la lèvre.

— Laissez-moi réfléchir. Je ne suis pas sûre de ce qui serait le mieux…

En fait, elle n'en avait aucune idée. Gulnaz n'avait jamais abordé de cas semblables à celui-là, ce qui ne signifiait pas qu'elle aurait été incapable de les régler. L'occasion ne s'était pas présentée, tout simplement.

Madar, tu aurais de quoi faire ici.

Zeba bricola quelques recettes de son enfance, se rappelant ce que Gulnaz avait concocté dans des situations proches.

— Cet endroit, ces accusations… l'injustice règne ici, déclara Zeba.

Des cris d'adhésion résonnèrent de concert dans la cellule exiguë.

— Quel fardeau que de naître femme, conclut-elle.

Ce qu'elle n'arrivait pas à exprimer lui venait parfois plus facilement en vers.

— « Les hommes chérissent leur virilité comme un cadeau du ciel / Car sans ces attributs, la justice est rapide et cruelle. »

Il y eut une explosion de rires.

— Qu'a-t-elle dit ?

Comme les maillons d'une chaîne, les vers passèrent de femme en femme, de la cellule au couloir, du couloir au salon de beauté, filèrent au-delà. Elles se les répétèrent, pour ne pas oublier la phrase qui aurait dû figurer comme un slogan sur la façade du bâtiment.

— Zeba, tu n'auras plus jamais à laver ton linge. Je m'occuperai de ta lessive avec mon propre savon si tu m'aides.

La femme qui lui parlait était flanquée de deux enfants aux yeux écarquillés. On aurait dit des oisillons cachés sous les ailes de leur mère. Zeba remarqua le bandage à son poignet gauche. Elle avait vu cette femme refaire son pansement dans la salle de bains, le dos tourné par pudeur.

Zeba avait encore en mémoire la rangée nette de croûtes circulaires courant du milieu de son avant-bras à son poignet.

— Mon linge ? répéta-t-elle d'une voix étonnée.

— Voilà une proposition qui mérite d'être étudiée. Si j'étais toi, je ferais remonter sa demande en tête de liste. Mais ce n'est que mon humble avis, dit Latifa.

Debout devant le poste de télévision, elle actionnait la molette pour changer de programme. Arrivée à la chaîne TOLO, elle s'arrêta brusquement et frappa dans ses mains. Zeba et les trois femmes qui attendaient toujours se tournèrent vers l'écran.

— C'est la finale ! Ils vont annoncer le gagnant ! s'exclama-t-elle. Comment ai-je pu oublier ?

Deux jeunes hommes se tenaient sur une scène ; ils serraient des microphones entre leurs doigts fébriles et piétinaient nerveusement. Ils étaient jugés par un panel coloré composé de trois hommes et une femme, certains des plus grands noms de la musique afghane. Un des hommes portait un smoking, les deux autres des chemises à col pelle à tarte sous des vestes, tandis que d'audacieux bijoux en argent, que seuls les artistes pouvaient se permettre, ornaient leur cou. La femme, les yeux lourdement maquillés de khôl, était vêtue d'un ample chemisier pailleté de couleur beige, à manches longues, tandis que de nombreux bracelets dorés tintaient à ses poignets. Ses boucles noires tombaient en cascade sur ses épaules et servaient de toile de fond à ses pendants d'oreilles en or.

Elle s'appelait Fariha et représentait tout ce que les détenues de Chil Mahtab n'étaient pas : une femme couverte de bijoux, assise dans une pièce remplie d'hommes. Le public était suspendu à ses lèvres. Elle recula au fond de son siège avec l'assurance d'une autorité incontestée, félicita les deux participants sur leur timbre, leur émotion, les variations de leur voix. Puis elle se frotta les mains, baissa ses paupières fumées et annonça : «Le vainqueur est… Isah-*jan*!»

La caméra se braqua sur un garçon aux cheveux frisés et au sourire penaud. L'animateur de l'émission leva le bras du gagnant triomphalement. Les jeunes gars d'une vingtaine d'années qui constituaient le public se mirent debout et applaudirent comme un seul homme.

—Isah! s'écria Latifa. J'étais sûre que ce serait lui. C'est de loin le meilleur. Vous savez qu'il vient de la même ville que ma mère?

—Ah oui? Alors toutes mes félicitations à ta famille, marmonna Nafisa.

Assise en tailleur au pied de son lit, elle feuilletait un magazine féminin.

—Zeba-*jan*, poursuivit la femme. Comme je te l'ai dit, je m'occuperai de ta lessive si tu m'aides à garder mes garçons auprès de moi.

Étrangement, le fait qu'ils soient jumeaux leur donnait l'air encore plus malheureux.

—Quel âge ont-ils? demanda Zeba.

Elle toucha la tête d'un des garçons. La prison était peuplée d'enfants, de telle sorte que Zeba avait parfois l'impression, lorsqu'elle déambulait dans les couloirs, de se trouver dans une école élémentaire.

—Six ans, et les gardiennes parlent déjà de les envoyer à l'orphelinat avec les autres, affirma la femme, des sanglots dans la voix. Je ne peux pas être séparée d'eux. Si j'ai survécu aussi longtemps, c'est parce qu'ils sont avec moi.

—Tu es là depuis six ans?

Elle hocha le menton. Elle était plus jeune que Zeba et avait la fraîcheur d'une adolescente. Mais à en juger par l'âge des jumeaux, elle devait avoir une vingtaine d'années.

—Pourquoi es-tu ici?

Latifa était comme aimantée à l'écran de télévision. Le gagnant du concours, Isah, chantait sa chanson de victoire. Le public applaudissait en rythme pour l'encourager. Fariha remuait les épaules et approuvait de la tête.

La jeune maman regarda ses fils puis autour d'elle. Elle parla si doucement que Zeba dut se pencher en avant et se concentrer pour entendre sa douloureuse histoire.

—J'ai été agressée chez moi par mon cousin. Il m'a coincée dans une pièce et a menacé de me tuer si je criais. Ma famille ne m'a pas crue, et quand je suis allée voir la police, c'est moi qu'ils ont arrêtée.

—Ils t'ont arrêtée?

—Il n'y avait aucun témoin. La police a dit que si on m'avait forcée, j'aurais crié. Comme je n'ai pas crié, ils m'ont arrêtée pour *zina*. J'étais déjà en prison quand je me suis rendu compte que j'étais enceinte. Dès que ma famille l'a appris, je n'ai plus eu de nouvelles.

Les garçons regardaient Zeba, attendant sa réaction. Elle leur adressa un sourire furtif. Ils connaissaient déjà l'histoire, de toute évidence.

—Comme tu n'as pas crié…, répéta-t-elle, secouée par ces mots. Mais tu n'as pas crié parce que tu avais peur, n'est-ce pas?

—Il avait un couteau, expliqua-t-elle platement.

Zeba comprit que la jeune maman avait répété ce récit des centaines de fois. En vain.

Elle se frotta les yeux. C'était trop pour elle. Son *jadu* ne pourrait jamais libérer une prison entière de pauvres âmes. Aucun sortilège ne changerait le fait que la valeur d'une femme se mesurait, avec une application scientifique, par le sang. Une femme ne valait que les gouttes qui coulaient la nuit de ses noces, les quelques millilitres qu'elle saignait à chaque phase de la lune, et la petite rivière qu'elle versait en donnant naissance aux enfants de son époux. Pour certaines, le châtiment était extrême : on leur ouvrait les veines pour expier leurs péchés ou ceux des autres.

— Tu n'as pas parlé de libération, fit remarquer Zeba. Tu veux seulement que les garçons restent avec toi ?

— Libération ? dit la fille avec un léger rire. Pas du tout. Je ne sais pas ce que je ferais si je sortais. Ma famille ne me reprendra pas. Je n'ai pas d'amis pour m'héberger. J'ai deux garçons, et une histoire que personne n'a envie d'entendre ni de croire. Mes enfants me seront enlevés quand ils auront sept ans, et même s'ils sont ce qu'ils sont, je ne peux pas… Je ne conçois pas d'être ici sans eux.

Les petits tressaillirent. La lèvre inférieure de leur mère tremblait.

Latifa changeait de chaîne. Nafisa faisait semblant de tourner les pages de son magazine tout en regardant la femme aux jumeaux. Elle paraissait soulagée de ne pas être à sa place. Zeba détestait congédier toutes ces malheureuses avec une maigre promesse, alors elle défit le *tawiz* qu'elle avait épinglé à la poche poitrine de sa robe. Elle se piqua le doigt avec l'aiguille, et une goutte de sang perla. Zeba l'essuya sur sa jupe, avant de fixer le talisman confectionné par Jawad pour Gulnaz à l'intérieur du col de la jeune mère.

—Prends ceci pour l'instant. Je vais réfléchir à ce qu'on peut faire, promit-elle, percevant le son creux de ses propres mots.

Les deux jours suivants apportèrent davantage de cas similaires. Les femmes affluaient en continu. Elles suivaient Zeba dans sa cellule, la trouvaient dans la cour ou l'approchaient dans les couloirs. Zeba n'avait pas l'habitude de faire l'objet d'une telle attention. Les prisonnières lui prenaient les mains. Elles lui offraient des miroirs de poche ou des tubes de rouge à lèvres, lui proposaient de lui laver les cheveux ou de lui prêter leur portable, ce qui ne lui aurait servi à rien. La sœur de Kamal n'avait pas le téléphone et, même si elle l'avait eu, elle n'aurait sans doute pas répondu à ses appels. Zeba essaya de refuser les cadeaux, mais certaines offrandes étaient posées anonymement sur son lit sans qu'elle puisse protester. Si l'art de la corruption se pratiquait dans le monde extérieur, c'était en prison qu'il s'épanouissait.

—J'ai un problème identique, mais ça concerne mon mari et sa nouvelle épouse. Il m'a fait enfermer ici pour pouvoir se marier sans m'avoir en travers de son chemin. Ce soir, ce sont les noces, et je voudrais qu'il soit mou comme une nouille.

Une autre femme la poussait du coude pour entrer dans la pièce.

—Moi, je ne cherche à pourrir la vie de personne. Ma demande est simple. Mes cheveux tombent par touffes depuis mon arrivée ici. Regarde, ma sœur. Regarde!

Elle baissa la tête devant Zeba et fit glisser son foulard sur son cou. Elle se passa les doigts dans les cheveux, révélant de grandes plaques dégarnies.

— Je les ai lavés avec de la boue rouge. Je les ai frottés avec de l'œuf cru. Ma sœur m'a même apporté un flacon d'huile capillaire d'Inde, mais rien n'y fait. Tu dois bien connaître une astuce pour m'aider. Je t'en supplie !

Zeba se tourna vers Latifa et poussa un profond soupir. Sa codétenue lui servait désormais d'agent. Elle s'asseyait à côté d'elle et désignait les visiteuses l'une après l'autre. Lorsque Zeba n'en pouvait plus de leurs sollicitations, il lui suffisait de la regarder. Avec un hochement de menton, Latifa escortait les femmes vers la sortie.

— Il est temps de partir ! annonça Latifa en frappant dans ses grosses mains.

Elle éteignit la télévision et guida la prisonnière vers la porte, une paume dans son dos.

— Dieu a créé les foulards de tête pour des situations comme la tienne. Il est malin, pas vrai ? Khanum Zeba n'est ni un docteur ni une pharmacie. Si tu veux mon avis, tu devrais arrêter de cancaner comme ça. Les horreurs que tu racontes sur tes codétenues… honte à toi ! Quelqu'un t'a probablement jeté un sort. Ça ne t'a pas traversé l'esprit ?

La femme foudroya Latifa du regard et repoussa sa main.

Zeba aurait aimé les aider toutes, mais les demandes étaient trop nombreuses, et même le *jadu* de Gulnaz ne fonctionnait pas toujours. Parfois, il était contrecarré par un autre sort, lui avait expliqué sa mère, et parfois neutralisé par Dieu. Zeba savait également qu'elle n'était pas Gulnaz. Ses yeux étaient d'un marron terne, sa peau trahissait son âge, ses convictions étaient affaiblies par le doute. Ce n'était qu'une débutante, alors que ces malheureuses avaient besoin d'une experte.

Latifa referma la porte de la cellule.

—Merci, murmura Zeba.

L'autre haussa les épaules. Elle était ravie de ses nouvelles fonctions, d'autant plus qu'elle aussi se voyait couverte de cadeaux. Les gardiens de prison, les policiers et les juges se faisaient graisser la patte en permanence. Pour Latifa, c'était une ascension sociale inespérée.

—J'ai besoin de sortir de cette pièce, déclara Zeba en s'éventant avec un magazine froissé, le ventilateur électrique de la cellule étant tombé en panne une semaine auparavant. J'ai besoin d'air.

—Bien sûr, dit Latifa. Pendant ce temps, je vais aller au salon de beauté voir ce que font les autres.

Sans doute allait-elle racoler quelques clientes supplémentaires pour le lendemain, comprit Zeba avec un serrement de cœur, sans trouver la force de protester.

Elle avait tellement envie d'aider tout le monde, d'ouvrir les portes, de les libérer ou de leur promettre que leurs enfants resteraient avec elles pour toujours. Mais Zeba n'était ni avocate ni juge. Elle ne pouvait rien faire avec les pots-de-vin qu'elle avait reçus, ni même savoir si ses propres enfants la reverraient un jour. Cette prison, avec son salon de beauté, ses postes de télévision et ses murs barbouillés, était un donjon. L'injustice qui y régnait vidait Zeba de toute son énergie. Elle passa la main sur le gribouillis rouge laissé par un gamin apprenant l'alphabet. C'étaient les enfants qui l'attristaient le plus.

—Madar-*jan*!

Zeba se retourna brusquement.

Shabnam ? Karima ?

—Madar!

Chaque fois qu'une voix enfantine résonnait dans le couloir froid, Zeba sursautait, même si cette voix appartenait toujours au petit d'une autre. Elle se sentait défaillir alors que cela faisait une éternité qu'on ne l'avait pas appelée ainsi.

Une fillette de six ans chaussée de sandales en plastique et vêtue d'une robe colorée déboula au pas de course dans le couloir. L'ourlet de son pantalon élimé menaçait de la faire trébucher.

— Doucement, doucement ! l'avertit Zeba.

La petite ralentit et lui adressa un regard curieux. Ses yeux ronds, sa frange de côté, sa fossette au menton, lui rappelèrent Karima. Les yeux de Zeba se remplirent de larmes.

— Ma chérie, pourquoi appelles-tu ta maman ? Elle te manque ?

— Non, je… euh… Je la cherche, c'est tout.

La tête lui tournait légèrement. Elle n'avait pas eu le temps de déjeuner, à cause du défilé incessant de femmes dans sa cellule. Latifa lui avait apporté de l'eau, à laquelle elle n'avait pas touché.

— Comme ta robe est jolie.

Karima avait porté une robe presque identique le jour de la mort de Kamal. Elle avait appartenu à sa sœur auparavant. Les filles devaient avoir grandi depuis son départ. Rima avait dû apprendre de nouveaux mots. Peut-être courait-elle, elle aussi.

Certaines pensées étaient impossibles à refouler. Tamina s'occupait-elle bien d'elles ? Lorsque Rima pleurait la nuit, prenait-on la peine de la rassurer ? Les filles étaient-elles utilisées comme domestiques ? Allait-on les marier de force pour venger le meurtre de leur père ? Ce n'était que des enfants. Elle pria, avec une ferveur particulière, pour que sa belle-famille ne fasse pas payer aux enfants la triste fin de Kamal.

Elle se rappelait les visages des jumeaux, la façon dont ils avaient tressailli pendant le récit de leur mère. Un bien lourd fardeau pour de si petites épaules.

Zeba s'agenouilla. Elle prit les mains de la fillette hébétée dans les siennes, les retourna, examina ses paumes roses.

Les enfants avaient des mains si parfaites, si douces et si désireuses de s'agripper à une personne aimante. Rima tenait-elle les mains de sa tante ? Essayait-elle de se blottir contre son sein ? Et, si oui, sa tante la serrait-elle dans ses bras pour combler l'absence de sa maman, ou bien la repoussait-elle, la laissant dans l'incompréhension ?

Un petit garçon approcha. À la façon dont il tira la main de la fillette pour l'arracher à celle de Zeba et colla son épaule à la sienne, elle comprit qu'il s'agissait de son frère aîné, même s'il ne semblait guère plus âgé.

— Quel gentil frère tu es ! Comme tu t'occupes bien de ta sœur. Dieu te récompensera. Comment t'appelles-tu ?

Les deux enfants échangèrent un regard.

— Je m'appelle Bashir, répondit lentement le garçon.

Zeba rejeta la tête en arrière et éclata de rire. Elle essuya ses larmes puis se pencha en avant pour partager son histoire.

— Tu sais quoi ? Mon fils à moi s'appelle Basir ! Il est plus grand que toi. Lui aussi, c'est un gentil garçon. Quand il avait ton âge, il s'occupait de ses petites sœurs. Votre maman doit beaucoup vous aimer. Vous ne devez jamais l'abandonner, c'est compris ? Peu importe ce que les gens disent d'elle, vous ne devez jamais les croire. Même s'ils la traitent de traînée ou de meurtrière, ou de…

Les enfants levèrent les yeux vers la gardienne et Yusuf qui, debout derrière Zeba, écoutaient sa diatribe enflammée.

La prisonnière n'entendit pas les deux adultes prononcer son nom.

— Les gens ne savent pas. Ils disent des choses horribles, alors qu'ils n'ont aucune idée de ce qui est arrivé.

Les enfants reculèrent d'un pas, puis de deux.

— Je vous fais peur ? S'il vous plaît, n'ayez pas peur de moi ! Vous n'avez rien à craindre de moi ! Je suis tellement désolée. Je voulais simplement vous parler !

Des mains la tenaient par les coudes, la forçaient à se lever.

— Pourquoi vous enfuyez-vous ? hurla-t-elle. Ce n'est pas moi qu'il faut fuir ! Je vous le jure !

Il y eut des cris, on appela d'autres gardiennes, Zeba sentit d'autres mains sur elle alors qu'elle se débattait. Son foulard glissa au sol.

— Lâchez-moi ! Lâchez-moi ! Je ne l'ai pas tué !

Latifa se dressait devant elle.

— Tais-toi, Zeba ! Tu fais peur à ces gamins ! Regarde ce que tu as fait !

Mais Zeba n'avait rien fait. Pourquoi ne le voyait-on pas ? Pourquoi continuait-on à la blâmer ?

— Zeba, dit Yusuf. Contrôlez-vous !

Asma et une autre gardienne l'encadraient. Les genoux fléchis, elle luttait pour se dégager.

Latifa prit le visage de sa codétenue entre les mains, de grosses paluches masculines. Zeba lui assena un coup de pied dans le tibia, et l'autre la lâcha avec agacement.

Sa tête lui faisait mal. Elle eut envie de la cogner contre le mur pour la libérer des pensées empoisonnées qui encombraient son cerveau.

Les crânes humains ne sont rien d'autre que des coquilles d'œuf, songea-t-elle. *Même un enfant peut casser un œuf.*

— Lâche-moi ! C'est toi qui as fait entrer cette saleté dans notre maison. Je sentais son odeur, son goût, sa présence, et tu m'as dit que ce n'était rien ! J'aurais dû te tuer il y a longtemps !

— Khanum Zeba, s'il vous plaît, arrêtez de crier…

— Emmenez-la dans la salle d'entretien et surveillez-la jusqu'à ce qu'elle se calme. Je ne permettrai pas un tel comportement dans ma prison, trancha la directrice, les bras croisés sur la poitrine.

Ses mots court-circuitèrent les cris et réduisirent Zeba à l'immobilité. Ses jambes se redressèrent, elle se mit debout toute seule.

— Ce n'est pas une prison. La prison, c'est dehors, déclara Zeba d'une voix gutturale et chantante. Je ne suis l'esclave de personne. Je ne suis la captive de personne. Dieu m'en est témoin, je suis sans chaînes !

— Pas pour longtemps, à mon avis. Bon sang, Zeba, tu es aussi folle qu'on le pensait, cria Latifa, déjà trop loin pour que le pied de Zeba puisse l'atteindre une seconde fois.

Yusuf regarda sa cliente se faire emmener dans le couloir, le dos désormais droit, dans une posture fière que seule une personne ayant perdu l'esprit pouvait adopter. Peut-être bien que Latifa avait raison, après tout.

Zeba était peut-être aussi folle qu'elle en avait l'air. Peut-être.

Chapitre 26

Yusuf se retrouva devant la maison de Zeba en compagnie du chef Hakimi. Ce dernier poussa la porte.

—Voici la scène du crime, annonça-t-il d'une voix théâtrale. J'ai rassemblé un maximum de preuves. La culpabilité de l'accusée ne fait aucun doute.

Ils entrèrent dans la cour. Yusuf fut davantage frappé par l'absence de vie que par l'ombre de mort qui y planait. Cet endroit, autrefois un foyer, semblait hanté par les fantômes de ses anciens habitants. Les sons du quotidien y résonnaient encore : le frottement d'une spatule contre le fond d'une casserole d'où se dégageait l'odeur piquante de l'ail et des oignons, les petits rires de sœurs partageant leurs secrets, le fredonnement d'une maman entourée de ses petits.

Ils n'étaient plus là.

—Où était Khanum Zeba quand vous êtes arrivé ?

—Juste là, répondit Hakimi en désignant la façade de la maison. Elle était assise par terre, et tous les voisins étaient réunis autour d'elle. Ses enfants aussi ; ils étaient sous le choc. Elle faisait peur à voir. Le sang avait déjà séché sur ses mains. Le bébé pleurait. Je ne sais pas depuis combien de temps elle était assise comme ça. Elle ne disait pas grand-chose.

Dieu merci, songea Yusuf.

— Les gens étaient bouleversés. Ils ne savaient pas quoi penser. C'est une tragédie pour le village. Les femmes avaient du mal à croire qu'elle ait pu commettre un tel acte, mais ces choses-là se produisent.

— Quoi donc ? dit Yusuf sans se retourner vers le chef de la police.

Il sentait que cet homme était gêné par son regard, et voulait entendre sa propre version des faits.

— Il arrive que les femmes perdent la tête. Peut-être qu'il avait fait quelque chose pour la mettre dans cet état. Je ne sais pas. Je ne les connaissais pas très bien, mais je connais le reste de la famille. Ça a été très dur pour eux.

— Alors vous pensez que Khanum Zeba a piqué une crise de nerfs et qu'elle a tué son mari ?

— Oui, c'est… Sinon, pourquoi je l'aurais arrêtée ? répliqua Hakimi, sur la défensive.

— Bien sûr. N'importe qui en aurait fait de même à votre place, le rassura l'avocat d'un ton désinvolte. À la façon dont vous présentez les choses, il n'y a aucune raison évidente de penser que Khanum Zeba n'est pas la coupable. Mais permettez-moi de vous poser une question. Pendant que vous étiez là avec les voisins et les amis, est-ce que quelqu'un s'est avancé pour dire qu'il avait entendu des cris ou vu quoi que ce soit d'anormal ce jour-là ? Une personne qui se serait introduite dans la maison ou en serait sortie ? Je ne prétends pas que vous n'avez pas fait ce qu'il fallait, mais j'aimerais simplement savoir s'il y a d'autres pistes à creuser.

Les épaules de Hakimi se raidirent.

— Je n'ai pas besoin de votre approbation. Je sais que j'ai fait ce qu'il fallait. Je suis le chef de la police. Demandez-vous plutôt ce que votre Khanum Zeba adorée a fait, et non pas ce que moi, j'ai fait! D'ailleurs, d'où sortez-vous?

Ce fut au tour de Yusuf de se crisper.

— Je ne remets pas en question votre action. C'est un malentendu. J'essaie juste de connaître tous les éléments de l'histoire pour pouvoir faire mon travail et offrir à ma cliente une défense convenable.

— Faites ce que vous avez à faire, alors. J'attends ici que vous ayez terminé, soupira Hakimi, qui alla s'asseoir sur une chaise en plastique. Ne touchez à rien. Je vous surveille.

— Bien sûr. Je n'en aurai pas pour longtemps.

Yusuf inspira profondément, regrettant que cette conversation ait pris un tour aussi désagréable. Il avait voulu sympathiser avec Hakimi, s'en faire un allié. Il arpenta la maison, ne remarqua rien d'anormal. Il y avait la modeste cuisine, où quelques objets épars laissaient croire que la mère de famille pouvait entrer à tout moment et reprendre là où elle s'était arrêtée. Les pièces étaient petites et épurées. Il y trouva des coussins de sol et un unique canapé aux accoudoirs en bois. Une Thermos était posée par terre, à côté d'une tasse à thé en verre tachée d'auréoles brunes. Épinglée au mur, une tapisserie jaune et marron à l'imprimé géométrique rappelait le motif du tapis. Il franchit la porte de derrière et pénétra dans la cour. Il reconnut le décor que lui avait décrit Rafi et que présentait le rapport de police. La remise était telle qu'il se l'était imaginée, tout comme le poirier. Le rosier solitaire occupait une place à part, comme s'il s'apprêtait à quitter les lieux.

C'était donc là que le corps de Kamal avait été découvert. Yusuf n'aurait pas été surpris de trouver des traces de sang sur le sol, même si plusieurs semaines s'étaient écoulées depuis le crime, et que les pluies s'étaient succédé.

—Il n'y a rien d'autre à voir.

La voix de Hakimi fit sursauter le jeune avocat, alors accroupi devant l'emplacement fatidique.

—Oui, il n'y a rien de surprenant. Je voulais juste voir les lieux de mes propres yeux.

—Partons, alors. Je ne voudrais pas que les voisins s'imaginent que le chef de la police aide l'avocat de Zeba.

—Bien sûr. Mais je pense qu'elle est innocente, et pour pouvoir la défendre, il est important pour moi de glaner des informations. Vous êtes quelqu'un de juste, je peux le voir.

—C'est vrai, acquiesça Hakimi, les mains sur les hanches. Et c'est pour ça que j'ai ce titre. C'est une grande responsabilité, et je la prends au sérieux. Ce n'est pas le cas de tous ceux qui occupent ma fonction, malheureusement.

—J'en suis sûr, approuva Yusuf. Une question, Hakimi-*sahib*. Comment était le corps du mari quand vous l'avez trouvé ?

—Inerte. Il était mort, c'est tout, répondit l'autre sans cacher son agacement.

—Je sais qu'il était mort, mais dans quelle position était le corps ? Il était ici, c'est ça ?

Hakimi leva le menton et plissa les yeux.

—Il était… Il était sur le ventre. Sa tête était tournée sur le côté, vers nous.

—Où était la hache ?

—Juste là.

Hakimi désigna le mur arrière de la maison, non loin de la porte que Yusuf venait de franchir.

—Y avait-il d'autres preuves? Un objet dans la cour ou la maison qui semblait avoir été déplacé?

—Tout était comme maintenant. Ce que vous voyez là est exactement ce que j'ai vu ce jour-là, sauf pour le mari mort, la femme et la hache. Vous n'allez pas rendre compliqué quelque chose de simple rien qu'en posant tout un tas de questions.

—Ce n'est pas ce que j'essaie de faire. Je n'ai pas la chance d'avoir vu la scène de mes propres yeux, alors je vous demande. Y avait-il du sang dans la maison?

—Non.

En réalité, le chef de la police ne l'avait pas vérifié. Quelle différence cela aurait-il fait? Si Zeba avait répandu du sang dans la maison, en quoi cela la rendait-elle davantage ou moins coupable?

Yusuf soupira.

L'Afghanistan avait encore de gros progrès à faire en matière de science médico-légale. L'avocat savait qu'il n'aurait pas droit au luxe de tests ADN. Des empreintes auraient été envisageables, mais personne n'avait pris la peine d'en relever.

—Et qu'advient-il des enfants? Je sais qu'ils vivent avec leur oncle. Vous avez des nouvelles d'eux?

—Quelles nouvelles? Les pauvres gamins ont perdu leurs deux parents. Au moins, ils ont eu un endroit où aller. Ce n'est pas tout le monde qui aurait recueilli les enfants d'une tueuse.

—C'est tout de même leur famille.

—Oui, mais les circonstances sont particulières.

—J'aimerais parler aux enfants de Khanum Zeba. Ce sont les seuls à savoir comment leurs parents s'entendaient. Où puis-je les trouver ?

Hakimi émit un petit ricanement et secoua la tête, avant d'escorter Yusuf vers le portail.

—C'est ridicule. Ce ne sont que des gamins. Ils ne savent rien de leurs parents, et ils n'étaient pas là quand leur père a été assassiné. Dieu merci, ce spectacle leur a été épargné. Farid ne vous laissera jamais approcher de son neveu et ses nièces. Vous feriez mieux de chercher quelqu'un d'autre à interroger.

Hakimi parti, le jeune avocat décida de poursuivre ses investigations. Il frappa à la porte de la maison voisine, à gauche de celle de Zeba. Il entendit de petits bruits de pas, puis le battant s'ouvrit. Un garçonnet d'environ six ans le dévisageait.

—*Salam* ! le salua-t-il gaiement.

—*Aleikum-salam*, répliqua Yusuf en réprimant un sourire.

Les petits garçons lui faisaient un drôle d'effet depuis son retour au pays ; il avait l'impression de remonter le temps, de se revoir enfant.

—Tu es qui ? demanda le petit, qui n'avait pas l'habitude de voir des inconnus frapper à la porte.

—Je m'appelle Yusuf. Ton papa est là ?

—Non, il travaille.

À ce moment-là, sa mère apparut derrière lui, en tirant son foulard sur son front.

—Pardon, qui êtes-vous ? Que voulez-vous ? s'enquit-elle abruptement en poussant son fils sur le côté et en refermant légèrement la porte.

Yusuf fit deux pas en arrière.

—Veuillez m'excuser, Khanum. J'enquête sur la terrible tragédie qui s'est produite à côté. Je me demandais si votre mari ou vous-même pourriez m'aider. Je n'ai que quelques questions à vous poser, je ne vous dérangerai pas longtemps.

La femme lui lança un regard méfiant.

—Non, je n'ai rien à dire à ce sujet. C'est à la police de s'en occuper.

Sur ces mots, elle claqua la porte au nez de Yusuf.

Dans les quatre maisons suivantes, il obtint la même réponse. Dans la cinquième, on refusa même de lui ouvrir. Yusuf commença à se demander si ce voyage n'avait pas été une perte de temps. La scène du crime ne lui avait rien appris. Pourquoi les villageois étaient-ils aussi réticents à évoquer la famille de Zeba ? Où était donc passé le moulin à commérages quand il en avait besoin ?

À deux rues de la maison de Zeba, sa chance tourna.

C'était une femme alerte aux cheveux gris qui n'aurait pas dû venir elle-même ouvrir la porte, mais elle se trouvait dans la cour en train de cueillir des feuilles de menthe. Elle sembla contente d'avoir quelqu'un avec qui discuter.

—Oui, je connaissais cette famille. Pour l'amour de Dieu, tout le monde se connaît ici ! On est assez proches les uns des autres pour savoir qui a brûlé son dîner.

Le visage de Yusuf s'éclaira d'un grand sourire.

—Comment était Khanum Zeba ? Vous lui parliez souvent ?

—Qui êtes-vous ? Vous n'êtes pas de la police. Pourquoi toutes ces questions bizarres ?

—En effet, je ne suis pas policier. Pardonnez-moi, je ne me suis pas présenté. Je m'appelle Yusuf. Je suis avocat et je travaille sur cette affaire.

Il trouvait plus sage, pour l'heure, de ne pas révéler quelle partie il représentait.

—Oh, un avocat. Vous n'êtes pas d'ici, alors, déduisit-elle en l'examinant de plus près. C'est bien. Vous êtes marié ? D'où vient votre famille ?

Yusuf sentait qu'elle évaluait son potentiel. Il n'aurait pas été surpris de voir sortir de la maison une jeune femme aux cheveux noirs battant des cils devant lui. L'avait-il imaginé, ou les rideaux des fenêtres avaient-ils remué ?

—Vous êtes une femme aimable. Vous me rappelez beaucoup ma tante, lança Yusuf dans le but de changer de sujet. Elle aussi s'est toujours montrée agréable avec ses voisins. Tout le monde l'adore.

—Est-elle morte ?

—Non, non… Que Dieu nous en préserve. Elle va très bien.

Yusuf fut déconcerté par sa remarque.

—Oh, tant mieux.

—Pourquoi demandez-vous cela ?

—La façon dont vous parlez d'elle… Les gens ne disent des choses gentilles que sur les morts, pour qu'on ne puisse jamais distinguer le vrai du faux. Vous pouvez être une brute dans la vie, mais dès l'instant où vous n'êtes plus de ce monde, tout est pardonné. Autrefois, ça me rendait folle, mais maintenant que je suis vieille et que je sais ce que les gens racontent sur moi, ça me ravit.

—Je suis sûr que les gens n'ont que des compliments à faire sur vous, répliqua poliment Yusuf. Mais que pensiez-vous de Khanum Zeba, puisqu'elle est encore en vie. Était-ce quelqu'un de bien à vos yeux ?

— Je la voyais de temps en temps. Assez souvent pour savoir que c'était une femme bien, toujours polie. Et pieuse.

— Et son mari ?

— Oh, c'était un homme. Rien de spécial.

— Savez-vous s'ils se disputaient ? S'il la battait ?

La vieille dame partit d'un rire sarcastique.

— Jeune homme, je suis sortie pour cueillir de la menthe, dit-elle en agitant un bouquet vert devant le visage de l'avocat. Vous voyez ça ? La moitié, ce sont de mauvaises herbes, car mes pauvres yeux ne font pas la différence. Même si j'avais vu ces deux-là se tenir dans les bras, je n'aurais pas pu dire s'ils étaient follement amoureux ou en train de s'entre-tuer.

— Je suppose que toutes les familles ont leurs secrets.

— Bien sûr. Et cet homme ne m'inspirait rien de bon. Ça, je pouvais le voir, même avec ma vue fatiguée.

— Qu'est-ce qui vous fait dire ça ? demanda Yusuf, intrigué.

— Tout d'abord, ils ont emménagé dans le quartier pour s'éloigner de sa famille. Ils n'ont jamais avoué que c'était pour ça, mais je le sais parce que je connaissais sa mère. La sœur de ma belle-fille est amie avec sa sœur. Personne dans sa famille ne pouvait le supporter.

— Savez-vous pourquoi ?

Elle secoua la tête et agita la main d'un air dédaigneux.

— Les frères et sœurs sont censés s'aimer, mais certains sont tellement occupés à se conduire en idiots qu'ils oublient de respecter leur famille. Ils se comportent mal avec tout le monde, sans distinction. J'ai élevé mes enfants différemment, Dieu merci. Mes fils et mes filles s'entendent très bien. Quand ils étaient petits, je leur disais…

— Je suis sûr que vos enfants sont très différents, l'interrompit gentiment Yusuf. Comment était Zeba quand ils ont emménagé dans le quartier ? Avez-vous eu l'occasion de discuter avec elle à ce moment-là ?

— C'était il y a des années. Elle était amicale. Elle a toujours été très courtoise avec moi. Un jour, elle m'a dit que je lui rappelais sa mère.

— Vraiment ?

Yusuf ne voyait pas la moindre ressemblance entre cette femme et Gulnaz.

— Oui, et à la façon dont elle m'a dit ça, j'ai presque cru que la pauvre était morte. Mais je l'ai rencontrée, un jour où elle est venue voir sa fille et ses petits-enfants. Sa mère est beaucoup plus jeune que moi. Et je crois qu'elle y voit très bien. Mais nous avons toutes les deux perdu notre mari. C'est peut-être ça, notre point commun. Je ne vois pas quoi d'autre.

— J'ai eu le plaisir de la rencontrer et c'est une femme admirable, tout comme vous.

— Je vois. Vous êtes le genre de jeune homme qui sait trouver les bons mots, déclara-t-elle avec un sourire narquois. J'aime ça.

Yusuf eut un léger rire.

— J'espère pouvoir poser les bonnes questions également, dit-il, essayant de ne pas perdre de vue son objectif. Quand avez-vous remarqué un changement chez Khanum Zeba ? Vous souvenez-vous d'un événement précis ?

Le sourire de la vieille dame se transforma soudain en air sombre.

—Elle en a eu assez, voilà tout. Son mari ne saluait même pas mes fils quand ils se croisaient dans la rue. Il faisait semblant de ne pas les avoir vus, mais je l'observais d'ici. Il les suivait du regard dès qu'ils avaient le dos tourné. Il faisait la même chose avec tout le monde, en particulier avec les jeunes filles. Aucune décence. Non, ce n'était pas un homme respectable, et je connais la différence parce que j'étais mariée à un homme respectable. Nous avons passé trente-deux ans ensemble avant que Dieu me l'enlève. Tout le monde en ville le connaissait, et il connaissait tout le monde. Il aurait détesté le mari de Zeba. Il m'a dit une fois que lorsqu'une femme n'aimait pas son époux, elle avait toujours une bonne raison.

—Votre mari, que son âme repose en paix, devait être un homme sage.

—En effet.

—À votre avis, que se passait-il entre Zeba et son mari?

—Eh bien, commença la femme en croisant ses bras maigres sur sa poitrine. Vous savez, Dieu a donné aux tortues des carapaces rigides parce qu'elles en auront besoin dans la vie. Les femmes ne naissent pas avec cette protection. Un homme comme Kamal peut les détruire. C'était une bête. Ces derniers temps, je ne la voyais pas beaucoup, et quand on se croisait, elle se dépêchait de rentrer chez elle, comme si elle ne devait pas s'attarder dehors. Elle était très nerveuse. Et son mari...

Mais avant que Yusuf ne puisse poser une autre question, une voix s'éleva depuis la maison.

—Madar, à qui parles-tu?

Le fils de la vieille dame entra dans la cour et regarda Yusuf avec méfiance. L'avocat lui tendit la main, espérant ainsi désamorcer la situation avant qu'elle ne lui échappe.

— *Salam*, mon frère. Je m'appelle Yusuf et je m'entretenais avec votre chère mère…

Un instant plus tard, il se trouvait de nouveau seul, et entendait le fils réprimander sa mère pour avoir ouvert la porte à un espion étranger.

D'un pas lourd, le jeune avocat descendit la rue. Il renonça à frapper à d'autres portes.

Non, ça suffit pour aujourd'hui.

Il passa devant l'école que les filles de Zeba fréquentaient, et décida de ne pas interpeller l'homme qui poussait une carriole pleine de fruits frais et d'appétissants raisins secs.

CHAPITRE 27

Le lendemain, Yusuf arpenta la rue principale du village. L'odeur âcre du gasoil se mêlait aux arômes de pain chaud. Les bouteilles s'entrechoquaient gaiement dans leurs cartons tandis qu'un homme en tunique grise et pantalon bouffant installait son kiosque.

Le jeune avocat huma cette atmosphère, la poussière et tout le reste. C'était l'odeur de l'opportunité, de la renaissance, de l'espoir. Il rêvait de ce moment depuis des années, s'était imaginé marcher dans des rues comme celle-là, se battre pour pratiquer le droit sur sa terre natale, comme les médecins en quête de sensations fortes se rendant dans les hôpitaux de campagne en Afrique pour mettre à l'épreuve leurs compétences.

Toucher à l'essence même d'une profession. Avec ses tripes et rien d'autre. Fièrement.

Il s'était imaginé élaborer des arguments, construire des défenses, élever le Code pénal afghan à la hauteur de son potentiel et de ses bonnes intentions. Traquer les injustices et la corruption, permettre à la justice de triompher.

Son séjour en Afghanistan était encore loin de ses espérances. Il tenta de ne pas s'attarder là-dessus. C'étaient les obstacles qui donneraient toute sa saveur à sa réussite. Les défis qui l'avaient motivé à faire le voyage. Si la tâche avait été simple, un autre aurait pu s'en charger. Les avocats du pays auraient pu se débrouiller.

L'affaire était complexe. C'était pourquoi Zeba avait besoin de lui, pourquoi ce lieu l'appelait.

Yusuf voulait se faire un nom et voulait le faire en Afghanistan. Était-ce de la vanité? Non, se promit-il. La vanité, c'était exiger un costume sur mesure ou un bureau d'angle dans un gratte-ciel.

Là, il s'agissait d'honneur et d'héritage. Il s'agissait de donner à sa mère de quoi se vanter auprès de ses amies. De ne pas, comme son père, porter un regard désenchanté sur sa propre existence.

Yusuf devait bien admettre que sa visite au village n'avait pas été aussi fructueuse qu'il ne l'avait escompté. Il était désormais certain que la police ne disposait d'aucune preuve, un élément qu'il pourrait utiliser dans son argumentaire de défense, même s'il imaginait déjà le *qazi* secouer la tête avec consternation.

La police n'avait ni le temps ni les ressources nécessaires pour réunir des preuves, lui avait affirmé Anisa lorsqu'il consultait le compte rendu d'arrestation de Zeba. À partir du moment où ils avaient en leur possession une déclaration signée par la personne interpellée, les policiers ne voyaient pas l'intérêt de perdre leur temps à chercher des preuves qui n'existaient pas ou ne pouvaient être scientifiquement étayées.

Le procureur était sûrement au courant des investigations de Yusuf. Les efforts du jeune avocat encore plein d'idéaux devaient l'amuser. L'accusation pouvait rédiger sa plaidoirie sur du papier toilette et la dérouler dans le bureau du *qazi*, elle aurait toujours plus de force que sa défense.

Il croisa deux hommes sur son chemin. L'un d'eux, qui portait une barbe blanche et une toque en astrakan, lui fit penser à son grand-père. L'autre avait une barbiche naissante et marchait les deux mains dans le dos. Avançant d'un pas tranquille, ils ne purent que remarquer l'apparence incongrue de Yusuf.

—*Salam-aleikum*, dit l'avocat avec un signe de tête.

Ils lui rendirent son salut sans cesser de le dévisager.

Yusuf avait envie de retourner dans le quartier de Zeba. Si seulement il rencontrait une personne qui s'était réellement trouvée dans la maison ce jour-là, quand la foule avait envahi la scène du crime, il aurait une chance d'en apprendre davantage. Il devait bien y avoir des informations à exploiter.

Perdu dans ses pensées, il entendit à peine le véhicule brinquebalant qui approchait. Ce fut le parfum boisé des amandes fraîches qui attira son attention et le fit s'arrêter. Une carriole à trois roues le tenta par sa marchandise.

—Agha, attendez. Faites-moi voir ce que vous avez là.

Le vendeur s'immobilisa, mais garda les deux mains sur ses poignées, coudes fléchis, plaqués contre le corps. Il portait un chapeau de laine rond qui le protégeait peu du soleil. Il n'était pas encore midi, mais son front luisait déjà d'un voile de sueur.

Yusuf fit quelques pas vers la carriole et se pencha en avant pour inspecter les produits contenus dans les gros sacs en plastique. Des pois chiches séchés, de longs raisins secs verts, des amandes, des noix.

—*Salam-aleikum*.

—*Wa-aleikum*, répondit l'homme avant de s'interrompre quelques secondes pour le dévisager. Ces raisins sont tellement doux que vous allez penser qu'on y a ajouté du sucre. Vous n'avez jamais rien goûté de tel, croyez-moi.

—Très bien. Je vais en prendre, et aussi des amandes.

Le marchand ouvrit un sac en papier et y versa ses délices. Jour après jour, l'impitoyable soleil avait tanné son visage et ses mains. Il était sans âge. Il avait l'air d'avoir la quarantaine, mais Yusuf s'était rendu compte que tout le monde en Afghanistan faisait dix ou vingt ans de plus que son âge, et peu avaient la chance de vivre au-delà de soixante-cinq ans. C'était comme si le temps s'écoulait en accéléré, même si, pour autant, personne ne semblait développer un sentiment d'urgence face à la perspective d'une vie tronquée. Le vendeur saisit un deuxième sachet et s'apprêtait à l'ouvrir lorsqu'il s'immobilisa.

—D'où venez-vous ?

—De la ville, répondit Yusuf, espérant contourner la question.

Il pouvait dire dans quelle région du pays il était né, mais savait que ce n'était pas ce que les gens lui demandaient.

—Qu'est-ce qui vous amène ici ? poursuivit le marchand en scrutant le jeune avocat, qui avait le soleil dans le dos et le dépassait d'une bonne tête.

—Je suis venu poser quelques questions, dit Yusuf en pesant inutilement ses mots. Vous devez savoir qu'un homme a été retrouvé mort chez lui il n'y a pas très longtemps.

—Hum.

—J'essaie de comprendre ce qui s'est passé. Les gens affirment que sa femme l'a tué, mais personne n'a été témoin du crime.

Le vendeur se gratta la barbe.

—Je m'appelle Walid.

— Ravi de vous rencontrer, Walid-*jan*, répliqua Yusuf, qui se rendit compte, en l'examinant de plus près, que l'homme n'était guère plus âgé que lui. Moi, c'est Yusuf.

Ils échangèrent une poignée de main. La paume de Walid était rugueuse, couverte de callosités.

— Vous n'êtes pas de la police. Pourquoi vous posez des questions ?

— Non, en effet. Mais je veux découvrir la vérité pour que justice soit faite.

— C'est le gouvernement qui vous envoie ?

— Pas vraiment. Une organisation. Nous travaillons pour la justice.

Une autre esquive.

— Est-ce que quelqu'un vous a raconté ce qui s'est passé ?

Yusuf secoua la tête et fronça les sourcils.

— Pas encore. Si vous avez quelque chose à partager, j'aimerais beaucoup l'entendre. Connaissiez-vous la victime ou son épouse ?

— Je connais tous ceux qui mangent des amandes et des raisins.

— J'en suis persuadé. Que pensiez-vous de cet homme ? Que son âme repose en paix, ajouta l'avocat pour faire bonne impression.

— Oui, que son âme repose en paix, répéta Walid d'une voix blanche. C'était un homme chanceux. Il avait une femme et des enfants. Son aîné est un bon garçon, il veille sur sa famille alors que sa mère n'est plus là.

— Avez-vous vu les enfants récemment ?

Walid hocha le menton.

— Je les ai vus il y a deux semaines. Ils sont dans la famille du père. Ils ont l'air d'aller bien.

Yusuf transmettrait cette information à Zeba. Ce n'était pas grand-chose, mais elle serait contente d'avoir des nouvelles de ses enfants.

— Tant mieux. Ils ont traversé des moments difficiles, les pauvres petits. Ils sont privés de leurs deux parents maintenant.

Le vendeur de fruits hocha de nouveau le menton et saisit les poignées de sa carriole. Il se pencha en avant comme s'il allait poursuivre son chemin, puis une pensée l'assaillit, et il s'arrêta.

— Quel genre de vérité vous cherchez ?

Yusuf fut dérouté par cette question.

— Juste la vérité. Je veux savoir si cette femme est vraiment responsable de la mort de son mari. Si elle mérite le châtiment qui sera le sien si le juge la déclare coupable.

— Ils vont l'exécuter, c'est ça ?

— Peut-être.

— Comment ça, « peut-être » ? Pourquoi est-ce qu'ils ne la tueraient pas ?

— Il n'est pas impossible qu'elle soit innocente. Et même si elle a commis ce crime, elle avait peut-être un mobile que nous ignorons.

— Un mobile ?

— Oui, un mobile.

— Vous pensez à quoi ?

— Si je suis ici, c'est que je n'ai pas toutes les réponses.

Un chien errant détala devant eux. Des cris d'enfants s'élevèrent au loin. Les oreilles de l'animal se dressèrent, et il s'enfuit dans la direction opposée avec le regard apeuré des créatures maltraitées. Yusuf avait la nette impression de ne pas avoir le contrôle de cette conversation.

—C'est normal que vous vous posiez des questions. Tout le monde s'en pose. Personne ne peut imaginer ce qui pousserait une femme respectable à faire une chose pareille.

—Exactement.

—Qu'est-ce que les voisins disent de tout ça?

—Ça m'étonne que vous ne le sachiez pas.

—Je n'entends pas tout, admit Walid comme si c'était un défaut personnel.

—En fait, ils ne sont pas très bavards. On dirait que personne n'a envie d'en parler.

—Vous trouverez bien quelqu'un. Leur vieille voisine a toujours une opinion sur tout, même si elle délire un peu.

Yusuf ressentit un picotement dans la nuque.

—Vous m'avez vu hier.

C'était une question déguisée en affirmation.

Walid resta silencieux. Il soutint le regard du jeune homme, lui offrant la confirmation qu'il cherchait. Yusuf ouvrit le sac en papier, regarda à l'intérieur, puis le secoua légèrement pour répartir les amandes au fond. Il en prit deux et les tint dans sa paume.

—Elle a dit que Zeba était une femme bien. D'après elle, les histoires de famille ne devraient pas se répandre dans les rues.

—Se répandre dans les rues?

—Oui.

—Moi, je crois que c'est la rue qui s'est répandue dans leur maison, si vous voulez mon avis, répliqua spontanément Walid, avec une pointe d'indignation dans la voix.

—Que voulez-vous dire?

Le vendeur inspira profondément et redressa un sac de noix qui menaçait de se renverser.

— Oh, rien. Juste que… non, rien. Mais il y avait tellement de monde chez eux après les cris. Tout le village a couru là-bas pour voir ce qui s'était passé.

— Vous y étiez aussi ?

— Chez eux ?

— Oui. Faisiez-vous partie des curieux ?

Walid secoua la tête.

— Je ne suis pas entré. Mon travail est dans la rue, alors je reste dans la rue. Je sais où est ma place.

— Vous n'aviez pas envie de savoir ce qui s'était passé ?

Le marchand s'essuya le front du revers de la main.

— J'en avais assez entendu.

— Assez pour ne pas avoir besoin de voir la scène de vos propres yeux ? insista Yusuf.

Walid fronça les sourcils. Les deux hommes se dévisageaient mutuellement.

— Vous n'avez pas l'air de la croire coupable. Vos questions sont différentes. Vous êtes son avocat ?

Yusuf jeta deux amandes dans sa bouche d'un geste désinvolte. Grillées par le soleil, elles étaient effectivement délicieuses.

— Oui, admit-il.

— Il paraît qu'elle a avoué.

— Je ne dirais pas ça.

— Vous diriez quoi ?

— Qu'il y a de nombreuses zones d'ombre et que je m'inquiète beaucoup pour elle. Elle ne va pas bien depuis son incarcération.

— Pas bien ?

— Mon ami, parfois, les personnes soumises à un grand stress deviennent fragiles. Parfois, elles s'écroulent.

—Qu'est-ce que ça peut faire ? Si elle l'a tué, elle l'a tué. On s'en fiche qu'elle soit bouleversée.

Walid devenait nerveux. Il respirait difficilement, ses narines étaient dilatées.

—Eh bien, je ne crois pas qu'elle soit dans son état normal actuellement. Et je me demande même si elle l'était au moment des faits.

—Alors vous ne croyez pas qu'elle l'a tué ?

Yusuf sourit et secoua la tête.

—Non, je n'ai pas dit ça. Mais ce n'est ni juste ni légal de condamner quelqu'un pour meurtre si cette personne est folle.

Walid semblait sceptique.

—Ce que vous dites n'a pas de sens.

—C'est la loi, expliqua Yusuf. La loi de ce pays stipule qu'on ne peut pas être reconnu coupable d'un crime si on n'était pas en pleine possession de ses moyens au moment des faits.

—J'ai du mal à le croire.

—C'est pourtant vrai. C'est écrit dans les codes de procédure judiciaire qui régissent ce pays. Nous devons respecter la loi. Mais dites-moi, Agha Walid, parlez-moi de l'homme qui a été tué. Préférait-il les noix ou les amandes ?

Le marchand pouffa de rire à l'idée qu'un simple ensemble de lois pouvait régir un pays tout entier, et à la question incongrue de l'avocat. Son rire se mua en une toux rauque. Yusuf attendit qu'il ait repris son souffle.

—Il avait des goûts spéciaux, je n'avais rien à lui offrir.

—Que voulez-vous dire par spéciaux ?

—Il ne s'intéressait pas à ma marchandise, c'est tout, répondit l'autre en haussant les épaules.

Il regarda au loin. Une femme portait une petite fille dans ses bras. L'enfant était en âge de marcher, mais pas assez vite pour soutenir le rythme de sa mère. Il était plus sûr de la porter.

Parler de ce qu'il avait vu ne produirait rien de bon, Walid le savait. Le mieux pour cette pauvre fillette était que personne ne sache ce qui s'était passé, pas même ses parents. Walid avait cinq enfants, dont deux filles. Elles étaient beaucoup plus jeunes que celle qu'il avait vue ce jour-là, mais cela lui faisait quand même froid dans le dos.

Si seulement il avait choisi un autre itinéraire, il s'en porterait bien mieux. Il dormait mal ces derniers temps. Lorsqu'il avait raconté la scène à son épouse, celle-ci avait secoué la tête et l'avait regardé avec consternation. Elle avait serré contre elle ses filles de deux et quatre ans, un geste qui l'avait mis hors de lui. Les éloignait-elle de leur père ? Ce n'était pas lui qu'elles avaient à craindre.

« Qu'est-ce que j'étais censé faire ? Il ne faisait que lui parler ! »

« Walid. Ce n'était qu'une petite fille. Et maintenant, cette pauvre femme… »

Walid était assez intelligent pour savoir ce qu'il était et ce qu'il n'était pas. C'était un homme simple qui vendait des fruits. Il travaillait avec son dos et ses mains, gagnant à peine de quoi nourrir sa famille. Ce n'était pas un oracle. Ce n'était pas une figure d'autorité. Il en voulait à sa femme d'avoir insinué qu'il aurait pu faire plus, alors que cette seule pensée le rongeait déjà depuis ce jour fatal. Il n'avait eu aucune idée de ce qui allait suivre. Mais alors pourquoi les poils de sa nuque s'étaient-ils hérissés lorsqu'il avait entendu cet homme parler à la fille ?

Et pourquoi Walid s'était-il éloigné aussi rapidement ? Pourquoi s'était-il dépêché de partir avec sa carriole, les yeux rivés sur ses sacs de noix et de raisins comme si c'était sa marchandise qui était en danger ? Dieu n'aurait pas dû le mettre sur ce chemin ce jour-là. Il n'avait aucune raison de s'y trouver. Il ne vendait presque rien depuis des mois dans ce quartier. C'était une erreur.

Yusuf regardait le marchand, attendait patiemment qu'il rompe le silence. Un silence dont la durée en disait long. Les rues étaient étonnamment désertes, et le soleil culminait à son zénith, nullement occulté par les fins nuages. Il n'y avait pas le moindre grain de poussière dans l'air.

—Je vais vous dire…

Mais que pouvait-il dire ? Il n'allait tout de même pas révéler l'identité de la fillette. Encore moins conduire Yusuf chez elle pour déterrer un drame qui ne méritait pas de voir la lumière du jour. Mais il y avait la femme. Comment aurait-il pu l'aider ?

—Kamal, que son âme repose en paix…, reprit Walid d'une voix hésitante. Ce n'était pas un homme bien. Je le savais. D'autres le savaient. Son épouse ne pouvait pas l'ignorer.

La curiosité titillait de plus en plus le jeune avocat. Il s'efforça de ne pas trop le montrer. D'un hochement de tête, il encouragea le marchand à poursuivre son récit. Une brise souffla comme une exhalation, soulevant des tourbillons de sable autour de leurs chevilles. Ce fut là, sous le regard ardent du soleil, que Walid commença à démêler l'histoire de Zeba et Kamal.

Chapitre 28

Dans une rafale d'étreintes, de baisers, de promesses de retrouvailles de l'autre côté des barreaux, Mezhgan avait donc été rendue à sa famille. Le véritable mariage n'aurait lieu qu'un mois plus tard, mais pour l'heure, l'union formelle des deux amants avait apaisé le juge. Avant son départ, la jeune fille avait appuyé sa joue contre celle de Zeba et tenté de lui embrasser les mains malgré sa réticence.

— Je n'ai pas de mots pour t'exprimer ma reconnaissance, lui avait-elle confié. Ni pour te montrer à quel point tu comptes pour moi. Alors regarde ce que j'ai fait.

Elle avait retroussé la manche de sa robe, et Zeba en avait eu le souffle coupé. Sur la peau blanche se trouvait un tatouage bien frais, une écriture noire en relief, entourée de rouge. C'était aussi maladroit qu'un gribouillage d'enfant, mais on y lisait clairement : « Zeba ». Cette dernière avait été sidérée par la folie de la jeune fille, qui avait laissé une autre prisonnière lui percer la chair avec une aiguille, tremper du caoutchouc fondu délayé avec du shampoing dans chaque creux, pour graver les lettres de son nom sur son corps frêle.

— Mezhgan, pourquoi ? avait demandé Zeba, choquée. Pourquoi mettre ça sur ton bras ?

De nombreuses détenues étaient tatouées à Chil Mahtab – du prénom de leur amant, de cœurs, ou d'autres symboles.

Mais Zeba n'aurait jamais pensé voir un jour son propre nom inscrit dans la chair d'une autre personne.

— Je n'ai jamais rencontré de femme aussi forte que toi, avait déclaré Mezhgan. Tu es un être unique. Je l'ai su dès le premier jour, quand ils t'ont amenée dans la cellule. Tu as de la magie en toi. Tu es puissante. Il n'y a qu'à voir comment tu m'as aidée ! Et quoi que tu aies fait à ton mari, je sais que tu avais Dieu de ton côté. Toutes les femmes ici sont d'accord avec moi. Toutes sans exception.

Zeba regarda ses deux autres codétenues, assises en tailleur sur le sol de la cellule. C'était le matin, une heure peu propice aux parties de cartes, mais l'absence de Mezhgan avait laissé un vide qu'aucune d'entre elles n'avait anticipé, et les moyens de se divertir étaient peu nombreux en prison. Latifa avait emprunté un jeu de cartes à une détenue du deuxième étage, arrêtée pour avoir quitté son mari qui l'avait poignardée dans le ventre. Sa voisine, une fille qu'elle connaissait depuis quelques années, avait connu le même sort pour l'avoir assistée dans sa fuite.

— Il est hors de question que je te laisse distribuer les cartes une fois de plus, déclara Nafisa avec exaspération.

Latifa haussa les sourcils d'un air jovial. Il faisait une chaleur étouffante dans la cellule.

— Tu m'accuses de tricher ? Ne te flatte pas. Je n'ai pas besoin de ça pour te battre à plate couture. Tu es encore plus nulle que Mezhgan.

Nafisa posa son éventail de cartes sur sa poitrine et jeta un regard triste au lit vide de leur amie libérée.

— Je suis tellement contente pour elle. Elle va bientôt épouser son chéri. Mais elle me manque.

Latifa lança une reine de cœur sur le neuf rouge de Nafisa.

— Je t'ai eue sur celui-là aussi, dit-elle avec suffisance avant de faire claquer un valet de carreau devant sa codétenue agacée. Ne perds pas ton temps à la pleurer. Ça m'étonnerait qu'elle prenne une seule seconde pour penser à nous.

— C'est méchant de dire ça ! protesta Nafisa.

— Mais c'est vrai ! Que ferais-tu si on te libérait aujourd'hui ? Je vais te le dire, moi, comment tu réagirais, répliqua Latifa avec la conviction d'un homme politique. Tu tournerais le dos à cet endroit et à toutes celles qui y vivent. Tu ne laisserais plus jamais le nom de Chil Mahtab traverser tes lèvres à nouveau. Tu nierais avoir passé du temps ici, exactement comme tu refuses de révéler pour quelle raison tu t'es retrouvée ici.

— C'est faux ! se vexa Nafisa avec une égale conviction. Je ne te tournerai jamais le dos, Latifa. Et si tu étais une personne gentille, je t'écrirais et je viendrais te rendre visite, peut-être même que je t'apporterais des chocolats de mon *shirni* quand ça arrivera. Je n'aurais pas envie de t'oublier, même si tu es une sale tricheuse.

Latifa pouffa de rire et bougea les hanches pour changer de position. Elle garda les yeux rivés sur son jeu, mais son expression s'était adoucie.

Cette partie de cartes matinale ne fut pas aussi apaisante que Latifa l'avait promis. Zeba pensait encore à toutes les femmes de la prison qui attendaient désespérément son aide. Si elle avait autant de pouvoir qu'on le prétendait, elle aurait dû remédier à sa propre déroute, un détail qui ne semblait pas perturber les détenues de Chil Mahtab. Leur besoin de croire en elle était si monumental qu'il éclipsait tout scepticisme. Zeba repensa à son nom gravé sur le bras juvénile de Mezhgan, comme un hommage de sang.

Lorsque Asma, la gardienne, vint gratter à leur porte, Zeba ne fut pas mécontente.

—Zeba, viens. Ton avocat est là.

Elle ne l'attendait pas si tôt, leur dernière rencontre remontant à moins d'une semaine. Après chaque entretien, il partait frustré, mais déterminé. Elle ignorait ce qu'il faisait entre deux visites et n'était pas certaine d'avoir envie de le savoir.

—Mon avocat? Tu es sûre?

Asma se mit à rire.

—Lève-toi, Zeba. Ne fais pas languir ce beau jeune homme.

Yusuf faisait les cent pas dans la pièce quand Zeba entra. Son sac pendait au dossier de la chaise, et elle aperçut son carnet jaune avec son gribouillage indéchiffrable. La première page était froissée, et Zeba aurait parié n'importe quoi, à cet instant, que son avocat s'était endormi dessus.

Il la dévisageait d'un air sombre.

—Il faut qu'on parle, Khanum Zeba. Il faut qu'on parle.

Elle se laissa glisser sur la chaise d'en face. Asma s'attarda sur le seuil jusqu'à ce que le jeune homme la remercie sèchement.

La gardienne tiqua d'abord au ton de sa voix, puis elle ferma la porte derrière elle et fit quelques pas dans le couloir. Zeba la regarda s'éloigner par la vitre de la salle d'entretien puis tourna son attention vers Yusuf, dont elle remarqua les cernes.

—Que se passe-t-il? Il y a du nouveau?

Yusuf semblait contrarié.

—Je vous ai seulement demandé de vous confier à moi. Je vous ai répété depuis le début que si vous m'ouvriez la porte, si vous partagiez tout avec moi, je pourrais vous aider. Vous nous auriez épargné à tous les deux beaucoup de tourments si vous m'aviez fait confiance. Ça ne pourra pas marcher autrement.

—Dites ce que vous avez à dire.

Yusuf s'immobilisa. Zeba respira alors un peu plus aisément. Le voir marcher ainsi la rendait toujours nerveuse. Il tira rapidement sa chaise, dont les pieds raclèrent le carrelage. Son sac glissa du dossier, mais il ne prit pas la peine de le ramasser.

—Je suis allé dans votre village, lâcha-t-il en la regardant droit dans les yeux.

Zeba sentit son estomac se nouer. Elle attendit la suite.

—J'y suis allé et j'ai visité votre maison. J'ai frappé à la porte de vos voisins. J'ai rencontré une dame charmante au bas de la rue, qui vous voyait passer devant chez elle pendant qu'elle jardinait.

Zeba savait exactement de qui il s'agissait. À deux reprises, elle avait fait sortir les enfants de la maison précipitamment, car Kamal venait d'arriver, les yeux injectés de sang, le pas lourd. Sa violence n'avait pas de cible particulière ces jours-là, et elle avait craint pour la sécurité des petits. L'alcool provoquait chez son mari des poussées d'énergie, suivies par des accès d'épuisement. Sachant qu'il ne prendrait pas la peine de leur courir après, elle s'était empressée de se couvrir la tête avant de se précipiter dehors, en larmes, dépassant la maison de la vieille dame et regardant avec angoisse par-dessus son épaule. Elle avait vu sa voisine tourner les yeux vers la rue, comme si elle avait attendu qu'un spectacle aussi curieux se produise.

—Il y a plus, reprit Yusuf. J'ai parlé à l'homme qui se trouvait devant votre maison le jour où Kamal a été tué. Il était juste devant votre porte cet après-midi-là. Il dit savoir ce qui s'est passé.

Un homme. Zeba repensa à cette journée. Qu'est-ce qu'un homme aurait pu avoir vu ou entendu de l'autre côté de leurs murs ? Il n'avait pas pu voir la hache se planter dans le crâne de Kamal.

—Quel homme ? Est-ce qu'il prétend que j'ai tué Kamal ? demanda Zeba, au bord de la crise de nerfs, la colère bouillonnant en elle à l'idée qu'un homme s'avance pour la condamner davantage. Je ne sais pas qui c'est, mais il ment !

—Cet homme a vu quelque chose. Il a vu quelqu'un entrer chez vous, Khanum Zeba.

Zeba resta assise. Ses lèvres scellées formaient un fin trait rose sur son visage. Un homme l'avait-il réellement vue ? En avait-il parlé ? Tous ces jours passés loin de ses enfants et tous ceux à venir où elle continuerait à moisir dans ce trou sans eux… tout cela ne pouvait pas exister pour rien. Elle ne laisserait ni Yusuf ni cet homme, quel que soit son nom, ôter tout sens à ses sacrifices.

Au regard sévère de sa cliente, l'avocat n'eut plus le moindre doute au sujet du récit de Walid.

—Je n'ai pas très envie d'en parler maintenant, dit Zeba avec calme et fermeté.

Elle croisa les chevilles et garda les doigts entrelacés, bien serrés, pour éviter que son corps ne la trahisse davantage. Si seulement Yusuf pouvait comprendre à quel point elle brûlait de tout lui avouer. Mais la vérité ne pouvait qu'être vaine, dans une société où l'on estimait que son témoignage ne valait qu'une fraction de celui d'un homme. Dans un moment d'abattement, ces vers lui vinrent :

—« Que gagne une femme à dire la vérité / Quand sa parole n'a pas la moindre portée ? »

Yusuf la regarda d'un air interrogateur.

—Où avez-vous entendu ça ?

—Ce sont mes mots, dit-elle, enhardie. Mais toutes les femmes pensent la même chose.

Elle a raison, songea-t-il.

La parole d'une femme avait peu de valeur dans leur monde. Les femmes elles-mêmes semblaient avoir peu de valeur. Mais Yusuf ne pouvait pas abandonner. Il persisterait, jusqu'à toucher le cœur de cette histoire. L'affaire prendrait alors une tout autre tournure. Zeba craquerait et serait totalement honnête avec lui, et il pourrait construire une défense spectaculaire, le genre de défense qu'on n'avait jamais vue dans cette ville, peut-être même dans ce pays.

—Écoutez, cet élément change radicalement la donne. Je dois…

Zeba leva brusquement la tête.

—Vous l'avez vu ?

—Qui ?

—Mon fils, Basir. Vous l'avez vu ?

Elle se penchait au-dessus de la table, les paumes contre le bois.

—Non, je ne l'ai pas vu. Avez-vous entendu ce que j'ai dit ?

—Vous avez des nouvelles de lui ? Est-ce qu'ils vont bien ? Est-ce qu'on vous a parlé de lui et de mes filles ? Vous dites avoir discuté avec des gens. Ils doivent savoir comment ils vont.

Yusuf inspira profondément, puis expira lentement. Elle avait le droit de poser des questions sur ses enfants, même si cela représentait une diversion.

— Je suis désolé, mais je crois que la famille de Kamal les garde à la maison. Je n'ai pas recueilli beaucoup d'informations, mais personne n'a rien dit d'alarmant non plus. Je suis sûr qu'ils vont bien, du moins autant qu'il est possible en de telles circonstances.

— Oui, probablement, concéda-t-elle.

— Khanum Zeba, il faut vraiment qu'on se concentre sur vous maintenant, dit-il gentiment. Je crois qu'il y a un moyen de vous défendre.

Zeba se rappela qu'un instant plus tôt elle participait à une stupide partie de cartes. Comment avait-elle pu passer d'une situation à l'autre sans aucune transition ?

— Je suis au courant pour la fille.

Zeba regarda la table jusqu'à ce que le grain du bois se brouille sous ses yeux. Elle prit alors les devants, évitant ses questions pour arriver directement à l'inévitable conclusion.

— Même si je suis libérée, on ne me rendra pas mes enfants. Si je ne peux pas les récupérer, je n'ai aucune raison de quitter cet endroit.

Yusuf recula au fond de sa chaise. Elle disait vrai. Les chances que la famille de Kamal restitue les enfants à leur mère en cas de libération étaient minces. Il reprit la parole.

— Khanum, j'ai dit que j'étais au courant pour la fille.

La fille… Tout ça à cause d'une gamine qui s'était montrée assez naïve pour laisser Kamal l'approcher. Zeba ignorait par quelle ruse il l'avait attirée dans la cour, mais il y était parvenu. La pauvre petite était terrifiée. Zeba revoyait ses yeux affolés, agrandis par la honte. Elle lui avait fait penser à ses propres filles. Cela aurait pu être Shabnam ou Karima. Le ressenti exigeait tellement moins de temps et d'énergie que la réflexion. Zeba ne s'était pas arrêtée pour poser des questions. Elle avait vu tout ce qu'elle avait eu besoin de voir sur le visage de la fille, avait tout compris à sa façon désespérée de serrer son pantalon dans sa main.

Et Kamal.

Kamal se tenait devant elle, le soleil de l'après-midi dans le dos. Il n'était qu'une silhouette, la forme sombre d'un homme qu'elle reconnaissait à peine. Il avait épousseté sa chemise. Il était énervé, rien de plus. Il avait commencé à marmonner quelques mots, mais Zeba n'entendait plus rien à cause du grondement assourdissant qui l'avait envahie. Même s'il avait tenté d'expliquer l'horrible scène sur laquelle elle venait de tomber, ses excuses se seraient noyées dans ce vacarme.

Kamal voulait qu'elle soit quelqu'un qu'elle n'était pas. Il voulait qu'elle soit la femme qui détournerait éternellement le regard.

Mais elle avait tout vu. Et Rima n'était qu'à quelques mètres de là. Comment aurait-elle pu expliquer cela aux filles ? Jamais elle ne s'y risquerait. Elle emporterait ce secret dans sa tombe.

La terrible décision avait été prise en l'espace de quelques secondes, dans un laps de temps trop court pour structurer sa pensée, laissant juste assez de place aux réflexes.

À quel moment avait-elle pris la hache ? Zeba ferma les yeux. Elle n'en était pas sûre. Elle ne se rappelait même pas l'avoir vue posée contre le mur latéral de la maison. Kamal avait dû la laisser traîner là, même si elle ne se souvenait pas de la dernière fois où elle l'avait vu s'en servir. Ne lui avait-elle pourtant pas répété à plusieurs reprises de ranger l'outil pour éviter que les enfants ne se blessent avec ?

Yusuf vit sa cliente se replier sur elle-même. Il la laissa tranquille, espérant que ses réflexions prennent un chemin fructueux.

— La fille, Khanum. Elle était la cause de tout cela.

Lui posait-il la question ou attendait-il une confirmation de sa part ?

Cette fille était trop jeune pour qu'on l'abîme ainsi. Était-elle la première ? Il était trop tard pour le demander à Kamal. Était-ce la première fois qu'il lui faisait du mal ? Sans doute, à en juger par l'expression sidérée de l'enfant.

— Il n'y avait pas de fille, dit-elle platement.

— Il n'y avait pas de fille ?

— Non, il n'y avait pas de fille, répéta Zeba, articulant chaque mot pour marquer sa détermination.

Yusuf se pencha vers elle. Leurs regards se croisèrent, chacun mettant l'autre au défi de reculer.

— Mais si, et cette fille change tout.

— Vous en avez parlé à quelqu'un d'autre ?

— Comment ça ?

— En avez-vous parlé à une personne de mon village ?

Yusuf pianota du bout des doigts sur la table, avec la régularité d'un métronome.

— Je n'ai pas parlé à la famille de la fille, si c'est ce que vous me demandez.

Zeba espérait, pour le bien de la fille, qu'il soit humainement possible d'oublier une chose aussi effroyable. Elle avait besoin d'y croire.

—Pourquoi ne voulez-vous pas que le juge sache ce qui s'est passé? Cet élément pourrait vous permettre de…

Le visage de Zeba se durcit. Elle foudroya l'avocat du regard et s'exprima d'un ton sans appel.

—Ce n'est qu'une enfant, et je ne lui ferai pas ça. Écoutez-moi, Yusuf. Il n'y a jamais eu de fille.

Yusuf parla plus bas. Il comprenait, d'une certaine manière, que sa cliente essaie de protéger cette enfant, mais il ne pouvait non plus la laisser se sacrifier inutilement.

—Je suis sûr que nous pouvons agir d'une façon qui n'attirera pas l'attention sur elle et ne lui causera pas de soucis. Nous n'aurons peut-être même pas besoin de lui parler. Mais nous devons transmettre une partie de ces informations si nous voulons mettre en place une quelconque défense pour vous. Il n'y a aucun autre moyen de vous sortir d'ici. Un homme a été tué.

Zeba se renfrogna.

—Tout ce que je dirai lui fera du tort. Je ne sais même pas si sa famille est au courant. Et s'ils ne savent rien? Et si elle va bien maintenant? Cette possibilité est tout ce qui compte pour moi. Je sais ce qu'ils risquent de lui faire s'ils le découvrent. Vous l'ignorez peut-être, mais pas moi. Toutes les femmes de Chil Mahtab le savent. Toutes les femmes et toutes les jeunes filles d'Afghanistan le savent!

Yusuf se mordit la lèvre. Zeba avait raison sur ce point. Cette réalité l'avait frappé dès l'instant où il avait posé le pied dans son pays. Tout était une question d'honneur. L'honneur était un rocher que les hommes plaçaient sur les épaules de leurs filles, de leurs sœurs, de leurs épouses. Les nombreux récits de Chil Mahtab illustraient cette vérité. La fille avait sali l'honneur de son père dans la cour de

Zeba. Si celui-ci apprenait ce qui lui était arrivé – les détails importaient peu –, elle pourrait bien ne pas être pardonnée, même si elle n'était qu'une enfant innocente.

Ce que Kamal avait infligé à cette fille n'était que le début de ses tourments.

Zeba regarda ailleurs. Une gardienne passait lentement devant la salle d'entretien, d'un pas si lourd que cela ne pouvait être que délibéré. Zeba l'observa, et ses yeux redevinrent vitreux. Le chemin était simple pour elle. Elle semblait plus que jamais en accord avec elle-même.

— Croyez-vous que Kamal ait été la seule personne tuée ce jour-là ? demanda-t-elle d'une voix creuse et monocorde. Non. Je suis morte dès l'instant où son sang a coulé. Cette fille est morte dès qu'elle s'est retrouvée seule avec lui. Il y avait trois corps sans vie chez moi cet après-midi-là, mais un seul a eu droit à un enterrement décent et aux larmes de ses proches. Ils ont prié pour lui. Ils continuent de prier pour lui. Ils ont célébré le quarantième jour suivant sa disparition comme s'il avait été un être respectable. Ils secoueront la tête, déploreront la perte de leur frère, de leur cousin, de leur oncle, diront que c'est une honte. Ils ne savent pas ce qu'est la honte, ni qu'il y a de nombreuses façons d'ôter la vie.

Yusuf resta silencieux. La gardienne avait disparu au bout du couloir avant de reparaître. Elle jeta un coup d'œil dans la pièce et reprit sa marche, s'arrêtant brièvement pour rajuster la ceinture de son uniforme.

Yusuf ne pouvait contester le fait qu'une jeune fille ne valait plus grand-chose une fois souillée. Si un malheur devait arriver à cette enfant, il ne voulait pas en être responsable. Mais il était aussi possible que sa famille soit différente.

—Avez-vous entendu parler de la fillette de neuf ans qui a été violée par le mullah de son village l'année dernière ? Ses parents le payaient pour qu'il enseigne à leur fille à lire correctement le Coran. Après cela, ils ont attaché l'homme à une chaise, et lui ont tranché le nez et les oreilles. Et puis il y a eu ce cas à Koundouz. Une fille de dix ans a témoigné devant le juge, et ses violeurs ont été condamnés à vingt ans de prison. Toutes les familles ne considèrent pas cela comme une honte dont elles ne pourront jamais se remettre. Une justice peut exister.

—Vous me citez deux exemples dans un pays qui compte plus de trente millions d'habitants. Comment puis-je faire courir à cette fille un tel risque ?

Yusuf se leva, agacé. Il marcha jusqu'à l'autre bout de la petite pièce et revint, impuissant, à sa place.

—Je ne vois pas d'autre ligne de défense, admit-il.

Il se passa brusquement les doigts dans les cheveux, sentant son professionnalisme lui échapper. Anisa avait peut-être eu raison de tenter de le dissuader d'accepter cette affaire. Il avait poussé ses recherches le plus loin possible, et ses conclusions s'avéraient inutilisables.

—Je n'ai rien fait pendant trop longtemps, murmura Zeba. J'ai fermé les yeux, je me suis bouché les oreilles, alors que j'aurais dû être attentive. J'aurais dû m'en rendre compte plus tôt. Mais je n'ai pas été vigilante. Si je n'ai rien fait par le passé, je ne peux rien faire maintenant. Je ne ferai rien et je ne dirai rien. Je refuse de causer davantage de honte à mes enfants.

Yusuf posa les coudes sur la table. Elle ne changerait pas d'avis, il le savait, mais il n'était pas pour autant prêt à renoncer. À présent qu'il était au courant pour la fille, il était encore plus désireux de défendre Zeba. Ce que la petite avait subi devait être terrible. Quelle tristesse que le monde ne se lève pas pour applaudir la décision de sa cliente.

—Êtes-vous en train de me dire que vous avez tué votre mari ?

—On dirait bien, non ? Pourquoi en douteriez-vous si tout le monde l'affirme ? Je l'ai même avoué, d'après mon dossier d'arrestation. Vous devriez abandonner l'affaire.

—Il n'en est pas question, dit Yusuf avec provocation. Je vais trouver une ligne de défense qui puisse tenir tête aux arguments de l'accusation.

—Dieu est grand et vous êtes jeune, Yusuf-*jan*, soupira Zeba en reculant sa chaise avant de se lever. Il y a quantité d'innocents à défendre. Ne perdez plus votre temps avec les coupables.

CHAPITRE 29

—N ormalement, les mères des accusées n'assistent pas à cette procédure, dit le *qazi*.

Il essuya ses paumes contre le bas de sa tunique en se demandant pourquoi elles étaient si moites. Le procureur lui lança un regard étrange.

Gulnaz était assise, le dos aussi droit que le dossier de sa chaise, les yeux légèrement soulignés de khôl. Tandis qu'il plongeait dans leur profondeur émeraude, Qazi Najib rêva de lui caresser la joue. Il se racla la gorge et tendit le bras vers son *tasbih* ; le chapelet de perles d'ambre se trouvait sur son bureau.

—Je suis certaine que je ne suis pas la première mère à se soucier du sort de sa fille, affirma Gulnaz en posant son sac à main à ses pieds.

—Non, en effet, admit le procureur.

Il prit un biscuit sur la table basse. Il mordit dedans et sentit la pâte beurrée s'effriter dans sa bouche. À son hochement de tête appréciateur, Gulnaz devina que le goût lui convenait.

—Ils sont délicieux, Khanum.

—Yusuf-*jan*, vous ne les avez pas encore goûtés, je crois ? dit-elle gentiment.

L'avocat secoua le menton.

— Non, Khanum, je viens de déjeuner, mais merci.

Il lui avait répondu d'une voix ferme. Si Gulnaz avait l'intention de les corrompre avec ça, il était temps pour elle de se rendre compte qu'une assiette de biscuits était un bien maigre pot-de-vin.

— Peut-être plus tard, suggéra-t-elle.

— Vous n'avez pas besoin de me poser la question, dit Qazi Najib avant que Gulnaz lui en propose.

Le procureur tendit l'assiette au juge, et celui-ci prit deux biscuits qu'il posa sur une serviette en papier devant lui.

— Quand j'étais petit, c'était mon moment préféré du ramadan. Avant le lever du soleil, ma mère me préparait une tasse de thé sucré avec de la crème et me laissait manger autant de gâteaux que je voulais. Il me tardait que le ramadan commence pour cette raison précise.

— J'en faisais aussi pour le ramadan. Ma famille disait qu'ils auraient eu du mal à supporter l'attente sans ça.

Gulnaz n'avait rien demandé de plus qu'assister aux discussions, surtout depuis qu'il était devenu évident que Zeba ne serait pas là. En apprenant sa crise récente dans le couloir de la prison, le juge avait décidé de la tenir à l'écart des procédures.

— J'espère que Zeba retrouvera bientôt ses facultés. Il faudra continuer en son absence, et je crois que personne n'a envie de repousser davantage son jugement.

— Elle voulait venir, intervint Yusuf. Mais elle ne parle pas depuis deux jours. Je l'ai vue ce matin, et son état ne s'est pas amélioré. Elle va même encore plus mal, selon moi. La directrice de la prison m'a dit qu'elle était très agitée et gémissait. Ses codétenues se plaignent de ses marmonnements incessants et sont même effrayées.

— Qu'est-ce qui les effraie ? s'enquit le juge en balayant les miettes de son bureau.

Yusuf avait regardé sa cliente quitter la salle d'entretien après leur conversation au sujet de la fillette. Il avait eu l'impression que chaque pas lui demandait un effort. Elle s'était appuyée contre le mur, avait cherché une prise avec les doigts. Yusuf n'avait cessé de l'encourager à parler, mais son regard était devenu fou, ses mots incompréhensibles ou délirants. Ses codétenues avaient été choquées par ses divagations.

— Elles sont effrayées parce qu'elle est instable. J'étais là, monsieur, et je peux vous assurer qu'elle n'était pas dans son état normal. Je n'ai pas besoin de vous rappeler ce qui s'est passé la dernière fois qu'elle s'est présentée dans votre bureau. Si vous aviez trouvé cela déplorable, vous seriez horrifié en la voyant maintenant.

Yusuf jeta un regard furtif à Gulnaz, qui écoutait, lèvres serrées. Elle baissait les yeux, regardant fixement le motif floral du tapis sous leurs pieds. Elle ne semblait ni ébranlée ni attristée par cette description de l'état de sa fille.

— Ça ne change rien. Nous pouvons continuer, comme l'a dit le *qazi*, répliqua le procureur avec un signe de la main. Ça ne sera pas long, de toute façon. Nous avons une déclaration signée datant du jour de l'arrestation et nous avons un mari mort. Bouclons cette affaire, et on pourra en venir au jugement.

— Je ne crois pas que ce soit si simple, dit Yusuf, se préparant à la réaction qu'il allait provoquer. Selon moi, Khanum Zeba n'est pas en pleine possession de ses moyens et, par conséquent, elle n'est pas en mesure d'assister à son procès.

— De quoi parlez-vous ? Qu'est-ce que son état mental a à voir avec tout ça ?

Le procureur se montrait incrédule. Le *qazi* se pencha en avant comme s'il avait mal compris les paroles de l'avocat.

— Suggérez-vous que l'on repousse le jugement une fois de plus ?

— Qazi-*sahib*, j'affirme simplement qu'elle n'est pas en état de passer en jugement, ce qui signifie que nous ne pouvons juger cette affaire maintenant. Il s'agit moins d'un ajournement que d'une façon pour nous d'assurer une procédure convenable.

— Une procédure convenable ? Ce que vous suggérez est tout sauf une procédure convenable ! pesta le procureur.

— Elle est bouleversée, admit le *qazi*. Mais cela ne veut pas dire que nous pouvons oublier ce qui s'est passé.

— Elle est plus que bouleversée, expliqua Yusuf. D'après ce que j'ai vu, elle souffre d'une maladie mentale, et je pense que son mal a commencé avant son incarcération à Chil Mahtab, et même bien avant le jour où son mari a été tué. Je crois qu'elle n'était pas dans son état normal à ce moment-là, et nous voyons tous que ce n'est pas le cas actuellement. Je suis d'avis de lui faire subir un examen médical et de la traiter. C'est ce que la loi prescrit pour de telles situations.

En vérité, Yusuf n'était pas pleinement convaincu de la démence de sa cliente. Il en avait fait son argument de défense, même si, à la lumière des épreuves qu'elle avait traversées, il trouvait son comportement presque rationnel. Elle avait vécu avec un homme qui buvait et la battait. Elle avait élevé quatre enfants sous cette menace permanente. Dans sa propre cour, elle avait surpris son époux en train d'abuser d'une petite fille. Peut-être n'était-ce pas la première fois. Et leurs trois filles, s'en était-il pris à elles également ? Les deux aînées avaient presque le même âge que la fillette décrite par le marchand de fruits. Si cette pensée avait effleuré l'esprit de Yusuf, elle avait dû faire bouillir d'horreur celui de Zeba.

Tout bien considéré, elle l'avait probablement tué. Yusuf devait avouer qu'étant donné son mobile et la scène du crime, cette hypothèse était la plus crédible. Elle aurait été folle de ne rien faire. Lui-même, à sa place, se serait fait un plaisir de planter la hache dans le crâne de cet homme.

C'était son travail de la défendre, et il n'avait pas grand-chose pour faire pencher la balance en faveur de Zeba. Autant tenter le tout pour le tout.

Gulnaz observa les visages des hommes. Tous semblaient avoir oublié sa présence, ce qui lui convenait très bien. Elle était là uniquement pour écouter.

—La loi ? Écoutez, je vous ai presque tout passé jusqu'à présent. Cependant, il est évident que vous venez ici avec une vision de la justice qui n'est pas la nôtre, mais celle de l'Amérique.

Yusuf serra les dents. L'argumentaire de l'accusation consistait en une poignée de documents manuscrits, dont le principal était « l'aveu » de Zeba, rédigé par un policier. Ce n'était pas un argumentaire digne de ce nom. N'importe où ailleurs dans le monde, le procureur n'aurait pu se prétendre avocat, et pourtant, dans ce pays, assis dans un fauteuil grotesque, il accusait Yusuf de représenter des intérêts étrangers.

—Je suis ici pour défendre une femme qui a été accusée d'un crime ignoble et qu'on a privée de ses enfants. Si l'on veut que le système judiciaire afghan ait une quelconque intégrité, nous devons respecter nos lois et offrir aux accusés des procédures normales. Je sais que vous vous souciez peu de telles procédures, mais c'est important.

— Je fais mon travail. Vous n'avez pas le droit de remettre en cause mon professionnalisme.

— Ah non ? Mon boulot est de me demander si vous faites bien le vôtre. Et j'ai beaucoup de questions à vous poser à ce sujet.

La voix de Yusuf fendit l'air comme du verre brisé. Même Gulnaz fut impressionnée.

— Quelles questions ?

Le procureur était encore assis, mais tout juste. Les deux mains sur les accoudoirs, les coudes fléchis, il semblait sur le point de décoller de son siège. Il regarda Qazi Najib, enfoncé dans le sien, jambes croisées.

— Moi aussi, j'aimerais savoir quelles questions vous avez à poser, dit calmement ce dernier.

Craignant que le juge ne mette un terme à la discussion, le procureur soupira d'exaspération.

— Pour commencer, je me demande si vous avez mené une réelle enquête. Si je me réfère à l'article 145 du Code de procédure pénale, tout crime ou délit exige une enquête, qui doit être menée par le procureur en présence de l'avocat de la défense et en accord avec la législation.

— Une enquête ? Nous avons une déclaration signée de Khanum Zeba ! insista le procureur en agitant une feuille de papier devant lui.

— Elle n'a pas rédigé elle-même cette déclaration. C'est une femme instruite, sa mère peut en attester, et elle peut le prouver elle-même. Si c'était sa déclaration, elle aurait dû être rédigée de sa main.

—D'après ce qu'on m'a dit, elle était hystérique, alors le policier qui a procédé à l'arrestation a fait son travail et retranscrit ce qu'elle lui a raconté. C'est l'empreinte de son pouce qui figure au bas de la page! cria-t-il en tapant du doigt sur une tache à l'encre bleue. Pourquoi l'aurait-elle signée si ce n'était pas sa déclaration?

—Elle était hystérique au moment de l'arrestation? Par hystérique, voulez-vous dire folle? C'est exactement mon argument, cher ami. Je suis ravi que nous soyons d'accord.

—Ce n'est pas ce que j'ai dit. Vous déformez mes paroles!

—Laissez-moi poursuivre. L'article 145 mentionne d'autres critères pour l'enquête. La police s'est-elle rendue sur le lieu du crime pour recueillir des preuves? A-t-elle interrogé le voisinage? Avez-vous tenté de savoir s'il existait un mobile pour ce crime? Avez-vous envoyé des experts pour parler à Khanum Zeba et évaluer son état mental? L'a-t-il fait, Qazi Najib?

—S'il y a une personne dont on devrait évaluer l'état mental, c'est vous. C'est à la police de diriger les recherches. Ce cas est simple comme bonjour, et je suis certain que Qazi Najib vous dira la même chose.

—Je peux m'exprimer par moi-même! intervint le juge.

Il n'avait pas prévu que le débat du jour serait aussi animé, surtout en présence de Gulnaz. En l'occurrence, la mère de l'accusée ne semblait guère troublée par cet échange houleux. Elle gardait son calme, écoutait attentivement.

Le juge reprit.

—Poursuivons. Il y a eu autant de recherches qu'il y en a d'ordinaire dans ce type d'affaire. Votre cliente a été accusée du crime. Nous savons que ce crime s'est produit.

Nous avons une déclaration écrite dans laquelle elle avoue avoir tué son mari.

—Votre Honneur, sur ce morceau de papier se trouve l'aveu d'une femme qui a enfoncé une hache au sommet du crâne de son mari.

—Oui ?

—Or, Kamal est mort d'un coup de hache au bas de la tête, presque au niveau de la nuque. Si elle avait avoué, elle saurait où se situait la blessure, non ?

—Sur le dessus du crâne, l'arrière de la tête… Là, vous ergotez.

—Pourquoi nous faire perdre notre temps avec ces détails ? renchérit le procureur.

—J'estime que ce n'est pas une perte de temps que de faire mon travail, répliqua Yusuf. Peut-être devriez-vous vous demander si vous faites le vôtre.

Qazi Najib se caressa la barbe et sentit quelques miettes entre ses doigts. Évidemment, une procédure impliquant la fille du *murshid* ne pouvait pas être simple. Il pouvait laisser ces deux avocats se lancer des piques, mais il n'était pas question qu'il perde la face.

—Allez-y, Yusuf.

Le procureur soupira et se rassit, les bras croisés.

—Voilà ce qui arrive quand on laisse des étrangers fourrer leur nez dans nos affaires, marmonna-t-il.

—L'article 67 du Code pénal afghan stipule, récita Yusuf sans quitter des yeux son adversaire, qu'« une personne, qui, au moment de commettre un crime, a perdu tout sens commun et tout discernement pour cause de démence ou en raison d'une autre maladie mentale, n'est pas pénalement responsable et ne doit pas être condamnée ».

—Je n'ai jamais entendu une chose pareille, rétorqua le procureur en pouffant de rire.

Le juge et Yusuf remarquèrent tous deux le regard de Gulnaz dirigé vers l'homme.

—Et je n'ai jamais eu à traiter de cas similaire, expliqua Qazi Najib. Yusuf, ce n'est pas le genre de défense à laquelle je m'attendais. Peut-être devriez-vous la revoir. Khanum Zeba est de toute évidence bouleversée, mais c'est peut-être parce qu'elle repense au jour où elle a planté une hache dans le crâne de son mari. Les femmes perdent la tête pour bien moins que ça, personne ne me contredira là-dessus.

Le *qazi* but une gorgée de thé. Les biscuits, bien qu'exquis, étaient secs et semblaient s'être coincés dans sa gorge. Malgré tout, il se surprit à en prendre un autre.

—Ils sont délicieux, Khanum, déclara-t-il d'un air distrait. Ceux de ma mère n'étaient pas aussi bons. Qu'elle repose en paix. Qu'avez-vous mis dedans?

—Que vous les mangiez en bonne santé, Qazi-*sahib*, répliqua poliment Gulnaz. Rien de plus que de la farine, du beurre et du sucre.

—C'est succulent. J'ai une idée qui pourrait nous permettre de débloquer cette situation étrange, dit le *qazi* après s'être essuyé la bouche. J'ai un ami qui propose un traitement aux aliénés. Il a déjà guéri des personnes sérieusement atteintes. Peut-être pouvons-nous lui demander d'examiner Khanum Zeba. Pourquoi ne pas suivre la loi à la lettre dans cette affaire? Ce serait l'occasion de nous faire un nom.

—Nous faire un nom? Votre Honneur, je pensais que nous allions boucler le dossier aujourd'hui, ou la semaine prochaine au plus tard. S'il implorait grâce parce que c'est une mère, ou si elle affirmait que son mari avait essayé de la tuer, alors peut-être que cela vaudrait la peine de discuter, mais plaider… plaider la folie…

— C'est la loi, affirma le juge avec amusement. Nous devons l'appliquer.

Le procureur était stupéfait. Qazi Najib avait la réputation d'être impartial et rigoureux, mais pas incorruptible. Toutefois, ce comportement était inattendu.

— Qazi-*sahib*, c'est une excellente idée ! s'enthousiasma Yusuf.

Si l'état de Zeba ne changeait pas, l'examen apporterait une réponse rapide en leur faveur.

— Votre ami est médecin ? Pratique-t-il à l'hôpital ou en ville ? demanda-t-il.

— C'est mieux qu'un médecin, annonça fièrement Qazi Najib. Les médecins ne peuvent rien pour les pauvres gens qui ont perdu la tête. Ils arrivent à peine à réparer une jambe cassée. C'est un mullah avec un talent particulier pour guérir les fous. Je l'ai rencontré il y a des années, lorsque je vivais près de la maison de mon père.

— Je ne comprends pas.

— Ne vous inquiétez pas. C'est la personne la plus qualifiée pour cette tâche.

Le juge semblait très satisfait, comme s'il avait personnellement résolu l'affaire du meurtre de Kamal.

— Avec tout le respect que je vous dois, Qazi-*sahib*, ce n'est pas quelque chose qui nécessite un examen. Est-elle folle ? Elle a tué son mari dans leur propre maison ; bien sûr qu'elle est folle ! Mais cela ne signifie en aucun cas qu'elle n'est pas coupable. Et si vous affirmez qu'elle est folle, ajouta le procureur en se tournant vers Yusuf, admettez-vous qu'elle a tué son mari ou maintenez-vous qu'elle est innocente ?

Yusuf inspira profondément. Il avait espéré que le procureur lui épargnerait cette question. Le juge intervint au moment où l'avocat ouvrait la bouche pour répondre.

— Cela fait longtemps que je n'ai pas parlé à mon ami. C'est sûrement le signe qu'il est temps que je reprenne contact avec lui. Dieu est grand, mes amis. Nous allons bientôt pouvoir clore cette affaire. Je sais que la famille de la victime compte sur nous pour prendre la bonne décision.

— Exactement ! s'exclama le procureur. Que sommes-nous censés leur dire ? Que la meurtrière avait peut-être un mauvais caractère ? Que quelque djinn avait pris le contrôle de son corps, faisant d'elle une tueuse de mari assoiffée de sang ?

— Nous ne leur dirons rien, trancha le juge. Nous allons emmener Khanum Zeba au sanctuaire et la présenter au mullah. S'il ne l'estime pas folle, ce sera fini. Elle sera ramenée à Chil Mahtab, et nous la jugerons en nous basant sur les éléments dont nous disposons.

Yusuf s'éventa avec son carnet de notes. L'opinion d'un chaman n'était pas ce sur quoi il avait espéré fonder sa défense.

— Et pourquoi pas un hôpital ? Il y a des professionnels de la santé mentale avec qui nous pourrions travailler. Avec tout le respect que je vous dois, votre Honneur, il y a dans ce pays des médecins capables de nous dire ce que nous avons besoin de savoir.

— Nous n'avons jamais rien fait de tel, Agha-*jan*, expliqua le juge avec une pointe de mépris. L'hôpital le plus proche est à deux jours de voyage et presque toujours saturé.

La communauté fait confiance à ce mullah. Nous aurons son avis d'expert rapidement.

Yusuf craignait de perdre sa légère ouverture s'il s'obstinait à contredire le juge. Une certaine flexibilité s'imposait pour que Zeba ait la moindre chance.

— Khanum Gulnaz, votre fille avait-elle des problèmes mentaux lorsqu'elle était enfant ?

Gulnaz se frotta les mains. La poussière s'était accrochée à sa peau pendant le long trajet de son village au bureau du *qazi*.

Elle réfléchit. Zeba parlait toute seule lorsqu'elle était petite. Il lui était arrivé de se réveiller au milieu de la nuit en hurlant qu'elle avait vu un djinn dans sa chambre. Elle avait aussi affirmé voir des lettres dans les flammes qui léchaient le fond d'une casserole. Elle aurait pu utiliser tout ce que Gulnaz lui avait appris au fil des ans, mais avait choisi de vivre sans ce pouvoir. Même à présent, elle refusait de raconter ce qui s'était passé dans cette cour. N'étaient-ce pas là les signes évidents d'une personne mentalement atteinte ?

— C'était une enfant tout à fait ordinaire, votre Honneur, répondit-elle d'une voix triste. Mais elle n'est plus la même à présent. Une chose terrible est arrivée à ma fille, et je n'ose imaginer ce que c'est. C'est comme si son esprit avait été empoisonné.

— J'ai du mal à croire qu'on envisage cela. Dites-moi, que se passera-t-il si sa folie est avérée ? demanda le procureur.

Gulnaz regarda le juge et reprit la parole.

— Non, ça n'ira pas. Emmenons-la plutôt à l'hôpital. Mon père vous dirait que les pratiques de ces mullahs sont contraires à l'islam.

Le juge croisa les yeux de Gulnaz, et ses paumes redevinrent moites, sa nuque le picota.

— Le mullah est un guérisseur de talent, et je crois en sa parole. Zeba sera entre de bonnes mains.

— Et si elle est folle et qu'il est capable de la soigner, alors elle pourra être jugée et condamnée. Très bien. Faites-moi savoir quand se tiendra notre prochaine réunion, dit le procureur avec impatience. Que ce soit aujourd'hui ou le mois prochain, Zeba sera déclarée coupable.

Yusuf et le procureur se levèrent. Gulnaz ramassa son sac à main et glissa la bandoulière sur son épaule. Le juge la regardait, et une chaleur s'emparait de ses joues, comme s'il l'avait espionnée en train d'enfiler une robe sur son corps nu.

Un homme devenait-il un jour trop vieux et trop ridé pour avoir de telles pensées ? C'était désespérant.

Qazi Najib prit son *tasbih* entre les doigts ; les perles étaient fraîches et rassurantes contre sa paume humide. Il repenserait à elle plus tard, il le savait, lorsqu'il croiserait les yeux mornes de sa femme et son air renfrogné. Comme cette histoire aurait été différente, songea-t-il, s'il avait épousé Gulnaz à la place. Ils auraient été heureux ensemble. Elle, la fille d'un respecté *murshid*, et lui, le fils ambitieux d'un homme travailleur. Le juge décroisa les jambes et jeta un regard furtif à l'horloge murale, dont la petite aiguille avançait inlassablement. Il était impossible de remonter le temps.

Malgré tous ses efforts, il n'y avait pas beaucoup de justice en ce monde.

Chapitre 30

—Raisins secs, noix, amandes! Les raisins secs sont bons contre le diabète, les noix soignent les rhumatismes, et les amandes apaisent la colère de votre femme! Pignons, pois chiches grillés, abricots secs! Mes pignons sont si frais que vous viendrez frapper à ma porte au milieu de la nuit pour m'en redemander!

Walid avait la gorge sèche. Il toussota et but une gorgée d'eau de la bouteille en plastique cabossée qu'il calait entre deux sacs de fruits. Il criait les mêmes phrases depuis des années, mais n'en tirait plus les mêmes sourires qu'autrefois. Les gens ne riaient plus, ne lui faisaient plus la conversation. On aurait dit qu'une lassitude générale avait envahi le village.

Les roues de sa carriole soulevèrent un nuage de poussière tandis qu'un vent léger se levait en provenance des montagnes. Il approchait de leur rue pour la troisième fois ce jour-là. D'ordinaire, il ne passait qu'une seule fois dans un quartier.

—Le ramadan approche! Ne vous affamez pas un jour trop tôt!

Deux écoliers déboulèrent en se passant un ballon de foot partiellement dégonflé. Walid colla sa manche contre son nez et sa bouche. Il avait toujours eu les poumons fragiles. Sa mère lui avait raconté que le pays avait connu la pire tempête de sable de son histoire alors qu'elle était enceinte de lui. L'impression de respirer à travers une paille était devenue son quotidien, mais ce jour-là était particulièrement pénible.

Il arrêta sa carriole et mit les mains sur les hanches. Il se trouvait devant leur maison. Où était la petite fille ? Était-elle à l'école ? Était-elle à quelques mètres de… Assez proche pour l'entendre crier ?

Walid toussa de nouveau, et sa respiration s'apaisa quelque peu. Le vent retombait. Il inspira profondément, lèvres pincées.

Pourquoi lui, un vendeur des rues asthmatique, s'était vu chargé de garder les secrets de cette fille ? Il parvenait tout juste à nourrir sa propre famille. Il avait ses défauts. Il lui était arrivé de s'adonner aux commérages, de jurer. De s'emporter devant sa femme et ses enfants. Il n'avait rien fait lorsque sa sœur l'avait supplié de parler à son mari violent. Il avait escroqué à peu près tous les habitants du village à un moment ou un autre, les surfacturant à cause d'un regard déplaisant ou s'ils ne lui avaient rien acheté depuis longtemps. Il mentait sur la provenance ou la fraîcheur de ses noix. Quand il avait découvert des vers dans sa marchandise, il s'était contenté d'enlever les intrus du lot avant de le replacer dans la carriole, en pensant aux ventres affamés qui attendaient son retour à la maison. Ce n'était pas un homme très instruit, et il craignait que sa famille n'en souffre. Il n'était bon à rien.

Sa femme pleurait parfois, dévastée pour une fillette qu'elle n'avait jamais rencontrée. Ce n'était pas leur enfant. Pourquoi se soucieraient-ils d'elle ? N'avaient-ils pas déjà assez de tracas sous leur toit ?

— Raisins secs, dorés comme les cheveux d'une *pari* et tout aussi appétissants! Raisins verts, si parfaits que votre mari en oubliera ses problèmes! Et des noirs pour vous donner l'allure d'une star de cinéma!

Sa voix était rauque. Il avait pensé amener un de ses enfants avec lui. S'il pouvait apprendre à son fils à crier à sa place, il garderait ses forces pour pousser la carriole. Mais le gamin était encore trop jeune, et Walid préférait qu'il aille à l'école. Si ses enfants apprenaient à lire et écrire, ils auraient une chance de s'en sortir. De plus, il aurait besoin d'eux dans ses vieux jours, qui ne sauraient tarder.

Le Jugement dernier.

Walid aurait bien des comptes à rendre le moment venu. Que ferait une personne vertueuse dans pareil cas? Trouverait-elle mieux à faire que de se tenir devant la porte de cette pauvre fille et lui rappeler les raisins secs qui avaient gâché sa vie?

Il se tiendrait à l'écart de cette rue. Il n'y viendrait plus jamais vanter sa marchandise. Il baisserait même le ton une rue plus tôt pour ne pas la torturer par son boniment ridicule. Il laisserait cette enfant tranquille. Ce ne serait pas l'idéal, mais cela vaudrait mieux pour elle.

Walid entendit le grincement métallique derrière lui.

Il aurait dû se réjouir. Il avait passé des années à arpenter ces rues avec l'espoir d'entendre ce son, lui annonçant qu'il allait vendre un sac entier de noix ou un demi-kilo de raisins secs. Il aurait ri, souri, puis aurait regardé les fruits tomber dans un sachet de papier brun. Il aurait pris les quelques billets, promesse de riz, de tomates et d'oignons pour le lendemain et le surlendemain. Il aurait eu une bonne raison de se lever à l'aube et de pousser de nouveau sa carriole dans les rues. Le bruit d'une porte qui s'ouvrait était, d'ordinaire, une bénédiction pour lui.

Il savait avec certitude qu'une personne se tenait sur ce seuil. Une personne regardait son dos et attendait qu'il se retourne.

La porte grinça de nouveau, lentement, calmement. Walid poussa un soupir de soulagement en comprenant qu'on l'avait refermée. Il était libéré. Il n'y aurait pas de bavardage ce jour-là. Pendant les quelques secondes laborieuses qui venaient de s'écouler, il s'était mille fois promis de ne plus jamais pousser sa carriole dans cette rue.

Walid en saisit les poignées, rejeta les épaules en arrière avec détermination.

Respecte l'intimité de cette famille, s'ordonna-t-il.

C'était la seule attitude honorable à observer. Sa femme comprendrait. Elle cesserait de poser sur lui ce regard sombre et accusateur en présence de leurs filles.

Les roues n'avaient pas effectué une rotation complète quand le marchand s'arrêta net.

—Agha-*sahib*, ne partez pas.

Il prit une profonde inspiration avant de se retourner. La porte métallique n'était pas close. Elle était entrouverte, si légèrement que Walid ne put voir le visage de la personne qui venait de l'interpeller, mais assez pour que le chagrin indicible d'une mère se déverse comme un torrent dans la rue non pavée.

CHAPITRE 31

Yusuf sentit les suspensions de la voiture lutter contre la route cahoteuse. Chaque secousse le persuadait davantage que ce voyage au sanctuaire n'était pas une si bonne idée.

Ils parcoururent le long chemin de terre, et s'arrêtèrent devant un petit bâtiment d'argile et de boue à un étage, avec des encadrements de fenêtres bleus et une porte cintrée. Un homme émergea au moment même où ils se garaient.

Zeba regarda par la vitre et gémit doucement.

—Yusuf, pourquoi les avoir laissés me conduire ici ?

—Je n'avais pas le choix, marmonna-t-il.

S'ils avaient eu affaire à un juge différent, ils n'en seraient pas là, songea Yusuf. D'un autre côté, Zeba aurait été condamnée depuis longtemps.

—Bienvenue, dit l'homme tandis que Yusuf, Zeba, le procureur et un gardien de prison sortaient du véhicule. Je suis le mullah Habibullah. Soyez les bienvenus au sanctuaire.

On avait entravé les chevilles de Zeba avec des chaînes. Yusuf, distrait par son environnement, ne remarqua pas les efforts de sa cliente pour se rapprocher de lui et s'écarter du gardien de prison.

Le procureur serra la main de Habibullah en lui tenant le coude.

—Merci, Mullah-*sahib*. Je suis sûr que votre respectable ami, Qazi Najib, vous a expliqué la situation. Nous sommes ici pour que vous examiniez cette femme, ajouta-t-il en désignant Zeba du menton. Elle a tué son mari et se comporte de façon déraisonnable. Nous avons besoin que vous nous disiez si elle est folle ou pas.

Yusuf s'avança vers Habibullah en lui tendant la main. Le mullah la serra vigoureusement.

—Je suis l'avocat de cette femme, se présenta-t-il.

—C'est bien ce que je pensais, dit l'autre en esquissant un sourire.

Il se tourna vers Zeba, l'étudia tandis qu'elle gardait les yeux au sol. C'était un homme svelte, en pantalon bouffant, tunique et gilet militaire à poches zippées. La pointe d'un petit turban pendait sur son oreille gauche et jusqu'à sa barbe poivre et sel.

—Pardonnez-moi, Mullah-*sahib*, mais combien de temps pensez-vous qu'il vous faudra pour évaluer l'état de cette femme ? J'aimerais être de retour à mon bureau dans l'après-midi.

Pour une fois, Yusuf et le procureur étaient sur la même longueur d'onde. Yusuf avait promis à Anisa de lui faire un compte rendu, sa collègue s'étant amusée du fait que sa cliente soit examinée dans un lieu saint.

« Il la déclarera folle uniquement s'il pense pouvoir la sauver, avait-elle prédit. Mais je ne crois pas que le juge entendra une défense plaidant la folie. C'est un pari risqué, même pour quelqu'un d'aussi optimiste que toi. »

—Monsieur, je sens bien que vous êtes sceptique. Laissez-moi vous faire visiter les lieux, je suis certain que vous serez plus confiant après ça.

Les doigts croisés dans le dos avec désinvolture, Habibullah se dirigea vers une petite structure indépendante à l'ombre d'un grand acacia.

Les avocats échangèrent un regard avant de le suivre.

—Amenez-la! cria le mullah sans se retourner.

Le gardien de prison poussa un lourd soupir. Il s'accroupit devant Zeba, défit ses chaînes de chevilles pour les lui mettre aux poignets. Ensuite, il lui fit signe de suivre les autres.

Tête baissée, ils franchirent la petite porte. Le mausolée avait de hauts plafonds. D'un côté de la pièce se trouvait un petit banc encastré dans le mur d'argile. Au centre trônait une tombe sur laquelle était soigneusement étalé un drap vert brodé d'écritures coraniques en lettres dorées. La pièce était tout juste assez spacieuse pour les contenir tous. Un étroit rayon de soleil perçait la fenêtre rectangulaire et illuminait le linge émeraude, révélant une zone élimée par le temps.

Zeba détourna le regard de la tombe. La mort imprégnait cet espace exigu, beaucoup trop à son goût. Ses yeux se posèrent sur les messages manuscrits gribouillés sur les murs.

«Allah est notre seul dieu.»

«Allah, l'omniscient et le bienveillant.»

—Cette tombe, mes amis, est celle de Hazrat Rahman. C'était un homme sage, un érudit, un véritable disciple du Coran. Il a fait vingt fois le pèlerinage à La Mecque au cours de sa vie, et comme vous le savez, c'est le fondateur de ce village.

Yusuf regarda sa cliente, qui s'était retranchée dans un coin, près de la petite fenêtre. Elle observait fixement le grillage où étaient noués des rubans multicolores dont les pointes flottaient joyeusement dans la brise. Derrière la clôture se trouvait une cour ouverte au bout de laquelle se dressait une longue structure en L au toit plat, à peine assez haute pour qu'un homme s'y tienne debout. Yusuf vit Zeba plisser les yeux en l'apercevant, remarqua que sa respiration s'accélérait.

—Quel est ce bâtiment là-bas, Mullah-*sahib*? Derrière la clôture…

Le mullah désigna la porte du doigt.

—Allons dehors, et je vous le dirai.

Zeba fut soulagée de quitter cette pièce étouffante.

—C'est l'endroit où je traite des personnes atteintes de graves troubles de l'âme et de l'esprit, expliqua-t-il fièrement. Ce sanctuaire est plus puissant que n'importe quel médicament, à condition d'y croire.

—Quel genre de traitement fournissez-vous? demanda Yusuf, s'étranglant presque avec le mot « traitement ».

Trop de gens, selon lui, faisaient confiance aux talismans, grigris et autres porte-bonheur. Mais il n'était pas prompt à les critiquer. Il avait souffert de problèmes respiratoires dans son enfance. À l'âge de deux ans, il avait traversé une crise si intense que ses parents avaient craint qu'il n'y survive pas. Sa mère l'avait emmené consulter un médecin, mais l'élixir que ce dernier lui avait prescrit n'y avait rien fait. Voyant le ventre de son enfant se soulever et la toux secouer sa poitrine, sa mère l'avait alors conduit dans un sanctuaire à Kaboul, où un mullah avait prié pour lui tandis qu'un autre homme avait rédigé un talisman. C'était un minuscule morceau de papier plié enveloppé dans du tissu qu'elle avait épinglé sous la chemise de l'enfant, juste au-dessus du cœur. En deux jours, ses difficultés respiratoires avaient disparu, et les années suivantes, ses crises d'asthme furent bien moins fréquentes et beaucoup moins violentes. Sa mère avait été convaincue que c'était le talisman, et non le traitement médical, qui avait joué. Ayant entendu cette histoire des dizaines de fois, Yusuf avait décidé d'y croire.

— Nos prières sont plus puissantes que n'importe quelle méthode, n'importe quel remède, n'importe quelle arme. Je prie pour les malheureux qui viennent se recueillir sur la tombe de Hazrat Rahman et pour ceux qui attachent leurs vœux au grillage. Dieu écoute toujours ceux qui ont la foi.

— Et là-bas, qu'est-ce que c'est ? s'enquit Yusuf, la main en visière pour se protéger du soleil.

Il désignait le bâtiment que Zeba avait regardé depuis l'intérieur du mausolée, distinguant ce qui ressemblait à une rangée de cellules en nid-d'abeilles, ouvertes sur la cour clôturée.

Sa cliente s'avança vers un gros rocher et s'assit dessus. Elle enfouit son visage entre ses genoux. Le gardien de prison lui lança un regard méfiant, mais la laissa faire.

— C'est l'endroit où je traite les cas les plus graves, expliqua le mullah en inclinant la tête sur le côté. Toutes les maladies ne se guérissent pas avec une simple prière. Parfois, il faut nettoyer l'esprit et le corps. Parfois, les malades doivent passer du temps dans un espace restreint, seuls, pour que toutes leurs énergies se concentrent vers le même but. C'est à cela que sert cet endroit.

— Des malades s'y trouvent-ils en ce moment ?

— Tout à fait. Parfois, ils se promènent dans la cour. La plupart du temps, ils dorment ou parlent tout seuls.

— Les nourrissez-vous ? demanda Yusuf.

Le procureur écoutait. Il avait entendu parler de ce sanctuaire, mais n'y avait jamais mis les pieds.

— Nous leur donnons du pain et du poivre noir, et beaucoup d'eau. Nous avons appris que ces aliments traitaient les affections de l'esprit. Les autres aliments pourraient altérer le processus de guérison ou le retarder. C'est la meilleure façon de les traiter réellement.

— Du pain et du poivre noir ? Rien d'autre ?

Yusuf n'en revenait pas. Comment un tel endroit pouvait-il exister ? Il y avait des hôpitaux dans toutes les grandes villes, et le plus proche n'était pas si éloigné du sanctuaire. Pourquoi les familles choisissaient-elles d'y amener leurs proches ?

— Pour chaque patient que les hôpitaux traitent, il y en a des centaines qui attendent d'être examinés. Vous êtes sceptique parce que vous n'avez pas vu ce que cet endroit peut accomplir. Je vous assure, si vous interrogez les patients qui sont passés par là, ils vous diront combien ils sont satisfaits.

Yusuf se mordit la langue.

— Mullah-*sahib*, dit poliment le procureur, je suis ravi d'avoir vu le sanctuaire et entendu parler de votre travail. Le juge a loué vos talents, et nous sommes impatients de connaître votre diagnostic concernant cette femme. Qu'avez-vous besoin de faire ?

— Ah oui, la femme.

Le mullah se tourna en direction de Zeba, qui leva les yeux vers le groupe d'hommes se tenant à quelques mètres d'elle.

— Laissez-moi lui parler. Allons à l'intérieur, mon fils va vous servir du thé, cela vous remontera le moral.

Yusuf lança un dernier regard aux cellules derrière la clôture, se demandant s'il pourrait espionner un des patients traités par le mullah, mais il n'y avait pas l'ombre d'un mouvement.

Tout cela n'est peut-être que du vent. Si ça se trouve, il n'y a pas âme qui vive dans ces cellules.

Ils pénétrèrent dans le bâtiment, dont le carrelage était recouvert d'un tapis bordeaux dont le motif représentait une patte d'éléphant. Il y avait deux coussins de sol et des oreillers de laine contre le mur.

Le procureur prit place sur les coussins, et un garçon qui ne devait pas avoir plus de dix ans entra, chargé d'un plateau d'argent avec quatre petites tasses de thé. Il posa une soucoupe devant chaque avocat et les deux autres sur la table en plastique, à l'extérieur, autour de laquelle étaient assis le mullah et Zeba, face à face. Le gardien de prison se tenait à quelques mètres, et parlait à voix basse dans son téléphone portable.

—Que pensez-vous de cet endroit? demanda le mullah.

Zeba refusa de croiser son regard. Elle garda les yeux rivés sur les branches de l'acacia. Le mullah haussa les sourcils d'un air curieux.

—Pour quel crime vous a-t-on arrêtée?

Son timbre était doux et rassurant.

Zeba s'exprima d'une voix rauque. L'air poussiéreux avait desséché sa gorge, mais elle refusa de toucher au thé fumant et ambré qu'on lui avait servi.

—Qu'attendez-vous de moi?

Mullah Habibullah fut pris au dépourvu par son ton acide. Même le plus fou de ses patients ne se montrait pas aussi insolent.

—Que voulez-vous savoir?

Zeba détourna le regard, comme si la réponse à sa propre question ne l'intéressait déjà plus.

— Pourquoi êtes-vous en prison ? répéta le mullah.

— Il a dû vous le dire.

— Je veux l'entendre de votre bouche.

Zeba se fendit d'un sourire narquois.

— Parce que Dieu a décidé que je devais être emprisonnée et que je crois en Lui. Parce que certains hommes tiennent un double langage. Parce que mon avocat pense qu'il va me sauver la vie alors que ma mère et mon grand-père, malgré tous leurs pouvoirs, n'ont rien pu faire pour moi.

Le mullah plissa les yeux.

— Votre mère et votre grand-père ?

Il se pencha vers elle, l'examina si intensément que Zeba se retourna sur sa chaise et lui présenta son épaule. Elle baissa la tête.

— Qui est votre grand-père ?

— Mon grand-père, Safatullah, est un *murshid*. Il n'est pas connu ici. C'est trop loin de notre village.

Le mullah hocha lentement le menton.

— Je vois, murmura-t-il.

Il se leva et fit quelques pas. Il montrait le dos à Zeba, contemplait les branches déployées de l'acacia.

— Ils prétendent que vous avez tué votre mari. Est-ce vrai ?

Zeba se mit à rire.

— Tout le monde a envie de parler de mon défunt mari, tout le monde sauf moi.

— Était-ce une mauvaise personne ?

— J'ai dit que je n'avais pas envie de parler de lui. Écoutez, Mullah-*sahib*, je ne suis pas folle. Je n'ai aucune raison d'être ici. S'ils pensent que je devrais être en prison, alors renvoyez-moi là-bas, s'il vous plaît.

Le mullah s'éclaircit la voix avant de se tourner de nouveau vers Zeba.

— Vous devez bien savoir ce qui est arrivé à votre mari. Avez-vous dit quoi que ce soit à votre famille? À votre… mère? À votre grand-père?

— Je n'ai rien à dire. Ils ont les rapports de police.

— Oui, c'est ce qu'on m'a dit.

Il revint vers sa chaise, la rapprocha de Zeba et se rassit. La jeune femme recula le plus discrètement possible, gênée par cette promiscuité. Yusuf et le procureur n'étaient pas loin, se rappela-t-elle.

— Comment votre famille a-t-elle réagi? Croient-ils en votre innocence?

— Ma mère…, commença Zeba, surprise par l'émotion qui lui noua la gorge. Ma mère a toujours cru à mon innocence. Il n'y a aucune autre mère comme elle. Mon frère m'a trouvé un avocat. Ce sont eux, ma famille, je n'ai personne d'autre.

— Et votre grand-père?

— Qu'il soit convaincu ou non de mon innocence n'a aucune importance. Il ne peut rien pour moi.

— Est-ce de la haine dans votre voix?

— De la haine pour mon grand-père? s'indigna Zeba.

— Non, pas pour lui. Pour votre mari, rectifia-t-il d'un air pensif. Épouser la mauvaise personne peut rendre fou. Ou du moins pousser à des actes de folie.

— Je vous l'ai dit, insista Zeba en serrant les dents. Je ne suis pas folle.

La folie était une rivière. Elle emportait certains êtres dans son courant, les noyait, alors même qu'ils s'agrippaient à un rocher. Dès que Zeba songeait trop longuement à la fin qu'avait connue Kamal et aux actes de ce dernier, à ses enfants et à ce qu'il était advenu d'eux, elle sentait le flot impitoyable s'infiltrer entre ses orteils, clapoter contre ses mollets, froid et menaçant.

Elle chassa donc ces idées.

— Comme une bague en émeraude, murmura-t-elle.

— Qu'avez-vous dit ? demanda le mullah.

— Savez-vous que si vous donnez une émeraude à manger à une poule, la pierre passera dans son estomac et ressortira de l'autre côté intacte… une fois que vous aurez enlevé la merde, bien sûr. Tout ce que vous avez à faire, c'est vous montrer patient, attendre que les entrailles de l'animal vous livrent la vérité. Vous saurez ainsi si c'est une véritable émeraude.

Le mullah fronça les sourcils devant sa grossièreté.

— Suggérez-vous que je vous fasse passer dans l'estomac d'une poule ? Vous en sortiriez sans tache ?

À l'idée d'être comprimée puis glissée dans la gorge d'une poule, Zeba esquissa un sourire amusé. Elle tira son foulard sur son visage pour cacher sa bouche. C'était ainsi qu'elle endiguait la crue. Elle trouvait des raisons de sourire, alors qu'elle était assise à quelques mètres de ce qui ressemblait à une rangée de cryptes.

Le mullah remarqua les coins plissés de ses yeux. Il la scruta avec curiosité.

— Vous ne devinez pas en me regardant ? Vous ne savez vraiment pas ? se moqua Zeba en reculant sa chaise.

Mullah-*sahib*, j'ai déjà glissé dans les entrailles d'une bête. Il n'y a aucune raison de me tester à nouveau.

Le mullah prit la bouteille Thermos que son fils avait laissée sur la table et se resservit du thé. Un tourbillon de feuilles noires s'échappa, telle une centaine de drapeaux déroulés. Les feuilles ne s'étaient pas encore posées au fond lorsque Zeba détacha les yeux des collines et tourna la tête vers le nid-d'abeilles desséché. Le mullah suivit son regard, puis revint au visage de la jeune femme, remarqua ses cernes sombres. Ses traits étaient ceux d'une chouette aux yeux ronds, noirs d'encre, l'implantation de ses cheveux formait une pointe sur son front. Sa peau olive était lisse, mais les dernières semaines écoulées avaient effacé le rose naturel de ses joues.

Il y eut un cri, une voix d'homme. Zeba ne put immédiatement la distinguer. Elle tendit l'oreille et repéra un mouvement dans la gueule d'une des grottes, un tressaillement subtil qui aurait pu être le fruit de son imagination. La voix retentit de nouveau, un gémissement lent et sonore.

—Oh mon Dieu, qu'ai-je donc fait pour mériter ça? Aidez-moi! Je vous en supplie!

Une autre voix se fit entendre, précédée par le cliquetis d'une chaîne tirée vers une des ouvertures.

—Tais-toi, tais-toi, tais-toi! Dieu ne t'aime pas!

Mais l'homme ne se tut pas. Il s'assit au bord de sa cellule, de sorte que le jour éclaira une parcelle de son corps. Zeba put apercevoir la courbe d'un dos vaincu, les contours d'un bras décharné, d'une tête baissée.

— Je ne veux pas être seul ! Je vous en supplie, ne me laissez plus seul ! Je suis guéri, je vous le jure ! Par pitié, laissez-moi sortir… Je meurs ici !

Les supplications de cet homme rappelèrent à Zeba le bêlement d'un mouton que l'on traînait à l'abattoir, pattes avant creusant le sol, un cri d'horreur instinctif vibrant dans la gorge de l'animal avant qu'on la lui tranche.

La respiration de Zeba s'accéléra. Elle se garda de tout commentaire.

Le mullah prit une gorgée de thé, l'aspira par ses lèvres pincées avec un bruit si désagréable que Zeba eut envie de fracasser sa tasse contre le tronc de l'acacia.

— C'est un homme malade. Quand sa famille me l'a amené, il ne parlait qu'à des démons que lui seul voyait. Il ne répondait même pas à son père et à sa mère. Mais depuis son arrivée ici, il y a vingt-neuf jours, il a accompli de grands progrès. C'est ce que je fais, dit-il avec un geste majestueux de la main. C'est ma vocation. J'ai renoncé… à tant de choses pour me consacrer à cette tâche. Parfois, nous devons faire des sacrifices pour trouver notre véritable *nasib*, vous comprenez ? Dieu m'a investi de cette mission, et je dois obéir. Je guéris les gens ici.

Zeba sentit son estomac se contracter, les poils de ses bras se hérisser. Ces cellules abritaient la solitude la plus totale. Depuis le seuil de leurs grottes, les malades pouvaient voir la ligne dentelée des montagnes séparant ce monde de l'autre.

Zeba lut dans les yeux du mullah qu'il était déjà parvenu à une conclusion. Rien de ce qu'elle dirait ne changerait quoi que ce soit. Yusuf serait surpris, mais pas elle. C'était le problème avec son avocat. Il élaborait des plans en pensant que le monde entier allait s'y plier.

Les phrases lui vinrent en un éclair.

Une femme indignée ne peut donc qu'être folle
Cette bête équation est ce qui nous désole!

Yusuf et le procureur se trouvaient sur le pas de la porte. Las d'échanger des banalités, ils avaient commencé à s'impatienter, surtout avec le fils mutique du mullah assis dans un coin de la pièce.

Le procureur se racla la gorge.

— Mullah-*sahib*, je ne veux pas vous interrompre, mais…

Le mullah jeta un coup d'œil dans leur direction et aspira bruyamment une autre gorgée de thé.

— Messieurs, dit-il en regardant Zeba. Vous êtes libres de retourner à la prison, mais cette femme reste ici avec moi.

Chapitre 32

— M ais… mais… quarante jours ? protesta Yusuf. Après quarante jours, c'est son cadavre qu'on sortira de cet endroit ! C'est le châtiment que vous choisissez ?

Qazi Najib était désarçonné. Il se gratta la nuque et regarda distraitement l'acte de propriété qui se trouvait sur son bureau. Il inspecta le document de plus près, examina les signatures au bas de la page. Il fallait qu'il règle ce conflit au plus vite, sous peine de se voir confronté à une autre affaire de meurtre.

— Jeune homme, vous dépassez les bornes en me parlant ainsi.

Une semaine s'était écoulée depuis qu'ils avaient emmené Zeba au sanctuaire. Depuis sept jours, Yusuf faisait les cent pas devant le bureau du juge. Les gardes, deux hommes efflanqués d'une vingtaine d'années, pistolet à la ceinture, s'amusaient de le voir intercepter le *qazi* à son arrivée. Il n'y avait aucun autre juge à implorer, et les chances de faire parvenir cette requête jusqu'à une cour d'appel étaient proches du néant. Yusuf adoucit le ton de sa voix.

— Je vous en prie, votre Honneur. Je vous demande de prendre en compte son bien-être. Nous n'arriverons jamais à organiser un procès si nous la maintenons affamée et enchaînée pendant quarante jours.

—Quarante jours, c'est la durée standard du traitement. Mullah Habibullah vous a sûrement expliqué que Zeba n'était pas sa première patiente. Il traite des malades depuis des années et jouit d'une excellente réputation dans la région.

Le juge tenait un discours pragmatique, et ne semblait nullement surpris par la décision du mullah.

Le procureur y alla de ses sarcasmes.

—C'est pourtant ce que vous vouliez, non?

Confortablement installé dans le fauteuil fleuri, il décroisa et recroisa les jambes, puis se pencha en avant, genoux saillant comme des becs, pour jeter le dossier en papier kraft sur la table basse.

—Vous vouliez qu'on la déclare folle, et c'est chose faite. À présent, elle est traitée pour ça. C'est exactement ce qui se passerait en Amérique, disiez-vous. Si quelqu'un doit être contrarié par la tournure des événements, c'est plutôt moi.

Yusuf avait du mal à croire que l'affaire en soit arrivée là. Comme si le système judiciaire afghan n'était pas assez défaillant, voilà qu'il devait affronter l'opinion d'un chaman de village. Il soupira, les poings sur les hanches, et desserra sa cravate.

Gulnaz l'accompagnait dans cette visite. Le jeune avocat avait craint qu'elle ne réagisse mal en apprenant le sort que le juge et le mullah avaient réservé à sa fille, mais contre toute attente, elle avait accueilli la nouvelle avec calme. Dans la salle d'entretien de la prison, elle avait posé les deux mains sur ses tempes et baissé la tête. Lorsqu'elle avait enfin levé les yeux, Yusuf n'avait pas vu de larmes, mais une sombre détermination.

« Que Dieu lui vienne en aide », avait-elle sifflé avant de quitter la pièce, sous-entendant sans doute que personne d'autre ne l'avait fait.

Ce jour-là, elle se montra plus bavarde.

— Qazi-*sahib*, qu'a dit exactement ce… ce… mullah de l'état de ma fille ?

Le juge se tourna vers la mère de l'accusée. Il se demanda si elle avait apporté un soin particulier à sa tenue en vue de cet entretien. Avait-elle pensé à lui en mettant son soutien-gorge ? Elle fronça très légèrement les sourcils, alors il s'éclaircit la voix et l'esprit, craignant qu'elle n'ait lu dans ses pensées.

— Il l'observe depuis leur premier échange. Ce qu'il m'a expliqué, il l'a également rédigé dans un rapport qu'un messager nous a fait parvenir.

Par « rapport », le juge désignait un paragraphe griffonné sur une page de cahier d'écolier, et par « messager », le propre fils du mullah, le garçon qui avait servi du thé aux avocats.

— Selon son avis éclairé, elle souffre d'une grave maladie mentale, et il est peu probable qu'elle ait été dans son état normal au moment du meurtre de son mari. La bonne nouvelle est qu'il pense pouvoir l'aider à guérir.

Yusuf se renfonça dans sa chaise et soupira. Comment faire sortir Zeba de ce donjon sans abandonner l'affaire aux mains du procureur ?

— Avec tout le respect que je vous dois, votre Honneur, il n'est pas médecin et ne peut donc se permettre de formuler de telles affirmations. Je souhaitais qu'on la fasse examiner par une personne diplômée en médecine. L'hôpital n'est pas si loin. Il y a deux professionnels qualifiés là-bas qui traitent toutes sortes de maladies mentales. Ils ont même une unité de soins spécialisée dans ce domaine.

Gulnaz interrompit l'avocat de sa fille.

— Contrairement à ce jeune homme, je ne remets pas en doute les qualifications de Mullah-*sahib*, déclara-t-elle d'une voix ferme, en regardant le juge droit dans les yeux. En fait, je crois totalement en ses capacités et je suis persuadée qu'il parviendra à venir à bout de son mal en moins de quarante jours. Veuillez le lui dire de ma part. J'ai appris qu'elle était la seule femme résidant au temple actuellement et, comme vous pouvez l'imaginer, je m'inquiète pour son bien-être. Ce ne sont pas des conditions appropriées pour une femme.

— Les conditions sont celles qui ont été jugées nécessaires au traitement de la patiente, expliqua gentiment le *qazi*. Ce procédé s'est révélé sans danger pour beaucoup de gens, et le mullah garde un œil attentif sur elle.

— Alors où cela nous mène-t-il dans l'affaire ? Nous avons déjà passé en revue le Code pénal. Si elle a été déclarée folle par une source que vous estimez fiable, alors elle ne peut être condamnée pour ce crime, insista Yusuf.

— Pour l'instant, rectifia le procureur. Faisons-la soigner, et ensuite elle pourra être jugée et condamnée. Et elle le sera malgré ce report.

— Mes amis, nous entrons dans l'histoire, annonça fièrement Qazi Najib, balayant la pièce du regard avec le visage radieux d'un chimiste venant de synthétiser une nouvelle molécule. Nous respectons la justice telle qu'elle est définie dans les codes procéduraux. C'est une nouvelle ère qui s'ouvre pour notre système judiciaire, jeunes gens. Je n'aurais jamais cru voir ça de mon vivant. Nous sommes des pionniers, tous les trois !

Gulnaz écoutait attentivement et repensait aux biscuits qu'elle avait apportés la fois précédente. Le juge était un homme mince, et elle avait été surprise de le voir en manger un si grand nombre. Venue les mains vides ce jour-là, elle se demanda si elle avait bien fait.

—Il y a un autre point que nous devons discuter, ajouta le juge en se penchant en avant, coudes sur le bureau, et en se grattant la barbe. J'ai reçu un rapport du chef de police du village de Khanum Zeba, Hakimi. Plusieurs personnes lui ont livré des témoignages sur l'accusée.

Yusuf sentit les poils de sa nuque se hérisser. L'œil gauche de Gulnaz fut saisi d'un spasme, ce qu'elle prit pour un bon présage.

—Quels témoignages? s'enquit le procureur.

—Plusieurs, venant de personnes n'ayant aucun lien avec l'accusée. Il s'agit de commentaires sur son comportement dans les semaines ayant précédé le crime, et je dois avouer qu'ils sont tout à fait intéressants.

—Que disent-ils? demanda prudemment Yusuf.

—Je vais vous en lire des extraits, proposa le juge en remontant ses lunettes sur son nez avant de tirer un tas de documents d'un dossier. Voici le premier. Il provient d'une voisine de l'accusée. Elle affirme ceci: «J'ai surpris cette femme en train de me suivre chez moi à plusieurs reprises. Je suis attentive parce que je vis seule avec mes enfants et que mon mari est mort il y a plusieurs années. Elle m'espionnait par une fente du mur qui borde la maison, et je l'ai vue faire la même chose chez mes voisins. Elle avait l'air de parler toute seule, et quand je lui ai demandé de partir, elle n'a pas eu l'air de m'entendre.»

Yusuf eut un moment de sidération.

—Un autre dit : « Je ne connaissais pas très bien cette femme, car elle vivait à quelques rues de chez moi, mais je la croisais de temps en temps au marché. Je l'ai surprise plusieurs fois en train de parler à voix basse à des bouteilles d'huile et à des sacs de farine. Elle ne savait pas que je la regardais, et je ne voulais pas être indiscrète, mais elle a une fille du même âge que la mienne. Je n'ai pas pu m'empêcher de remarquer son attitude. »

—Tout cela ne peut pas sérieusement être versé au dossier, se plaignit le procureur.

—Et pourquoi pas ? Si nous voulons mener un procès équitable, ces éléments peuvent être utilisés comme preuves. Ils font partie de l'enquête. Ce sont des déclarations de témoins. C'est l'Afghanistan de demain qui se profile, et ça commence ici même, aujourd'hui !

Le juge se sentait rajeuni, comme en début de carrière et non à la veille de la fin. Gulnaz haussa un sourcil. Qazi Najib bomba légèrement le torse, interprétant sa réaction avec optimisme.

—Celui-ci est particulièrement édifiant : « J'ai croisé Khanum Zeba deux fois sur mon chemin alors que je vendais ma marchandise dans le village. Les deux fois, c'était juste avant le meurtre de son mari. Elle descendait notre rue et, tous les deux pas, elle s'arrêtait pour ramasser une petite pierre ou une poignée de terre qu'elle mettait dans sa bouche. Je lui ai demandé pourquoi elle faisait ça, mais elle s'est contentée de grogner comme un chien errant et de détaler avant que je puisse dire quoi que ce soit d'autre. J'ai vu la folie dans ses yeux. Il aurait fallu être aveugle pour ne pas la voir. »

—Donc ils disent tous qu'elle est folle ? s'enquit Yusuf.

Qu'était-il donc arrivé dans ce village ? Il repensa aux échanges qu'il avait eus avec les habitants et se demanda pourquoi autant de personnes avaient décidé de témoigner sur le comportement étrange de Zeba.

Gulnaz sortit un mouchoir de son sac et s'essuya le front. On étouffait dans ce bureau. Il n'était pas étonnant que sa fille y ait piqué une crise de nerfs.

— Beaucoup l'affirment, oui. Et le chef de la police, Hakimi, m'a précisé que tous ces témoins s'étaient présentés à lui de leur plein gré. Certains étaient nerveux, d'après lui. D'autres ont dit que cette femme ne devrait pas être en prison, puisqu'il est évident qu'elle n'avait pas toute sa tête. En outre, ils n'avaient rien de bon à dire sur son mari, ce qui est inhabituel vu qu'il a été assassiné. Personne n'aime dire du mal des morts, et là, certains l'ont même traité d'escroc, de menteur, d'impie.

— Ça ne signifie pas qu'elle a bien fait de le tuer, s'insurgea le procureur.

Gulnaz lança un regard à Yusuf. Le jeune avocat s'était rendu au village, avait frappé à des portes. Il était entré dans la maison de sa fille, avait rencontré Hakimi en personne. Qu'avait-il donc fait là-bas ? Tous ces témoignages affirmant que Zeba était folle à lier… Pouvait-il en être le déclencheur ? Ou alors, se pouvait-il que ces déclarations soient fondées ?

Gulnaz baissa la tête. Sa vision se brouilla à mesure que les larmes embuaient ses yeux.

La douleur liée au départ de son mari ne l'avait jamais quittée. Elle avait souhaité à sa fille une vie sans mauvais sort, de toutes ses forces. Secrètement, elle s'était réjouie de la voir se détourner du *jadu*, et avait même compris ses moments d'hostilité à son égard. Zeba avait cru que sa mère lui en voulait d'avoir mis de la distance entre elles, mais ce n'était pas le cas. La colère de Gulnaz était dirigée contre elle-même.

Le poids des tourments qu'elle avait causés, de la vengeance qu'elle avait cherché à assouvir, était lourd à porter. Le soir, Gulnaz ne trouvait le sommeil qu'après avoir fait l'inventaire des peines de ses enfants et de tous les maux auxquels elle ne pouvait rien. Lorsque tout était silencieux dans la petite maison de son fils où elle habitait, elle se postait devant la fenêtre de sa chambre, l'oreille tendue vers la nuit, à l'affût de quelque bruit qui ne serait destiné qu'à elle : un éclat de rire, un cri, une excuse sincère.

Elle était assise à présent, les genoux raides, les épaules basses, et écoutait des gens parler des démons de sa fille. Ne lui réservait-on que cela sur cette terre ? Et surtout, en était-elle la cause ? Avait-elle essayé de rendre sa fille plus forte ou bien de se prouver quelque chose à elle-même ?

Elle avait voulu bien faire, à chaque étape de sa vie, tout simplement. Éloigner le mauvais œil, empêcher des mariages malheureux ou punir ceux qui avaient fait du tort à sa famille. Là encore, dans cette épreuve, son unique but était de sauver sa fille. Elle n'était rien sans son *jadu*, Gulnaz en avait conscience. Comme les battements d'un cœur, la constance de son pouvoir la maintenait en vie.

Qazi Najib était résolu à entrer dans l'histoire grâce au cas de Zeba. Les hommes étaient si terrifiés par leur propre mortalité qu'ils cherchaient désespérément des moyens d'atteindre l'éternité : en s'assurant que leurs fils reprennent leur travail, que leurs petits-fils portent leur nom, que des livres, des rues, des journaux perpétuent leur héritage.

Certains en étaient de plus en plus obsédés à mesure que leur chevelure blanchissait.

Yusuf semblait hésiter à livrer le fond de sa pensée. Il vivait cela comme une partie d'échecs, aspirant, lui aussi, à son moment de gloire. Gulnaz était-elle dans le même état d'esprit ? Utilisait-elle la situation de sa fille pour tester une dernière fois ses talents de sorcellerie ?

Parfois, on ne sait plus quand s'arrêter, se dit Gulnaz.

Elle inspira profondément. Elle avait tant de soucis et si peu de force.

L'air devenait irrespirable dans le bureau.

Elle se leva et ramassa son sac à main. Les hommes se tournèrent vers elle, attendirent qu'elle parle, mais il n'en fut rien. Elle se dirigea vers la porte sans un mot d'explication.

— Khanum ? Khanum, que faites-vous ? Vous allez bien ? s'inquiéta le juge.

Yusuf ne fut en rien surpris par ce départ impétueux. Zeba et sa mère, il l'avait vite compris, étaient faites de la même étoffe, celle de l'insoumission.

CHAPITRE 33

Pendant la journée, Zeba contemplait les nuages denses qui glissaient dans le ciel tel un troupeau de moutons conduit par un berger à l'aide de sa *toula*, une petite flûte en bois. Les deux premières nuits, elle ne trouva pas le sommeil. Elle regarda un scorpion passer devant sa caverne, s'arrêter pour la scruter, queue incurvée vers le haut avec la grâce d'un signe calligraphique. C'étaient là ses distractions entre deux repas de pain (souvent rassis), de poivre noir et d'eau. Le poivre la faisait éternuer, secouant cinq ou six fois son corps en l'espace de quelques secondes. Chaque convulsion était comme un petit exorcisme. L'eau, d'une grande douceur, devait être tirée d'un puits extrêmement profond, supposa Zeba, filtrée à travers d'innombrables couches de terre riche. Cela lui fit penser à son cousin.

C'était le neveu de son père, elle était plus âgée que lui. Zeba se rappelait l'avoir porté sur sa hanche lorsqu'elle était jeune fille. Devenu adulte, il était parti en ville pour forer des puits. Son absence devait durer un mois, mais il était mort, à un mètre à peine de l'eau, terrassé par les gaz toxiques émanant du sous-sol. Zeba l'avait pleuré, en se demandant ce qu'il avait ressenti au moment d'atteindre le cœur de la terre, d'en libérer le fluide vital, et de comprendre qu'il n'y goûterait jamais.

À son enterrement, les femmes avaient consolé la mère du défunt par des promesses divines.

— Il est mort en apportant l'eau aux gens. Son travail était porteur de *sawab*, et il sera récompensé dans le *janat*.

C'étaient des mots de réconfort, pour éviter de dire qu'il était mort sans raison.

L'après-midi, Zeba écoutait les prières du mullah destinées à ses patients. Il s'asseyait avec eux dans les cellules, leur récitait des versets d'un ton doux et bienveillant. Il demandait à chacun de lui parler de ses tourments, de décrire les visions ou les voix auxquelles il était sujet, enjoignait chacun à chercher la paix dans les textes sacrés. Il leur apportait de l'eau fraîche que son fils avait tirée du puits, de quoi noyer leurs assiettes de pain sec et de poivre noir concassé.

Le mullah aussi doit aspirer au sawab *dans ce monde*, pensa Zeba.

La première nuit n'avait pas été aussi difficile qu'elle se l'était imaginée. La cellule était longue comme deux personnes, mais son toit était bas, et Habibullah devait s'accroupir pour entrer. Zeba passait son temps recroquevillée sur un petit tapis qu'il lui avait apporté.

Un homme poussa un hurlement semblable à l'*azan* d'un mullah retentissant depuis un minaret. Comme s'il s'agissait d'un réel appel à la prière, les autres suivirent. Gémissements, sanglots, éclats de rire se mêlèrent anonymement dans la cour éclairée par la lune. Zeba n'avait aucune idée du nombre de détenus qui se trouvaient là, mais présuma qu'elle était la seule femme. Sa cellule était la dernière de la rangée, et le patient le plus proche se situait à plus de trois cellules vides, une disposition plutôt commode.

Elle était presque soulagée d'avoir quitté Chil Mahtab, doutant de plus en plus de son *jadu*, qu'elle considérait comme une version édulcorée de celui de sa mère. Ces femmes attendaient tellement plus que ce qu'elle pouvait leur offrir.

Les tiraillements de la faim lui rappelaient le ramadan, le mois saint qu'elle avait toujours accueilli à bras ouverts. Jeûner du lever du soleil à la tombée de la nuit, sans laisser la moindre goutte d'eau traverser ses lèvres, était l'occasion de prouver sa résistance. Elle se sentait fière à l'idée de n'avoir jamais faibli, même adolescente. Les moments passés dans cette cellule étaient d'un genre différent, mais ils provoquaient le même vide brûlant dans son ventre. Cette sensation de soif et de faim était toutefois la bienvenue, car elle empêchait son esprit de glisser dangereusement vers l'auto-apitoiement. Le jeûne était un acte sacré, nécessaire et juste. Elle appuya le front contre le sol froid et pria pour que son séjour au temple la sanctifie, à supposer qu'une telle chose fût possible.

Chaque jour passé à tolérer les excès de boisson et les coups de son mari avait été pour elle un aveu de faiblesse.

Cette enfant aurait pu être la sienne. À dire vrai, lorsque Zeba était entrée dans la cour, c'était une de ses petites filles qu'elle avait cru apercevoir. Son foulard vert jade, ses jambes vacillantes, ses poings fermés. C'était l'honneur de son propre enfant qu'elle avait vu, avec horreur, détruit par un homme qu'elle avait nourri, excusé, auquel elle avait obéi. Un filet rouge de honte avait coulé sur la cuisse frêle et blanche.

Le temps qu'elle distingue son visage, il était déjà trop tard. Impossible de remonter le temps. Son couple avait cessé d'exister dès l'instant où les doigts de Zeba s'étaient refermés sur le manche de bois. Tandis qu'elle grimaçait sous l'effort, Kamal avait alors vu son épouse sous un nouveau jour, se rendant compte qu'elle aussi avait des dents.

Des murmures insistants la sortirent de ses pensées.

—Il est ici ! Je l'ai vu ! Lâchez-moi !

Elle secoua le menton, consternée par les délires de ses voisins possédés.

—S'il vous plaît, non… s'il vous plaît, ne m'emmenez pas. J'attends ici le jour du Jugement dernier. Je ne peux pas partir avec vous !

Les nuits étaient calmes et paisibles, ponctuées de rares crises. Les hurlements, s'ajoutant aux tiraillements de son estomac, rendaient plus violents les tambours qui résonnaient dans sa tête.

—S'il vous plaît, Satan ! Pas moi ! Ne m'emmenez pas en enfer !

—Tais-toi, tais-toi, tais-toi ! vociférait un autre, souffrant d'un mal différent.

Certains, atteints de paranoïa, conversaient avec des êtres qu'eux seuls pouvaient voir et entendre. D'autres étaient si déprimés qu'ils pleuraient ou dormaient presque tout le jour. Zeba crut en compter six, sans avoir parlé à aucun.

—S'il vient te chercher, rends-nous service et pars avec lui, cria un homme.

Des rires effrénés retentirent dans le noir.

Elle grogna, roula sur le côté, le tapis rêche frotta contre sa joue. Son corps tout entier était engourdi. Elle se dénoua la nuque. Elle avait tant perdu de poids au cours de ces onze jours d'enfermement qu'elle sentait sous sa peau l'atrophie de ses muscles. Même son ventre, qui s'était arrondi à chaque grossesse, s'était désormais ratatiné comme un raisin sec. Les zébrures satinées que chaque naissance lui avait laissées avaient disparu dans les plis.

Le mullah priait aussi pour elle. Il lui avait interdit, en attachant les chaînes à ses chevilles, de sortir de sa cellule. Les autres patients étaient tous des hommes, et elle n'avait pas intérêt à s'approcher d'eux.

—Le jour du Jugement dernier est imminent. Allah, aide-moi, je suis prêt. Envoie le vent, la grêle et le feu. Je l'attends! Éloigne ce diable de moi!

—*Imshab ba qisa-e dil-e-man goush mekoni…*, chantait doucement Zeba, dans l'espoir de couvrir les gémissements de son voisin et les cris de colère des autres le sommant de se taire. *Farda, man-ra chou qisa feramoush mekoni…*

Ce soir, tu écouteras les chagrins de mon âme, disaient les paroles. *Mais demain, tu auras tout oublié.*

La lente mélodie semblait encore plus triste sous le bruit des chaînes et des sanglots.

Quarante jours, avait déclaré le mullah. Son traitement durerait quarante jours, puis on la ramènerait à la prison, où l'on déciderait de son sort. Le fait d'avoir survécu aux onze premiers jours lui donnait un peu d'espoir pour les vingt-neuf restants.

Le mullah avait jeté un coup d'œil dans sa cellule plus tôt dans la journée, mains serrées dans le dos, comme on examinerait une nouvelle espèce d'animal dans un zoo.

—Chère enfant, si tourmentée. Où ton esprit t'emmène-t-il? lui avait-il demandé.

—Où mon esprit peut-il m'emmener? avait-elle répondu. Je suis plus lourde que cette montagne derrière vous. Mon esprit n'a pas le pouvoir de m'emporter.

Il avait réfléchi un instant à ses mots avant de poser une autre question.

—Zeba, es-tu malheureuse ici ? Je t'ai apporté à manger. Je sais que le pain n'est pas suffisant et que tu dois reprendre des forces. Tiens, prends ce *boulani*. Il est encore chaud.

Zeba avait émis un petit rire, amusée de voir le mullah se soucier soudain de son bien-être. Non, avait-elle pensé, elle n'accepterait rien de lui, rien de cet homme qui lui avait mis des fers aux jambes.

—Je le laisse ici pour toi, avait-il chuchoté afin que les autres n'entendent pas.

Il avait glissé dans sa cellule le pain plat fourré, enveloppé de papier journal.

—Reprenez-le ! avait-elle sifflé, bien que le parfum des épices, des pommes de terre et de la pâte frite la fasse saliver.

—Pourquoi faire ta tête dure ? s'était-il agacé. Je sais que ce n'est pas l'endroit le plus confortable du monde, mais je fais tout cela pour ton bien. Si tu pouvais le comprendre, tu serais reconnaissante.

—Je suis reconnaissante, répondit-elle, à celui qui a eu la grande sagesse de diviser le temps en jours et les jours en heures et les heures en minutes, car si je n'avais pas conscience que les secondes s'écoulent, l'attente me tuerait.

Après un silence, il l'avait laissée. Était-ce parce que ses paroles étaient parfaitement sensées ou au contraire absurdes ? Zeba ne chercha pas à le savoir. Elle avait dit ce qu'elle avait sur le cœur, c'était déjà une petite consolation.

Le mullah passait de cellule en cellule, priait pour ses patients, leur distribuait leur ration quotidienne de pain et de poivre. Il écoutait leurs divagations, leurs lamentations, leurs diatribes. Il leur parlait de paix, mais se gardait bien de défaire leurs chaînes. Il restait de longues heures avec eux, mais rentrait chez lui le soir auprès de sa femme et ses enfants. Les malades se retrouvaient alors livrés à eux-mêmes, les quartiers du mullah étaient déserts, et seul le saint patron des lieux, dans sa tombe, veillait sur eux.

Zeba se remit à fredonner. Les paupières de plus en plus lourdes, elle eut du mal à se rappeler les paroles. Le piquant du poivre noir était encore sur sa langue. Elle boirait davantage le lendemain, songea-t-elle. Elle n'avait pas bu assez ce jour-là et le regrettait. L'air nocturne était chaud et sec. Zeba sentit la transpiration de ses aisselles et de son aine lorsqu'elle bougea. Elle s'assit, dos contre le mur, étendit les jambes devant elle. Une goutte de sueur perla dans son cou et glissa sur sa robe de coton.

— Je l'ai vu ! Je l'ai vu ! Il vient me chercher ! criait encore l'homme, mais d'une voix moins forte, comme vaincu. Mullah-*sahib*, où êtes-vous ? Aidez-moi !

Quand Zeba était petite, sa famille se réunissait pour faire la fête : tantes et oncles, cousins et amis proches. Son oncle avait appris à jouer de l'harmonium. Elle sentait encore les bouffées d'air sortant des trous à l'arrière de la boîte en bois verni. De la main gauche, son oncle tirait puis relâchait les soufflets tandis que, de sa main droite, il chatouillait les quarante-deux touches noires et blanches, faisant chanter son auditoire et leur rappelant les paroles lorsqu'ils hésitaient. La synchronisation de leurs voix faisait oublier leurs fausses notes.

L'aîné des cousins avait appris à jouer du *tabla*, instrument composé de deux tambours de hauteurs différentes. Grattant de ses doigts repliés la peau de chèvre tendue, il exécutait des rythmes millénaires. Zeba regardait ses mains danser, se sentant incapable d'en faire autant. Le voir tambouriner contre l'œil noir et fixe du *tabla* la fascinait.

La tante de Zeba jouait du *daïra*, un tambourin deux fois plus gros que sa tête, avec de minuscules paires de cymbales claquant contre les contours du disque. Le pays était en guerre à cette époque, les moudjahidine étaient partis à l'assaut des montagnes pour combattre les soldats et les tanks russes. La terre afghane se remplissait lentement de martyrs. Il était alors d'autant plus important de danser et de rire. Son père souriait davantage ces soirs-là que n'importe quel autre soir.

— Chante, Zeba-*jan*! Ne fais pas la tête comme ta mère. Chante avec ton cœur!

— Je ne connais pas les paroles, avait murmuré Zeba.

— Tu sais frapper dans tes mains, non? Tu n'as pas besoin de grand-chose pour faire de la musique.

Elle s'était assise à côté de lui, avait frappé dans ses mains jusqu'à ce qu'elles deviennent rouges, s'était balancée de droite à gauche en imitant les autres, dans un mouvement qui n'avait rien à voir avec la prière.

Désormais, il n'y avait pas assez de musique dans sa tête pour provoquer une telle paix.

Si on me ramène à la prison, je ferai chanter les femmes. Je les ferai asseoir en cercle, et nous trouverons un daïra, *même si je dois écorcher une chèvre pour ça.*

Zeba s'interrompit. Était-ce un bruit de pas dans la cour? Elle tendit l'oreille, perçut le craquement de la terre sous une sandale de cuir. La solitude avait aiguisé ses sens, elle n'avait plus besoin de voir pour deviner ce qui l'entourait. Ce n'était pas le mullah. Son pas était plus lent, lourd de conviction et de vertu. Ce n'était pas non plus un des prisonniers. Leurs pas étaient timides et peu assurés ; de plus, il était improbable que l'un d'eux ait réussi à se libérer de ses chaînes.

Zeba s'empara du seau posé dans un coin de sa cellule, serra l'anse des deux mains.

Encore deux pas, plus proches cette fois-ci. Ce pied était très léger. Un petit animal, peut-être. Ou un chevreuil, descendu de la montagne pour voir quelles mystérieuses créatures troublaient le silence de la nuit par leurs hurlements et gémissements.

— Pars et ne reviens jamais, Satan ! cria l'homme à quelques mètres de là.

Le cœur de Zeba se mit à battre la chamade. Son silence avait été trompeur. Il était encore tourmenté, probablement parce qu'il n'avait pas dormi depuis des jours.

Les pas s'étaient arrêtés. Le malade avait-il effrayé l'intrus ? Zeba hésita entre la peur et le soulagement.

Elle ferma les yeux, inspira profondément, aspirant de l'air chaud dans son corps, expirant un air plus chaud encore. Elle regretta de ne plus être seule avec sa musique.

Lorsqu'elle rouvrit les yeux, elle poussa un cri étouffé en découvrant la silhouette qui se dressait devant elle, drapée dans le clair de lune. Elle ne put distinguer son visage, mais l'identifia immédiatement.

C'est vraiment ridicule, même pour un fou, de croire que ça puisse être Satan.

— Toi ! Mais que fais-tu ici ? murmura-t-elle dans l'obscurité.

CHAPITRE 34

—I l fallait que je te voie, chuchota Basir.
Il se trouvait devant l'ouverture de la cellule et, bien qu'il n'y eût ni barreaux ni porte entre eux, semblait hésiter à franchir le seuil invisible.

—Comment es-tu venu? demanda Zeba.

Elle s'approcha lentement de lui, jusqu'à ce que le bruit métallique de ses chaînes l'oblige à s'arrêter. Elle n'avait pas vu ses enfants depuis plusieurs mois. Cet éloignement était un véritable supplice, malgré tous ses efforts pour refouler le manque. Elle avait conscience de son allure misérable, de ses cheveux hirsutes et de ses vêtements sales. Elle n'aurait pu imaginer retrouvailles plus humiliantes.

—Je me suis débrouillé, répondit Basir avec un haussement d'épaules.

—Mais il est si tard, et nous sommes si loin de la maison! se lamenta Zeba, pensant à ce qu'il avait dû faire pour s'échapper du foyer de sa tante. Est-ce que quelqu'un t'a conduit ici? Les bus ne circulent pas dans ce coin…

—Je suis ici, Madar. Ne te soucie pas du reste.

Percevant son agacement, elle lui obéit.

—Je suis navrée que tu me voies dans cet état.

—Moi aussi, acquiesça doucement Basir.

Il courba le dos et entra dans la cellule, le visage éclairé par la lune. Zeba put voir le léger duvet au-dessus de sa lèvre supérieure.

— Tu m'as tellement manqué, pleura-t-elle en se penchant vers lui. Tes sœurs aussi. Vous allez bien? Est-ce que quelque chose leur est arrivé? C'est pour ça que tu es ici?

— Rien ne leur est arrivé. Elles vont bien.

— Tu es sûr? Tu ne me mentirais pas, hein?

Le visage de son fils se crispa.

— Comment peux-tu dire ça, Madar?

— Je suis désolée.

Zeba bougea les jambes. En onze jours, elle n'avait pas connu de position plus inconfortable, et cela n'avait rien à voir avec le sol caillouteux ou la chaleur. Son fils avait l'air fatigué, mais elle n'avait rien à lui offrir.

— Mon fils, quelle joie de pouvoir poser les yeux sur toi!

Basir détourna le regard. Finalement, il leva des yeux pleins de larmes, étincelants sous le clair de lune.

— Tu nous as tellement manqué, Madar, dit-il d'une voix brisée.

L'adolescent tomba alors dans les bras de sa mère. Elle éclata en sanglots, en plaquant une paume sur sa bouche pour étouffer le bruit, ne voulant pas alerter le mullah, surtout que ses voisins étaient déjà agités cette nuit-là.

Basir serrait sa mère à la taille, le visage enfoui contre son ventre. Zeba caressa ses cheveux d'une main et appuya sa joue contre le dos de son fils, si fort qu'elle sentit les os de sa colonne vertébrale.

Elle souleva la tête de son fils et essuya ses larmes.

— Ça a été dur pour toi, j'en ai conscience, murmura-t-elle.

Elle ne savait pas par où commencer. La détestait-il ? Lui avait-il pardonné ? Elle n'en était pas certaine, alors même qu'il s'agrippait à elle dans le noir.

Basir se redressa, renifla, puis se racla la gorge. Il se tourna le temps de se reprendre puis parla d'un ton très direct. Il avait changé, observa Zeba.

— Je t'ai apporté à manger, dit-il en ramassant un petit sac en plastique à l'extérieur de la cellule. Il y a du gâteau à l'eau de rose, deux tomates et une boîte de riz.

— Tu m'as apporté de la nourriture ?

Basir haussa les épaules avec embarras.

— J'ai entendu parler de ce qu'ils font ici. J'aurais apporté plus, mais je n'ai pas trouvé grand-chose que je puisse emballer…

— Non, non, non, répondit Zeba en secouant la tête. *Bachem*, c'est tellement gentil à toi. Vraiment. Je n'arrive pas à croire que tu aies fait tout ce chemin et pensé à prendre des provisions. Tu es tellement… tu es… Je ne sais pas quoi dire.

Basir pinça les lèvres.

— J'ai entendu raconter qu'on ne vous donnait rien ici, mais je ne savais pas si tu voulais quoi que ce soit.

Il posa le sac devant elle et la regarda prendre une tomate, la tourner dans sa paume, en respirer le parfum de terre. Sans même en avaler une bouchée, elle en sentait le goût sur son palais, en sentait le jus couler sur son menton. Zeba remit le fruit dans le sac et sortit la boîte ronde en fer-blanc. Elle dévissa le couvercle, et huma le parfum du riz bruni par le sucre caramélisé et généreusement assaisonné de coriandre, de cannelle et de clous de girofle. Le riz était froid, mais Zeba l'imagina chaud en plongeant le doigt dedans avant de le porter à sa bouche.

Non, décida-t-elle, elle ne croyait pas dans les pouvoirs du sanctuaire. Pas quand son propre fils avait fait tout ce chemin avec des provisions pour elle.

Le riz était exquis. Tamina avait toujours été bonne cuisinière.

—Le riz de ton ama, dit Zeba en penchant la tête en arrière, a toujours été délicieux, mais celui-ci... c'est le meilleur que j'aie jamais goûté.

—Dommage que je ne puisse pas lui transmettre le compliment.

Zeba déglutit.

—Comment ça se passe avec elle ? Est-ce qu'elle te traite bien ?

—Elle est très gentille avec nous.

Zeba se demanda si son fils lui mentait. La famille était certainement convaincue de sa culpabilité. Pouvaient-ils réellement avoir le cœur assez généreux pour se rendre compte que les enfants n'avaient rien à voir avec ce désastre ?

—Est-ce qu'elle a... dit des choses sur moi ?

Basir secoua la tête.

—Non, elle ne parle jamais de toi.

Zeba fut étonnée.

—Où dors-tu ? Ils n'ont que trois pièces. Est-ce qu'elle t'a fait de la place ?

—Elle prend Rima dans sa chambre. Shabnam et Karima dorment dans une chambre avec ses filles. Parfois, elles veulent rester à côté de moi, mais Ama Tamina n'aime pas ça. Je dors dans le salon tout seul.

—Et elle te nourrit bien ?

—Nous mangeons avec eux. Pas plus, pas moins que les autres.

Dieu merci, songea Zeba avec un soupir de soulagement.

— Je pensais qu'elle nous demanderait de partir, dit
doucement Basir. Je ne sais pas pourquoi elle ne l'a pas fait.

Zeba toucha l'avant-bras de son fils. L'idée lui traversa
soudain l'esprit qu'elle avait peut-être sombré dans la folie
totale, que le garçon devant elle n'était que le fruit de son
imagination. D'une certaine façon, cette hypothèse était
plus crédible que de savoir Basir quittant le foyer accueillant
de sa tante pour retrouver son assassin de mère dans un
sanctuaire pour les fous.

Basir retira son bras.

— Tu devrais manger plus, Madar. Tu as une mine
affreuse.

Zeba s'efforça de rire.

— L'appétit est une drôle de chose, dit-elle d'un ton
désinvolte. Il va et vient. Et toi? Tu dois avoir faim, après
cette longue route.

Zeba lui tendit la boîte, mais Basir leva une main. C'était
un geste poli, trop poli pour un échange entre une mère
et son fils. Zeba en eut le cœur brisé, mais ne fit aucun
commentaire et replaça le couvercle.

— Tu vas enfin me dire ce qui est arrivé à mon père?
lança le garçon d'une voix sèche et tendue.

Au cours de ses mois d'emprisonnement, Zeba s'était
posé mille fois cette question et avait trouvé mille réponses
différentes. Elle dirait tout à ses enfants. Elle ne leur dirait
rien. Elle dirait à Basir que son père était un monstre, rien
de plus. Elle ne parlerait qu'aux filles. Elle inventerait une
explication. Elle leur dirait que Kamal avait essayé de la
tuer, ou qu'il avait glissé et qu'il était tombé sur la hache.

Tout cela n'était qu'un terrible malentendu, un accident, leur père avait été un homme bon et respectable.

— Alors ?

Zeba regarda le ciel nocturne. Vers qui pouvait-elle se tourner pour obtenir des réponses ?

— *Bachem*, notre famille a été déchirée. Je n'ai jamais voulu faire quoi que ce soit qui vous fasse souffrir, tes sœurs et toi.

Si Basir respirait, Zeba ne le voyait pas. Il resta assis, parfaitement immobile, les yeux rivés sur l'espace sombre au milieu de ses jambes croisées.

— Ce jour…, reprit-elle. Ce jour a été terrible pour nous tous. Je ne sais pas pourquoi nous avons été frappés de la sorte, mais nous savons tous que Dieu décide de notre sort.

— Tu vas répondre à ma question ou tu vas continuer à me raconter des conneries ?

— Basir ! s'indigna Zeba.

Il n'avait jamais dit de gros mots en sa présence.

— Je suis venu te demander ce qui s'était passé. Tu vas me le dire, oui ou non ? Parce que si tu ne le fais pas, je vais devoir le deviner tout seul.

— Basir. *Janem*, certaines choses se passent entre adultes, et je ne veux pas…

— Ce n'était pas qu'entre adultes, Madar.

Le dos de Zeba se raidit d'un coup.

— Que veux-tu dire ?

— Ce n'était pas entre adultes. Je l'ai vu. J'ai vu ce que… ce que… ce qui lui était arrivé. Ce n'était pas un étranger. J'ai lavé son corps ensanglanté et je l'ai enveloppé dans un drap blanc. J'ai enterré mon père, et maintenant j'entends mes sœurs pleurer la nuit. Ce qui est arrivé nous concerne tous, alors ne me dis pas que c'était une affaire d'adultes.

Il avait raison. Il méritait de connaître la vérité, mais Zeba avait peur de sa réaction. Essaierait-il de savoir qui était la fille ? Allait-il penser que sa mère était une menteuse et la mépriser davantage ? Allait-il avoir honte de son père au point de ne jamais s'en remettre ? Ou bien craquerait-il en racontant à quelqu'un le crime abject qui avait été perpétré dans son propre foyer ? Il avait la colère d'un homme, mais n'en avait ni la compréhension ni le jugement.

Elle regretta de ne pas être aussi folle que ses voisins de cellule. Tout aurait été si simple !

Son cœur martelait sa poitrine. Dans un moment, elle dirait tout à Basir, ou bien elle ne lui dirait rien. Et dans un moment, il la détesterait ou compatirait.

La montagne avait-elle grandi depuis la dernière fois qu'elle l'avait regardée ? Elle lui semblait plus imposante à l'horizon, semblait avancer lentement vers la lune.

La chanson lui revint.

Ce soir, tu écouteras les tourments de mon âme. Mais demain, tu auras tout oublié.

Zeba entendit le léger roulement d'un *tabla* dans la nuit, son œil fixe rivé sur elle. Le gémissement funèbre de l'harmonium suivit, et une bouffée d'air vicié lui chatouilla le visage.

Puis vinrent les percussions du *daïra* et un tonnerre d'applaudissements.

Si elle perdait son fils, ses enfants, elle n'aurait plus rien. Les avait-elle aimés suffisamment pour survivre à cette épreuve ? Son fils était assis, dans l'attente, et la regardait comme on surveillerait un scorpion sur le point d'attaquer. Les bébés qu'elle avait pleurés lui dirent qu'ils en avaient assez de ses larmes. Les yeux blessés de ses filles la transperçaient, lui rappelaient qu'elle avait bâti cette maison du péché, qu'elle était tout aussi vile que Kamal.

— Vas-tu me répondre ? insista Basir.

Il méritait mieux. C'était un bon fils.

Zeba aspira l'air chaud de la nuit à pleins poumons et prit une décision qu'elle était certaine de regretter.

CHAPITRE 35

—Je ne sais pas quoi penser, dit Hakimi, totalement dérouté.

L'homme qui se tenait devant lui était la cinquième personne à venir le voir pour la même raison. Depuis quand les gens estimaient-ils nécessaire de rendre compte du comportement irrationnel de leur voisin ? Son propre voisin abritait sur son toit vingt-cinq pigeons gris et leur avait à chacun donné un nom. Hakimi lui avait affirmé qu'il était impossible de les distinguer les uns des autres, mais l'autre maintenait qu'il les reconnaissait aussi bien que le chef de la police reconnaissait ses enfants.

—C'est la vérité, dit l'homme en se frottant les mains et en haussant les épaules. Je ne l'ai pas relevé à l'époque, car je ne voulais pas m'immiscer dans la vie privée d'une famille. Mais maintenant…

—Oui, qu'est-ce qui vous a poussé à venir me raconter ça maintenant ? demanda Hakimi en se penchant par-dessus son bureau.

—Eh bien, les gens ont dit des tas de choses, et je ne sais pas trop ce qui est vrai. Mais je suppose que le juge voudra tout savoir d'elle avant de prendre une décision. Et s'il veut prendre la bonne décision, alors il ne pourra le faire qu'en sachant ce que j'ai vu.

—Très bien. Expliquez-moi ce que vous avez vu. Je ne sais pas si le *qazi* y accordera de l'importance, mais vous pouvez commencer par me le dire. Ensuite, nous aviserons.

Hakimi sortit un carnet de notes et un stylo à bille. Il griffonna dans le coin de la page, ce qui ne produisit que des creux incolores. Il mit sa bouche en cul-de-poule et y enfonça la pointe du stylo. Il souffla dedans, l'humecta du bout de la langue, puis se lança dans une nouvelle tentative : une spirale bleue, récalcitrante et incomplète, mais visible.

Il tourna la page pour en entamer une autre. Tous les témoignages enregistrés étaient consignés dans un dossier. Le juge allait-il en tenir compte pour la défense de Zeba ou les jeter à la poubelle sans même les lire ? Impossible à dire. D'ailleurs, Hakimi s'en moquait. La tâche consistant à accumuler des preuves de son autorité, au lieu de preuves liées à l'affaire, était fort appréciable.

—Bon, je vous écoute.

—Je… euh… je ne connaissais pas son nom. Nous n'avons aucun lien avec la famille, mais ils n'habitaient pas loin, alors je voyais l'épouse de temps à autre. Je ne sais plus quel jour c'était, mais j'allais au travail et, au moment où je suis sorti dans la rue, j'ai entendu un bruit. Je me suis retourné, et elle était là. Son foulard avait glissé, alors j'ai su de qui il s'agissait. Dès qu'elle m'a vu, elle l'a remonté et a tourné la tête.

—Que faisait-elle ?

—Elle… elle creusait devant la porte d'un voisin, à mains nues. On aurait dit… On aurait dit qu'un objet très important était enterré là. Et qu'elle voulait faire ça au plus vite.

—Bizarre. Vous a-t-elle dit quelque chose ?

—Non, rien. Elle m'a… elle m'a seulement regardé comme un chien errant regarde une bande de gamins. Prêt à mordre si on s'approche trop près. Je ne l'ai pas fait.

—Évidemment. Avez-vous continué à l'observer ou êtes-vous parti ?

—Je suis resté un peu. Je veux dire, je lui ai demandé ce qu'elle faisait et si elle allait bien. Elle semblait affolée… pas dans son état normal. Comme elle ne m'a pas répondu, je lui ai demandé si son mari savait où elle se trouvait. Je supposais qu'elle avait une famille.

—Qu'a-t-elle dit ?

—Elle… euh… elle n'a pas dit grand-chose. Elle s'est contentée de fourrer une poignée de terre dans sa bouche, et puis elle a détalé comme une voleuse.

—Elle a fourré de la terre dans sa bouche ? répéta Hakimi, incrédule.

Si seulement toutes ses journées étaient ainsi. Si seulement il pouvait se réveiller tous les matins pour enregistrer des histoires insensées sur les gens de son village, noircir des pages pour transformer les paroles en preuves officielles. Il en tirait un sentiment de puissance, aussi délectable que le scintillement de son badge ou le poids de son arme à la ceinture.

—Elle ne s'est pas plutôt essuyé la bouche avec une main sale ?

—Non, non. Elle a en pris une bouchée comme si c'était… du riz.

Hakimi ouvrit de grands yeux curieux.

—C'est un comportement très inquiétant. Et vous l'avez vue s'enfuir ?

—Oui.

—Dans quelle direction ?

—Je ne m'en souviens pas.

Hakimi inspira, lèvres pincées. Il se pencha en arrière et tapota sur la page avec son stylo.

—Eh bien, si vous ne savez plus, je ne vois pas comment…

—Ah oui, elle a couru vers la boutique du marchand de chaussures et elle a dépassé l'école. Je m'en souviens maintenant parce que je partais au travail et que je devais passer devant l'école.

—Je vois, dit lentement Hakimi comme si ce détail changeait tout.

Il ajouta une phrase au dossier, d'une écriture méticuleuse. Il n'avait jamais eu de très bonnes notes à l'école, mais trouvait d'autres manières de se sentir instruit. Il s'enorgueillissait de ces détails. On le voyait à la façon dont il lustrait lui-même ses souliers, ne faisant pas confiance à ses enfants pour cela. Cette tâche était trop basse pour n'importe quel homme jouissant d'une certaine position, mais Hakimi pensait que le résultat compensait largement ce décalage.

—Je vais faire part de ces informations au juge, dit-il. Maintenant, à moins que vous n'ayez autre chose à déclarer…

—Non, c'est tout ce que je sais. Que l'esprit de cette femme était sans aucun doute malade. Et c'était au moins deux semaines avant que l'homme ne soit tué.

—Compris. Bon, merci d'être venu, conclut Hakimi avant d'arracher la page du carnet et de la joindre à une pile de feuilles similaires, maintenues ensemble par un trombone.

— *Sahib*, je peux vous poser une question ? Simple curiosité. Avez-vous recueilli des témoignages sur le mari de cette femme ? Je ne le connaissais pas vraiment.

— Vous voulez dire la victime ? Que son âme repose en paix. Non, il semblerait que personne n'ait rien à dire sur lui, non pas que j'aie posé des questions. Si une chose est claire dans cette affaire, c'est qu'il est la victime.

— Bien sûr, marmonna Timur.

Sans réfléchir, il reprit la parole. Ce n'était pas prévu, et il prenait des risques. Il avait l'impression d'être une canette de soda qu'on aurait agitée. Et à cet instant, on venait de le décapsuler.

— Mais je suis étonné que vous n'ayez pas entendu les rumeurs qui circulent sur lui.

— Les rumeurs ? Quelles rumeurs ? demanda Hakimi, les sourcils froncés.

— Je ferais peut-être mieux de me taire. Je n'étais pas témoin, mais d'autres m'en ont parlé. C'était il y a quatre mois, et c'était si horrible que je n'ai pas voulu y croire.

— Dites-moi ce que vous avez entendu. C'est mon rôle de trier les informations. Et de distinguer le vrai du faux.

Timur s'abstint de tout commentaire, sachant le chef de la police incapable de trouver des rubis dans le sable.

— C'est une chose dégoûtante, si dégoûtante que ça me coûte de le répéter.

— Faites vite, mon ami. J'ai du travail, s'impatienta Hakimi.

— Bien sûr. J'ai ouï dire que c'était un impie et qu'il avait, dans un accès de colère, brûlé une page du Coran.

Hakimi se redressa brusquement sur sa chaise, les deux paumes à plat sur le bureau. C'était une révélation scandaleuse, même si ce n'était encore qu'une rumeur.

—Brûlé? Que Dieu nous en garde! Pourquoi aurait-il fait une chose pareille?

Timur secoua la tête. Ses mains étaient moites. Il les essuya discrètement sur son pantalon.

—Je n'en ai aucune idée. Moi qui adore le Coran de tout mon cœur, je ne peux pas imaginer ce qui amènerait un homme à faire une chose si terrible. Je vous avais prévenu que c'était mal.

—Mal? C'est au-delà du mal. C'est le pire des blasphèmes! Et comme il est mort, nous ne pourrons ni enquêter ni le punir. Que suis-je censé faire de cette information? Qui peut la confirmer?

—Je… je ne sais pas. Comme je l'ai dit, c'était il y a quatre mois, au marché, et je ne sais plus qui a dit cela, mais je peux vous garantir que plusieurs personnes m'ont raconté cet épisode. Je suis rentré chez moi en ayant oublié ce que j'étais parti acheter. C'est vous dire si cette histoire m'a bouleversé.

—Ça se comprend.

Hakimi avait posé les coudes sur le bureau. Il remuait sur sa chaise, cherchant tant bien que mal à garder sa contenance après un aveu aussi insensé. Une pensée le traversa soudain.

—Sa femme était-elle au courant?

—Sa femme? répéta Timur avec un léger haussement d'épaules. Je ne sais pas. C'est possible. Elle l'avait peut-être vu faire. Quel scandale pour elle et ses enfants. Pour leur bien, je suis content que tout le village ne soit pas au courant.

—C'est mauvais. C'est très mauvais.

Un tel blasphème n'était pas toléré en Afghanistan. Les deux hommes pensaient à la jeune femme qu'on avait accusée, à peine dix-huit mois auparavant, d'avoir enflammé une page du Coran dans une mosquée de Kaboul. Un seul doigt accusateur avait déclenché une émeute essentiellement masculine, on l'avait attaquée à coups de poutres en bois, de pierres grosses comme des melons, de bottes. On lui avait roulé dessus en voiture puis on avait jeté son corps dans une rivière asséchée avant de le brûler. Tout de suite après, une enquête avait été lancée. Le but de celle-ci : déterminer si la femme avait réellement brûlé une page du livre saint.

L'accusation s'était révélée fausse, et parmi les hommes qui avaient été arrêtés et condamnés pour meurtre, certains avaient été relâchés au bout de quelques mois, les autres avaient vu leurs peines considérablement réduites. La conclusion était claire : on excusait ceux qui dénonçaient les blasphémateurs et défendaient le Coran. Était-il possible que Zeba se soit emportée à cause des actes de son mari ? Hakimi avait reçu de nombreux témoignages sur l'alcoolisme de Kamal. Ce n'était pas si courant dans leur village, mais une poignée d'individus avaient développé cette addiction. C'était un péché, sans aucun doute, mais qui semblait bien pâle à côté de cette nouvelle accusation. Quel genre d'homme avait réellement été Kamal ?

— C'est très grave. Je comprends vos hésitations. Je ne crois pas que nous devrions en parler à qui que ce soit, cependant. Cela pourrait fâcher beaucoup de monde, y compris la famille du défunt.

Timur était nerveux.

— Je ne veux pas les tourmenter davantage, mais vous ne croyez pas que le juge devrait être mis au courant ? Il est possible que sa femme… Je veux dire, il est possible qu'elle l'ait appris et qu'elle ait…

—Oui, en effet. Mais laissons la cour décider de son sort.

Hakimi ne voulait pas s'engager davantage. Il secoua la tête, se persuadant qu'il prenait la bonne décision.

—Nous ne pouvons pas prendre le risque de provoquer des réactions. Et ce n'est qu'une rumeur, n'est-ce pas ?

—Je suppose. Même si plusieurs témoignages se recoupent.

—Vous avez déjà dit cela.

—Oui, c'est vrai, admit Timur, les lèvres sèches. Je suis désolé. En tant que musulman, je trouve difficile de laisser un tel crime impuni. J'estimais de mon devoir de parler. Celui qui s'élève contre un acte aussi abject mérite le respect dans cette vie et dans l'au-delà, je crois.

Hakimi se tut, réfléchissant aux paroles de Timur.

—Je… je comprends tout à fait. Je ressens la même responsabilité. Je peux toujours en souffler mot au juge, en toute discrétion.

—Je me fie à votre jugement, dit Timur avec déférence. Je suis content que cette responsabilité ne repose plus sur mes épaules.

Hakimi lâcha un soupir et jeta un regard circulaire dans le petit commissariat qu'il dirigeait. C'était vrai, songea-t-il. Personne en ville ne comprenait réellement le fardeau de sa position.

—J'ai pris assez de votre temps, Hakimi-*sahib*. Mais j'ai une question si vous le permettez. À propos de la femme… de son épouse. Est-ce que d'autres villageois vous ont rapporté des comportements étranges dont ils auraient été témoins ? Je me demandais si j'étais le seul à l'avoir remarqué.

— Loin de là, s'amusa Hakimi, soulagé de passer à des détails plus légers. Vous êtes la cinquième personne à venir me voir en une semaine. Tout ça est plutôt logique. La femme devait être complètement folle pour planter une hache dans le crâne de son mari. Le pauvre bougre, que Dieu lui pardonne. Je me demande s'il savait quel genre d'aliénée il avait épousée, ou bien si elle rusait avec lui. Les femmes sont des créatures mystérieuses, vous savez. Terriblement douées pour la dissimulation. On ne sait jamais ce qu'elles cachent dans les plis de leurs jupes. C'est ce que me disait mon père.

Timur sourit poliment, content de ne pas être le premier témoin, comme le lui avait promis Walid.

— Oui, acquiesça-t-il en hochant la tête.

L'homme recula sa chaise et tira sur les pointes de son gilet de lin. Il n'avait pas eu d'aussi bonne nouvelle à rapporter depuis bien longtemps. S'ils avaient survécu jusque-là, après ce qui était arrivé à Layli, c'était parce que Zeba avait gardé le secret. Nargis, son épouse, le lui avait répété chaque fois qu'il avait renoncé à venir raconter cette histoire sur Zeba mangeant de la terre.

— Ce sont des créatures mystérieuses, en effet.

Timur rentra chez lui le cœur battant, se demandant s'il était sage d'écouter les supplications d'une fille brisée et de sa mère.

CHAPITRE 36

— Z eba ! Zeba !
Son esprit devait lui jouer des tours, pour qu'elle entende sa mère l'appeler dans cet endroit. Elle avait la tête moins lourde qu'au cours des premières nuits.

— Je cherche ma fille !

Zeba se redressa en sursaut. Elle baissa les yeux et vit qu'un petit oreiller rond avait été glissé sous sa nuque. Le mullah l'avait-il mis là pendant qu'elle dormait ? Elle frissonna à l'idée que ses mains l'aient touchée. Comment avait-elle pu ne pas se réveiller au contact d'un étranger ?

— Il y a quelqu'un ici ?

Zeba rampa vers l'entrée de la grotte à la façon de Rima s'avançant vers elle.

— Par là ! Je suis là, Madar ! cria-t-elle timidement.

C'était la première fois qu'elle haussait la voix au-delà du murmure dans cette cellule. Elle savait que les autres seraient furieux de l'entendre, elle, une femme, mais répondre à l'appel de sa mère était purement instinctif.

— Zeba ? C'est toi ?

Zeba tendit le cou par la gueule de la cellule. Il y avait deux hommes dans la cour centrale, observant les lieux avec curiosité. Les adeptes de passage iraient directement au sanctuaire, ils se tiendraient à l'écart de la vallée des fous.

Zeba agita le bras, plissant les yeux sous le soleil qui agressait sa rétine.

— Par là ! Madar-*jan*, je suis là !

Aux mouvements de sa mère, elle vit qu'elle avait réussi à attirer son attention. Gulnaz avançait. Quand les cris commencèrent à retentir, Zeba sentit son estomac se nouer.

— Madar ? C'est toi, Madar ? s'éleva une voix comme une volute de fumée. Tu es venue me chercher après tout ce temps ?

— Ce n'est pas que ta mère. Elle est ici pour nous tous. Elle est venue s'occuper de nous, s'écria joyeusement un autre homme.

— Idiots ! s'exclama un patient plus morose. Un homme désespéré voit l'océan dans le désert.

Gulnaz ne prêta pas attention à eux et se tint loin des cellules. Le visage grave, elle s'approcha de la dernière voûte, celle qui abritait sa fille.

— Qui sont ces femmes ? gémit-on quelque part.

Il y eut un cliquetis métallique, mais aucun visage n'apparut.

Zeba vit le mullah sortir en catastrophe de ses quartiers, flanqué de son fils. Elle ne put distinguer son expression, mais devina sa sidération. Il poussa le garçon vers l'intérieur et regarda sans bouger, comme si une chaîne invisible l'attachait à sa maison.

— Zeba, tu vas bien ? Qu'est-ce qu'ils t'ont fait ? Oh mon Dieu, regarde-moi cet endroit !

Gulnaz s'était glissée dans la cellule sans réfléchir. Elle prit sa fille dans les bras, puis recula et caressa les touffes de cheveux qui éclipsaient son visage.

— Madar… Madar…, sanglota la jeune femme.

Elle enfouit sa figure contre l'épaule de sa mère. Lorsqu'elle leva la tête pour respirer, elle lui prit les mains, les embrassa, les tint contre ses joues. Gulnaz essuya les larmes de sa fille avec les pouces.

— Je ne suis pas folle, Madar-*jan*, murmura-t-elle. Il dit que je suis folle, mais c'est faux !

— Tu le deviendras s'ils te gardent enfermée ici, répondit Gulnaz d'un ton glacial.

Zeba renifla et hocha le menton. Elle se toucha les cheveux, soudain consciente de son manque d'hygiène ; elle devait réellement avoir l'air d'une folle.

— Tu as raison. Je ne sais pas pourquoi il m'a gardée. Je n'ai rien dit ni fait d'anormal. Je… je…

— Bien sûr que non. Je sais comment ces personnes fonctionnent. Ils prétendent agir au nom de Dieu, mais pour un bon prix, lança-t-elle comme des coups de feu. Quelqu'un doit le payer pour qu'il te garde enfermée. Est-ce que les avocats ont parlé d'argent quand ils t'ont emmenée ici ?

Zeba fit signe que non.

— Pff ! Je n'arrive pas à croire que Yusuf ait permis ça. Qu'est-ce qui ne va pas chez ce garçon ?

Gulnaz appuya les talons de ses paumes contre son front, comme pour repousser l'afflux de pensées à l'intérieur de son crâne. Lorsqu'elle releva la tête, elle avait recouvré son calme, et ressemblait davantage à la mère que Zeba avait connue dans son enfance.

— Je vais aller parler au mullah.

— Crois-tu qu'il t'écoutera ?

Gulnaz plongea la main dans son sac, et en sortit un morceau de pain plat plié en deux et fourré de *halwa*.

—Mange ça, *janem*, murmura-t-elle. Tu dois reprendre des forces.

Zeba pencha la tête sur le côté et respira profondément. Elle prit le pain et le porta à ses lèvres. L'huile faisait briller la farine et le sucre. Sa mère avait récupéré des fragments, d'un brun plus foncé, au fond du pot. C'étaient les morceaux préférés de Zeba. Que sa mère s'en souvienne n'aurait pas dû la surprendre, mais ce fut pourtant le cas.

Elle déglutit, la gorge sèche.

Gulnaz tira une petite bouteille de soda à l'orange de son sac et la posa par terre à côté de sa fille.

—Je ne savais pas quoi apporter d'autre. Je te l'ouvre ?

Zeba hocha rapidement la tête.

Sa mère tourna vivement le bouchon, et la bouteille pétilla ; un doux sifflement gazeux s'échappa de l'ouverture. Zeba but une longue gorgée, les bulles lui chatouillèrent les narines.

—Merci, Madar, dit-elle, à bout de souffle.

Son estomac était plus que reconnaissant. Elle avait refusé l'offrande du mullah, mais cela n'avait pas été facile.

—Basir est venu avant-hier. J'ai cru que j'avais une hallucination. Parfois, je le crois encore.

—Il est venu ?

Gulnaz eut la gorge serrée à l'idée que son petit-fils avait affronté un si long voyage pour voir sa mère. Elle aurait préféré l'y emmener elle-même.

—Qu'a-t-il dit ?

—Il a dit que ça allait. J'espère qu'il ne me cache rien. Il m'a… apporté à manger, ajouta Zeba d'une voix brisée.

« Tu n'es pas ton père », lui avait dit Zeba, regrettant immédiatement ses paroles.

Tout le corps de Basir avait tressailli en réponse, comme si cette pensée ne lui avait jamais traversé l'esprit avant que sa mère ne l'exprime. C'était sa peur à elle, pas la sienne.

«Comment peux-tu en être si sûre? lui avait-il demandé. Tu as pu te tromper! Qui es-tu pour juger?»

Elle avait bredouillé, cherché les mots justes, en se demandant s'ils existaient.

Gulnaz fit claquer sa langue et soupira.

—Que Dieu lui vienne en aide.

—Tu as des nouvelles des enfants, Madar? Des échos de la maison de Tamina?

Gulnaz baissa les yeux vers le sol.

—J'ai appelé mon amie Fahima qui habite à côté, mais elle dit ne pas avoir vu Tamina depuis la *fateha*, où elle était allée présenter ses condoléances. Elle dit que ta belle-sœur s'est enfermée dans le deuil. Je lui ai expliqué que nous… que nous nous inquiétions pour les enfants. Je lui ai demandé si elle pouvait passer devant leur maison et tendre l'oreille. Elle a promis de le faire, et je ne l'ai plus entendue depuis. Ça signifie sans doute qu'elle n'a rien perçu d'alarmant. Je suis sûre qu'ils vont bien.

Zeba n'était sûre de rien, et les propos mollement rassurants de sa mère l'agaçaient. L'absence de cris ne prouvait pas que tout allait bien, mais elle n'avait pas la force de la contredire. Elle avait terminé la *halwa* et le pain, et décida de ne pas essuyer le gras de ses lèvres gercées.

—*Janem*, laisse-moi parler au mullah. Je vais essayer de le raisonner afin qu'il te libère. Ce n'est pas un endroit pour une mère de quatre enfants. Pour personne, en fait.

Gulnaz posa les mains et les genoux sur le sol dur. Puis elle se releva en grimaçant.

Zeba voulait qu'elle reste, mais se tut. Elle regarda sa mère s'éloigner, aller tenter de l'extraire des sables mouvants dans lesquels elle était tombée. Gulnaz se dirigea d'un pas arrogant vers la silhouette qui se tenait sur la colline. Elle serrait son sac à main contre elle, lançait des coups d'œil aux autres cellules. En la voyant venir, le mullah jeta des regards inquiets autour de lui. Il mit un pied derrière l'autre et recula, sans conviction, vers la maison. Essayait-il d'éviter une conversation avec Gulnaz ? Zeba espionna la scène tout en restant cachée à l'intérieur de la cellule. Elle cambra le dos, les muscles engourdis par l'inactivité. Elle n'aurait jamais cru que Chil Mahtab pourrait autant lui manquer.

Elle entendit la voix de sa mère. Gulnaz avait commencé son appel au mullah avant même de l'avoir atteint. Elle agita le bras en direction de sa fille. Zeba n'entendit rien de leur échange, mais perçut les gesticulations de sa mère. Le mullah regardait par terre. Gulnaz braquait l'index vers le ciel, convoquant Dieu dans sa requête.

Zeba n'en attendait pas moins de sa part. Ce fut l'instant d'après que son estomac se noua. Le mullah leva lentement les yeux. Il essayait de parler, mais Gulnaz ne le laissait pas faire. Elle n'avait pas terminé. Il fit un pas vers elle et posa une main sur son bras. Gulnaz recula brusquement puis le foudroya du regard. Elle porta une paume à sa bouche, son pied gauche glissa derrière elle, puis le droit. Le mullah s'approcha davantage, tête inclinée sur le côté. Il posa cette fois-ci les deux mains sur les bras de la femme, sans doute pour l'empêcher de fuir. La tête de Gulnaz s'affaissa comme celle d'un pantin lâché par le marionnettiste.

Était-il en train de la toucher ? Zeba se traîna vers l'extérieur de la cellule. Les fers frottèrent contre la peau fine de ses chevilles, et elle grimaça de douleur. Le mullah désigna un bâtiment à côté du sanctuaire. Chose incroyable, il tendit la main vers Gulnaz et lui effleura la joue. Elle s'écarta, mais ses pieds restèrent ancrés dans le sol.

Zeba eut envie de hurler. Elle eut envie de traverser la cour aride, de gravir cette petite colline, et de griffer le mullah. Elle eut envie de le pousser loin de sa mère qui avait l'air si mal à l'aise sous son contact. Elle tira sur sa chaîne, mais n'avait plus de jeu.

— Rah ! grogna-t-elle.

Elle mit ses mains en coupe devant sa bouche et cria.

— Madar ! Madar !

Gulnaz se retourna, un doigt sur les lèvres. Elle leva lentement une main vers Zeba comme pour lui signifier que tout allait bien. Mais de toute évidence, ce n'était pas le cas. À quoi jouait-il ? Le mullah conduisit Gulnaz vers le petit bâtiment aux coussins de sol et aux rideaux où Zeba avait été conduite le premier jour. Sa mère marchait les épaules basses. Le mullah posa une paume dans le creux de son dos pour la guider, et Gulnaz tressaillit, s'écartant de nouveau, juste assez pour que les doigts du mullah glissent sur son coude. Elle s'arrêta, puis le regarda en secouant la tête. Il désignait la porte d'un geste.

— Reviens, Madar !

Le cœur de Zeba battait la chamade, elle était persuadée que sa mère courait un grand danger. Qu'exigeait cet homme de Gulnaz ? Ils se trouvaient au milieu de nulle part. Aucun fidèle ne s'était rendu au sanctuaire ce jour-là, à cause de la chaleur. Les seuls à pouvoir entendre les hurlements de Zeba étaient, comme elle, enchaînés à leurs cellules.

— Madar… Madar ! N'y vas pas, Madar !

Ses cris traversèrent la cour avec assez de souffle pour froisser les feuilles de l'acacia. Gulnaz se retourna une dernière fois vers sa fille et hocha la tête avant de disparaître en compagnie du mollah derrière la porte en bois du bâtiment.

Chapitre 37

—M on fils! Tu as longue vie, mon chéri. J'étais justement en train de penser à toi quand le téléphone a sonné.

Yusuf sourit. Il doutait que cette vieille superstition contienne quelque vérité, surtout en Afghanistan.

—Te connaissant, la taquina-t-il, tu te disais probablement quel fils terrible je suis de ne pas t'avoir appelée depuis si longtemps.

—Ah oui, tu connais bien ta mère, soupira-t-elle. Qu'est-ce que j'y peux? Même si j'entendais ta voix tous les jours, ça ne me suffirait pas.

—Tu ne te soucies pas de tes autres enfants?

Yusuf se laissa tomber sur son lit. Cela lui faisait du bien de plaisanter avec sa mère, dont le sens de l'humour en déroutait certains.

—Sadaf vit une histoire d'amour avec son téléphone portable, et ton frère n'apprécie pas assez ma cuisine pour venir à la maison ne serait-ce qu'une fois par semaine. Quant à Sitara, elle est plus égocentrique que jamais. Tu lui as parlé, au fait? Tu sais que tu vas bientôt être oncle?

—Ah oui? s'exclama Yusuf.

Il avait du mal à imaginer sa sœur en maman. Son mari et elle vivaient encore comme des adolescents, alors qu'ils avaient deux ans de plus que lui.

—Waouh! C'est formidable!

—C'est une bénédiction. Ça le sera encore plus si l'enfant n'hérite pas de la paresse de son père. Cet homme pense qu'une journée entière de travail consiste à aller de la chambre au salon.

—Oh, Madar. Il n'est pas si mal. Il a un bon job à la banque.

—Oui, la banque. Pour un homme qui est tout le temps entouré d'argent, c'est étonnant qu'il en ait si peu. Il veut acheter un berceau d'occasion pour le bébé. Si ta sœur nous avait écoutés et avait attendu, elle aurait pu épouser un médecin. Tu imagines comme ce serait pratique d'avoir un docteur dans la famille. Mon cousin de Californie est aux anges. Sa fille vient d'épouser un cardiologue. À moins que ce ne soit un pneumologue?

—Ou un chirurgien esthétique? suggéra Yusuf sur un ton sarcastique.

—Ne commence pas. Peu importe sa spécialité. Mais assez parlé d'eux. Comment vas-tu? Tu as trouvé un moyen d'aider cette femme?

Yusuf se redressa, glissa un oreiller dans son dos et croisa les jambes. Deux autres avocats l'avaient invité à dîner au restaurant, mais il avait décliné, espérant qu'une soirée tranquille à la maison l'aiderait à trouver la solution miracle pour faire sortir Zeba de cet asile.

—J'y travaille. Mais l'affaire a pris une tournure ahurissante. Comme si la prison n'était pas assez destructrice, figure-toi qu'ils ont envoyé ma cliente dans un sanctuaire pour la guérir de sa supposée folie. Elle est enchaînée, nourrie de pain et de poivre.

La mère de Yusuf exprima sa consternation par un claquement de langue.

— Ça alors ! On dirait une légende. Autrefois, nous allions au sanctuaire de Kaboul, mais seulement pour prier ! Je n'ai jamais entendu parler d'un temple pour les fous. Ça existe vraiment ?

— Tout à fait, Madar. Je crois que c'est le seul du pays, mais il n'en est pas moins réel. Et c'est là qu'ils l'ont enfermée. L'Afghanistan d'aujourd'hui surprendrait la plupart de ceux qui l'ont quitté il y a des années. C'est un tout autre pays.

— Avec ton père, nous regardons de plus en plus la télévision par satellite parce que tu es là-bas, et parfois j'ai l'impression qu'ils parlent d'un pays étranger. Mais tu es en sécurité, au moins ? Tu ne te nourris pas que de pain et de poivre, hein ?

— Je mange très bien, peut-être même trop bien.

C'était vrai. Sa première semaine à Kaboul avait perturbé son système digestif, moins adapté à la microbiologie du pays qu'il ne l'avait prévu. Depuis, tout allait bien. Il était toujours prudent avec les fruits et les légumes crus, mais le reste passait normalement.

— Où es-tu en ce moment ?

— À la maison, dit-il, surpris par la spontanéité avec laquelle ce mot lui était venu. Je veux dire, dans l'appartement.

Yusuf se sentait bel et bien chez lui. Il s'était installé dans une routine. Les chauffeurs de taxi savaient où le déposer, les commerçants l'appelaient par son prénom. Il savait quelles rues empestaient, lesquelles étaient propres. Il connaissait le meilleur marchand ambulant de *boulanis*, les endroits où son téléphone portable ne captait pas.

Il sourit en pensant au jour où il était descendu d'avion, à ce mélange grisant d'enthousiasme et de crainte qui l'avait saisi. C'était bon d'être là. Il apprécierait encore plus son séjour s'il pouvait faire avancer cette affaire comme il le souhaitait.

—Alors que se passe-t-il avec cette pauvre femme ? Est-ce qu'elle t'a dit pourquoi elle a tué son mari ?

Yusuf, formé au concept occidental du secret professionnel, réfléchit à ce qu'il pouvait se permettre de partager avec sa mère. Puis il compta les kilomètres qui les séparaient, regarda par la fenêtre la rue grouillante de vendeurs aux paumes huileuses, et conclut qu'il n'y avait aucun mal à lui dévoiler quelques détails.

—Je ne t'ai pas encore raconté ce que j'ai appris ? Il se trouve qu'elle a surpris son mari en train d'agresser une petite fille, et ce de la pire des façons.

Yusuf choisit ses termes avec prudence. En dari, il n'y avait pas de mot pour « viol », comme si le fait de ne pas nommer l'acte niait son existence. Même dans le monde judiciaire, on l'appelait souvent *zina*, ou « relations sexuelles en dehors du mariage », donnant à ce crime la même portée qu'un rapport physique entre deux adultes la veille de leur union. Le *zina* était un voile recouvrant tout ce qui ne correspondait pas à la situation dans laquelle le mari revendiquait la possession de sa femme.

—Oh non ! Que ce salaud aille en enfer !

—Oui. Elle ne veut pas me raconter grand-chose, mais d'après ce que j'ai compris, elle l'a tué pour défendre la petite, une camarade de classe de sa fille. Et elle ne veut rien dire au juge.

—Elle fait bien, soupira la mère de Yusuf. Elle a tué une personne. Inutile d'en tuer une autre.

—Je sais, mais c'est terrible que la vérité ne lui soit d'aucune aide.

—La vérité est difficile à vendre. Tu sais comment nous sommes. Nous préférons être polis ou préserver notre honneur. Avons-nous dit à ta sœur que nous ne voulions pas qu'elle épouse ce raté ? Non, car avoir une fille désobéissante est pire que d'avoir un gendre paresseux. Nous ne pourrions pas vivre sans nos mensonges.

Yusuf médita cela. Les mensonges faisaient tourner le monde. Ce n'était pas spécifique à l'Afghanistan.

—Ce n'est pas une mauvaise personne, Madar. Elle est un peu *jadugar*, tu sais. Je t'en ai parlé ?

—Vraiment ? Ta criminelle est aussi une sorcière ? Elle en a, des talents !

—Elle a hérité ce don de sa mère.

—Tous les enfants héritent leurs qualités de leurs parents, non ?

—Je vais le répéter à mon père.

—Il le sait. Et c'est de lui que tu tiens tes cheveux. Tu devrais le remercier d'ailleurs, car c'est le seul homme de son âge qui peut rester devant le *masjid* sans que le soleil ne se reflète sur son crâne. Bon, je n'ai pas posé de questions parce que je ne veux pas être le genre de mère intrusive qui se mêle des affaires de ses enfants, mais comment ça va avec Mina ?

Yusuf grimaça. Il hésita à lui avouer que la jeune femme était amoureuse d'un autre. Il n'avait pas une totale confiance en sa mère et craignait qu'elle n'en parle à Khala Zainab.

— Nous ne sommes pas faits l'un pour l'autre, alors à ta place j'oublierais. Tu sais, Khala Zainab n'avait même pas dit à Mina qu'elle te donnait son numéro.

— C'est ce que Mina t'a dit? Elle était probablement gênée, alors elle a inventé ça. Comment peux-tu dire que vous ne feriez pas un beau couple? Vous étiez si mignons ensemble quand vous étiez petits, et vous êtes tous les deux de charmants adultes. Que te faut-il de plus?

Yusuf secoua la tête.

— Et puis tu ne peux pas prendre une décision après une seule conversation.

— Il y en a eu plusieurs, Madar. Nous sommes juste arrivés à la conclusion que ce n'était pas notre destin.

— Qu'est-ce que j'en sais, de toute façon? Je ne suis mariée que depuis trente et quelques années. Ah, *bachem*, soupira-t-elle. Quand vas-tu te décider à rentrer? Je me fais du souci, avec toutes les histoires que tu me racontes et la situation chaotique que nous montrent les informations. Comment supportes-tu de baigner dans cette atmosphère?

Sans les parasites sur la ligne et l'affaire qui l'occupait, Yusuf se serait cru à quelques heures de train de sa mère, comme lorsqu'il habitait à Washington. Il l'imaginait, assise sur le canapé du salon devant un panier de linge – les maillots de corps blancs de son père – tout juste sorti d'une des machines de la laverie automatique du sous-sol. Lorsqu'elle raccrocherait, le téléphone aurait laissé des marques sur sa peau, près de son oreille. Il voyait les plis de son front, la devinait tenant le récepteur dans le creux de sa main droite, une habitude qu'elle avait prise du temps où les conversations transcontinentales cheminaient par des fibres ténues, et non par satellite.

Il visualisait aussi la fenêtre de leur appartement, où d'épais barreaux de métal quadrillaient la vue qu'offrait le quatrième étage. Même si cette vue n'avait rien de spectaculaire, Yusuf avait passé des heures à contempler les immeubles alentour. Lorsqu'il avait douze ans, son père lui avait offert une paire de jumelles en espérant qu'il développerait un intérêt pour les avions qui planaient au-dessus de leurs têtes. Au lieu de quoi, il s'en était servi pour espionner les voisins.

Il avait observé la femme qui ouvrait son peignoir rose le matin pour allaiter son enfant, avait vu l'homme aux cheveux gris pianotant d'une main distraite sur sa télécommande tout en plongeant l'autre dans son entrejambe. Il avait aperçu l'adolescente menue qui tendait le bras et se tordait le cou pour évacuer la fumée de sa cigarette par la fenêtre de sa chambre. Yusuf n'avait pas eu l'impression d'être un voyeur en scrutant ces vies intimes. Plutôt le gardien de leurs secrets.

Mais ce n'était pas la raison pour laquelle il était en Afghanistan. Il n'avait pas fait un si long voyage pour observer les détails sordides des habitants de ce pays. Les gens menaient des existences tout aussi misérables à New York ou à Washington. Ses amis, ses cousins, ses parents, ses collègues, d'innombrables voix s'étaient élevées pour lui poser la même question lorsqu'il avait réservé ses billets pour l'Afghanistan.

« Pourquoi veux-tu travailler là-bas ? »

— Madar-*jan*, je peux faire quelque chose d'utile ici. Le pays a besoin d'un véritable système judiciaire pour survivre en tant que société. Je veux jouer un rôle là-dedans. Il s'agit de reconstruire une nation, notre nation. N'est-ce pas une honte de laisser ça à des étrangers ?

— Je suis fière de toi, Yusuf. Nous le sommes tous. Si tu savais comment ton père parle de toi à ses amis et à tes oncles. Le week-end dernier, nous sommes allés à un mariage, et il est tombé sur un vieux camarade de lycée. «Mon garçon est un héros», voilà ce qu'il lui a dit. Je t'assure.

Yusuf sentit sa gorge se nouer. Il se passa une main sur le front. Sa famille lui manquait terriblement. L'odeur d'adoucissant de ses sous-vêtements lui manquait, sentir la pédale d'accélérateur sous son pied également. Les rues pavées, les panneaux de stationnement compliqués détaillant les horaires de nettoyage. Toutes ces choses lui manquaient.

Elena aussi. Il avait cru qu'elle tenterait de le contacter. Elle ne le fit jamais, même en apprenant qu'il partait pour l'Afghanistan. D'une certaine façon, elle lui avait donné raison, admettant qu'ils étaient trop différents l'un de l'autre. Il n'avait pas regretté sa décision. Seulement le fait d'avoir laissé leur histoire aller si loin, parce que cela leur avait causé des souffrances inutiles.

Dans la salle d'attente de l'aéroport JFK où il devait prendre l'avion pour Dubai, Yusuf avait sorti son téléphone portable et désactivé son compte Facebook. Un moment fort, à peine émoussé par le nombre de personnes qui étaient passées devant lui sans remarquer le jeune et brillant avocat qui venait de se déconnecter de ce monde. Au fond, cet acte n'avait rien de si extraordinaire. Il avait supprimé l'application de son téléphone, décidant de s'immerger dans son travail. Pour cela, il valait mieux ne pas être distrait par les photos de ses anciens camarades de fac, trinquant sous les lumières tamisées des bars de l'East Village à New York ou se promenant à vélo dans Rock Creek Park, à Washington.

—Je ne vais pas rester ici éternellement, Madar-*jan*. Je rentre dès que j'ai la certitude d'avoir accompli ma mission ici.

Il entendit son soupir de lassitude ; elle se pliait aux caprices de son fils.

—Je connais ce pays mieux que toi, dit-elle. Tu vas faire de grandes choses, mais dès que tu seras loin, tu auras le sentiment de n'avoir rien fait du tout. Tu seras la pauvre fourmi qui tire des grains de terre trois fois plus gros qu'elle pour construire une maison, et qui voit son œuvre piétinée par une personne insouciante. Ça te brisera le cœur, et c'est ce qui m'inquiète le plus.

Lorsqu'il raccrocha, Yusuf sentit le poids du silence dans la pièce. Il se leva du lit et se dirigea vers le poste de radio posé sur la commode. Il l'alluma, passa les stations en revue. Au son de la voix d'un jeune homme, ses doigts s'arrêtèrent.

— Vous avez appelé Radio Sabaa, annonça le présentateur. Allez-y, dites ce que vous avez sur le cœur.

—C'est la première fois que j'appelle.

Le ton était fébrile, et Yusuf ferma les yeux. Il pouvait visualiser l'appelant, un jeune homme en jean sombre, baskets et polo avec le mot « Coca-Cola » brodé sur la poche. Ce dernier parlait dans son téléphone portable, s'était retranché dans une pièce tranquille de la maison pour que ses sœurs et ses parents n'entendent pas sa confession.

—Je suis amoureux d'une fille depuis toujours. J'aime tout chez elle. L'arc de ses sourcils, le son de sa voix, son sourire. Avant, je la suivais dès qu'elle sortait de chez elle, juste pour qu'elle sache à quel point elle comptait pour moi. Quand elle s'en est rendu compte, elle s'est retournée et m'a souri, et c'était comme si… comme si nos cœurs étaient cousus l'un à l'autre.

—Ah, l'amour adolescent, soupira le présentateur. Continue.

—Depuis deux ans, nous nous parlons presque tous les jours. Nous discutons des études, de la famille, de nos rêves d'avenir. Si Dieu le permet, j'aimerais posséder une affaire un jour, peut-être un restaurant ou un magasin de meubles.

Yusuf sourit, laissa la radio en marche et retourna vers son lit.

—Je ne peux pas m'imaginer faire tout ça si elle n'est pas à mes côtés. Je ne peux pas concevoir ma vie sans elle. Je n'ai jamais aimé personne d'autre. Je n'ai même jamais regardé une autre fille comme je la regarde.

—On dirait qu'elle t'aime aussi. Est-ce qu'il y a un obstacle qui vous empêche d'être ensemble ? l'encouragea le présentateur d'une voix pleine de compassion.

—Il y a un gros problème. Récemment, sa famille l'a fiancée à un autre, un garçon qu'elle n'aime pas. Il vit en Allemagne et doit venir dans deux semaines pour un mariage. Ensuite, elle devra le rejoindre en Europe. Elle n'a pas envie d'y aller. Elle me l'a dit, mais sa famille insiste.

—Comme c'est triste !

—C'est une catastrophe. Je ne dors plus, je ne mange plus. J'arrive à peine à travailler. Si elle s'en va, je suis sûr que je serai seul pour le restant de mes jours. Rien ne pourra combler ce vide dans mon cœur.

—Très joliment dit, mon jeune ami, le flatta le présentateur avant de murmurer quelque chose d'inaudible puis de se racler la gorge. Si cette jeune femme et toi êtes destinés l'un à l'autre, j'espère que rien ne se mettra en travers de votre passion. C'était *La nuit des cœurs* sur Radio Sabaa. Nous allons prendre un autre auditeur.

Yusuf lâcha un petit rire en songeant à ces jeunes gens qui avaient volé des moments pour discuter au téléphone ou se jeter des œillades, et qui croyaient connaître l'amour véritable. Au fond, qui était-il pour juger ? Il avait choisi de s'éloigner d'Elena et avait été vexé de ne pas la voir se battre pour le garder. Elle l'avait simplement traité d'idiot, avait déploré qu'il lui ait fait perdre son temps, puis était passée à autre chose. Il pensa aux femmes de Chil Mahtab, celles qui avaient osé fuir avec des hommes, au péril de leur liberté ou de leur vie. Existait-il amour plus inébranlable ?

Chapitre 38

— Qu'avez-vous fait à ma mère ? s'écria Zeba avec colère. Dites-le-moi !

Le mullah lui répondit, les lèvres serrées.

— Je n'ai rien fait à ta mère, nous avons juste parlé de ta situation. Zeba-*jan*, je ne veux que ton bien, ajouta-t-il dans un murmure étrangement complice. D'après ton avocat, plaider la folie pourrait favoriser la clémence du juge. Je… Je crois qu'il est important que tu passes du temps ici pour que ta maladie mentale ne fasse aucun doute. J'ai promis à ta mère de veiller sur toi. Je vais tenir parole.

— Dieu ne vous pardonnera jamais, grogna-t-elle. Vous pouvez passer un million d'années à prier, il vous condamnera malgré tout pour ce que vous avez fait à ma mère.

Elle cracha à ses pieds avec le peu de salive qui lui restait, dégoûtée par l'image de cet homme posant les mains sur Gulnaz.

Le mullah se frotta les tempes.

— Chacun de nous est hanté par ses propres péchés, Zeba, mais le Jugement dernier appartient à Allah pour une raison. Avec seulement cinq sens, notre capacité de compréhension est limitée. Ta mère doit revenir aujourd'hui. Tu pourras lui poser la question.

Zeba lui tourna le dos et ne bougea plus jusqu'à être certaine qu'il était parti.

Les autres patients étaient désormais au courant de sa présence, et l'interpellaient parfois par ces mots : « la femme ». Zeba ne leur répondait pas. Sa situation pouvait empirer de bien des façons. Mieux valait ne pas sortir de cette solitude tant recherchée. Les nuits auraient dû lui offrir un répit, mais la démence semblait atteindre son apogée sous le clair de lune.

Elle était nerveuse, incapable de dormir. Elle avait besoin de savoir si sa mère allait bien, de savoir ce que le mullah lui avait fait. La culpabilité rongeait Zeba tel un poison, au point qu'elle regretta presque la mort de Kamal. Voilà où le désespoir l'avait menée. Elle ne s'indigna pas du fait que sa mère n'ait pas riposté contre le mullah ni tourné les talons. Elle avait compris une chose : tout ce que Gulnaz faisait, chaque bizarrerie de son comportement, chaque acte de folie, était une preuve d'amour.

Lorsque le soleil atteignit son zénith, Zeba sentit des picotements sous la peau. Elle resta parfaitement immobile et pressentit – avec l'intuition d'une femme qui avait enduré un certain nombre d'épreuves au cours des dernières semaines – l'imminence d'un nouveau cataclysme dans sa vie. Elle se concentra sur sa respiration, appuya la nuque contre le mur d'argile. Le sanctuaire lui avait apporté un certain confort, il fallait bien l'admettre, avant que le dégoûtant mullah n'attire sa mère dans ses appartements. Le bas de son dos l'élançait. Elle rejeta les épaules en arrière, dénouant douloureusement ses muscles engourdis.

CHAPITRE 39

— M essieurs, déclara Qazi Najib d'une voix lente. Je viens de recevoir des informations intéressantes concernant le cas de Khanum Zeba. Tout cela est à prendre avec la plus grande prudence. La situation pourrait être désastreuse, et elle l'aurait été, cela ne fait aucun doute, si son mari Kamal n'était pas déjà mort et enterré.

Yusuf écoutait attentivement. Le juge avait convoqué cette réunion de façon si soudaine que le jeune avocat craignait d'apprendre que sa cliente était morte de faim au sanctuaire. Il se sentait déjà terriblement coupable de n'avoir trouvé aucun moyen de la sortir de là.

— J'ai reçu un appel du chef de la police, Hakimi, dont vous aviez vu le nom sur le rapport d'arrestation. Il a reçu la visite de plusieurs habitants du village qui affirment avoir vu Kamal brûler une page du Coran il y a plusieurs mois, sans pouvoir dire quand exactement ni dans quelles circonstances.

— Dieu du ciel…, grogna le procureur en secouant la tête.

Yusuf se mordit la lèvre inférieure et baissa les yeux. Brûler une page du livre saint était un crime impardonnable. Que Kamal ait commis un blasphème ne le surprenait pas, après tout ce qu'il avait appris sur cet homme. Néanmoins, un malaise s'empara de lui.

— Je ne veux pas que cette révélation pèse trop lourdement dans notre affaire, mais j'ai bien peur que nous ne puissions en faire fi. Il faudra en tenir compte.

Ces mots heurtèrent les oreilles du procureur.

— Un meurtre est un meurtre.

Qazi Najib se pencha en avant et le regarda par-dessus ses verres de lunettes rayés.

— Vous savez aussi bien que moi qu'un meurtre n'est pas qu'un meurtre.

Le procureur acquiesça. Les trois hommes ne pouvaient que s'entendre sur cette vérité.

— Qu'est-ce que Hakimi a dit d'autre ? demanda Yusuf.

Il aurait préféré que le chef de la police vienne à lui, il aurait pu l'interroger directement.

— Il a questionné la moitié du village, et il semblerait que cette histoire soit connue de tous. Il ne voit pas comment cela pourrait être faux, vu le nombre de confirmations recueillies.

Yusuf l'imaginait très bien. Une rumeur lancée par une personne, transmise à deux, puis à dix autres au moment où Hakimi avait commencé ses interrogatoires. Ces entretiens, il le savait, avaient alimenté la rumeur, qu'elle fût fondée ou pas. C'était classique. Le simple fait de demander si Kamal avait brûlé une page du Coran en faisait une possibilité. Les villageois se mettaient à tendre l'oreille, et cette possibilité s'enracinait. Bientôt, les racines s'étendaient dans le sol, la graine germait, sortait de terre, se déployait à la lumière du jour.

— Beaucoup disent avoir appris cette histoire d'autres personnes. Un témoin affirme avoir vu un soir Kamal fumer une cigarette et que ses paumes étaient noires de suie, preuve de son péché. Un autre raconte l'avoir entendu dire qu'il n'avait ni le temps ni la patience pour les prières. Et par-dessus le marché, presque tous soulignent que l'homme était un ivrogne, sans pouvoir dire où il se procurait son alcool.

Yusuf cacha d'une main un sourire naissant. Non pas que la défense de Zeba pût tirer profit de ces révélations, mais tout ce qu'une rumeur pouvait engendrer le stupéfiait. Il garda les yeux sur son carnet de notes pour ne pas trahir son sentiment.

— Une gardienne m'a également appris que la presse s'intéressait à l'affaire. Il semblerait qu'une personne se soit rendue à Chil Mahtab pour enquêter sur les prisonnières… vous savez comment sont ces jeunes journalistes. Le cas de Zeba suscite de l'intérêt, alors je ne serais pas étonné que l'un d'entre vous reçoive un appel. Je veux vous mettre en garde, surtout après les dernières révélations sur Kamal, sans compter l'histoire de cette femme de Kaboul qui a été lynchée par la foule. Cela pourrait dégénérer.

— Quand les gens entendent parler de ce genre de blasphème, ils veulent du sang, mais il est difficile de faire saigner un homme mort, médita le procureur.

— Précisément. Bon, résumons avant d'aller plus loin, dit Qazi Najib avec une solennité inédite. Cette affaire mérite le plus grand sérieux. Il n'y a pas eu de témoins du meurtre, mais les circonstances étaient si évidentes que cela n'était pas nécessaire. Yusuf a émis l'hypothèse de la folie. L'accusée a avoué le crime dans le rapport de police et n'a jamais rien réfuté de façon convaincante. Il est donc difficile de ne pas prendre cela pour un aveu de culpabilité.

Yusuf secoua la tête.

— Je ne suis pas d'accord. Puisqu'elle a été déclarée folle par un individu que votre Honneur considère comme un expert, sa déclaration au moment de l'arrestation devrait être invalidée. Comment une personne démente pourrait-elle rédiger une véritable confession ? Vous avez vous-même été confronté à cette femme. Pensez-vous qu'elle ait été capable de fournir une déposition fiable que le policier chargé de l'arrestation ait pu enregistrer ? Elle était à peine consciente de ce qui se passait, même lorsqu'ils ont apposé son empreinte de pouce au bas de la page.

— Ça suffit, Yusuf, l'interrompit le *qazi*. Laissez-moi parler. L'accusation a des arguments forts. J'essaie de me montrer juste et ouvert d'esprit, mais même si sa folie est désormais avérée, cela n'en fait pas une innocente. Bon, il nous reste à prendre en compte l'alcoolisme de Kamal, et l'ignoble sacrilège qu'il pourrait bien avoir commis.

Yusuf s'avança soudain sur sa chaise.

— Vous savez, poursuivit le juge, le cas de cette femme tuée par la foule à Kaboul est tout à fait intéressant. Les coupables ont d'abord été condamnés à mort, mais ensuite le juge a commué leur peine, il l'a même annulée pour certains.

Le procureur hocha la tête.

— Ils étaient dans tous leurs états. En apprenant qu'une personne avait osé brûler les mots d'Allah, ils sont devenus fous. Ils se considéraient comme des défenseurs de Dieu.

— Cela n'excuse pas un meurtre, répliqua sèchement Yusuf.

— Eh bien, il semble que les gens trouvent toutes sortes d'excuses pour un meurtre, non ? ironisa son adversaire.

Yusuf se retint d'utiliser ses gouttes oculaires dans le bureau du juge. Il se frotta les yeux, en sachant qu'il aggravait la situation. Il comprit subitement pourquoi les gens de ce pays avaient tous l'air beaucoup plus vieux qu'ils ne l'étaient en réalité. Il repensa aux gamins des rues qui l'avaient assailli à Kaboul ; des garçons et filles en âge d'aller à l'école, que l'on n'aurait jamais laissés traîner ainsi à New York, sans adulte pour leur tenir la main. Yusuf avait été induit en erreur par les femmes de la prison. Leurs corps, la présence d'enfants à leurs côtés, leur fatigue apparente, laissaient penser qu'elles avaient atteint la quarantaine alors que certaines ne dépassaient pas les vingt-deux ans. Par les hommes également, maigres et ridés avant l'heure, vieillissant de trois jours entre deux levers du soleil. Leur vie passait en accéléré, mais à d'autres égards, ils semblaient stagner. Était-ce cela dont s'inquiétait sa mère ? Craignait-elle qu'il gaspille les meilleures années de son existence à trimer dans un pays qui ne lui apporterait rien de gratifiant en retour ? Elle avait peut-être raison. Pour autant, il n'était pas encore prêt à renoncer.

— Que voulez-vous faire alors ? Seriez-vous plus tranquille si Zeba était exécutée demain ? Pensez-vous que ses enfants iraient mieux ? Ce serait cela, la justice, selon vous ?

Le procureur secoua la tête.

— Nous ne pouvons accorder de passe-droit aux femmes qui tuent leurs maris. Je ne suis pas sans cœur, mon ami. Je fais simplement mon travail, tout comme vous.

— Oui, je fais mon travail, et aussi ce qui est juste, répliqua Yusuf d'une voix tendue, avant de se racler la gorge. Je sais que vous aspirez au même but. Trouvons une solution qui satisfera tout le monde. Nous avons attiré l'attention à présent, et je ne suis pas sûr que ce soit une bonne chose que la presse s'empare de l'affaire de Zeba.

En fait, Yusuf était persuadé qu'il n'était pas dans l'intérêt de sa cliente que son cas se retrouve sous la plume d'un journaliste. Le procès des lyncheurs de la femme était encore frais dans les esprits. Les étudiants s'y intéressaient. Les organisations de défense des droits des femmes étaient prêtes à manifester. Ce qui commencerait comme l'histoire d'une femme battue ripostant contre son blasphémateur de mari tournerait vite à la chasse aux sorcières. Yusuf imaginait sans peine la foule traînant le corps de Zeba dans la rue, les gens se relayant pour la frapper à coups de bâtons, de briques et de pièces de voiture.

— Qu'est-ce que l'article cherche à couvrir exactement ? demanda Yusuf. Savent-ils ce que les gens disent de son mari ?

— Je ne sais pas, admit Qazi Najib. Mais si cette personne est du genre insistante, il est possible que l'affaire soit dévoilée au grand jour. Hakimi a été surpris de voir autant de témoins se manifester dans ce chaos.

Yusuf se massa les tempes du bout des doigts, les coudes sur les genoux. On étouffait ce jour-là, et le ventilateur électrique du bureau du juge livrait un combat difficile, brassant le même air chaud dans le petit espace entre les trois hommes. Yusuf sentait la sueur perler sous son col et ses aisselles.

Il s'était passé quelque chose dans le village après sa visite. On aurait dit que les gens s'étaient retenus de parler, qu'ils avaient attendu un signal pour se lancer et dénoncer les péchés de Kamal à grands cris.

—Je vais vous donner mon sentiment, dit Qazi Najib en s'essuyant le front avec un mouchoir. J'en ai assez de la situation qui s'est installée. Les gens s'imaginent, parce que je suis juge, que j'obtiens tout par la corruption. Je ne leur en veux pas. Tout le monde sait qu'il y a un aspect économique dans la clôture d'une affaire ou la libération d'un détenu. Je ne suis pas immunisé. Je l'avoue sans hésiter.

Yusuf et le procureur échangèrent un regard gêné. Qazi Najib ne semblait pas s'adresser directement à eux de toute façon. Il avait l'air de déclamer un texte maintes fois répété dans sa tête et d'utiliser les deux avocats comme auditoire.

—Vous êtes jeunes, tous les deux. Savez-vous ce qui arrive quand on vieillit comme moi ? On dort davantage, on mange moins, on choisit ses combats avec circonspection, et on réfléchit à ce que les gens vont dire à notre enterrement. Je veux laisser mon empreinte sur cette terre. Vous vous souvenez du sanctuaire ? Hazrat Rahman. Voilà un homme qui a laissé son empreinte. Les gens pensent encore à sa sagesse et prient sur sa tombe. Je ne demande pas de sanctuaire, ajouta-t-il avec un sourire furtif. Mais je veux laisser quelque chose dont les gens se souviendront.

—Qazi-*sahib*, que proposez-vous exactement ? s'enquit prudemment Yusuf.

—Nous pouvons faire en sorte que cette affaire soit mieux conduite que celle de Kaboul, même si c'est la capitale. Vous savez ce qu'ils ont fait là-bas ? Lorsqu'ils ont annulé ou réduit les peines, ils n'ont pas consulté l'accusation, ne l'ont pas notifié à la famille de la victime. Et les gens l'ont su. Les gens en ont parlé. Je ne serai pas ce genre de juge. Si les gens parlent de moi, je veux que ce soit pour une bonne raison.

— D'accord, mais dans ce cas, raisonna lentement Yusuf, il serait préférable de faire sortir Khanum Zeba du sanctuaire. Si nous voulons que cette affaire crée un précédent positif, nous ne pouvons pas laisser notre accusée mourir de faim dans un temple vieux de mille ans. J'ai parlé à la direction de l'hôpital, Qazi-*sahib*, et ce n'est pas ainsi qu'ils traitent la maladie mentale.

Le procureur acquiesça, fait rare. Qazi Najib décroisa les jambes et se pencha en arrière. Il joua avec les perles de son chapelet avant d'aborder l'argument de Yusuf.

— Je sais. Messieurs, aucun d'entre vous n'a vu les choses que j'ai vues, surtout au cours des vingt dernières années. Je n'ai pas un métier facile. Je suis censé trouver l'équilibre entre tradition et progrès dans un pays où les gens se méfient de tout. Nous détestons l'immobilisme, tout comme nous détestons le changement. Vous savez quel est le vrai problème avec la corruption ? Ce n'est pas l'argent que vous versez pour parvenir à vos fins. On peut considérer ça comme des frais de subsistance. Le problème, c'est que nous sommes tous des marionnettes. Nous avons tous des ficelles accrochées à notre tête et à nos bras, et d'autres personnes les tirent : les Russes, les Américains, les seigneurs de guerre, les mullahs, les talibans. Qui ne travaille pour personne ? Vous, Yusuf, serez traité d'espion américain, envoyé ici pour nous corrompre avec les lois de l'Occident. Ils sont restés trop longtemps. Ils se sont retirés trop tôt. Ils ont tué des innocents. Ils se sont débarrassés des talibans. La mission tout entière fut vaine. Notre peuple ne bat pas d'un seul cœur.

— Votre Honneur, je respecte votre opinion, mais ne la partage pas, dit Yusuf. Je ne suis la marionnette de personne et je ne crois pas que mon collègue ici présent en soit une non plus. Je pense qu'il y a beaucoup de gens qui œuvrent pour le bien du pays et de nos compatriotes. Je crois que nous voulons tous les mêmes choses.

—Au bout du compte, Yusuf, personne ne vous fera confiance. On me fait à peine confiance. Si vous ne le voyez pas maintenant, vous le verrez bientôt.

Yusuf poussa un profond soupir. Le juge avait raison, et il le savait. Il l'avait perçu dans le regard des gardiens de prison, dans le refus des villageois de lui ouvrir leur porte, dans les coups d'œil répétés du chauffeur de taxi à son rétroviseur.

—Yusuf, allez au sanctuaire, faites libérer Zeba et ramenez-la à Chil Mahtab. Voyez comment elle va.

Le ventilateur s'arrêta de tourner. Coincé dans une position, il cliqueta et bourdonna vainement, froissant à peine les pages du carnet de Yusuf. Le juge ne sembla pas le remarquer.

—Je vais réfléchir à tout ça quelque temps, et ensuite j'irai parler à Hakimi pour savoir si de nouvelles informations sont apparues dans le village.

En quittant le bureau du juge, Yusuf se dirigea directement vers les toilettes. Il humidifia une serviette en papier, et la passa sur son visage et son cou. Il plongea la main dans sa sacoche, en sortit le flacon de gouttes ophtalmiques, le secoua, puis pencha la tête en arrière pour en verser entre ses paupières. Il cligna rapidement des yeux, sentit le liquide frais couler de ses cils à ses joues comme des larmes.

CHAPITRE 40

Gulnaz hésitait. Si seulement elle avait pu voir à travers les murs, découvrir qui se trouvait à la maison. Ses craintes s'étaient accentuées durant le trajet en taxi.

Elle ferma les yeux, imagina son petit-fils et ses petites-filles. Basir ressemblait singulièrement à son oncle, Rafi. Lorsqu'il était bébé, il était arrivé à Gulnaz de se tromper et de l'appeler par le prénom de son fils. Sans doute était-ce le signe d'une certaine nostalgie. Elle regrettait le temps où elle pouvait prendre un enfant dans ses bras, sentir le parfum de ses cheveux réchauffés par le soleil, sa petite personne se blottir à la perfection dans les creux de son corps. Les enfants de Rafi étaient une bénédiction, mais ils se dégageaient rapidement de son étreinte. Gulnaz savait que c'était l'œuvre de leur mère. Shokria tolérait sa présence, se comportait en belle-fille respectueuse, mais les deux femmes ne seraient jamais proches. Shokria savait qu'elle ne pourrait jamais remplacer Zeba, et Gulnaz tenait sa bru à distance, comme si faire autrement aurait été trahir sa propre fille.

Il n'existait aucun mélange magique pour changer le passé. Il n'y avait que les jours à venir, qu'ils fussent nombreux ou pas. Ne restait que l'espoir de récupérer une braise au milieu des cendres pour la raviver. C'était dans ce but que Gulnaz se tenait devant la maison de Tamina.

Elle aurait pu attendre longtemps, si le soleil ne cognait pas aussi dur et s'il n'était pas malséant pour une femme de son âge d'errer dans un quartier inconnu.

Elle s'approcha, préparant ses mots à chaque pas. Elle frappa au portail puis recula, ajustant son foulard et redressant le dos. Elle tapota un mouchoir sur sa lèvre supérieure avant de le remettre dans le sac à main noir qui pendait à son coude.

Elle entendit des bruits de course, des cris. Jamais, de toutes les fois où elle avait frappé à la porte de sa fille, n'avait-elle entendu l'excitation de l'enfance ; un signe évident que Zeba, Basir et les petites avaient trop honte pour recevoir qui que ce soit chez eux. Lorsque Zeba ouvrait la porte, c'était toujours de quelques centimètres, juste assez pour voir qui était là. Les enfants jetaient un coup d'œil par les fenêtres ou les embrasures. Il y avait de la réticence dans la façon dont Zeba reculait d'un pas et tirait sur la poignée. Le grincement de la porte métallique semblait complice de sa réserve.

Gulnaz avait compris que quelque chose n'allait pas, mais elle ne voyait qu'une partie du tableau. Elle frissonnait de peur en pensant à tout ce qui échappait à son regard.

— *Salam*, dit une petite fille de l'âge de Karima.

Gulnaz avait le soleil dans le dos. L'enfant plissa les yeux et esquissa un sourire oblique, sans doute celui qu'elle réservait aux étrangers :

— *Wa-aleikum*, petite.

Gulnaz tenta un regard discret derrière l'enfant. La petite cour semblait bien entretenue. Il n'y avait aucun signe évident de chaos.

—Ta maman est à la maison ? Je suis venue voir mes petits-enfants, Basir et les filles. Comment vont-ils ?

—Oui, Khala-*jan*, s'exclama-t-elle poliment, en faisant un grand signe du bras pour inviter Gulnaz à avancer. Entre, je t'en prie.

—Je ne veux pas déranger. Si tu veux bien leur dire de sortir, je vais les attendre ici.

La fillette parut gênée. Elle était assez grande pour savoir qu'on ne laissait pas une dame âgée dans la rue. Elle piétina nerveusement et fit une nouvelle tentative.

—S'il te plaît, Khala-*jan*, ce n'est rien. Entre, et je vais les appeler. Ce n'est pas bien que tu attendes sous le soleil.

Des rires lui parvinrent depuis la maison. Gulnaz fut alors propulsée en avant malgré sa réticence à entrer dans le foyer de la sœur de Kamal. On pouvait la mettre dehors à tout moment. À l'instant où elle pénétrait dans la cour, Tamina sortit pour voir qui avait frappé. Elle s'essuyait les mains sur sa jupe et ne reconnut pas immédiatement Gulnaz. Les branches d'un poirier au feuillage clairsemé lui effleuraient l'épaule. Dès qu'elle comprit qui se trouvait devant elle, elle s'arrêta brusquement.

—Tamina-*jan*, dit doucement Gulnaz. Pardonne-moi de venir chez toi sans prévenir.

Tamina ouvrit de grands yeux, et sa respiration ralentit. Elle resta parfaitement immobile.

Ce fut à Gulnaz de briser le silence en tentant de justifier sa présence.

—Je suis ici pour voir mes petits-enfants, c'est tout. Je ne veux pas te déranger ni importuner ta famille d'aucune façon. Je sais que tu as eu la générosité de t'occuper d'eux après ce qui est arrivé à ton frère, que Dieu le pardonne.

Comme Tamina ne répondait toujours pas, Gulnaz pensa repartir. Supplier n'était pas digne d'elle, mais la situation était particulière. Elle avait toutes les raisons de croire que sa fille avait tué le frère aîné de Tamina, son unique frère. Sa famille avait le droit d'exiger une vengeance par le sang, même si la justice ne s'était pas encore prononcée. Elle prit une profonde inspiration et poursuivit.

—Je n'ai jamais souhaité que des choses aussi terribles arrivent à ta famille, surtout aux enfants. Ce sont des âmes innocentes. Permets-moi seulement de voir Basir et les filles. Je peux faire un tour dehors avec eux pour ne pas te déranger et ne pas perturber tes enfants.

Gulnaz regarda la maison. Elle entendait des voix, des rires. Elle espérait que le mari de Tamina n'était pas là. Elle n'avait pas envie d'affronter d'autres membres de la famille.

—Madar-*jan*, dit timidement la fillette. Tu veux que j'appelle Basir et les autres ?

Tamina fronça les sourcils et secoua la tête.

—Je n'arrive pas à croire que tu sois venue ici, dit-elle d'une voix rauque de colère. Tu as fait un long voyage pour voir tes petits-enfants.

Gulnaz se racla la gorge.

—En effet.

Les gens étaient tout le temps impressionnés par les kilomètres qu'elle parcourait, comme si la distance géographique entre deux lieux était le plus gros obstacle qu'elle avait à surmonter.

—Qu'est-ce qui te fait croire que tu peux te présenter à ma porte sans problème ?

Tamina lança un regard à sa fille et lui fit signe de retourner à l'intérieur. L'enfant disparut sans protester, comprenant que si elle voulait écouter la suite de cette conversation, elle devrait tendre l'oreille. Tamina n'était plus immobile. Elle avait fait un pas vers Gulnaz, l'espace qui les séparait désormais était long comme un homme étendu.

— Je ne suis ici que dans le but de voir mes petits-enfants, répéta calmement Gulnaz avant de lever les paumes en signe de reddition. Je ne suis pas ici pour fournir des explications ou livrer des messages d'excuses. Je ne t'embêterai pas avec des paroles creuses de condoléances.

— Condoléances ? pouffa Tamina, les mains sur les hanches. (Elle secoua la tête, et son foulard glissa doucement sur sa nuque.) Je n'ai pas besoin de tes condoléances. Je veux seulement que tu partes de chez moi. Que vont dire les gens ? Mon frère vient tout juste d'être enterré, et je sers du thé à la mère de son assassin dans ma maison ?

— Tamina-*jan*, personne n'est au courant de ma venue. Aucun membre de ma famille ne le sait, pas même mon fils. Et tes voisins ne peuvent pas voir à travers les murs.

— Les murs sont fins comme du papier, lâcha sèchement Tamina. Sais-tu ce qui est arrivé dans cette ville ? Sais-tu ce que les gens disent de mon frère et comment ma famille a été affectée ? Ils prétendent qu'il a commis le pire des blasphèmes : brûler le Coran ! Qu'Allah nous en préserve !

Tamina tira sur ses lobes d'oreilles et regarda le ciel, suppliant Dieu de lui pardonner pour avoir prononcé d'aussi horribles paroles.

Gulnaz était sidérée. Elle n'avait rien entendu de tel, même si cela faisait plus d'une semaine qu'elle n'avait parlé à Zeba ou Yusuf. Était-ce vrai ?

— Je… Je n'étais pas au courant…

—Tout le village en parle. Les gens me regardent comme si c'était moi qui lui avais tendu les allumettes. Et je n'avais jamais entendu de pareilles accusations concernant mon frère. Quels qu'aient été ses péchés, j'ai toujours fait en sorte qu'ils n'affectent pas mes enfants. Maintenant, j'ai peur de les faire sortir de la maison. Notre nom est sali ! Les gens ne parleront plus à mon mari, et ma sœur a subi l'humiliation devant sa belle-famille. Ils nous détestent, comme si j'étais coupable de la folie de mon frère. Que veux-tu me faire subir de plus, hein ? Dis-le-moi !

Les poings serrés, elle libérait désormais toute sa rage enfouie, respirait lourdement, de sorte que Gulnaz voyait sa poitrine se soulever et s'abaisser sous ses omoplates.

—Je ne savais pas, marmonna-t-elle en couvrant son visage avec ses paumes.

Son sac à main était tombé par terre avec un bruit sourd de défaite. Ses doigts formèrent un triangle autour de sa bouche. Il était temps de repenser son plan. Elle ne rendait pas service à ses petits-enfants en provoquant leur hôte.

—J'ai eu tort de venir.

Elle ramassa son sac, et son dos protesta de douleur.

—Je nourris ses enfants avec le peu que l'on a pour nous. Tu es venue pour me remercier ou pour me surveiller ? Va-t'en et ne t'avise pas de revenir ! Si tu te soucies de ces gamins, laisse-les tranquilles !

En fuyant la cour, Gulnaz s'attendait presque à sentir les poings de Tamina lui marteler l'échine. Elle entendit la porte se refermer derrière elle avec un grincement et longea la rue sans s'arrêter pour essuyer ses larmes. Quand était-elle devenue si faible ? Quand avait-elle perdu tout contrôle sur sa vie ?

Gulnaz s'adossa à un mur d'argile. La ruelle croisait une large avenue grouillant de boutiques, bourdonnant de moteurs de voitures. Une Toyota Corolla passa devant elle, et le conducteur ralentit pour mieux l'observer. Gulnaz tira son foulard sur son nez et sa bouche. Elle lâcha un long gémissement qui se noya dans le tumulte environnant.

Elle s'était trouvée si près de ses petits-enfants. Avait-elle bien fait de partir sans se battre davantage ? Peut-être que Tamina avait besoin de temps. Peut-être que les rumeurs au sujet de Kamal se tasseraient, que la colère de sa sœur s'apaiserait.

Elle imaginait déjà la déception de Zeba. Gulnaz avait simplement voulu serrer les enfants dans ses bras et leur dire que leur mère pensait à eux à chaque instant. Elle savait que Zeba craignait par-dessus tout que ses propres filles ne la regardent comme elle-même avait regardé sa mère, qu'elle redoutait le jour où elles poseraient sur elle des yeux de glace ou refuseraient de lui ouvrir la porte lorsqu'elle viendrait leur rendre visite, à supposer qu'elle ait le courage de le faire.

Zeba était toujours au sanctuaire. Gulnaz se demandait ce que le mullah lui avait dit après son départ. Elle n'avait pas eu la force d'affronter sa fille à la suite de son échange avec cet homme. Au moins, il avait promis de veiller sur elle.

Plongée dans ses pensées, Gulnaz n'entendit pas les pas mesurés derrière elle. Quand la main toucha son coude, elle sursauta et poussa un cri.

—Bibi-*jan*.

Gulnaz eut le souffle coupé l'espace d'un instant. Elle dévisagea l'adolescent avant de tendre le bras pour le toucher. Il soutint son regard, attendant qu'elle parle.

—Basir…

Elle ne put rien dire de plus tant sa gorge était nouée. Elle lui effleura timidement l'épaule. Il cilla, mais ne recula pas. Elle profita de cette discrète permission pour l'attirer vers elle et prendre son visage entre ses paumes. Il ferma les yeux, et deux larmes s'échappèrent de ses cils.

— Mon gentil petit-fils.

Gulnaz écarta les mèches folles qui lui barraient le front, puis déposa un baiser sur son crâne, sentant ses cheveux se hérisser sous ses lèvres, comme ceux de Rafi autrefois.

Au cours de sa vie, elle n'avait jamais été séparée de ses enfants. Ils avaient toujours été à ses côtés, surtout après la disparition de leur père. Parfois, elle s'était même réjouie de cette absence, car elle lui permettait de consolider ses liens avec Rafi et Zeba. Personne ne venait contredire ses décisions. Aucun conjoint laxiste ne la faisait apparaître sévère en comparaison. Comme il était facile, alors, de tirer les rideaux et d'isoler leur petit monde du reste de l'univers.

— Bibi-*jan*, je ne pensais pas que tu viendrais.

Gulnaz secoua la tête.

— Bien sûr que j'allais venir. Je suis votre grand-mère, murmura-t-elle. Quoi qu'il arrive, où que vous soyez, je ne vous tournerai jamais le dos. Ta mère est tellement inquiète, elle aussi.

— Je sais. Je… je suis allé la voir.

— Elle me l'a dit.

Basir leva soudain les yeux.

— Tu y es allée, toi aussi ?

— Oui. Et elle était tellement heureuse de t'avoir vu. C'est un long et dangereux voyage pour un garçon de ton âge.

Ces propos le firent grimacer.

—Il fallait que j'y aille.

—Je comprends. Tu avais des questions à lui poser, n'est-ce pas ? As-tu obtenu des réponses ?

—J'aurais préféré ne poser aucune question, admit Basir à contrecœur.

Il se gratta la joue, réticent à partager les révélations de sa mère. Une certaine honte s'empara de lui, comme si sa grand-mère allait le gifler pour les péchés de son père. Ce sentiment lui fit prendre conscience qu'il croyait chacun des mots de sa mère, même s'il l'avait quittée furieux cette nuit-là.

—Tu as raison de poser des questions et tu as raison d'être terrorisé par les réponses. Mais Dieu t'a donné ces parents-là, et tu n'es en rien responsable de leurs actes, déclara Gulnaz.

Elle décida de ne pas humilier cet enfant en nommant les crimes de son père.

Basir hocha la tête, sans la regarder dans les yeux.

—Ton Ama Tamina m'en veut d'être passée sans prévenir. Elle a le droit d'être en colère après ce qui est arrivé à sa famille.

—Elle pleure beaucoup.

Gulnaz soupira.

—Elle a perdu son frère, dit-elle simplement.

Basir fronça les sourcils.

—Je ne sais pas si c'est pour ça qu'elle pleure. Elle dit des choses quand elle est bouleversée… Elle dit… elle dit que mon père n'a apporté que des soucis à la famille.

—C'est une femme désemparée. Heureusement, elle a assez de cœur pour ne pas déverser cette colère sur toi et les filles.

—Avec nous, elle se comporte bien dans l'ensemble. Je l'ai dit à ma mère.

—Dans l'ensemble ?

Cet aveu la transperça comme un coup de ciseaux déchirant un chiffon.

—Oui, ça va.

—Tu as dit « dans l'ensemble ».

Basir haussa les épaules, et Gulnaz attendit patiemment. Quelque chose était en train de remonter à la surface, et elle avait besoin de l'entendre. Le bourdonnement de la rue combla le silence, pendant que l'adolescent choisissait soigneusement ses mots.

—Je… j'ai l'impression qu'elle m'en veut. Elle ne me laisse pas approcher ses filles, et parfois elle… elle ne me laisse même pas approcher Karima ou Shabnam. Elle les garde avec elle la nuit. Elles ont peur, Bibi-*jan*. Je sais que je suis censé m'occuper d'elles et de Rima, mais Tamina se comporte comme si… Elle me crie dessus parfois pour que je m'éloigne d'elles. C'est plus simple pour moi de rester dehors. C'est pour ça qu'elle ne s'est même pas rendu compte de mon absence quand je suis parti au sanctuaire voir ma mère. Je dors dans la cour presque tous les soirs, mais ça m'est égal. Je ne veux pas me plaindre.

Il s'exprimait à demi-mot, pour ne pas aggraver la situation.

Gulnaz se mordit la lèvre. Elle repensa à l'emportement de Tamina.

—Oh, mon Dieu, soupira-t-elle, une main devant la bouche.

Elle tourna le dos à Basir tandis que la vérité la frappait de plein fouet. La colère de Tamina n'était pas une colère de deuil. Elle n'avait pas dit un mot de la perte de Kamal ou de son assassinat. Tamina, qui avait passé chaque jour de sa vie avec lui jusqu'à son mariage, était furieuse à cause de ce qu'on avait fait subir à sa famille, pas à son frère.

Basir ne lui inspirait pas confiance parce que c'était le fils de Kamal. Tamina n'avait pas d'amour pour son frère. Chaque cellule de son corps bouillonnait de rancœur. Gulnaz aurait dû le deviner, mais n'avait pas voulu croire que le mal avait des racines aussi profondes. Comme avait-elle pu être aussi aveugle ?

Basir la regardait en silence. Elle avait envie de lui dire que son air sombre et coupable ne signifiait rien. La noirceur du ciel se reflétait sur lui, rien de plus. Tout cela était hors de sa portée.

— Bibi-*jan*.

Gulnaz hocha le menton. C'était la vérité. Depuis toujours. À quoi avait ressemblé la vie de Zeba ? Qu'avaient subi ses petites-filles ? Gulnaz fut prise de haut-le-cœur, refoula ces pensées pour ne pas vomir en pleine rue.

Elle se racla la gorge et ravala ses larmes. Basir appuyait les talons de ses paumes contre ses yeux avec tout le stoïcisme possible. Que savait-il au juste ? Quelle part de ses sentiments n'était que cela – des sentiments ?

— Il vaut mieux que tu rentres, dit Gulnaz.

Elle passa un bras affectueux sur les épaules voûtées de son petit-fils. Il inclina la tête contre elle, comme il l'aurait fait avec sa mère. Au moins, la maison de Tamina était un endroit sûr pour ses petits-enfants. Leur tante les protégerait. Elle ne laisserait pas Kamal sortir de sa tombe et détruire sa tranquillité. Plus jamais.

CHAPITRE 41

Z eba se réveilla avec le sentiment qu'une personne se dressait au-dessus d'elle.

— Zeba-*jan*, que puis-je faire d'autre que prier pour toi ? murmura une ombre. Gulnaz a raison, même si ça me fait mal de l'admettre. Ce n'est pas un endroit pour toi.

— Vous, dit Zeba d'une langue pâteuse. Que voulez-vous à ma mère ?

— Bois ça, dit le mullah en lui tendant un bol de bouillon.

Zeba entendit le cliquetis des os contre la céramique, sentit une vapeur huileuse monter à son visage. Il avança le plat vers ses lèvres et tressaillit à peine lorsqu'elle le repoussa violemment. Ses yeux ne s'étaient pas encore adaptés à l'obscurité, mais Zeba devina, aux odeurs mêlées d'oignon et de sueur, que de la soupe chaude s'était renversée sur les vêtements de l'homme.

Zeba attendit que le mullah la frappe, la tire par les cheveux comme un enfant maltraitant sa poupée, mais il n'en fut rien. Elle répéta sa question restée en suspens.

— Qu'avez-vous fait à ma mère ?

— J'aurais aimé que les choses se passent différemment. Je suis un vieil homme désormais. Lorsque je regarde en arrière, je me demande si j'ai fait les bons choix pour mes enfants. Je continue de douter.

— Mes enfants, marmonna Zeba, en s'adressant davantage à la nuit qu'au mullah. Ma fille Rima devrait être en train de faire ses premiers pas en me tenant la main.

— Elle court déjà peut-être, soupira l'homme. Les enfants ont une façon bien à eux d'aller de l'avant, même après la perte d'un parent.

Ces mots, songea Zeba, étaient bien le genre d'idiotie que seul un homme pouvait proférer.

— Votre garçon a l'air heureux. Il vous suit, vous respecte. Et surtout, il ne vous craint pas. C'est pourquoi je m'étais dit que vous étiez un homme bien, avant que vous n'osiez poser la main sur ma mère.

Le mullah observa un silence. La lune projetait des colonnes de lumière dans le ciel. Accroupi devant la gueule de la cellule, le mullah appuyait le pouce et l'index sur ses yeux.

— Je suis vieux, répondit-il finalement. Je suis trop vieux et trop fatigué pour être quoi que ce soit d'autre. Ta mère a l'air d'être ta sœur. Elle est la seule femme du pays sur qui le temps n'a pas de prise. Ça ne me surprend pas. Elle est si inébranlable qu'elle ferait honte aux montagnes.

— Vous vous permettez de parler d'elle comme si vous la connaissiez.

— Je l'ai bien connue autrefois. Il y a fort longtemps, elle fut mon épouse.

Zeba se redressa d'un coup. Si c'était un rêve, il fallait absolument qu'elle s'en extraie avant que les choses n'aillent plus loin.

— Que dites-vous ? demanda-t-elle d'une voix inégale.

Le mullah hocha la tête avec solennité. Zeba le regarda attentivement et remonta le cours du temps : elle lui ôta sa barbe, effaça le gris de ses cheveux. Elle plongea dans ses yeux, traça les contours de son nez et de ses épaules.

— Tu… tu n'es pas mort ?

— Pas encore, *janem*, répondit-il platement.

Le cœur de Zeba fit un bond. Elle étouffa un cri, se retint de poser les mains sur le visage de l'homme. Elle se concentra sur sa respiration, ferma les paupières et murmura la question qu'elle s'était posée d'innombrables fois.

— Où étais-tu ?

Zeba se demanda s'il nommerait un endroit précis. Mais la géographie pouvait-elle justifier une vie entière d'absence ?

— Un peu partout. J'ai vécu en nomade.

— J'ai prié pour toi.

Zeba repensa aux nombreuses fois où elle avait dirigé son regard vers l'est, en direction des montagnes, songea aux quatre cent vingt-trois marches de bois branlantes reliant leur province à la suivante. Beaucoup y étaient morts, en chutant ou pétrifiés par la peur. Elle avait prié pour que son père ne soit pas au fond d'un ravin.

— Il fallait que je parte, Zeba. C'était la meilleure chose à faire, pour nous libérer tous les deux.

— Mais le garçon… tu as une famille maintenant ?

Le mullah haussa les épaules.

— J'ai fait ce que tout homme aurait fait. Je me suis marié, j'ai tout recommencé.

Zeba cilla. Cela semblait si facile, aussi simple que de refermer un livre pour en ouvrir un nouveau. En même temps, cela faisait sens pour elle, car elle n'était pas si différente de lui. Elle aussi avait tourné le dos à Gulnaz.

Son cœur s'allégea de manière spectaculaire. Zeba soupira. Finalement, elle était aussi folle que ses parents l'avaient faite, rien de plus.

—Chante pour moi, dit-elle à l'homme qui l'avait quittée dans une vie si lointaine.

Elle formula cette modeste requête sans savoir encore si elle l'aimait ou le haïssait.

La voix de son père, dont la sonorité rauque trahissait son âge, se chargea alors de nostalgie pour briser le silence de cette triste nuit. Ils étaient deux solitudes, et la distance qui les séparait s'annula peu à peu sous le ciel étoilé. Ils ne se regardèrent pas.

—« Ce soir, tu écoutes les chagrins de mon âme. Mais demain, tu auras tout oublié. »

Il posa une main sur la tête de Zeba, appuya le pouce à la racine de ses cheveux, au centre de son front, et ce fut comme s'il sondait son âme.

La chanson flotta dans la nuit. C'était un aveu. Une prière. Zeba mêla sa voix à celle de son père tandis que les larmes coulaient sur ses joues.

CHAPITRE 42

Y usuf venait de raccrocher avec Rafi, le frère de Zeba. Ce dernier était content d'apprendre que sa sœur allait être ramenée à Chil Mahtab, après presque trois semaines chez le mullah. Il avait voulu lui rendre visite, avait-il juré à l'avocat, mais sa femme, enceinte de leur quatrième enfant, risquait d'accoucher à tout moment. Yusuf avait décelé de la culpabilité dans sa voix, sans pour autant chercher à le rassurer. Il revenait à chaque homme d'assumer ses propres choix.

Assis dans la salle d'entretien de la prison, il attendait Asma, la gardienne censée l'accompagner au sanctuaire pour ramener Zeba. Il jouait avec son téléphone lorsqu'il aperçut Latifa qui traînait dans le couloir. Il reconnut la codétenue de sa cliente et, voyant qu'elle le regardait, la salua d'un discret hochement de menton. Elle en profita pour ouvrir la porte et passer la tête dans la pièce.

— Vous êtes l'avocat de Zeba, lança-t-elle.

— En effet, répondit-il avec circonspection. Vous avez besoin de quelque chose ?

— Elle rentre quand ? Il paraît qu'elle a été emmenée dans une sorte de temple pour les fous, mais c'est stupide. Vous savez pourquoi ? Parce qu'elle n'est pas folle. Elle a un pouvoir, et on a besoin d'elle ici. Elle rentre quand ?

— Bientôt, dit Yusuf, hésitant à entrer dans les détails. Le juge a consenti à son retour.

— Le juge a consenti ! ironisa Latifa.

Une colère brûlante montait en elle, le genre de poussée qui avait cabossé la porte.

— Bon, ajouta-t-elle, je suppose que c'est une bonne nouvelle pour vous, mais ça veut simplement dire qu'il a arrêté de faire l'imbécile. Deux autres femmes ont été accusées de meurtre et condamnées à des décennies d'emprisonnement. Ce n'est qu'une question de temps avant qu'il en condamne une à mort.

— Ayez la foi. Les choses peuvent changer, dit prudemment Yusuf.

— Tant que les hommes seront les juges, rien ne changera.

Soudain, l'avocat se mit sur la défensive.

— Une femme a postulé à la Cour suprême la semaine dernière. Cela prouve qu'un changement est possible.

— Vous ne connaissez pas la suite de l'histoire ? répliqua sèchement Latifa. Sa candidature a été rejetée parce qu'elle a le toupet de saigner tous les mois.

En fait, Yusuf l'avait appris. Un juge de la Cour suprême devait toucher le Coran tous les jours, avait argumenté un parlementaire. Comment une femme aurait-elle pu prétendre à cette fonction alors que, huit jours par mois, elle n'était pas autorisée à toucher le livre saint ? Ce raisonnement avait consterné Yusuf. Quant à Anisa, elle avait, de rage, jeté un livre en travers du bureau en lisant cette information sur Internet. Elle fulminait encore quand Yusuf s'était éclipsé pour se rendre à Chil Mahtab.

— En fait, reprit Yusuf, posant son téléphone sur la table et accordant toute son attention à Latifa, j'y vais aujourd'hui même pour la ramener. Mais pourquoi dites-vous qu'elle a un pouvoir ? Je suis curieux.

Les cheveux de Latifa étaient noués négligemment. Elle leva les mains sur la tête, divisa sa chevelure en deux et tira pour resserrer sa queue de cheval. Yusuf, qui toute sa vie avait partagé une chambre avec ses sœurs, fut frappé par le mal du pays devant ce geste familier.

— Vous ne savez pas ce qu'elle a fait pour les femmes ici, répondit la prisonnière en appuyant ses propos d'un haussement de sourcils. Les soucis qui les empêchent de dormir la nuit, elle les a fait disparaître. Je n'ai jamais rien vu de pareil.

— Que voulez-vous dire ?

— Elle est comme sa mère, peut-être même meilleure. Je n'y croyais pas au début. D'habitude, je ne gobe pas ces histoires de *jadu*, et pour la première fois, je le vois de mes propres yeux. Vous allez vraiment la ramener aujourd'hui ?

— C'est ce qui est prévu.

Yusuf était troublé par les révélations de son interlocutrice. Les détenues avaient-elles comparé les talents des deux femmes en matière de magie noire ?

— Mais que voulez-vous dire par « meilleure que sa mère » ?

— Meilleure que sa mère la *jadugar*, articula lentement Latifa.

Se rendant compte qu'elle savait quelque chose que l'avocat de Zeba ignorait, elle gagna en confiance et entra dans la salle d'entretien.

— Vous savez que sa mère est une *jadugar*, hein ? Ne me dites pas que vous ne le saviez pas ?

Yusuf eut un petit rire. Zeba et sa mère avaient fait forte impression sur les prisonnières, de toute évidence. Il feignit légèrement la surprise.

— Je suis ici pour m'occuper d'autres sujets.

— Oh, vous avez tort de vous moquer, monsieur, le réprimanda Latifa en posant les poings sur ses hanches larges.

Soudain, Yusuf se rendit compte qu'elle portait un tee-shirt jaune pâle représentant Pinocchio. Tandis qu'elle le soupçonnait de lorgner sa poitrine généreuse, l'avocat contemplait la créature au long nez, dont les couleurs délavées étaient celles du souvenir. Ce personnage de dessin animé, mettant gentiment en garde les enfants contre le mensonge, lui parut particulièrement incongru affiché sur le corps d'une prisonnière.

— La pire chose à faire, c'est de douter d'une *jadugar*. Dites à votre cliente que les femmes de Chil Mahtab attendent Malika Zeba.

— Malika Zeba ? répéta Yusuf. Vous l'avez nommée reine ?

— Dites-le-lui, murmura Latifa en secouant la tête avec un sourire espiègle. Les autres vont sauter de joie en apprenant son retour.

Asma entra au moment où Latifa se retournait pour partir. Les cheveux roux de la gardienne frisottaient autour de son front humide. Elle lissa sa veste et lança à Latifa un regard lourd de sens, mais la prisonnière s'éloignait déjà, tête baissée.

— Bonne chance à vous deux ! Que votre voyage se passe pour le mieux, cria-t-elle en longeant le couloir, les mains en coupe devant la bouche, faisant résonner ses mots contre les murs barbouillés de lettres. Mesdames, bonne nouvelle ! Ils ramènent la reine de Chil Mahtab !

Asma regarda Yusuf. Elle ne sembla aucunement surprise par l'annonce tonitruante de Latifa.

— Prêt ? demanda-t-elle en désignant la porte du menton.

Le moteur de la voiture faisait un bruit inquiétant, et l'absence de climatisation n'était guère plus engageante. La grille d'aération ronronnait, mais ne dégageait que de l'air chaud dans l'habitacle. Assis du côté passager, Yusuf baissa sa vitre pour sentir la brise, en prenant garde de fermer les yeux. Il avait entamé son dernier flacon de gouttes ophtalmiques et doutait de pouvoir trouver quoi que ce soit de convenable dans les pharmacies du coin. Le revêtement bleu nuit, plein de trous et de déchirures, empestait le tabac froid. Le conducteur, un gardien de prison, pianotait sur son volant tout en fredonnant. Asma et une de ses collègues étaient installées à l'arrière.

Yusuf ne savait pas à quoi s'attendre. Qazi Najib avait appelé son ami, le mullah, pour le prévenir qu'ils venaient chercher Zeba. Étonnamment, l'homme n'avait pas protesté. Lorsque le chauffeur tira sur le frein à main devant les appartements du mullah, Yusuf vit un rideau bouger légèrement. À la taille de la personne, il devina qu'il s'agissait de l'enfant. Il sortit du véhicule et secoua les jambes, son pantalon lui collant à la peau. Il avait été bien avisé de porter du noir.

Le mullah n'émergea que lorsque tous les passagers furent descendus de voiture. La porte en bois s'ouvrit lentement, et l'homme s'avança vers eux d'un pas tranquille. Les gardiens furent les premiers à parler, le conducteur posant une main sur son cœur pour exprimer son respect. Le mullah hocha la tête et regarda Yusuf.

— Voilà une belle troupe pour escorter une seule femme. Je ne m'attendais pas à cela, dit-il sans un sourire.

— Le directeur l'a estimé nécessaire, répondit Yusuf, une paume devant les yeux pour se protéger du soleil.

Le mullah acquiesça.

— Comment va-t-elle ? demanda l'avocat.

Il regarda la rangée de cellules au loin. Deux hommes étaient assis en tailleur devant l'espace ouvert, dans l'ombre tachetée de lumière d'un arbre assoiffé. Yusuf s'inquiéta de ne voir Zeba nulle part. Il avait espéré la trouver assise sur la chaise en plastique, devant la porte du mullah, là où il l'avait laissée.

— Elle va bien, répondit Habibullah. Elle a un mental fort, mais vous le saviez déjà, j'en suis sûr.

— En effet.

— J'aimerais vous parler un instant.

— Bien entendu, Mullah-*sahib*. Et ensuite, nous serons ravis de vous délester de la charge de ma cliente et de la ramener à Chil Mahtab. Le juge m'a donné des instructions bien précises. Je suis persuadé que vous comprenez.

— Un moment, jeune homme.

Asma et l'autre gardienne échangèrent un regard furtif avant de se diriger vers la clôture métallique du sanctuaire, où les fidèles avaient noué des rubans de couleur et des bandes de papier. Le chauffeur de la voiture sortit son téléphone portable et se mit à composer un numéro. Le mullah conduisit l'avocat dans ses appartements. Yusuf sentit son estomac se nouer ; il était impatient de partir. Il avait apporté à Zeba un sachet de chips, un pain plat fourré de kebab au poulet et une bouteille d'eau, pensant la trouver dans un grave état de malnutrition.

La période de quarante jours n'était pas écoulée. Le mullah ne devait guère apprécier de voir son traitement écourté de la sorte, et s'il n'avait pas exprimé de critiques à l'égard du juge, il était fort probable qu'il les avait réservées à Yusuf. Les gardes l'aideraient-ils à reprendre Zeba par la force si les choses tournaient mal ?

Au moment d'entrer, il préparait sa réplique. Il était tellement distrait par ses pensées qu'il ne remarqua pas immédiatement Zeba, assise sur le coussin de sol où lui-même s'était installé la première fois. Devant elle étaient posés une tasse fumante de thé noir et deux bols en céramique, l'un contenant des pignons de pin, l'autre des raisins secs.

— Zeba ! Vous êtes… vous êtes là.

Les yeux du jeune homme passèrent de sa cliente au mullah, qui avait déjà pris place sur un autre coussin de sol, à quelques mètres d'elle. On aurait pu la prendre pour une invitée.

Yusuf avait imaginé une Zeba affamée, dépenaillée, affaiblie par l'hypothermie. Il avait vécu chaque journée de captivité de sa cliente comme un échec personnel. À chaque cuillerée de riz qu'il avait portée à sa bouche, il n'avait pu s'empêcher de songer à sa cellule spartiate. Il s'était préparé, au cours de ces dix-neuf jours, à apprendre qu'elle était morte de faim ou qu'elle avait sombré dans un nouvel abîme de folie.

— Vous allez bien ?

Zeba fit « oui » de la tête.

— Je suis venu pour vous ramener à Chil Mahtab.

— Je sais, dit-elle en dérobant un regard au mullah. On me l'a annoncé hier. Je suis prête à partir.

Habibullah s'éclaircit la voix et passa distraitement le pouce sur les perles d'onyx de son *tasbih*. Une de ses jambes était repliée, l'autre étendue devant lui. Il portait une tunique de coton gris et un pantalon bouffant. Yusuf remarqua, pour la première fois, ses épais favoris poivre et sel descendant en larges boucles le long de sa mâchoire et se rejoignant sous son menton pour former une barbe courte. Il se demanda à quoi celui-ci ressemblerait une fois rasé, différemment vêtu.

— Avant que vous ne partiez, dit l'homme, je veux savoir ce qu'elle va devenir.

Yusuf baissa les yeux vers le tapis. Y avait-il une façon polie de faire savoir au mullah que ça ne le regardait pas ?

— Le juge n'a pas encore décidé de son sort, répondit-il. Maintenant, si vous pouviez me dire ce que vous pensez de son état actuel comparé à son arrivée ici, je serais ravi de transmettre cette information à Qazi Najib.

— Je suis un homme simple, dit le mullah d'une voix mélancolique. Les gens qui viennent à moi sont en souffrance, et ma mission est de m'asseoir avec eux, de prier pour eux, et de les aider à trouver le chemin de la guérison. Leur maladie est un fardeau pour eux-mêmes et pour leur famille. C'est cette douleur collective que j'œuvre à faire disparaître. Cette femme, ajouta-t-il en regardant Zeba d'un air songeur, était dans un triste état à son arrivée. Elle était possédée par des djinns maléfiques, qui contrôlaient ses pensées et ses actes. Ils étaient ses bras et ses jambes.

Depuis votre dernière visite, j'ai prié avec elle. J'ai prié pour elle. Elle a suivi le régime qui nettoie le corps de ses toxines. Elle a exorcisé le poison de son esprit. Je crois qu'elle a complètement guéri, et notons qu'elle a été capable de le faire en moins de quarante jours.

—Donc, vous pensez qu'elle est désormais saine d'esprit, résuma Yusuf.

—Je crois que beaucoup de choses ont changé pendant ces quelques jours. Elle a une meilleure compréhension sur bien des sujets.

Les yeux de Yusuf étaient toujours rivés sur Zeba, que cet éloge ne fit pas tressaillir. Elle regarda le mullah, ses lèvres s'entrouvrirent légèrement, mais aucun mot n'en sortit. Elle garda les mains jointes sur les genoux.

—Zeba Khanum, si vous êtes prête, nous allons partir. Asma et les autres nous attendent dehors.

Zeba hocha de nouveau la tête et se redressa en appuyant les paumes sur le tapis. Elle était amaigrie, mais non de façon alarmante. Elle avait des couleurs, et ses yeux n'étaient pas éteints, même si ses mouvements semblaient ralentis.

—Avez-vous besoin d'aide ?

Yusuf lui tendit instinctivement une main, qu'elle refusa. Le mullah observa attentivement la scène avant de se lever à son tour pour les escorter vers la sortie.

—Jeune homme, dit-il en empoignant l'avant-bras de Yusuf, qui pivota brusquement, surpris par ce contact physique. Battez-vous pour elle, s'il vous plaît. Faites de votre mieux pour la défendre, et Allah vous récompensera. Elle ne mérite pas d'être punie. C'est une femme bien. J'aurais aimé pouvoir l'aider davantage.

Zeba se retourna vers le mullah. Il y avait de la tristesse dans la posture de la jeune femme, bien loin de la colère que Yusuf avait perçue lorsqu'il l'avait laissée là.

— Tu as fait de ton mieux, dit-elle d'une voix douce avant d'arranger son foulard, dont elle rabattit avec grâce le pan libre sur son épaule. J'ai… j'ai été ravie de te connaître.

— Je prierai pour toi, lui répondit Habibullah, à un mètre d'elle. Tout comme j'ai prié ici devant toi, je continuerai à prier après ton départ. Dieu est grand. Tu sais de quoi il est capable.

Yusuf eut l'impression d'être un intrus, et non plus l'avocat de Zeba. La jeune femme s'était-elle mise à croire aux méthodes du mullah ? Ses prières l'avaient-elles profondément affectée au cours de ces quelques jours ? Dans son désespoir, il était tout à fait possible qu'elle se soit agrippée à ses incantations comme un naufragé à une bouée de sauvetage. Yusuf remarqua un changement chez elle, un calme qui n'était pas là dix-neuf jours plus tôt. Pouvait-il y avoir une force surnaturelle dans ce sanctuaire ? Il secoua la tête. Était-il en train de tomber sous le charme du mullah, lui aussi ?

— Mullah-*sahib*, merci pour tout ce que vous avez fait, déclara-t-il au moment de franchir la porte.

Cela lui semblait la chose à dire à cet instant précis. Habibullah ferma les paupières et acquiesça presque imperceptiblement du menton.

Zeba suivit son avocat d'un pas lourd.

Ils se dirigèrent vers la voiture, où ils attendirent le reste de l'escorte. Habibullah s'adossa à la porte en bois, les mains au-dessus du ventre, doigts entrelacés.

— Au revoir, Padar, chuchota Zeba, les yeux brillants sous le soleil.

Yusuf s'arrêta net et les regarda tous les deux avec hébétude, la tête penchée sur le côté.

— Qu'avez-vous dit?

Immobile, le mullah ne quittait pas la jeune femme des yeux. Tandis que sa question restait sans réponse, Yusuf fut persuadé que ces deux personnes n'étaient pas celles qu'il avait vues trois semaines auparavant.

— Comment l'avez-vous appelé, Khanum Zeba? demanda-t-il de nouveau, d'une voix plus audible.

— Père, murmura Zeba, en essuyant stoïquement une larme sur sa joue gauche.

L'arrivée des gardes empêcha toute autre explication. En un éclair, tout le monde grimpa dans la Toyota gris métallisé, et les quatre portières furent fermées l'une après l'autre.

Son père? Assis à l'avant, Yusuf retourna ces mots dans sa tête. Voulait-elle dire qu'il était son vrai père, ou bien cet homme lui avait-il fait subir un complet lavage de cerveau, par quelque processus de dévotion malsaine? L'avocat se retint de l'interroger davantage, estimant qu'il y avait trop de témoins présents.

Le moteur gronda, et ils reprirent la route de terre, s'éloignant peu à peu du sanctuaire et du mullah.

CHAPITRE 43

— E lle est revenue ! Les filles, Malika Zeba est de retour parmi nous !

Une prisonnière en robe fleurie noire et verte s'arrêta net en apercevant Zeba, et se retourna pour crier dans le couloir. Les autres se trouvaient à quelques mètres, dans le salon de beauté.

Zeba cligna des yeux avec surprise.

Trois têtes sortirent par l'embrasure de la porte. Une femme tenait une brosse à cheveux, une autre était coiffée de bigoudis. Celle-ci poussa un petit cri en apercevant Yusuf et recula dans le salon.

—Zeba-*jan*, tu es de retour ! Malika Zeba, comment vas-tu ?

D'autres silhouettes apparurent au bout du couloir, à mesure que la nouvelle se propageait. Deux petites filles désignaient Zeba du doigt.

—C'est la reine, murmura l'une d'elles. C'est Malika Zeba. Ma mère m'a parlé d'elle.

—Je ne l'imaginais pas comme ça. Où est sa couronne ? demanda l'autre avec un petit rire.

—Que se passe-t-il ici ?

Zeba s'exprimait d'une voix lente et voilée. Ce n'était pas vraiment à Yusuf qu'elle s'adressait. Elle était sidérée par

427

le surnom qu'on lui avait attribué et par l'effervescence que son retour provoquait.

L'avocat se pencha vers elle.

—J'aimerais vous parler avant que vous ne rejoigniez votre cellule, lui dit-il sèchement.

—Bien sûr, répondit sa cliente, distraite par l'agitation qui régnait dans le couloir. C'est juste que…

—Tu nous as tellement manqué! Il faut que je te raconte ce qui s'est passé pendant ton absence. Il y a eu tellement de changements, et c'est grâce à toi, dit une jeune femme.

Zeba sourit faiblement, ne sachant comment appréhender cet accueil. La fille lui prit les mains et les retourna pour embrasser ses paumes. Zeba recula, gênée par ce geste normalement réservé aux anciennes.

—Tu m'as sauvée!

—Je t'ai sauvée? répéta Zeba.

Elle se rappela alors, peu à peu, avoir passé du temps avec cette femme, avoir regardé ses deux jeunes garçons s'agiter nerveusement pendant que leur mère déroulait la terrible histoire de leur conception.

—Oui! Avec ce *tawiz*, expliqua-t-elle en montrant le petit paquet tenu par une épingle de nourrice à la manche de sa veste. Je ne m'en suis pas séparée depuis que tu me l'as donné.

—Qu'est-il arrivé? demanda Zeba.

—Le refuge où les garçons devaient être envoyés s'est avéré complet. Ils n'ont plus une seule place de libre, et ma famille refuse de les recueillir. Ils n'auraient eu nulle part où aller, Zeba-*jan*. Ils se seraient retrouvés à la rue, où n'importe qui aurait pu les enlever pour vendre leurs organes ou en faire des esclaves. J'ai imaginé le pire. Mais il y a deux jours à peine, la directrice de la prison leur a accordé la permission de rester deux ans de plus. Deux années entières !

Zeba écarquilla les yeux.

—C'est… c'est fantastique ! s'exclama-t-elle d'une voix douce.

—Oui, et c'est grâce à toi. Il y a eu tellement de bouleversements, Malika Zeba. On a prié pour que tu nous reviennes saine et sauve, afin qu'on puisse te remercier pour tout ce que tu as fait. Et aussi, ajouta-t-elle en jetant un regard timide à Yusuf, dont la curiosité avait été piquée, j'aimerais te montrer quelque chose, le signe de ma reconnaissance éternelle.

Elle retroussa sa manche droite, tressaillant légèrement lorsque le tissu effleura une cicatrice encore fraîche. En lettres sombres, le prénom de Zeba saillait sur sa peau. Celle-ci étouffa un cri.

—Qu'as-tu fait ?

Zeba effleura le bras de la femme, traça les lettres du bout du doigt puis revint en arrière, comme pour se convaincre de leur réalité. Elle leva les yeux, s'attendant à voir son admiratrice grimacer, mais il n'en fut rien.

—J'ai gravé ton nom dans ma chair pour montrer à tous l'empreinte que tu as laissée sur mon cœur. Je n'oublierai jamais ce que tu as fait pour moi, dit-elle, les deux mains contre le sternum, poussant sa frange d'un mouvement de tête et dégageant son regard souligné de khôl. Grâce à toi, je ne serai pas séparée de mes fils.

—Oh, tu exagères ! s'amusa Zeba. Et tes fils, qu'en disent-ils ?

—Mes fils ? Ils ont de la chance que je ne leur ai pas tatoué ton nom sur le bras !

Elle irradiait, et Zeba sentit ses épaules se relâcher devant le bonheur de cette femme.

— Ils pleuraient chaque fois que je leur parlais du refuge pour enfants. Tu ne peux pas imaginer à quel point ils sont heureux de rester avec moi! Marzia leur apprend à compter en ce moment, sinon ils seraient là pour te serrer dans leurs bras.

— Malika Zeba! s'éleva une autre voix.

Ses vers résonnèrent dans le couloir, suivis par des éclats de rire.

— «Même le riz brûlé n'est pas perdu / Car la reine Malika est revenue!»

Quatre autres femmes se précipitèrent vers elle avec de grands sourires et des visages impatients.

— Enfin! Je suis si contente que tu sois revenue. Il faut que tu m'aides!

Une vague de prisonnières emporta Zeba, laissant Yusuf dans le couloir de Chil Mahtab. Asma rit de son air hébété et haussa les épaules.

— Elle tient les femmes sous son emprise grâce à son *jadu*. La semaine dernière, elles ont organisé une séance de tatouage dans le salon de beauté. Son nom est écrit sur une dizaine de parties de leurs corps, murmura-t-elle, scandalisée.

Le téléphone de Yusuf pépia dans sa poche. Il le sortit et regarda le numéro qui l'avait appelé trois fois en une semaine. Trois appels auxquels il n'avait pas répondu parce qu'il était en pleine conversation avec le juge, Anisa ou sa mère. Il effleura la touche verte, pensant toujours que Zeba lui devait une explication. Le mullah était-il réellement son père? Sa mère était-elle au courant?

—Allô!

—Oui, bonjour, dit une voix féminine. C'est bien le numéro de l'avocat de Khanum Zeba, détenue à Chil Mahtab?

Yusuf se demanda s'il s'agissait d'une personne du bureau, mais Anisa ne l'avait prévenu d'aucun appel.

—Oui. Qui est à l'appareil?

Les dernières détenues disparurent au bout du couloir. Asma les suivit, davantage par curiosité que par volonté d'endiguer la foule autour de Zeba.

—Je suis journaliste au *Dawn News*. Mon nom est Sultana. J'aurais aimé vous poser quelques questions sur l'affaire. Je serais ravie de discuter avec vous, soit au téléphone, soit de vive voix.

Elle parlait vite et de façon concise. Son ton était courtois, mais direct. Lorsque Qazi Najib avait évoqué l'intérêt de la presse, Yusuf n'avait pas imaginé qu'il puisse s'agir d'une journaliste femme.

—Oh, c'est donc vous qui préparez un article sur Chil Mahtab?

Yusuf se retira dans la salle d'entretien. Il fallait qu'il rédige un compte rendu du séjour de sa cliente au sanctuaire et de ses dernières déclarations. Il ferma la porte, réduisant au silence la cacophonie ambiante. Il jeta son sac sur la table et tira une chaise.

—Oui, c'est moi. Au début, j'avais l'intention d'écrire sur les crimes d'immoralité, mais le cas de votre cliente s'avère très intéressant, et les accusations dont elle fait l'objet sont graves. Saviez-vous que les autres prisonnières étaient fascinées par elle? Elle est devenue une sorte d'héroïne à leurs yeux.

—Oui, j'ai remarqué cela, confirma Yusuf, les toni-truants «Malika Zeba!» résonnant encore à ses oreilles.

—Et il semblerait que sa situation familiale soit particulière. Son grand-père était *murshid*, et sa mère est un personnage tout à fait original. Comment Zeba en est-elle venue à être accusée d'un crime aussi sordide? A-t-elle réellement avoué le meurtre de son mari, ou affirmez-vous que la déclaration signée figurant dans son dossier d'arrestation est fausse?

—D'où tenez-vous cela?

—J'ai posé des questions. Alors, est-ce bien sa déclaration ou a-t-elle été inventée de toutes pièces?

Cet interrogatoire sans détour prit Yusuf au dépourvu. Ils s'étaient à peine présentés, et elle entrait déjà dans le vif du sujet.

—J'ai soulevé de sérieux doutes sur la validité de cet aveu, répondit-il avec prudence.

Il avait déjà décidé de tirer profit de cette couverture médiatique. Si cela signifiait dénoncer la confusion du système judiciaire afghan, c'était bon à prendre.

—Je vois. Et j'ai aussi entendu dire qu'elle a été transférée dans un sanctuaire où l'on traite les malades mentaux. Ce n'est pas du tout la procédure standard dans les cas de meurtre. Était-ce sur votre recommandation? Jusqu'à quand doit-elle y séjourner?

Yusuf défit le premier bouton de sa chemise et tira sur son col humide de sueur.

—Elle n'est pas dans un sanctuaire, dit-il simplement.

Si Sultana voulait davantage d'informations sur ce lieu, il faudrait qu'elle cherche ailleurs.

— Mais elle a passé du temps dans un sanctuaire, un temple local où un mullah propose un traitement de la démence pour le moins controversé. Pourquoi l'avoir envoyée là-bas, alors que nous disposons d'établissements médicaux avec du personnel formé pour évaluer et traiter scientifiquement ce genre de cas ?

— Elle n'est pas dans un sanctuaire, répéta Yusuf sans développer.

— Où est-elle alors ?

— Elle est ici, à Chil Mahtab. Nous préparons nos derniers arguments, et le juge devrait livrer ses conclusions dans les quarante-huit heures.

Yusuf avait bâti sa plaidoirie finale à grand-peine, en fouillant sans conviction dans sa masse de notes manuscrites.

— Et que décidera Qazi Najib, selon vous ?

— C'est à lui qu'il faut poser la question. Mais j'ai bon espoir qu'il pèsera tous les aspects de cette affaire complexe et parviendra à une conclusion juste pour cette mère de quatre jeunes enfants. Plus tôt elle pourra les retrouver, mieux ce sera.

— Vous maintenez qu'elle est innocente ?

— Absolument.

— Vous avez plaidé la folie, si j'ai bien compris. Savez-vous que ce type de défense n'a jamais été utilisé en Afghanistan ? C'est totalement inédit.

— J'en suis conscient. Mais les circonstances sont particulières, et Qazi Najib tient à respecter scrupuleusement la procédure et le Code pénal du pays. Il s'agit précisément d'assurer un procès équitable à ma cliente. L'absence de précédent n'invalide pas ma défense. Beaucoup de choses arrivent pour la première fois dans notre pays.

—Vous vous adressez à la seule journaliste femme souhaitant écrire sur cette province. Inutile de me préciser cela.

Yusuf esquissa un sourire et tira négligemment sur un fil dépassant de la couture de sa sacoche.

—Quand avez-vous l'intention de publier l'article ? demanda-t-il.

—Dès que j'aurai suffisamment de matière. Pour l'instant, j'ai une femme accusée du meurtre de son mari, dont l'avocat américain affirme qu'elle n'est pas coupable parce qu'elle est folle. C'est un bon début, non ? Mais je veux approfondir mes investigations. Parfois, le crime en Afghanistan n'est qu'une histoire de rumeurs et de ragots.

—Je ne vous le fais pas dire, soupira Yusuf.

—Mais je refuse de prendre part à ces pratiques. La rumeur peut conduire au lynchage public. Je veux des faits, et ceux-ci pourraient jouer en votre faveur. Tout ce que je publierai pourrait inciter la cour à agir du bon côté de la loi. Nos articles attirent parfois l'attention des médias étrangers. Quelques regards internationaux sur votre affaire pourraient faire pression.

—Ah, donc vous m'appelez réellement pour me rendre service ! s'amusa Yusuf.

—Je ne rends pas de services. Je rends compte des faits, rien de plus. Pouvez-vous me parler de la victime ? Savez-vous pourquoi sa femme ou quiconque pourrait avoir eu envie de le tuer ?

—Il y a des bruits qui circulent, mais rien que je puisse vous livrer. Et une fois de plus, j'insiste sur l'innocence de ma cliente. Il est rare qu'une femme tue son époux. Le contraire est bien plus courant.

—Voilà autre chose qu'une Afghane sait parfaitement.

Yusuf sentit l'indignation monter en lui. Il n'aimait pas être considéré comme le mâle afghan type. Il jeta un coup d'œil aux formulaires à remplir posés devant lui sur la table, saisit son carnet et s'éventa.

—Écoutez, je dois vous laisser. Je n'ai rien de plus à vous apprendre pour l'instant. Bonne chance avec votre article, dit-il rapidement.

—Yusuf, une dernière question. Est-ce que Khanum Zeba a déjà…

Mais Yusuf avait déjà raccroché, laissant en suspens la question de la journaliste.

CHAPITRE 44

L es vêtements de Zeba, une petite pile occupant moins d'une étagère dans le casier métallique de leur cellule, avaient été lavés et pliés. Les draps de son lit étaient amidonnés, bien tendus sur son matelas. Sur son oreiller étaient posés un œillet de soie écarlate et un petit porte-clés en forme de prisme. Celui-ci renfermait en son centre un cœur rouge ; il projeta une lumière fragmentée lorsque Zeba le fit tourner dans sa paume.

Elle se trouvait à Chil Mahtab depuis deux heures et accédait tout juste à sa cellule. Assaillie dans le couloir par les autres prisonnières, elle avait eu le sentiment que cet endroit était devenu un sanctuaire en lui-même. Elle était troublée par la façon dont les femmes lui souriaient, la couvraient de bibelots, l'effleuraient du bout des doigts comme si c'était une mystique. Et Asma avait dit vrai. Plusieurs des détenues s'étaient fait tatouer son prénom sur le bras ou le dos, soit parce qu'elle les avait sauvées, soit dans l'espoir qu'elle le fasse. Certaines pensaient que les quatre lettres imprimées dans leur chair composaient un talisman. Les pouvoirs de Zeba faisaient naître en elles toutes sortes de fantasmes, qui se déployaient comme des vignes à travers les couloirs étouffants de Chil Mahtab.

Latifa l'avait prise dans ses bras, pressant son corps massif contre la frêle silhouette de sa codétenue embarrassée.

—Oh mon Dieu, mais tu as la peau sur les os! Ça a dû être affreux. Il faut que tu manges. Nafisa, cours à la cuisine lui chercher quelque chose!

Cette dernière avait aperçu Zeba dans le couloir, mais avait patiemment attendu que la foule se disperse avant de se manifester. Le fait que la jeune femme ait été déclarée folle et enfermée dans un sanctuaire l'avait terrorisée. Dans la cellule, elle n'avait pas quitté l'écran de télévision des yeux. Elle regardait le journal de Kaboul : un jeune homme et une jeune femme assis derrière un long bureau parlaient d'attentats-suicides et de résultats de matchs de cricket. Elle était sur le point de dire à Latifa d'aller elle-même chercher de la nourriture, mais se ravisa après avoir examiné Zeba plus attentivement.

—Oh, Zeba-*jan* ! s'exclama-t-elle alors. Je vais te chercher à manger tout de suite. Tu as une mine affreuse, c'est vrai.

—Tout va bien, Nafisa, l'arrêta Zeba en lui faisant signe de rester où elle était. J'ai mangé sur le chemin. Je me sens encore un peu lourde.

—Hum! souffla Latifa en lançant un regard sceptique au corps décharné de sa codétenue. Tu ne m'as pas l'air bien lourde.

Zeba se sentait gauche. Elle avait envie de se lever, de s'étirer, ce dont elle avait été privée durant près de trois semaines. Elle avait envie de marcher dans la cour, de se dégourdir les jambes. De s'allonger sur son matelas et de dormir sans se soucier des scorpions ni du bruit des chaînes.

Son retour en prison était un soulagement, mais ce soulagement même lui donnait la nausée. Que pouvait-elle se permettre d'espérer ? Yusuf travaillait dur à sa défense, si bien qu'elle s'était mise à entrevoir, malgré elle, une porte de sortie. Tout compte fait, peut-être retrouverait-elle ses enfants. À certains moments, elle avait même envisagé de tout dire à son avocat et au procureur. Leur avouer enfin qu'elle n'avait pas tué son mari. Relater cette histoire, dans sa totalité, ne pouvait pas la faire apparaître comme coupable.

Malheureusement, Zeba savait que personne ne la croirait. De plus, elle s'était juré, intérieurement et sans cérémonie, de ne pas faire souffrir davantage cette gamine déjà bien abîmée par Kamal. Était-elle en train d'abandonner ses propres enfants pour protéger une fillette qu'elle ne connaissait pas ?

Peut-être. Mais elle avait pris sa décision des semaines auparavant et ne reviendrait pas dessus. Si Zeba était relâchée et apprenait que d'autres épreuves frappaient cette enfant, chaque journée de liberté serait pour elle une torture. Un jour, elle dirait la vérité à ses filles. Elle ne voulait pas les blesser, mais avait besoin qu'elles la regardent comme autrefois.

En acceptant Chil Mahtab, elle pouvait œuvrer à sa survie. Il lui fallait se reconstruire. Être plus forte qu'elle ne l'avait jamais été. Elle n'était pas du tout folle ; cela, elle l'avait compris au sanctuaire. Son esprit était clair comme de l'eau de roche. La seule voix qui résonnait dans sa tête était la sienne.

Son père, Mullah Habibullah, avait passé d'innombrables heures dans sa cellule pendant ces dix-neuf jours. De sa voix rauque et douce comme une chanson familière, il l'avait apaisée. Elle lui pardonnait ses longues années d'absence. Disparaître, elle le savait désormais, n'était pas la pire chose qu'un père puisse faire à sa famille. Et elle ne voulait pas le perdre une seconde fois.

— Tu n'es pas folle, Zeba, lui avait-il déclaré. Le seul problème chez toi, c'est le sang de ta mère qui coule dans tes veines. Son sang est brûlant et vengeur. Elle prétend croire en Dieu, mais elle ne croit qu'en Gulnaz. Je la connais bien. Je l'ai aimée. Puisque tu es une adulte et presque une inconnue pour moi, je peux te le dire : je l'ai aimée.

Zeba ne s'était pas disputée avec lui. Elle avait nourri, des années durant, les mêmes pensées amères à l'égard de Gulnaz.

— J'ai demandé aux avocats de te laisser ici, car une fois que j'avais compris qui tu étais… une fois que j'avais compris que tu étais une partie de moi… je ne pouvais plus détacher mon regard de toi. Tu semblais tourmentée. Tout aussi tourmentée que les autres âmes qui sont amenées au sanctuaire. Parfois, il est difficile de savoir si l'on est fou, ou si c'est le monde autour de nous qui l'est. Parfois, si l'on ne perd pas un tout petit peu la tête, il est impossible de survivre. Tu n'es pas brisée, ma fille. Ne l'oublie jamais.

Zeba sortit de ses rêveries lorsqu'on frappa à la porte. Des visages familiers apparurent. Les femmes firent mine de ne pas la voir assise sur le lit et s'adressèrent à Latifa en échangeant des regards furtifs.

— Malika Zeba ne dort pas ?

Latifa regarda sa codétenue, dont elle attendait les instructions.

— Entrez, dit Zeba, avide de compagnie après tant de nuits solitaires. Entrez, mes sœurs.

De grands sourires éclairèrent leurs traits, et les femmes se bousculèrent pour entrer. Elles s'assirent en tailleur au pied de son lit, leurs foulards pendant négligemment autour de leurs cous.

—Je voulais te remercier pour ton aide, commença Bibi Shirin.

Elle avait été condamnée pour meurtre après que son fils eut été tué pour s'être enfui avec une fille. Zeba se sentait gênée d'être assise au-dessus d'une personne aussi âgée que Bibi Shirin, alors elle se laissa glisser et s'installa à côté du groupe, par terre. Elle fit signe à la vieille dame de prendre sa place, mais celle-ci déclina l'invitation avec un froncement de sourcils.

—Tu as sauvé ma fille. Ils étaient sur le point de la marier de force avec l'un des leurs pour se venger. Toutes les supplications n'y ont rien changé. Et toi… je ne sais pas ce que tu as fait, mais ça a marché. Finalement, ils ont décidé qu'ils ne voulaient pas d'elle.

—Vraiment? s'exclama Zeba. C'est merveilleux!

Il était rare qu'une famille renonce à mettre la main sur une jeune femme, même si le gouvernement avait proscrit, en 2009, la pratique du *baad*, consistant à donner sa fille pour résoudre une querelle entre clans.

—Je ne vivrais pas vingt-sept ans, de toute façon. Ils ne me prendront pas tout ce temps. Ce qui compte, c'est que la vie de ma fille ne devienne pas un enfer. C'est elle qui a de longues années devant elle, si Dieu le veut.

Les autres détenues acquiescèrent.

—Et nous aussi, nous voulions te remercier.

C'étaient les deux femmes emprisonnées pour le meurtre de leur mari qui avait en réalité été tué par ses cousins. La plus jeune des deux s'exprima d'abord, d'une voix douce comme le miel. Elle regarda la première épouse, assise à côté d'elle, souriante.

— C'est toi qui lui dis, ou c'est moi ?

— Dis-lui, toi.

— D'accord, répondit-elle avec un sourire espiègle. Pendant ton absence, nous avons appris qu'un des meurtriers de notre mari avait été tué.

— Tué ? Mais par qui ? demanda Latifa.

Elle se dressait au-dessus du cercle de femmes, plus attentive qu'une gardienne de prison.

— Les hommes qui en voulaient à notre mari se sont retournés les uns contre les autres. Ils ont commencé à se disputer la terre, et l'un d'eux a tiré sur son cousin, une balle en plein cœur. La famille est en miettes. Maintenant, ils sont tous prêts à s'entre-tuer, et nous sommes les seules à être en prison. Nous sommes en sécurité ici. C'est presque drôle.

— En fait, ce n'est pas drôle du tout, dit l'autre épouse avec un regard réprobateur. Mais qu'ils s'entre-tuent. Ça nous fera moins d'ennemis à l'extérieur. Entre-temps, nous ne pouvons pas être mieux qu'ici.

— Et comment ! intervint Latifa. Je suis persuadée qu'un homme de la famille serait prêt à vous prendre toutes les deux pour épouses maintenant que votre mari est mort. C'est ce qui est arrivé à ma tante.

— Tu as raison, approuva la plus âgée, le visage grave. Ils en parlaient même pendant notre procès. Autant rester ici, si c'est la seule solution.

— Tu peux nous dire ce que tu as fait, Zeba-*jan* ? demanda la plus jeune, agenouillée, les mains sur les cuisses et la tête inclinée. Quel genre de sort tu leur as jeté ?

Zeba était stupéfaite. Elle se rappelait le jour où ces deux prisonnières lui avaient exposé leurs problèmes. Elle n'avait pas eu de réponse à leur offrir sur le moment. Elle leur avait seulement dit qu'elle y réfléchirait et elle l'avait fait… au sanctuaire. Elle avait prié pour ces deux femmes, mais uniquement en termes vagues, résumant sa demande à un seul mot : « miséricorde ».

—Je… Je ne peux pas vous dire ce que j'ai fait. J'ai prié et pensé à vous toutes, bredouilla-t-elle.

—Mais qu'as-tu utilisé pour le sortilège ? Le feu ? Un os de poulet ? Je suis curieuse.

Latifa sentit l'hésitation de Zeba et combla le silence de sa voix tonnante.

—Mais elle ne peut pas te le dire ! C'est un terrain dangereux, tu ne vois pas ? Les armes qu'elle utilise sont mortelles.

Latifa finit sa phrase d'un ton mystérieux. De là où les femmes étaient assises, elle leur apparaissait monumentale.

—Ce que fait Malika Zeba n'est pas un jeu, ajouta-t-elle. Ce n'est pas à la portée de tout le monde. Ça doit rester entre ses mains expertes.

Les autres échangèrent des regards, les paroles de Latifa faisant leur effet. La jeune épouse se mordit la joue, regrettant sa question, et Latifa retourna à son lit pour observer la scène de loin. Zeba s'efforça de garder son calme.

—Je n'ai pas besoin de savoir ce que tu as fait, déclara Wahida. Je suis juste contente que tu l'aies fait.

—Ah oui, elle est bien, celle-là, s'amusa Latifa, satisfaite de voir l'ordre rétabli dans la cellule. Raconte ton histoire à Zeba.

Cette dernière regarda Wahida, une jeune femme qui avait l'air bien plus distinguée que toutes les autres prisonnières de Chil Mahtab. Elle avait terminé le lycée, et avait un frère qui vivait en Iran et lui envoyait des cadeaux. Elle se glissa à côté de Zeba et posa une main sur son genou.

— C'est une bonne chose, Latifa-*jan* a raison. Le garçon avec qui j'ai fugué a supplié sa famille de nous laisser nous marier, et grâce à l'action de Zeba, ils ont enfin accepté. Nous allons pouvoir être ensemble !

— Petite chanceuse ! Est-ce qu'ils préparent le mariage ? demanda la plus âgée des deux épouses en se penchant en arrière, car son acolyte lui bouchait la vue.

— Non, répondit tristement la jeune fille. Mais ils ont réuni des sous pour nous faire libérer. Plus que quelques jours, paraît-il.

Latifa frappa dans ses mains.

— C'est incroyable. Ça fait des années que je suis ici. Je n'ai jamais rien vu de tel. Je n'ai jamais vu autant de femmes obtenir un répit. Malika Zeba est une faiseuse de miracle !

— Ne dis pas ça, l'arrêta Zeba sèchement. Je ne fais pas de miracles. J'ai prié pour vous toutes quand j'étais au sanctuaire. Je n'ai pas… je veux dire, ne me voyez pas comme… une faiseuse de miracle. Je ne suis qu'une prisonnière, comme vous.

— Absolument pas. Aucune autre détenue n'a jamais été capable de faire ce que tu as fait. Je suis ici depuis assez longtemps pour le savoir.

— Elle a raison, confirma la plus âgée des deux épouses. Et si un jour tu as besoin de quelque chose, nous sommes là pour toi. Les femmes se réunissent dans le salon de beauté, dans la salle de classe, dans la cour de la prison. Partout, on ne parle que de toi et de l'aide que tu nous as apportée. Pour la première fois depuis longtemps, nous avons de l'espoir. Tu as éclairé cet endroit comme une pleine lune!

— Et les enfants aussi sont plus heureux, les pauvres petits, gloussa Bibi Shirin. Ils sentent la nervosité de leurs mères, tu sais.

Les yeux de Zeba s'embuèrent. Pouvait-elle vraiment être la cause de tout cela?

— C'est pour ça qu'on t'a baptisée Malika Zeba, conclut Nafisa en montant le son de la télévision, l'heure du télé-crochet approchant. Tu es la femme la plus célèbre de la prison. Il y a même une journaliste qui est venue ici, et qui a posé des questions. Elle a entendu parler de ton cas et veut t'interviewer. Je ne serais pas surprise que ton histoire se retrouve aux informations. Ton visage à la télé, ce serait fabuleux, non?

Zeba ne répondit pas. La notoriété au sein de Chil Mahtab était une chose, mais elle n'était pas certaine que le reste du pays la regarderait avec la même bienveillance que ses codétenues.

CHAPITRE 45

D es trombes d'eau tombaient de nuages aussi denses que des pelotes de laine. Yusuf s'était hâté vers son bureau avant que l'orage n'éclate. La pluie tambourinait contre les vitres à un rythme régulier, apaisant. Il apprécierait beaucoup moins le phénomène au moment de patauger dans la boue pour rentrer chez lui. Ce déluge était pourtant le bienvenu, la ville n'ayant pas vu la moindre goutte depuis un mois. Les branches desséchées des arbres cassaient comme des cosses de pois, et la poussière flottait dans l'air sans qu'aucune humidité ne l'alourdisse.

Ce répit était donc une bénédiction, et le regard de Yusuf fut aimanté à la fenêtre comme s'il découvrait la pluie pour la première fois.

Lorsqu'il entendit la sonnerie, il plongea la main dans la poche de sa veste. Cette fois-ci, il reconnut le numéro. Il prit une profonde inspiration avant de décrocher.

—Allô !

Il adopta un ton froid pour se donner l'air occupé.

—Bonjour, c'est Sultana du *Dawn News*, dit-elle, comme s'il n'avait pas interrompu brutalement leur conversation précédente. Je voulais reprendre notre discussion sur l'affaire de Khanum Zeba.

Yusuf regarda le tas de papiers qui encombrait son bureau et songea que toute sa préparation était bonne à jeter. Plaider la folie lui avait paru viable à l'état de notes, mais dans la réalité, cette solution s'était révélée une impasse. Les rumeurs concernant le mari de Zeba lui avaient gagné plus de compassion de la part du juge et du procureur que n'importe quel argument de sa défense. Il ne lui restait que la vérité, l'abominable vérité, mais sa cliente l'avait chargé de ne pas parler de la fille. Elle craignait, à juste titre, de porter atteinte au bien-être de cette enfant.

Une petite fille a été violée, pensa-t-il, *mais le monde ne la verra que comme un dommage collatéral. Il n'y aura ni pitié ni colère pour elle, et même s'il y en a, ce ne sera pas suffisant.*

— Avez-vous une question précise à me poser ? demanda Yusuf.

Il était assis à son bureau. Anisa était au sien, à l'autre bout de la pièce, son téléphone calé entre l'oreille et l'épaule. Elle ajusta ses lunettes de sa main libre, puis se frotta le front et les tempes. Elle travaillait sur un nouveau dossier : sa cliente était une jeune femme qui avait été vendue comme esclave après la mort de ses parents. On l'avait enlevée dans son village et conduite à Kaboul, et quand la famille pour laquelle elle travaillait avait découvert que leurs deux fils adolescents l'agressaient sexuellement, elle avait été donnée en mariage à un vieillard de soixante-dix ans. Ce dernier, découvrant qu'elle n'était pas vierge, l'avait rejetée deux semaines après l'union. Ensuite, sa cliente avait été arrêtée pour *zina* ; elle devait être incarcérée à Chil Mahtab dans la matinée. Anisa aurait besoin de l'aide de Yusuf sur ce cas, et il ne voulait pas perdre de temps avec une journaliste.

— J'ai compris que vous ne vouliez pas me livrer de détails précis sur l'affaire de Zeba, expliqua-t-elle. Alors parlons des prisonnières de façon plus générale. Je me suis rendue plusieurs fois à Chil Mahtab. Les histoires que cette prison abrite vont du tragique à l'absurde, mais personne ne semble remarquer à quel point il est facile d'accuser une femme d'immoralité, sous quelque prétexte que ce soit.

— Qu'est-ce qui vous a amenée à vous intéresser à ce sujet ?

La voix de Sultana se détendit considérablement après cette question, comme si elle avait redouté qu'il ne lui raccroche au nez.

— Un rapport circulait dans le monde des ONG. Sur les crimes dont les femmes sont accusées et les condamnations qu'elles reçoivent. J'ai lu ce rapport et, au début, j'ai eu si peur qu'une organisation étrangère vienne dans notre pays et nous juge selon ses standards que j'ai fait marche arrière. J'ai compris que cela ne servait à rien de m'offusquer si je ne faisais rien, alors j'ai décidé d'enquêter par moi-même. Les Afghans ne vont pas lire le rapport d'une l'ONG, mais ils écouteront nos médias.

— Je suppose que les ONG étrangères n'inspirent pas confiance.

— Elles inspirent soit un excès de confiance, soit un manque de confiance. Certaines personnes attendent énormément de ces organisations, tandis que d'autres considèrent leurs membres comme des espions ou des missionnaires. Dans un cas comme dans l'autre, nous devons assumer nos responsabilités.

— Peu de gens voient les choses ainsi.

— Vous êtes ici dans le cadre d'une organisation humanitaire juridique. Peut-être n'avez-vous droit qu'à une version du tableau. À ce propos, que pensez-vous de la représentation à laquelle les femmes ont droit une fois qu'elles ont été arrêtées ? La trouvez-vous juste, appropriée ?

Yusuf baissa la tête, cherchant une réponse. Sultana l'interrogeait sur le type de défense dont les femmes bénéficiaient en général et sur les avocats qu'on leur attribuait. Pourtant, dès que ses mots heurtèrent l'oreille du jeune homme, ils prirent une tout autre signification. Et la question qui lui chatouillait la nuque toutes les nuits et l'empêchait de dormir résonna à nouveau dans son esprit.

Défendez-vous Zeba comme il faut ?

— Vous êtes toujours là ?

— Oui, je suis là, marmonna Yusuf.

Il se redressa sur sa chaise et remarqua qu'Anisa avait raccroché. Elle lui lança un regard inquiet. Il la rassura d'un signe de tête puis revint à la question de Sultana.

— Écoutez, certaines femmes ont droit à une défense correcte, et d'autres pas. Beaucoup d'avocats travaillent d'une façon qui me fait douter de leur formation. Leurs lignes de défense se résument à demander grâce et sonnent presque comme des aveux. C'est une injustice, surtout pour les femmes qui sont arrêtées sur des motifs inventés de toutes pièces. Cela dit, je ne sais pas si qui que ce soit en Afghanistan a droit à un procès équitable. Prenons ces meurtriers de Kaboul qui ont été jugés et condamnés en une semaine… Cela n'avait rien d'un procès équitable. C'était une abomination dans l'autre sens.

Sultana était-elle en train de prendre des notes ? Il percevait un léger crissement à l'autre bout du fil.

— Avez-vous fait toutes vos études aux États-Unis ? demanda-t-elle.

— Oui.

— Pourquoi vouliez-vous être avocat ?

— À cause de mon besoin insatiable d'avoir toujours raison, plaisanta Yusuf.

Sultana se mit à rire.

— Et vous ? Avez-vous étudié le journalisme à l'étranger ?

— Non, je suis diplômée de l'université de Kaboul.

— Vraiment ?

Yusuf était surpris. Il s'était identifié à cette jeune femme, l'avait vue comme une expatriée revenue dans son pays natal après un cursus à l'étranger. D'où avait-il tiré cette conclusion ? Peut-être de son audace, ou de ses questions directes et sans détour.

— Oui, vraiment, confirma-t-elle sèchement, ayant décelé son étonnement, mais ne se laissant pas déstabiliser. Nous avons un système éducatif ici, poursuivit-elle en anglais pour appuyer ses propos. Il est inutile d'aller aux États-Unis pour s'instruire.

— Ce n'était pas ce que j'insinuais. Alors, dites-moi pourquoi vous êtes devenue journaliste.

— Par goût de la vérité, répliqua-t-elle sans hésitation. J'ai toujours posé beaucoup de questions, même quand j'étais petite. Ma famille le tolérait, si bien que j'ai décidé d'en faire mon métier.

— Bien vu.

— Merci, dit-elle d'une voix plus joviale. J'ai l'intention de me rendre à la prison dans l'après-midi pour mener quelques interviews. J'espère également rencontrer la directrice. Elle prétend être occupée, mais je compte bien la coincer aujourd'hui. Une chance qu'on se croise ?

—Je suis au bureau ce matin.

C'était vrai, mais alors que les mots franchissaient ses lèvres, Yusuf ressentit l'envie de modifier son emploi du temps.

—Mais je passerai probablement à la prison dans l'après-midi, ajouta-t-il.

—Formidable, j'y serai à 14 heures. On se verra peut-être.

Yusuf raccrocha et tapota son stylo contre son carnet. L'après-midi s'annonçait moins triste que la matinée.

CHAPITRE 46

Debout derrière la clôture, Zeba regardait sa mère qui avançait vers elle, exactement comme elle l'avait fait plusieurs mois auparavant. Elles ne s'étaient pas vues depuis la visite de Gulnaz au mullah. Zeba repensa aux appels, aux cris d'avertissements qu'elle lui avait adressés depuis le seuil de sa cellule. En fait, Gulnaz n'avait jamais été en danger. Mullah Habibullah n'avait jamais eu l'intention de la blesser ; ni lorsqu'ils vivaient ensemble, ni au moment de son départ, et pas davantage lorsqu'ils s'étaient réunis pour discuter du sort de leur fille incarcérée.

La pluie avait rafraîchi l'air, mais saccagé la cour de la prison. Les sandales de Zeba étaient trempées, et le bas de son pantalon avait absorbé l'humidité du sol. Elles ne pourraient pas s'asseoir, sous peine de se retrouver couvertes de boue. Cela convenait très bien à Zeba. Pour cette conversation, elle préférait rester debout.

Gulnaz croisa de loin le regard de sa fille, mais ne parla pas avant d'atteindre le grillage qui les séparait. Elle contempla la nappe humide sous ses pieds et secoua la tête. Leurs semelles s'enfonçaient dans la terre, alourdies par la boue, mais aussi par les révélations des derniers jours.

— *Salam*, Madar, dit doucement Zeba.

— *Wa-aleikum, janem.* Tu as repris des couleurs.

Gulnaz regarda furtivement par-dessus l'épaule de Zeba, guettant la présence de ses codétenues. Elle se sentit obligée de parler d'elles, comme si, pour combler le laps de temps qu'elle allait passer avec sa propre fille, ce genre de civilités était nécessaire.

—Les autres ne sont pas dehors aujourd'hui.

—Elles préfèrent éviter la boue.

Zeba sentit sa gorge se nouer. Depuis l'enfance, elle nourrissait une grande admiration pour sa mère, même lorsque celle-ci utilisait son *jadu* à des fins de vengeance. Elle la voyait comme un être invincible, plus grand que nature. Ainsi, la rejeter ne lui avait pas semblé inconcevable. Gulnaz n'était ni fragile ni dans le besoin. Cette femme était une île, capable d'autarcie même lorsque le monde autour d'elle était à feu et à sang. Zeba n'avait pas perdu de son estime pour sa mère. Elle avait simplement pris ses distances.

Ce jour-là, pourtant, c'était une autre Gulnaz qui se présentait à elle. Devant Zeba se tenait une simple femme, faite de chair, de cicatrices et de regrets. Le fil narratif de sa vie connaissait une retombée soudaine et tragique avant même d'avoir atteint son point culminant. Zeba s'efforça de chasser la pitié de son regard. Ce n'était pas ce qu'elle voulait pour sa mère. Comme il était cruel de projeter une lumière si vive sur le grand mensonge de son existence, sur l'idée fausse qui lui permettait d'avancer et de marcher la tête haute. Zeba trouvait détestable que sa mère ait su la vérité sur son père, parti simplement parce qu'il ne supportait plus de vivre à ses côtés. Que cet homme n'ait été ni désespéré, ni fou, ni un soldat mort au combat ne faisait qu'empirer les choses. Il était en vie, en bonne santé, c'était un être respectable qui avait pris une décision extrême : quitter tout ce qu'il possédait et tous ceux qu'il aimait dans l'unique but d'être le plus loin possible de Gulnaz. Il l'avait quittée avec autant de dignité possible, jusqu'à ce que leurs chemins se croisent à nouveau par un caprice du destin.

Pour la première fois, Zeba décela des rides sur le visage de sa mère. Comment avaient-elles pu lui échapper ? Le vert de ses yeux ne brillait plus. Était-ce à cause du ciel de plomb qui pesait au-dessus d'elles, ou avaient-ils perdu leur étincelle des années plus tôt sans que sa fille ne le remarque ? La courbe de son dos, ses lèvres amincies, le léger tremblement de ses mains… tous ces détails étaient de minuscules révélations pour Zeba.

— Madar, commença-t-elle.

Pourquoi fallait-il qu'elles composent un tel tableau ? Celui de deux survivantes, flottant sur des radeaux, tendant le bras pour s'agripper l'une à l'autre, et séparées, immanquablement, par le tumulte des flots ? Connaîtraient-elles jamais des eaux calmes ?

— Maintenant, tu sais, dit Gulnaz, dont les paupières lourdes laissaient poindre des larmes. Maintenant, tu sais tout. Et je suis contente. Ça me surprend de le dire, mais c'est vrai. Je te l'avais caché parce que tu étais petite. Tu ne savais pas ce qu'était un mari.

Elle regarda au loin. La douceur de sa voix semblait une vaine tentative pour atténuer la pesanteur de l'air.

— Mais maintenant, ajouta-t-elle, je n'ai plus besoin de te l'expliquer, n'est-ce pas ? Tu sais mieux que quiconque, *jan-e-madar*, que certains époux sont de véritables fardeaux.

— Et comment ! ironisa Zeba, provoquant une esquisse de sourire sur le visage de sa mère. Je rêvais d'arpenter le pays, d'escalader les montagnes, de trouver quelque part un drapeau vert ou un tas de pierres, en me disant que je foulais peut-être la tombe de mon père. Je l'imaginais en martyr, en héros tombé au nom de la liberté.

— C'était une autre forme de liberté qu'il recherchait. Ce n'était pas un martyr, pas plus que moi.

— Sans doute pas, en effet.

— Je savais qu'il allait te parler. Ce jour-là, je l'ai supplié de ne rien te dire, mais j'ai vu à l'expression de son visage qu'il serait incapable de tenir sa langue très longtemps après mon départ.

— Comment aurait-il pu? Je l'aurais détesté pour ça.

Gulnaz leva brusquement les yeux.

— Tu n'aurais pas eu de raison de le détester si tu n'avais rien su. Il aurait pu tout simplement laisser les choses comme elles l'étaient.

Zeba secoua la tête.

— Ça n'aurait pas été correct. Il fallait que je sache.

— Ah oui? Et tu te sens mieux maintenant? Tu as l'impression que le mal est réparé? Je suis sûre que non.

Zeba ne répondrait pas à cette question. Sa mère souffrait déjà suffisamment.

— En as-tu parlé à Rafi?

Gulnaz acquiesça d'un signe de menton.

— Il le fallait, plutôt que d'attendre qu'il l'apprenne de toi, ou pire, de ton père.

Le mot « père » tomba du bout de sa langue comme une goutte de poison. Zeba voyait enfin tout le mépris de sa mère pour son ancien mari, un mépris né du ressentiment. Gulnaz avait eu de plus hautes ambitions pour lui, et il l'avait déçue.

— Qu'a dit Rafi?

—Pas grand-chose. Je ne sais pas s'il va essayer d'entrer en contact avec lui ou faire comme s'il n'existait pas. C'était presque un jeune homme quand ton père est parti pour…

Avant de finir sa phrase par le mensonge répété mille fois au point d'être enraciné dans son esprit, Gulnaz se reprit.

—… quand ton père est parti. Il est en colère à cause de ça.

—Il a le droit de l'être. Nous avons tous le droit de lui en vouloir d'être parti.

Gulnaz leva les yeux, appréciant le reste de colère qui subsistait chez sa fille après la découverte de la vérité.

—C'étaient des années difficiles.

—J'en suis certaine, Madar. Je n'en doute pas un instant.

—La honte est une chose terrible.

Zeba le savait parfaitement. La honte était un sentiment dévastateur. Elle vous contraignait plus solidement que des fers aux chevilles. La honte, sous de multiples formes, était ce qui avait brisé Zeba, Gulnaz, et la fille que Kamal avait violée. Elle menaçait de les exclure de leur communauté. Elle menaçait la promesse d'un lendemain. C'était une tache indélébile dans leur esprit.

—Je suis désolée que tu aies eu honte, déclara Zeba.

Elle n'avait rien de mieux à offrir. Elle ne dirait pas à sa mère qu'il n'y avait eu aucune raison d'avoir honte et qu'il n'y en avait toujours pas. Elle n'aggraverait pas un mensonge en en produisant un autre. De plus, sa mère ne serait pas dupe.

—C'est fait, répondit platement Gulnaz. J'aurais dû m'y attendre. Rien ne reste enfoui pour toujours, surtout dans un pays comme le nôtre, où les gens passent leur temps à plonger les mains dans la terre pour exhumer le passé. Mais il n'a pas l'intention de revenir. Rien ne va changer pour notre famille. Ton père nous a tourné le dos, et lui-même aurait honte de revenir maintenant. Il va rester caché derrière sa barbe, dans son sanctuaire, jusqu'au jour de sa mort, et sa femme pourra alors l'enterrer comme le grand mullah qui a dédié sa vie aux âmes tourmentées.

— Ce n'est pas une mauvaise personne. Il m'a dit qu'il ne te voulait aucun mal.

— Je ne me suis pas opposée à son choix, admit Gulnaz. Nous avons été heureux, mais c'était avant que je le connaisse vraiment. Lorsqu'il n'était que mon fiancé, qu'il y avait encore de la distance entre nous, nous étions très heureux d'être liés l'un à l'autre. Mais dès que le henné de mes mains a commencé à s'estomper, j'ai détesté être sa femme. Pour être honnête, j'aurais détesté être la femme de qui que ce soit, et je le lui ai dit au sanctuaire.

— Qu'a-t-il répondu ?

C'était une question audacieuse, car il s'agissait de l'intimité de ses parents. Elle la posa malgré tout, puisque la limite avait déjà été franchie.

— Il le savait. Il l'a toujours su. C'est la raison pour laquelle il m'a fait l'honneur de ne pas divorcer. Il aurait pu le faire, pour se libérer, mais les dommages auraient été plus graves encore. Il aurait pu rester et prendre une seconde épouse, mais cette idée ne le séduisait pas. Il voulait vagabonder, et me haïr lui donnait une bonne excuse pour partir.

Zeba passa les doigts à travers la clôture et appuya le visage contre le métal, qui quadrilla sa peau. Sa mère lui effleura les joues et le nez, d'une caresse aussi légère et tiède que celle du soleil.

— Je n'en ai pas moins d'estime pour toi, Madar-*jan*. J'aurais fait pareil à ta place. Je ferai sans doute pareil, en fait, lorsque le temps sera venu de parler de leur père à Shabnam, Karima et Rima. Je trouverai la version la moins laide de la vérité, et prierai pour qu'elles y croient jusqu'à ce que nous soyons tous morts et enterrés.

— Qu'est-il arrivé, Zeba ?

Celle-ci se mordit la lèvre inférieure et fit une grimace. Elle piétina nerveusement et sentit la terre ramollie céder sous son poids, se marquer de l'empreinte de ses pieds.

— Je l'ai surpris en train d'agresser une petite fille que je n'avais jamais vue auparavant, une enfant à peine plus âgée que Shabnam. Je n'aurais jamais cru assister à un spectacle aussi abominable dans ma propre maison. C'était la chose la plus sordide qu'une mère puisse voir. Il l'a… Il l'a déshonorée.

Gulnaz inspira profondément. Elle avait très tôt décelé une noirceur chez Kamal, sans jamais clairement identifier le mal. En regardant sa fille, elle sentit la fierté couler dans ses veines.

— Tu as été forte. Le juge ne le sait pas ?

— Pourquoi me croirait-il ? En tant que femme, mon témoignage ne compte que pour moitié. Et si la vérité éclate… la petite sera détruite une seconde fois. Je dois aussi penser à mes enfants. Les gens risqueraient de s'en prendre à eux.

Le raisonnement de Zeba faisait sens. Beaucoup considéraient qu'il valait mieux mourir que subir un tel déshonneur. Et puis, il y avait la vengeance. Si l'opprobre était jeté sur les parents de la fille, ils pourraient exiger une compensation. Qu'on leur donne Shabnam ou Karima comme épouse ou domestique, par exemple.

— Un jour, tu parleras aux enfants de tout ça, prédit Gulnaz, le cœur déchiré entre ses propres erreurs et celles que sa fille pouvait encore commettre. Quand tu le feras, ne leur dissimule pas trop de choses. Il faut qu'ils restent tes amis. Regarde Basir. Il sait ce que tu as fait et pourquoi, et quand je lui ai parlé de toi, ses yeux se sont mis à briller. Tu n'as rien de honteux à lui cacher.

Zeba hocha la tête, la gorge nouée. Savoir qu'il pouvait encore l'aimer était plus important que tout. Elle lui avait livré tellement plus que ce qu'un jeune garçon devait apprendre sur ses parents. Elle avait eu envie de tout lui dire, de lui révéler chaque détail glaçant, mais il n'était encore qu'un enfant, et elle craignait qu'il ne sache garder pour lui l'innocence de sa mère.

Elle lui avait dit ce qu'elle avait vu, que la hache était posée là. Elle lui avait même avoué sa terreur à l'idée que la fille cachée derrière la silhouette de son père soit l'une de ses sœurs. Elle lui avait dit avoir agi sans réfléchir. L'effroi qu'elle avait alors lu dans les yeux de son fils n'était pas dû au long trajet en solitaire qu'il avait fait pour venir la voir ni aux cris des fous peuplant l'obscurité du sanctuaire.

Oui, c'était bien elle qui avait ramassé la hache, mais elle avait omis un détail crucial : Zeba n'avait fait qu'assommer Kamal avec le manche. Elle avait ensuite trébuché sur la poupée en plastique de Karima, perdu l'équilibre, était tombée, lâchant l'outil tranchant derrière elle. Son mari lui avait hurlé dessus en rampant à quatre pattes.

« Sale pute ! Je vais te tuer ! »

Il s'était jeté sur elle, l'avait enfourchée tandis qu'elle se débattait. Elle s'était protégé le visage avec les bras. Kamal l'avait bâillonnée de sa grosse main, lui imposant le goût salé de sa peau. Elle n'avait pas vu la fille s'approcher. Comme Kamal, elle n'avait pas vu ce qui allait arriver.

— Je pense que Tamina va bientôt les amener ici, ajouta Gulnaz. Elle ne l'a pas dit, mais je pense qu'elle le fera.

— Tamina ? Pourquoi... qu'est-ce qui te fait penser qu'elle va faire une chose pareille ?

— Elle n'a pas de souvenirs très tendres de son frère. Il semblerait qu'il ait été une menace pour elle dans son enfance, c'est la raison pour laquelle elle a voulu recueillir les enfants à sa mort. Elle se méfie un peu de Basir, mais elle se conduit correctement avec lui, et je crois qu'elle fera un geste une fois que les choses se seront tassées. Je n'avais pas tout compris, mais maintenant, c'est clair. Les derniers mois ont été durs pour elle, surtout depuis les rumeurs de blasphème. Elle viendra lorsque les gens ne risqueront plus de penser qu'elle crache sur la tombe de son frère. C'est plutôt une aubaine pour elle que les villageois le détestent autant, même mort. Comme ça, Tamina n'est pas obligée de te haïr.

Tamina.

Zeba imagina avec effroi ce que Kamal avait pu faire à sa petite sœur dans l'intimité de leur foyer. Ce n'était pas étonnant qu'elle ait pris ses distances avec toute la famille. Elle aussi avançait dans la vie avec des fers aux chevilles.

— Pauvre Tamina. Je n'avais jamais pensé..., bredouilla Zeba.

— Mais elle a survécu. La plupart s'en sortent, d'une certaine façon.

Zeba hocha la tête et pria pour que sa mère ait raison.

Petite fille, pensa-t-elle, se rappelant la façon dont la jeune Layli au teint pâle avait laissé tomber la hache après avoir asséné le coup fatal à Kamal. Les cheveux collés à son visage humide, les mains tremblantes, et un cri étouffé dans la gorge, elle avait regardé Zeba avec des yeux fous.

«Cours!», lui avait crié celle-ci, craignant presque que Kamal ne se relève et les frappe toutes les deux. Elle avait chancelé, regardé ses paumes ensanglantées avant de les essuyer frénétiquement sur sa robe.

«Non, non, non, non, non», avait pleuré la fille d'une voix si faible que Zeba l'avait à peine entendue sous les battements assourdissants de son propre cœur.

Petite fille, pensa-t-elle tandis que sa mère était tout près d'elle. Combien de femmes abritaient de si lourds secrets au fond de leur cœur? *Une si petite fille et déjà tellement à cacher.*

Chapitre 47

Yusuf avançait d'un pas lourd, les semelles pleines de boue, les chaussettes humides. Il avait retroussé le bas de son pantalon pour lui épargner un tant soit peu la gadoue. Le chauffeur de taxi l'avait déposé le plus près possible de l'entrée de Chil Mahtab.

Il n'était pas censé s'y rendre ce jour-là. Sa visite aurait très bien pu être reportée au lendemain, quand le soleil aurait séché les rues. Yusuf s'était convaincu que ses échanges avec la journaliste étaient purement stratégiques, qu'ils n'avaient rien d'un acte de désespoir. Il attendit dans la salle d'entretien, et deux gardiennes le saluèrent d'un hochement de tête en passant devant lui. Il reconnaissait leurs visages désormais, à défaut de connaître leurs noms. Il leur rendit leur bonjour d'un signe de la main avant de dérouler le bas de son pantalon.

Il consulta son téléphone ; il était 14 heures passées de quelques minutes. Il ouvrit sa besace et sortit son carnet. Il repéra son flacon de gouttes pour les yeux et remercia la pluie d'avoir amélioré la qualité de l'air. À son réveil, il n'avait pas eu la sensation que l'intérieur de ses paupières était tapissé de sable.

Il avait manqué un coup de fil. À la longue série de chiffres, il devina que sa mère l'avait appelé avec une carte téléphonique. Elle les achetait au marché afghan où elle se procurait son pain, sa viande d'agneau et ses Thermos, des produits qu'elle refusait d'acheter à tout autre vendeur. Elle prenait deux bus et marchait un demi-kilomètre pour se rendre dans cette boutique afghane, mais ne s'en plaignait jamais.

— Partout ailleurs, disait-elle, ils te font passer du bœuf pour de l'agneau. Ils pensent que les gens ne font pas la différence. Et ces Thermos peuvent garder le thé chaud pendant des heures !

— Tu crois que tes compatriotes ne trichent pas, eux aussi ? lui rétorquait son père sans quitter des yeux l'écran de télévision. Ils le font dans ta langue, c'est tout. Ça fait des années qu'on n'a pas mangé d'agneau.

Plus son éloignement se prolongeait, plus il arrivait à Yusuf d'imaginer ce que ses parents étaient en train de faire à tel ou tel moment. Sur son téléphone, il passa de l'heure locale à l'heure de New York. Non pas qu'il fût impatient de retrouver l'appartement familial, où flottaient les odeurs de cuisine des voisins et où bourdonnait le son des climatiseurs posés en équilibre instable sur les rebords de fenêtres, mais il pensait à ses parents avec affection. La nostalgie, selon lui, était un sentiment bien plus chic que le mal du pays.

Il appellerait sa mère dans la soirée, quand il serait midi à New York. Elle serait à la maison, en train de cuisiner pour son père ou sa sœur ; Yusuf était certain qu'elle lui livrait quotidiennement des paniers, pour s'assurer qu'elle se nourrissait bien pendant sa grossesse.

— Vous attendez depuis longtemps ?

La voix le fit sursauter. Il leva les yeux et découvrit une jeune femme aux paupières soulignées de khôl. Elle portait une veste kaki de style militaire qui lui arrivait aux genoux, manches retroussées au niveau des poignets, un jean ajusté rentré dans des bottes marron – une tenue adéquate par ce temps. Elle tendit une main et inclina la tête sur le côté.

—Vous êtes Yusuf, c'est ça ?

—Oui.

Il se leva pour accepter sa poignée de main, surpris par ce geste puis par la fermeté de sa prise.

—Sultana-*jan*, je présume.

Il lui désigna la chaise en face de lui. Il attendit qu'elle ait posé son sac, ôté son foulard de tête et secoué ses cheveux pour les remettre en place. Elle sourit poliment, et deux fossettes en forme de virgule apparurent aux coins de sa bouche. Le noir de ses yeux était son seul maquillage, et elle ne portait pas le moindre bijou.

—C'est exact. Merci d'accepter de me rencontrer.

—Je vous en prie.

Il était fondamentalement gênant pour deux jeunes gens de se retrouver assis dans une pièce tout seuls. Le fait que Yusuf soit troublé par le visage de la journaliste, qui prenait une forme de cœur lorsque ses pommettes remontaient, n'aida pas.

—Je suis ravi que vous vous intéressiez à cet endroit, en fait. Quand on commence à examiner les cas de ces prisonnières, on comprend mieux quelles sont les priorités du système juridique.

—Exactement, approuva Sultana. Lorsqu'on a besoin de la police, ils lèvent les bras en l'air et crient : « Que peut-on faire sans financement ni formation ? » Par contre, dès qu'il s'agit d'appréhender une femme qui a fui un mari violent, ils retrouvent leurs compétences et leurs ressources, comme par miracle. À croire qu'une femme qui désire vivre sa vie est plus menaçante que n'importe quel criminel.

— Ça ne doit pas être évident de dénoncer cela en étant une femme, commenta Yusuf. La frustration doit être grande.

— Je suppose. Ce n'est pas une surprise, bien sûr. Ça rappelle juste la réalité de la situation. Je pourrais très bien être l'une d'elles. Toutes les femmes ne pensent pas de la même façon, mais n'importe laquelle peut finir ici.

Yusuf repensa aux affaires qu'il avait passées en revue avec Anisa : la femme qui avait étranglé son mari parce qu'il vendait son corps à des étrangers pour de l'argent ; celle qui avait quitté le sien parce qu'il avait essayé de la poignarder avec un tournevis ; la jeune fille qui avait refusé d'épouser un homme de trente ans son aîné. Yusuf songea également à sa propre sœur, qui avait eu le culot de tomber amoureuse d'un garçon que ses parents n'appréciaient pas. Ils s'étaient disputés, déchirés, mais à la fin, le choix de la jeune fille avait triomphé. Ils avaient payé son mariage, reçu les félicitations des amis avec le sourire, sans jamais dévoiler leur déception.

Sa sœur aurait pu figurer parmi la liste des détenues de Chil Mahtab, être surveillée par Asma la gardienne, pendant que Qazi Najib déciderait de son sort devant une tasse de thé vert. Si Yusuf était là, c'était justement parce qu'il était capable d'imaginer les membres de sa famille impliqués dans chaque tragédie de ce pays. Lui-même aurait pu être le procureur à la formation défectueuse, inapte à bâtir un argumentaire viable. Sa sœur aurait pu être enfermée entre ces murs. Son frère aurait pu se faire arrêter pour avoir été surpris avec sa petite amie. Yusuf également, pour la même raison. Et même ses parents, si la rumeur les avait atteints.

— Quel genre d'article comptez-vous écrire exactement ? demanda-t-il.

— Je veux décrire précisément les crimes dont on accuse ces femmes et dénoncer le fait qu'elles sont emprisonnées ici pour un oui ou pour un non. Le problème, c'est qu'aucune d'elles ne veut que son identité ou son visage soient révélés au grand public. Elles préféreraient en parler à la presse étrangère. L'idée que leur histoire soit exposée dans les médias afghans leur donne plutôt envie de se cacher. Bien entendu, il est impossible de faire parler les juges ou la police de tout cela. Ces gens sont persuadés de bien agir.

— Je ne crois pas non plus que Zeba voudra parler, à dire vrai. Elle pense à ses enfants et ne veut pas que son nom soit davantage entaché qu'il ne l'est déjà.

— Bien sûr. C'est pourquoi je ne compte pas mettre en lumière une affaire en particulier. Je souhaite dénoncer le système dans son ensemble.

— À propos, je ne vous l'ai pas encore demandé, mais pourquoi être venue vers moi ? Je veux dire, il y a beaucoup d'avocats qui ont une plus grande expérience du droit local.

— Bonne question, dit Sultana en posant les mains à plat sur la table comme pour plus de clarté. J'ai interrogé des gens à droite, à gauche, et il est assez difficile de faire parler qui que ce soit. Les avocats qui ont été formés ici ne veulent rien communiquer à la presse, surtout à une journaliste femme. Je me disais que vous seriez différent. De plus, le cas de Zeba est fascinant. Il n'y a pas beaucoup d'affaires de meurtre, mais dans les quelques-unes que j'ai étudiées, la motivation est assez facile à établir. Les femmes livrent les raisons précises qui les ont poussées à tuer. Zeba n'en a donné aucune mais…, poursuivit la jeune femme en pianotant sur la table, je suis certaine qu'elle en avait une. Qu'elle ne la révèle pas ne fait qu'attiser ma curiosité.

Yusuf ôta ses lunettes et se frotta l'arête du nez. Oui, il y avait bien eu une raison, qu'il était tenté d'exposer. Au lieu de quoi, il revint à ce qui avait conduit Sultana vers lui.

— Comment saviez-vous que je venais de l'étranger ?

— En posant suffisamment de questions, on apprend quelques détails. Rien de plus simple. À ce propos, où vous considérez-vous le plus chez vous ?

— À New York. Ou à Washington, répondit-il en sachant que, pour elle, il ne s'agissait que d'une seule grande Amérique. J'ai vécu dans les deux villes.

Elle le regarda attentivement, scruta les contours de son visage.

— Vous deviez être jeune au moment de quitter le pays.

— Oui. Nous sommes d'abord allés au Pakistan.

— Nous aussi, pour un temps. Mais vous… vous avez fait partie des chanceux, dit-elle en souriant. Vous êtes partis en Amérique. Ma famille et moi sommes rentrés en 2003.

Yusuf remua sur sa chaise. Il avait conscience de sa chance. Pour cette raison, il se sentait mal à l'aise en présence de personnes de son âge en Afghanistan. Ils auraient dû être ses pairs, ses égaux. Il aurait dû les considérer comme des compatriotes, mais ce n'était pas le cas. Il avait l'impression qu'ils avaient tous subi le même accident de voiture, et que seul Yusuf s'en était sorti sans une égratignure. Sultana avait dû le ressentir.

— Oui, c'est vrai que nous avons eu de la chance. Beaucoup n'en ont pas eu.

Yusuf se frotta la nuque. Il était content que la température ait chuté, annonçant l'approche de l'automne et de ses vents frais venant du nord. Ensuite, l'hiver glacial s'installerait. Il regarderait les enfants des rues frissonner dans leurs haillons et leurs misérables chaussures. Si l'été était brutal, l'hiver terrassait tout sur son passage. À supposer que Zeba soit libérée de prison, il redoutait par-dessus tout qu'elle n'ait à affronter la justice du monde extérieur. La famille de Kamal pouvait très bien décider de venger sa mort. Dans ce cas, ils le feraient sans tarder. Sa cliente serait sous terre avant que le froid ne fige les orteils des villageois. Il pensa à l'enterrement de sa grand-mère, au *halwa* brun que sa mère avait préparé et glissé dans des pains pitas coupés en deux. Le craquement du sucre caramélisé serait toujours associé dans son esprit aux sanglots discrets de sa mère et au froid linoléum du *masjid* traversant ses chaussettes. Il en serait de même pour Basir, le fils de Zeba. Peut-être y aurait-il de la neige. Peut-être que chaque hiver neigeux lui rappellerait le jour où il avait perdu sa mère.

Yusuf garda les yeux rivés sur les mains de Sultana, sur ses doigts effilés, ses ongles légèrement arrondis. Il avait conscience d'être un bon avocat. Ses professeurs de droit, ses camarades, ses mentors le lui avaient dit. Il aimait les lois, les précédents, la construction d'argumentaires. Il aimait la rationalité inhérente aux codes de procédures, aux codes pénaux. Autant de lignes directrices, de canevas lui indiquant comment aborder une affaire et bâtir une plaidoirie. Autant de points d'ancrage empêchant une société de se transformer en navire à la dérive au milieu d'une mer déchaînée.

Mais il avait voyagé, connu l'autre bout du monde. Parfois, il avait l'impression d'avoir remonté le temps. Les lois et les codes changeaient. Le juge ne connaissait pas tous les faits, le procureur non plus. Sans le moindre indice, Sultana sentait pourtant qu'il y avait une vérité cachée. Dans l'état actuel des choses, le sort de Zeba ne serait pas décidé sur la base de faits avérés, mais de l'absence d'informations, ce qui le rendrait fondamentalement injuste. Yusuf regarda la journaliste et se demanda s'il n'était pas temps de recourir aux lois tacites qui régissaient ce pays.

—Et si je vous disais où vous pourriez trouver des informations concernant l'affaire ?

Sultana pencha la tête et cligna des yeux.

—De quoi parlez-vous ?

Yusuf tenta d'oublier la moiteur qui s'installait dans ses pieds. Sa mère lui aurait enlevé ses chaussettes mouillées depuis longtemps. « Tu ne le sais pas encore parce que tu es jeune, dirait-elle, mais tu auras de l'arthrite dans les jambes pour le reste de tes jours si tu gardes ces choses-là sur toi. Tu as beau être bardé de diplômes, tu as encore beaucoup à apprendre de la vie. »

Yusuf tapota son carnet de la pointe de son stylo, puis leva la tête. Sultana attendait tranquillement, prenant soin de ne pas le presser. Elle savait se montrer patiente.

—Vous avez raison. Le cas de Zeba est intrigant, et le dossier d'arrestation n'en révèle qu'une infime partie, commença Yusuf, soudain persuadé que c'était la bonne solution, la seule même. On a déjà beaucoup jasé dans son village. Des rumeurs circulent concernant son mari, et ces rumeurs pourraient apporter un éclairage décisif sur ce qui s'est passé ce jour fatidique.

—Ah oui ?

—Oui. Les gens parlent beaucoup de choses qu'il aurait faites dans les mois précédant sa mort. Cela vaut la peine de comprendre quel genre d'homme c'était, à mon avis.

—Vous me suggérez de me rendre dans son village et de questionner les habitants ?

C'était trop tard pour ça. Yusuf savait combien la démarche était fastidieuse : faire la route, frapper aux portes, trouver les rares personnes prêtes à parler.

—Tout le monde a été interrogé par le chef de la police, un dénommé Hakimi. D'après eux, le disparu avait un penchant pour l'alcool.

Sultana haussa les sourcils, intéressée.

—Ah oui ?

—Oui. Entre autres vices. Mais le pire de tous ses crimes, d'après l'enquête de la police, serait d'avoir brûlé une page du Coran. De toute évidence, il ne respectait pas beaucoup la parole divine. Un homme capable d'un tel sacrilège avec le livre saint, eh bien… imaginez comment il pouvait traiter sa femme.

—Je vois, dit Sultana avec une moue sévère.

—Cette information n'a pas vraiment fait son chemin en dehors du village. Il est peu probable qu'elle pèse lourdement sur la décision du juge, car il se concentre sur les preuves tangibles.

—Y a-t-il une preuve que son mari ait fait une chose pareille ?

—De nombreuses personnes sont formelles à ce sujet.

Sultana se tut. Elle recula sur sa chaise et plissa les yeux en regardant le stylo que Yusuf tenait entre ses doigts.

—Rien d'autre ? demanda-t-elle enfin.

Le jeune homme secoua la tête.

— Ça… ça explique beaucoup de choses, non ? Je crois que cela pourrait nourrir votre article de façon intéressante.

— Pour que le juge en ait vent et soit forcé de se montrer indulgent envers Zeba, parce que son mari était tellement affreux qu'il a brûlé une page du Coran.

Elle avait parlé d'un ton cassant. Ses yeux étaient si étrécis que le khôl, les cils et les iris noirs ne formaient plus que des demi-lunes fumées.

Yusuf remua les orteils. Ses jambes commençaient à lui faire mal.

— Vous savez, je ne m'attendais pas à ça, s'agaça Sultana en s'écartant de la table, le visage dur. Je m'attendais à mieux de votre part, honnêtement. J'avais appris que vous vous donniez du mal afin de bâtir un argumentaire efficace pour votre cliente. Que vous essayiez réellement de la défendre au lieu de boucler son histoire sinistre de femme emprisonnée pour passer à la suivante.

— De quoi parlez-vous ?

Yusuf était déconcerté par sa réaction. Il se pencha en avant, jeta un regard furtif à la porte vitrée pour vérifier qu'aucune gardienne n'épiait leur conversation.

— Vous voulez qu'une journaliste fasse le sale boulot à votre place, n'est-ce pas ? Ne comptez pas sur moi. Les rumeurs ont fait suffisamment de dégâts dans ce pays, c'est un poison. Regardez les femmes de cette prison. Vous avez vu leurs dossiers, non ? Combien d'entre elles sont ici uniquement parce qu'une personne les a pointées du doigt ? Je ne vais pas me faire complice des qu'en-dira-t-on et des mensonges, uniquement parce que vous êtes sur le point de perdre votre affaire. Si Zeba refuse de parler de son mari, cela ne vous autorise pas à balancer une information qui justifierait un nouveau lynchage comme celui de Kaboul. J'étais là, vous savez. J'ai couvert les manifestations après l'assassinat de cette femme sur la base d'une fausse rumeur. Des centaines de personnes se sont soulevées contre la justice de la rue.

—Écoutez, ce n'était pas mon intention. Sultana, laissez-moi vous expliquer.

Elle se leva et secoua la tête avec indignation. Elle saisit la bandoulière de son sac, renversant presque sa chaise au passage. Yusuf se leva à son tour, les mains plaquées sur la table. Cet échange était un véritable fiasco.

—Accordez-moi cinq minutes.

—Bonne chance avec votre affaire, Yusuf. Désolée, c'était une perte de temps.

Chapitre 48

Yusuf mordillait le bout de son crayon, une manie conservée de ses années de lycée. Qazi Najib avait convoqué les deux avocats dans son bureau pour leur faire part du verdict et de la sentence. Les deux parties avaient déjà déroulé leur argumentaire complet, et il avait eu largement le temps de réfléchir.

Yusuf s'assit dans le fauteuil fleuri tandis que Zeba s'installa sur une chaise en bois à côté de lui. Le procureur prit place en face de Yusuf avec un hochement de tête. Le jeune avocat rangea son crayon rongé dans son sac, le goût du métal et de la gomme encore en bouche. Son adversaire posa un dossier sur la table. Les deux hommes se regardèrent et échangèrent une esquisse de sourire.

— Quelle que soit la décision, nous en aurons fini aujourd'hui, dit le procureur en haussant les épaules.

Yusuf acquiesça d'un signe de menton. Les approximations de son opposant ne lui inspiraient que du mépris.

— Je… je dois vous dire… la façon dont vous suivez la lettre de la loi… Je n'ai jamais vu personne mettre autant d'énergie à défendre un criminel.

— Elle n'a pas encore été qualifiée de criminelle, rectifia Yusuf. C'est un point important.

Le procureur acquiesça avec déférence. Visiblement, il avait décidé de ne pas contrarier le jeune avocat.

— Vous voyez ce que je veux dire.

Lorsque Qazi Najib entra pour s'asseoir derrière son bureau, les deux adversaires se levèrent comme un seul homme. Zeba ne vit aucun intérêt à faire de même, d'autant que le juge lui montrait le dos à ce moment-là. Elle resta donc assise.

— *Salam wa-aleikum*, dirent-ils de concert.

— *Wa-aleikum*, répondit Qazi Najib. Asseyez-vous.

Le juge s'enfonça dans son fauteuil et prit un air pensif. Il glissa une main dans la poche de son gilet et en sortit son *tasbih*. Il le tint un long moment dans sa paume gauche, pour que chacun s'imprègne de la solennité de cette réunion.

— Il est temps de clore cette affaire, dit-il en se tournant vers Zeba. Les deux avocats ici présents ont beaucoup discuté de votre cas. Nous avons pris un temps considérable pour nous assurer de respecter la loi à la lettre. Nous ne sommes peut-être pas à Kaboul, mais nous n'en sommes pas moins scrupuleux.

Les mains jointes sur les genoux, Zeba regardait le juge. Elle clignait des yeux et baissait la tête de temps à autre pour ne pas paraître trop effrontée. Qazi Najib l'examina plus attentivement.

— Vous n'êtes pas la même femme que celle qui a été amenée dans mon bureau il y a plusieurs mois.

Yusuf se crispa.

— Vous aviez l'air possédée par des djinns. On aurait dit un animal. Je vois à présent que vous avez changé. Cela n'a rien à voir avec votre culpabilité ou votre innocence, il s'agit de votre caractère profond.

Yusuf sentit son estomac se nouer. Sa cliente restait de marbre. En fait, ses épaules étaient légèrement rejetées en arrière, et son menton levé. Elle n'appréciait pas d'être comparée à un animal, même si le juge estimait qu'une transformation s'était opérée depuis. Elle savait, toutefois, qu'il avait raison. On l'avait sortie de force de son bureau, tandis qu'elle hurlait, se débattait, possédée par une pulsion sauvage, ne sachant plus ce qu'elle était ni qui elle était. Quelle mère n'aurait pas perdu ses moyens en étant arrachée à ses enfants au moment où ils avaient le plus besoin d'elle ? La véritable folie aurait été de se complaire dans cette situation.

— Vous ne parlez pas beaucoup. Vous n'avez presque rien dit jusqu'à maintenant. Tout ce que nous avons de vous est votre aveu signé, dit le *qazi*.

— Ce n'est pas son aveu, objecta Yusuf en levant l'index.

Le juge tendit la main en direction de l'avocat. Ce dernier se mordit la lèvre inférieure.

— Vous pensez nous contrôler, c'est ça ? demanda Qazi Najib. Vous pensez, comme votre mère, pouvoir faire plier le monde à votre convenance parce que vous êtes qui vous êtes. Vous êtes la petite-fille d'un *murshid* qui a parfois été décrit comme un saint, et parfois comme un espion à la solde de l'ennemi. Vous êtes la fille d'une *jadugar*.

Zeba se retint de réagir, mais son léger tressaillement n'échappa pas au juge.

— Oh ! Croyez-vous que je n'étais pas au courant de ses tours ? Elle a usé de ruses tout au long de sa vie.

Qazi Najib détourna soudain le regard et serra les dents. Pourquoi n'arrivait-il pas à considérer Gulnaz comme n'importe quelle intrigante aux cheveux grisonnants ? Il fronça les sourcils, repensa à la façon diabolique dont elle retenait son attention.

— Qazi-*sahib*, la réputation et les pratiques de son grand-père et de sa mère n'ont aucun rapport avec le sujet qui nous occupe, protesta Yusuf d'une voix calme.

Défendre sa cliente sans énerver le juge était un art qui exigeait un entraînement continu.

Ce dernier ne prit pas la peine de relever le commentaire de l'avocat. Il reprit son discours sans reparler de Gulnaz, qui semblait à ses yeux aussi importante que Zeba.

— Khanum, vous avez été arrêtée pour le meurtre de votre mari. Y a-t-il pire crime ? Y a-t-il pire que de priver vos enfants de leur père… ou… de priver les membres de sa famille de leur frère ? Y a-t-il pire que d'ôter la vie d'une personne ?

Zeba se résignait. Dans quelques minutes, elle serait condamnée à mort pour le meurtre de Kamal. Les visages de ses enfants lui apparurent sous ses paupières closes.

Yusuf la vit se replier sur elle-même et récita intérieurement une prière. Il fut tenté de poser une main sur la sienne, mais se ravisa. Elle n'était pas celle que le *qazi* croyait. C'était la femme la plus courageuse qu'il eût jamais rencontrée, une femme prête à se livrer à la merci d'un juge pour sauver une fillette dont l'existence était menacée de destruction avant même d'avoir commencé. Il éprouvait un profond respect pour elle, même si son comportement l'avait parfois rendu fou.

— Vous n'avez jamais expliqué pourquoi vous aviez tué votre mari ce jour-là.

Yusuf ferma les yeux. Il ne regarderait pas Zeba. Pas encore. Un sourire se dessina sur le visage du procureur, qui hochait la tête avec suffisance. Il était agréablement surpris par le verdict que le juge semblait sur le point de délivrer.

Qazi Najib posa les paumes sur le bureau, tout en passant le pouce sur les perles d'ambre de son chapelet, bien qu'il fût impossible de prier tout en parlant d'autre chose. Le cliquetis des pierres frottant l'une contre l'autre agaçait Yusuf. Quel genre de jugement était-ce ? Le *qazi* n'avait-il donc pas eu vent des rumeurs sur Kamal l'ivrogne, le blasphémateur ? Avait-il choisi de ne pas prendre en compte le caractère monstrueux de cet homme ?

Les mains de Zeba se mirent à trembler. Elle tourna la tête comme pour esquiver un coup imminent.

— Je vous déclare coupable de meurtre, conclut le juge d'une voix austère. Car les preuves sont accablantes en ce sens. Je n'ai rien trouvé dans les arguments de la défense qui explique autrement la mort brutale de votre mari.

— Bien joué, murmura le procureur, qui enregistrait là une nouvelle victoire.

Si l'histoire de Zeba avait pu l'affecter en tant que personne, il devait également se soucier de son palmarès professionnel. C'était sur cela qu'on le jugerait.

Yusuf attendait, les coudes sur les genoux. Il connaissait le Code pénal. Il l'avait étudié puis réexaminé au moment de traiter l'affaire de Zeba. Sa cliente serait pendue. S'il la regardait à présent, s'il osait décoller les yeux des franges du tapis, il la verrait suspendue en l'air, le cou brisé comme une poupée de plastique, le corps pendant mollement.

— Laissez-moi m'exprimer plus clairement. Je vous déclare, Khanum Zeba, coupable du meurtre de votre mari. C'est une atteinte déplorable à l'islam et aux lois de notre pays. Rien ne peut l'excuser. Nous nous reverrons dans trois jours, et j'annoncerai votre sentence.

CHAPITRE 49

Après l'annonce du verdict fatal, Yusuf quitta le bureau du juge d'un pas traînant pour rentrer chez lui. À mi-chemin, il décida de faire un crochet par la salle de gym. Il avait besoin de se dépenser physiquement.

Il s'y était inscrit dès sa première semaine en ville. Dans la salle fortement éclairée, comptant divers appareils de musculation, des miroirs couraient du sol au plafond tandis que résonnait le bourdonnement familier des tapis de course. Il y avait des hommes de toutes les tailles, certains en survêtement Adidas, d'autres en tee-shirt délavé, manches coupées aux épaules. Un homme en maillot de corps tirait sur les extrémités d'une bande élastique. Une veine épaisse saillait le long de ses biceps comme le pli d'un pantalon. L'endroit sentait le caoutchouc, la transpiration et le métal.

Le tapis de course permettait à Yusuf de rester sain d'esprit. Il y avait quelque chose d'apaisant dans le rythme de ses baskets frappant la courroie en mouvement. Il disposait ainsi d'un endroit où réfléchir lorsqu'il trouvait son appartement trop silencieux et son bureau trop désert.

Inévitablement, ses pensées le ramenaient à Zeba et au mullah. Il fallait qu'il sache si Habibullah était véritablement son père, même s'il n'était pas sûr que cela change quoi que ce soit. Peu de temps après le retour en prison de sa cliente, il l'avait interrogée.

« Qu'est-ce que c'est que cette question ? » avait-elle répliqué, n'offrant ni confirmation ni démenti.

Tandis que la sueur perlait dans son dos, Yusuf décida de le découvrir auprès du mullah en personne. Si c'était vrai, ils auraient matière à discuter.

Ainsi, dès le lendemain matin, le jeune homme se rendit au sanctuaire. Le fils du mullah lui ouvrit la porte avant de tourner la tête vers le salon d'un air perplexe.

— Padar ! C'est l'avocat !

Yusuf jeta un coup d'œil dans la pièce et vit le mullah assis sur un coussin de sol, à l'endroit précis où il s'était installé durant leur précédente rencontre. Adossé au mur, les jambes croisées, il était coiffé d'une calotte de prière en crochet blanc, et vêtu d'un gilet noir par-dessus une tunique et un pantalon marron. Il consulta sa montre comme s'il avait attendu Yusuf.

— *Salam*, Mullah-*sahib*, dit l'avocat une main sur le cœur.

— *Wa-aleikum*. Bienvenue, jeune homme.

— Pouvons-nous parler quelques minutes ? J'ai des questions importantes à vous poser. En rapport avec Khanum Zeba, évidemment.

Le mullah lui fit signe d'approcher. Yusuf fit deux pas en avant. Au moment où il franchit la porte de bois, il constata que l'homme n'était pas seul. En face de lui était assise Gulnaz, le dos droit comme un i. Ses jambes étaient repliées et cachées sous un châle bleu nuit aux broderies rouges. Elle regarda Yusuf puis ses genoux, en lâchant un profond soupir.

—*Salam wa-aleikum*, lui dit le jeune homme avec un mouvement de tête. Je ne m'attendais pas à vous trouver ici.

Le fils du mullah reparut avec une tasse de thé vide.

—Prenez place, dit Habibullah.

Yusuf s'assit sur le même coussin que le mullah, laissant un espace considérable entre eux. Le garçon posa la tasse devant le visiteur. Il apporta la théière et le servit d'un geste négligent – une maladresse qui se perdit dans les fibres du tapis – avant de s'éclipser par une porte dérobée.

Gulnaz regardait fixement le mullah.

—J'ai interrompu votre conversation, s'excusa Yusuf, à présent certain de se trouver en présence des parents de Zeba.

Même s'il n'avait jamais été marié, il avait déjà ressenti cette tension, notamment chez un oncle et une tante qui, malgré leur mésentente, ne s'étaient jamais séparés pour s'épargner l'embarras du divorce. Il l'avait aussi ressentie au téléphone lors de son dernier échange avec Elena. C'était une colère bien particulière, un malaise, une animosité qui n'existait que s'il y avait eu de l'amour autrefois. Yusuf se racla la gorge.

—Je suis venu vous demander un éclaircissement après les mots qu'a prononcés Zeba l'autre jour… mais bon, je crois que j'ai déjà ma réponse.

Gulnaz et le mullah gardèrent le silence.

—Je ne veux pas me mêler de votre histoire familiale. Mon principal souci est le verdict du juge. Je suis navré de vous apprendre qu'il a déclaré votre fille coupable. Mais je ne suis pas prêt à renoncer.

Gulnaz porta les mains à son front.

—Coupable, soupira-t-elle, d'une voix aussi fragile que les fils rouges de son châle. Évidemment.

—Comme je l'ai dit, je n'ai pas l'intention de lâcher l'affaire.

Les nuages glissèrent dans le ciel, libérant un large rayon de soleil dans la pièce. Des taches de poussière flottaient dans la lumière aux pieds de Yusuf.

—Toi, gronda le mullah, d'une voix pleine d'épines et de ressentiment. Tu ne pouvais donc pas trouver quelque herbe à moudre ou à brûler pour sauver la vie de ta fille ? Tes ruses ne sont donc bonnes qu'à punir les méchantes belles-sœurs et les femmes qui te regardent de travers ?

Gulnaz appuya les deux mains sur ses genoux. Elle leva la tête et tourna un regard étréci vers son ancien mari.

—Tu peux parler, toi ! Le grand homme pieux du sanctuaire. Espèce de misérable bigot ! Avec toutes tes prières attachées à la clôture et tes cas désespérés, qu'as-tu fait pour ta fille ?

—Sorcière à la langue fourchue, grogna-t-il.

—C'est moi qui ai élevé tes enfants et qui ai dû supporter ta famille après ton départ ! Si cela fait de moi une sorcière à la langue fourchue, très bien ! Mais quel lâche abandonne ses enfants et se moque de les voir grandir ? Tu nous as laissés sans rien, alors que les missiles et les bombes nous pleuvaient dessus.

—Je vous ai laissés dans une famille respectée.

—Tu m'as arrachée à une famille vénérée.

—Vénérée, pouffa le mullah. Tu m'as avoué toi-même les stratagèmes de ton père pour transformer vos pauvres voisins en croyants.

—Sale ingrat ! Si tu as si peu d'estime pour mon père, pourquoi tiens-tu autant à lui ressembler ? Il était respecté parce qu'il aidait les gens. Contrairement à toi, il le faisait d'une manière civilisée. Il n'a jamais ferré ni affamé qui que ce soit.

—Mes techniques fonctionnent. Demande aux familles de ceux que j'ai accompagnés dans la guérison. Elles te le diront. Ou pas. Je n'ai rien à te prouver.

—Non, en effet. Tu m'as déjà montré qui tu étais, cracha Gulnaz.

Elle tourna la tête vers la porte, refusant de regarder l'homme qui avait déserté leur foyer des années auparavant.

Yusuf songea à s'éclipser ; ils ne remarqueraient sans doute pas son départ. Le jeune avocat perdait un temps précieux en les écoutant ruminer le passé. Zeba était à deux jours de sa condamnation, et si le juge souhaitait respecter scrupuleusement le Code pénal, cela signifiait la pendaison pour sa cliente.

—Je ne voudrais pas m'immiscer, commença-t-il prudemment.

Il était profondément conscient de la différence d'âge qui existait entre les parents de Zeba et lui. Ils étaient assez âgés pour être ses grands-parents, et devaient être traités avec respect même s'ils se comportaient comme des idiots. Pourtant, les convenances avaient été mises de côté quand Gulnaz et le mullah avaient dévoilé leur intimité devant lui.

—Mais ressasser le passé ne servira pas les intérêts de votre fille. Son avenir s'annonce mal. J'ai quelques idées, mais j'ai besoin de votre aide à tous les deux.

Le mullah sirota son thé, et Gulnaz fronça les sourcils, donnant à Yusuf un aperçu saisissant de leur vie commune.

—Je ferais n'importe quoi pour aider Zeba. Je le lui ai dit avant son départ, déclara Habibullah en faisant tourner les feuilles de thé au fond de sa tasse.

— Bien. Alors je vous demanderai de parler au juge. C'est un ami à vous, n'est-ce pas ?

Le mullah hocha la tête.

— Il ne sait donc pas qui tu es ? s'enquit Gulnaz. Sa famille vient pourtant du même village.

— Nous étions enfants, à l'époque. Il ne m'a pas reconnu, et je n'attends pas ça de lui. Je suis un autre homme désormais, à bien des égards, y compris dans mon apparence.

— Ça, c'est vrai, marmonna Gulnaz. Tu as mal vieilli.

— Alors parlez-lui, insista Yusuf. Il vous estime et respecte votre travail. Il vous considère comme un expert et un homme pieux. Dites-lui que Zeba est votre fille et demandez-lui de faire preuve d'indulgence.

— Que je lui dise qui je suis ?

— Oui. Il faut qu'il se sente obligé de vous rendre service. Vous ne pouvez pas vous contenter de défendre une de vos patientes. Vous devez lui donner une véritable raison de vous écouter.

— C'est exactement ce que j'étais en train de lui expliquer, dit calmement Gulnaz. Le *qazi* aura peut-être pitié d'elle s'il apprend qu'elle est ta fille. C'est notre seul espoir.

Le mullah se gratta la barbe. Il fronça ses épais sourcils et fit la moue.

— Qu'est-ce qui ne va pas chez toi ? s'énerva Gulnaz, ne supportant pas ce silence. C'est donc trop te demander ?

— Écoute, intervint Habibullah dans un grognement sourd. Je ferai tout ce qui est en mon pouvoir pour elle. Je le lui ai dit. Mais ça ne signifie pas que je dois plonger la tête la première dans un puits. Je veux savoir s'il n'y a pas un meilleur moyen.

—Un moyen qui ne t'implique pas, tu veux dire?

—Et vous, Khanum, reprit Yusuf en passant l'index sur le rebord de sa tasse. J'ai besoin que vous fassiez ce que vous faites le mieux. Rendez visite au *qazi* et implorez sa clémence. C'est une mère de quatre enfants. C'était une bonne fille. Son mari était un homme horrible. Dites-lui tout ça et surtout rappelez-lui vos talents.

—Mes talents? répéta Gulnaz.

—Oui, vous savez bien. Je ne vous demanderais pas cela en temps normal, mais les circonstances sont exceptionnelles.

—Je comprends, dit Gulnaz en hochant la tête. J'irai lui parler.

Yusuf n'en doutait pas.

—Et vous? Qu'allez-vous faire d'autre? demanda le mullah.

Yusuf regarda la porte et se remémora les hommes enchaînés dans leurs cellules. Il pensa aux nombreuses heures qu'il avait passées sous les lampes vertes de la bibliothèque de droit et à la façon dont Zeba s'était braquée lorsqu'il lui avait suggéré de révéler au juge ce que Kamal avait fait à cette fille.

Il n'était pas fier de ses tactiques, mais son esprit était en ébullition depuis qu'il avait appris ce qui avait poussé Zeba à agir de la sorte. Il songea à Sultana et à son départ précipité, plein d'indignation et de panache.

Yusuf posa la tasse de thé sur le sol et frappa les mains contre ses cuisses avant de se lever.

—Quant à moi, j'ai une autre piste, mais si je veux que ça marche, je dois m'y mettre sans tarder. Vous avez mon numéro de portable. La sentence tombe jeudi. Appelez-moi demain pour me dire où vous en êtes.

Ils restèrent à leur place longuement après son départ, le besoin irrépressible de rebrousser chemin les empêchant de partir. L'âge exigeait d'eux qu'ils ne laissent rien sous silence.

Un après-midi, dans un lointain passé, se remémora soudain Gulnaz, elle avait regardé à travers une fenêtre et, avec une joie étourdissante, lié sa vie à celle de cet homme par un fil d'argent invisible. À présent, tandis qu'ils se faisaient face, bouillonnant de rage, une telle idée semblait aberrante.

CHAPITRE 50

Yusuf ouvrit le récipient de plastique contenant les épinards sautés et le riz qu'Anisa lui avait apportés, et qui lui firent penser au symbole du yin et du yang, mais en vert et blanc. Affamé, il huma avec délice le parfum du cumin. Elle y avait même ajouté deux carrés de pain frais. Yusuf en déchira un morceau qu'il fourra d'épinards, où apparaissaient des fils roses de rhubarbe. Il avait la bouche pleine lorsque Sultana entra dans la pièce.

Le jeune avocat ne put cacher sa surprise. Il se leva et se saisit d'une serviette en papier. La tenant d'une main devant son visage, le temps de finir de mâcher, il lui fit signe d'approcher. Elle hocha la tête avant de se diriger vers son bureau.

—J'interromps votre déjeuner, s'excusa-t-elle.

Yusuf se hâta d'avaler en évitant la fausse-route. Il s'essuya les lèvres et se rassit. Après leur entretien à Chil Mahtab, voilà qu'ils se trouvaient de nouveau l'un en face de l'autre.

—Ne vous en faites pas pour ça, dit-il en reposant le couvercle sur la boîte. Vous avez faim ? Je peux vous en proposer, mais…

—Merci, je viens de déjeuner.

Elle portait la même veste kaki aux manches retroussées que précédemment. Un foulard jaune et vert noué au sommet de son crâne dissimulait ses cheveux.

—Ne vous arrêtez pas pour moi.

—Ça ira. Je n'avais pas très faim de toute façon, mentit Yusuf avant de se racler la gorge.

Un autre avocat se trouvait dans la pièce, mais son bureau était situé de l'autre côté et isolé de celui de Yusuf par une demi-cloison. Il avait levé la tête avec curiosité en voyant Sultana entrer et ne cessait de lui jeter des regards tout en poursuivant sa conversation téléphonique. C'était inhabituel, bien sûr, qu'une jeune femme leur rende visite.

—Vous avez eu mon message. Je suis étonné de vous voir ici.

—Je n'en doute pas. J'aurais pu appeler, mais j'ai pensé qu'il valait mieux passer.

—Je suis content que vous l'ayez fait. Écoutez, je suis navré de la façon dont nous nous sommes quittés la dernière fois. Je n'avais pas l'intention de me servir de vous ni de vous manipuler.

—Mais c'est pourtant ce que vous faisiez, non ?

Elle avait toujours son sac sur l'épaule, donnant l'impression que son départ était imminent.

—Oui... oui, admit-il. Écoutez, je me bats avec l'affaire de Zeba. C'est une tragédie à bien des égards, et malgré tous mes efforts, la cour ne voit toujours pas pourquoi elle ne serait pas pendue. L'argumentaire du procureur présente de graves failles, mais cela ne semble gêner personne.

—Je vous crois. Mais pensez-vous réellement qu'un homme qui a brûlé une page du Coran, si c'est bien là son crime, mérite d'être assassiné par sa femme ? Ça m'étonnerait que vous soyez de cet avis, et c'est pour ça que je voulais vous revoir. Peut-être pouvons-nous présenter l'histoire sous un autre angle.

Yusuf posa les coudes sur le bureau. C'était mercredi, vingt-quatre heures avant la condamnation. Restait à savoir ce qu'avaient fait les parents de Zeba. Il leur avait téléphoné, mais aucun ne lui avait répondu.

— Je pourrais vous raconter toute l'histoire, mais elle est tellement sordide que vous ne pourrez pas la publier. Ces choses-là sont indicibles.

— De quoi s'agit-il ?

Bien évidemment, Sultana était curieuse. Son rôle consistait à poser des questions, et c'était précisément pour cela qu'elle avait fait le voyage jusqu'au bureau de l'avocat.

— Je veux que vous me promettiez de respecter ce que Zeba a tenu à ne pas révéler.

— Je vous le promets.

La jeune femme fit glisser de son épaule la bandoulière de son sac et le posa sur le sol. Elle s'assit et écouta Yusuf lui parler de la petite fille, d'une voix basse et austère. Elle tressaillit, presque imperceptiblement, mais ne l'interrompit pas, ne quitta pas sa chaise. Yusuf lui fit part des craintes de Zeba : la fillette risquait l'humiliation publique si l'histoire se savait, le village pourrait s'en prendre à elle, et sa vie être détruite une seconde fois. En fait, il était inutile d'expliquer les inquiétudes de sa cliente. En tant que femme, Sultana les comprenait parfaitement : l'honneur régissait tout.

La fille s'était fait voler sa pudeur, son avenir. Si le monde l'apprenait, son existence serait à jamais marquée du sceau de la honte.

C'était la plus grande des injustices, et Sultana bouillait de colère.

—Elle a quatre enfants. Zeba est tout ce qu'ils ont. S'ils la perdent, ils perdent tout.

—Vous êtes certain que cette histoire est vraie? demanda la journaliste.

En fait, elle n'en doutait pas. Pourquoi serait-ce faux?

—Oui, absolument. La façon dont elle en parle… c'est criant de vérité. Sinon, je ne vous aurais rien dit. Elle va être condamnée demain, et le juge a fait clairement comprendre qu'il comptait respecter la loi. Je pense qu'il veut la voir pendue.

Sultana croisa les jambes et tapota son menton du bout de l'index.

—Que peut-on faire? Même si je vais voir le juge avec des rumeurs sur le mari de Zeba, à quoi cela servira-t-il?

—C'est quitte ou double, mais je n'ai pas d'autre solution. J'ai tout essayé.

C'était vrai, il était allé jusqu'à convaincre Gulnaz et le mullah d'inciter le juge à la clémence. Quelle tristesse de devoir implorer la miséricorde au lieu d'en appeler à la justice et à la liberté.

—Et selon vous, si je fais part au juge de mon intention d'écrire un article sur l'époux décédé, révélant les rumeurs de blasphème qui circulent à son sujet, il se sentira sous pression et renoncera à pendre la femme qui l'a tué?

—C'est une possibilité… d'après ce que j'ai vu du juge.

—Je ne sais pas.

Sultana pinça les lèvres et observa attentivement Yusuf.

L'autre avocat avait terminé sa conversation et regardait dans leur direction. Il haussa les sourcils, comme pour demander à Yusuf qui était cette personne. Le jeune homme leva une main et revint à Sultana. Il n'était pas d'humeur à expliquer quoi que ce soit.

—Les rumeurs de village… Je n'ai jamais voulu y être mêlée. Elles nous conduiront tous à la mort, murmura Sultana.

Yusuf se passa les doigts dans les cheveux. Il avait toutes les raisons de s'attendre à un échec. Les chances étaient contre lui depuis le début. Un mari mort, une femme refusant de parler, aucun témoin ni suspect potentiel. Elle aurait dû être pendue depuis longtemps.

Sultana se leva brusquement et arrangea sa veste. Elle tendit la main vers son sac.

—Vous partez ? lui demanda Yusuf.

Il ne voulait pas qu'elle s'en aille. Il aurait aimé entendre de sa bouche qu'il avait fait tout ce qu'il fallait. Au moins cela. Elle était la seule autre personne à connaître la vérité.

—Il faut que je rentre, dit-elle.

Elle lut le désarroi dans ses yeux. Lui vit la détermination dans ceux de la jeune femme.

—Oui, j'aimerais appeler le juge avant qu'il ne soit trop tard, ajouta-t-elle.

CHAPITRE 51

Qazi Najib raccrocha et se frotta la joue.

—Qui était-ce ? demanda sa femme depuis l'autre pièce.

Il ne l'entendit pas, sa récente conversation avec le mullah Habibullah bourdonnait encore à son oreille.

—C'était Shazia ? A-t-elle dit s'ils vont aller à Kaboul pour les vacances ?

Il eut soudain des remontées acides dans l'estomac, et ne sut s'il devait blâmer le *qorma* de sa femme ou les nouvelles qu'il venait de recevoir de son ami. Il savait si peu de chose de cet homme, même après tant d'années, seulement qu'il avait déménagé dans une autre province pour aider les gens. Ce n'était qu'une minuscule portion de la vérité. En tant que juge, il était confronté quotidiennement aux mensonges et aux affabulations, et s'étonna de ne pas avoir su déceler les failles de cette histoire.

Pourtant, il n'avait rien vu.

—Vieil homme, es-tu devenu sourd ? cria sa femme.

Elle se tenait sur le seuil, dans l'encadrement arrondi qui séparait les deux pièces, une poêle à la main.

—Tu m'as parlé ?

—Si je t'ai parlé ? répéta-t-elle, incrédule.

—Bon, d'accord. De quoi s'agit-il ?

—Je t'ai demandé si ta sœur avait appelé.

Qazi Najib secoua la tête.

—Alors téléphone-lui pour lui demander s'ils comptent passer les vacances à Kaboul. Je voudrais qu'elle me rapporte des tissus.

—Je l'appellerai demain, marmonna-t-il. Il reste du thé ?

—Non. Je vais mettre de l'eau à bouillir.

Sa femme se tourna pour rejoindre la cuisine, mais s'arrêta avant de disparaître complètement.

—Tu devrais fermer les yeux quelques minutes. Tu as l'air exténué.

Qazi Najib hocha le menton. C'était une bonne épouse, même si elle le ramenait à sa condition d'homme ordinaire dès l'instant où il franchissait la porte. Elle avait la décence de le faire lorsqu'ils étaient seuls et lui rappelait souvent qu'elle considérait cela comme son devoir : « Le reste du monde baisse la tête devant toi, mon cher juge. C'est mon rôle de te rappeler que tu n'es qu'un homme. »

—Je vais marcher quelques minutes. Je suis tout engourdi.

—L'état de tes genoux s'est aggravé. Je vais faire macérer quelques herbes et du gingembre.

Tandis que le juge fléchissait un genou pour se lever, il songea à l'effet que Gulnaz produisait sur lui. Ses yeux, ces deux émeraudes, l'ensorcelaient, lui faisant regretter de ne pas l'avoir courtisée avec plus d'ardeur dans sa jeunesse. Son corps le ferait-il souffrir autant s'il avait passé toute sa vie avec cette femme ? Ou alors, aurait-il un beau jour pris ses jambes à son cou comme le mullah ?

—Au fait, quand vas-tu rendre ton verdict ? lui demanda son épouse depuis la cuisine.

— Demain.

Il arrangea sa tunique, remarquant avec mécontentement deux taches rouges de gras.

— Jeudi ? Juste avant le week-end ? Vraiment ? Tu es assez insensible pour annoncer une condamnation à mort la veille de notre jour de prière ?

— Y a-t-il un bon jour de la semaine pour être condamné à mort ?

Najib entendit le sifflement discret de la bouilloire.

— Tu sais ce que je veux dire.

— Écoute, j'ai déjà deux avocats qui me harcèlent dans cette affaire. Je n'ai pas besoin d'un troisième à la maison.

— Tu m'imagines en avocate ? plaisanta sa femme.

Elle n'avait pas été plus loin que l'école primaire, ayant interrompu sa scolarité pour s'occuper de ses frères et sœurs. Et même si elle savait lire, elle n'avait jamais envisagé de travailler en dehors de la maison, tout comme les autres femmes de sa famille. Le *qazi*, de toute façon, ne l'aurait pas encouragée à le faire.

Il se remit à penser à Zeba. Elle avait beau être la fille du mullah, elle n'en avait pas moins assassiné son mari.

Il sortit et traversa la cour. Il inspira profondément ; le doux parfum de l'aneth que sa femme avait planté lui faisait du bien. Il s'arrêta pour toucher les fleurs jaunes, passer les doigts entre les feuilles duveteuses.

Habibullah avait paru gêné au téléphone, mais davantage parce qu'il lui avait menti sur sa famille que parce qu'il avait abandonné femme et enfants. Najib avait envie de rendre service à son ami, mais se sentait tiraillé. Il avait tellement voulu que cette affaire fasse jurisprudence, s'était rêvé en pionnier, comme celui dont on se souviendrait pour avoir fait entrer le droit afghan dans une nouvelle ère. Il se voyait sollicité par une cour d'appel ou même la Cour suprême, imaginait son propre héritage lié à jamais à celui de l'Afghanistan. Cela n'avait rien d'insensé.

Les quatre enfants de Zeba pleuraient probablement leur père. Ils méritaient que justice soit faite, selon lui, même si Habibullah voyait les choses autrement.

— C'était un homme horrible, avait fini par lui dire son vieil ami, un homme indigne de la femme et des enfants qu'il avait. Zeba est une femme respectable. Elle est dévouée, son cœur est pur. C'est son mari, le responsable du désastre, pas elle.

— Mon ami, avait répliqué Najib d'une voix sombre, je comprends que c'est une déception pour vous en tant que père. Mais comment pouvez-vous dire qu'elle n'est pas responsable ? Et je suis obligé de me demander si vous la connaissez si bien. Je sais que c'est votre fille, mais vous ne l'avez pas vue pendant des décennies. Les gens changent beaucoup en trente ans.

Finalement, il avait promis au mullah de réfléchir à sa requête et de faire tout ce qui était en son pouvoir pour y accéder. Il jura de ne souffler mot à personne de leur échange, et il était sincère. Le mullah aidait véritablement des gens dans son temple, et le juge ne voyait aucune raison valable d'arracher un homme à ses missions divines pour le traîner dans la boue.

Une fois dans la rue, Najib tira son *tasbih* de la poche de son gilet. Le quartier où il habitait était composé d'une série de maisons identiques, alignées, dont chacune était bordée par un mur extérieur préservant l'intimité des familles. La route avait ainsi l'aspect d'un couloir, flanqué de part et d'autre de remparts. Najib referma le portail métallique derrière lui, coupant son sanctuaire à la vue des voisins et des passants. Il songea à la foule qui s'était pressée ce jour-là dans la cour de Zeba et s'était massée autour d'elle, selon le rapport de police. Combien avaient-ils été ? Des dizaines de curieux faisant irruption dans la sphère privée d'un foyer. C'était ce que ces femmes ne comprenaient pas, pensa Najib. Toutes les prisonnières de Chil Mahtab avaient fait tomber leurs murs par leurs crimes, elles avaient enlevé leur *purdah*, leur voile protecteur. Certaines s'étaient affichées avec des hommes. D'autres avaient travaillé tard avec des collègues masculins. D'autres encore avaient fui le toit paternel. Elles auraient dû se soucier des conséquences de leurs actes.

Najib n'était pas arrivé au bout de la rue lorsqu'il s'immobilisa brusquement. Il plissa les yeux et se demanda si sa vue n'était pas en plus mauvais état que ses genoux. Mais c'était bien elle, cela ne faisait aucun doute.

—Que faites-vous ici ? s'enquit-il, incrédule.

—Qazi-*sahib*, dit Gulnaz d'une voix calme et déterminée. Il faut que je vous parle.

—Comment m'avez-vous trouvé ?

—J'ai interrogé des gens. Vous êtes très connu dans le quartier.

Il avait arrêté de jouer avec les perles de son *tasbih*.

—Que voulez-vous ?

Il fut tenté de tourner les talons sans attendre sa réponse. Tout compte fait, il s'était peut-être montré trop indulgent avec Zeba depuis le début. Sachant à présent que Gulnaz était le genre de femme à faire fuir un époux respectable, il se sentait manipulé. Il lui semblait de plus en plus crédible que la fille ait commencé par suivre les traces de sa mère pour ensuite dévier sur une route encore plus dangereuse.

— Il faut que je vous parle.

— Faites vite alors. J'ai à faire, et vous interrompez ma soirée.

Il croisa les bras, et les perles glissèrent sur son coude. Gulnaz prit une profonde inspiration et démarra le discours qu'elle avait répété en chemin.

— Qazi-*sahib*, vous et moi venons du même village. Nous nous sommes rencontrés enfants. Nous fréquentions le même *masjid*, traversions les mêmes ruisseaux. Vous connaissez ma famille et avez été accueilli dans notre maison. Je viens à vous pour implorer votre clémence. Ma fille était malheureuse avec cet homme, dont les vices ne sont pas un secret.

— Le fait que nous venions du même village ne signifie pas que je doive passer l'éponge sur un crime. C'est mon devoir de juge de rendre la justice.

— Nous voulons tous la justice.

— Alors vous comprendrez que je doive faire ce qui est juste. Je sais que c'est votre fille, mais il est de ma responsabilité de faire appliquer la loi. Nous ne pouvons nous permettre de laisser notre nation sombrer à nouveau dans l'anarchie. Et c'est comme ça que ça commence.

— Et ses crimes à lui ? Cet homme n'a pas été puni pour ses péchés. C'était un buveur, il n'avait pas un seul véritable ami. Il ne priait pas, ne respectait ni le jeûne ni la parole de Dieu. Un tapis noir ne devient pas blanc au lavage. Ma fille a fait de son mieux pour être une bonne épouse, mais elle ne pouvait l'absoudre de tous ses crimes.

—Elle n'avait pas à l'absoudre. Elle aurait dû laisser le jugement à la loi ou à Allah.

—Je vous demande de penser à ses enfants. Son fils est dévasté, ses trois filles n'ont plus personne. Ils ont perdu leurs deux parents. Avons-nous besoin de nouveaux orphelins dans ce monde ? Rendez-leur leur mère, je vous en supplie !

—Les criminels ne peuvent se cacher derrière leurs enfants.

Najib n'était pas un homme insensible. Bien entendu, il avait pris en considération le fait que Zeba ait laissé quatre enfants derrière elle au moment de son arrestation. Il savait également que la plus jeune avait moins d'un an. Il avait enregistré ces détails dès le premier jour et imaginait même ces pauvres petits, dont les visages anonymes prenaient par moments les traits de ses propres petits-enfants. Il avait gardé cela pour lui.

—Je n'ai pas d'argent à vous offrir, Qazi Najib. Les jours où ma famille vivait aisément sont loin. J'ai été seule durant presque toute ma vie d'adulte, et mon fils se bat pour nourrir et vêtir les siens.

Ces insinuations provoquèrent la colère du juge.

—Je ne vous ai pas demandé le moindre sou ! Khanum, j'ai toujours été reconnaissant envers votre père, le *murshid*. Il a redonné espoir au mien lorsque tout semblait perdu. Mon frère a survécu à sa maladie, et il va bien aujourd'hui. Pensez-vous vraiment que je vous demanderais de l'argent après tout cela ?

Gulnaz ne dit rien. Le soleil avait glissé derrière de fins nuages, striant le ciel de paprika et de safran. La ligne sinueuse des montagnes se découpait dans le crépuscule. Ce n'était pas vraiment de la clémence que demandait la mère de Zeba. C'était de la justice.

— Il y a autre chose que vous devez savoir.

Elle jeta un regard dans la rue et vit des enfants qui jouaient avec un pneu de vélo. Il n'y avait personne d'autre.

— C'est quelqu'un d'autre qui l'a tué.

Le juge hocha la tête comme s'il avait attendu d'elle une explication plus improbable encore.

— Et qui est-ce donc ? Je suis très curieux de savoir qui d'autre a pu se trouver là. Personne n'a parlé d'une quelconque présence ce jour-là, même votre fille n'en a rien dit !

— Si vous pendez ma fille, vous en ferez une martyre.

— Une martyre ? se moqua-t-il. Une martyre de quoi ?

— Elle est à la merci de la cour parce qu'elle a essayé de sauver une vie. Ce que je vais vous dire est l'absolue vérité, bien que je ne puisse apporter aucune preuve, et ma fille ne veut pas que cela se sache. Elle n'en a pas soufflé mot devant vous depuis son arrestation, car elle craint pour la sécurité d'une petite fille.

Najib sentit son cœur se serrer de nouveau. Il prendrait une cuillerée de yaourt avant de se coucher, cela calmerait peut-être ses remontées acides.

— Expliquez-moi.

Gulnaz se mordit la lèvre inférieure. Elle n'avait pas prévenu Zeba de son intention d'aller parler au juge, et encore moins des révélations qu'elle comptait lui faire. Qu'arriverait-il si celle-ci l'apprenait ? Soit elle se remettrait à détester sa mère, ce à quoi Gulnaz s'était habituée, soit elle lui en serait reconnaissante. Elle était prête à prendre ce risque.

—Ce jour-là, Zeba a découvert quel genre d'homme il était vraiment. Elle l'a surpris en train d'agresser une fillette dans leur propre maison, en train de souiller une écolière. Voilà, cher juge, le nœud de l'histoire. Tous ses actes depuis, y compris ses dix-neuf jours éprouvants au sanctuaire, ont été les efforts d'une femme pour protéger une enfant innocente.

Najib eut un soupir d'exaspération. À tout moment, une nouvelle révélation désobligeante pour le mort surgissait. *Comme c'est pratique*, se dit-il, *que l'homme ne soit pas en position de se défendre.* Sa famille non plus ne faisait pas grand-chose pour rétablir son honneur, probablement à cause des affreuses rumeurs de blasphème qui circulaient à son sujet.

—Une enfant, répéta lentement Gulnaz pour bien marteler ses propos. Vous êtes un père, un homme respectable. Imaginez comment Zeba a pu se sentir en voyant de telles atrocités perpétrées dans son propre foyer.

—Oui, Khanum, je suis un père, répliqua Najib sur un ton de défi.

Elle était venue pour le faire changer d'avis, avait cru pouvoir l'influence en faveur de Zeba, mais ce n'était pas aussi simple. Qazi Najib était assez content de lui. Il la connaissait mieux qu'elle ne le pensait.

—J'ai trois fils et deux filles, tous sont adultes et ont fondé leur propre famille. S'il y a une chose que je sais en tant que père, c'est qu'une mère ferait n'importe quoi pour sauver ses enfants.

Gulnaz rejeta les épaules en arrière et secoua le menton.

—Vous m'avez mal comprise.

—Non, je ne crois pas.

—Je suis venue vous dire la vérité.

— Vous vous croyez plus maligne que les autres. Depuis toujours.

Avait-elle rendu service à sa fille en venant là ou avait-elle aggravé son cas ? Elle appellerait Yusuf dans la soirée pour l'informer de son initiative. Le juge savait tout désormais, pour le meilleur ou pour le pire.

Le soleil avait presque disparu derrière les montagnes. Les couchers de soleil avaient ceci d'étrange qu'ils semblaient se dérouler en accéléré. C'était mercredi, la dernière nuit avant l'annonce du verdict. Ensuite, combien de crépuscules resterait-il à sa fille, et à quelle vitesse passeraient-ils ? Le temps n'avait jamais autant pesé sur le cœur de Gulnaz, à présent que les jours et les heures mesuraient la vie de sa fille. Elle baissa la tête pour que le juge ne voie pas la brume qui s'était déposée sur ses yeux de sorcière.

— Peu importe ce que je pense, Qazi-*sahib*. C'est là le problème. Ce monde tourne autour de votre opinion et de votre opinion seule.

— Je crois qu'il n'y a rien à ajouter sur le sujet, répliqua-t-il, ne sachant comment interpréter son commentaire.

— Non, murmura difficilement Gulnaz, la gorge nouée par la colère. Vous avez sans doute raison. Mais je suis sûre que vous avez beaucoup à méditer ce soir, alors je vous laisse à votre promenade.

Elle avait tenté de raisonner cet homme, de faire appel à sa décence au nom de sa fille. Mais la plupart du temps, la raison ne semblait pas avoir d'effet sur les gens, c'était pourquoi elle avait passé sa vie à user d'autres moyens pour parvenir à ses fins.

Elle tourna le dos au juge, et il reprit sa marche. Il n'était qu'à quelques mètres d'elle lorsque cela se produisit. Elle entendit le léger tintement suivi du petit cri étouffé de l'homme. «Tap! tap! tap!» Comme la grêle tombant sur le toit. Gulnaz n'eut pas besoin de pivoter sur elle-même pour voir ce qui se passait. Elle ferma les yeux une seconde et imagina la scène avec une pointe de satisfaction. Elle visualisa Najib, la bouche entrouverte, regardant l'unique pampille encore dans sa paume. Combien de fois avait-il passé les doigts sur ces trente-trois pierres ovales? Le *qazi* fut pris par surprise, il ne s'était jamais soucié du lien fragile qui maintenait les pierres ensemble.

Caché à la vue, le fil du *tasbih* s'était totalement décomposé, faisant se disperser les perles sur le sol dur.

CHAPITRE 52

— Q uand j'étais petite, je croyais au jour du Jugement dernier, dit Bibi Shirin.

Assise en tailleur à côté de Zeba, elle se balançait de gauche à droite, presque imperceptiblement, se remémorant avec un battement de cils les histoires qu'on lui avait racontées maintes fois dans son enfance.

— Il y a des signes annonciateurs de ce jour : les tremblements de terre se succèdent, les gens négligent leurs prières, les païens courent dans les rues, les montagnes s'aplatissent et la lune se fragmente, les affreux Yajouj et Majouj déferlent sur la terre pour répandre le chaos. Je croyais que les morts allaient ressusciter, que nous allions tous retrouver l'éclat de la jeunesse quand viendrait le moment de traverser le Sirat, l'étroit pont des enfers. Certains tomberaient dans les flammes au-dessous, tandis que les âmes vertueuses atteindraient l'autre côté, où le paradis les attendait.

Les prisonnières de Chil Mahtab s'étaient réunies en nombre dans la cour, pour s'asseoir en demi-cercle autour de Malika Zeba. Le bruit avait couru qu'elle serait pendue dans l'après-midi. La température avait chuté de façon brutale, de sorte que les femmes pouvaient s'installer dehors sans avoir besoin de s'éventer. Une demi-douzaine de manches retroussées révélèrent le nom de Zeba tatoué sur des avant-bras. L'humeur était sombre.

— Et que crois-tu maintenant ? demanda Latifa.

Bibi Shirin ferma légèrement les yeux. Elle tapota le coin de ses paupières avec la pointe de son foulard, puis parla d'une voix sourde et fragile.

— Maintenant, je crois que le jugement survient tous les jours. Tous les jours sans exception. Pourquoi, mon Dieu, avons-nous été créées uniquement pour être sacrifiées ? se lamenta-t-elle en regardant le ciel.

Zeba posa une main sur celle de Bibi Shirin.

— Elle a raison.

Les têtes pivotèrent pour regarder la femme qui avait été condamnée à vingt ans de réclusion pour avoir fui. Le juge en charge de son cas s'était bien moqué qu'elle ait trois os brisés et une entaille à la jambe au moment de sa fugue. Sa voix s'éleva alors.

— « Certains jours par mois notre sang ils maudissent / Mais le reste du temps ils s'en réjouissent. »

— Moi aussi, j'en ai un, s'écria une détenue avec hésitation.

Zeba reconnut celle qu'on avait fiancée à un homme qui n'avait jamais pris la peine de la réclamer. Lorsque sa famille avait arrangé un mariage avec un autre, celle du fiancé négligent avait, par dépit, accusé la fille de *zina*. Elle était jeune, la peau encore criblée d'acné.

— « Si un doigt accusateur est pointé vers toi / La lumière du jour jamais tu ne verras. »

Faire des rimes était devenu un passe-temps à Chil Mahtab. Certains vers étaient habiles, d'autres ampoulés. Mais tous représentaient une parcelle de liberté, dans un pays où la plupart des femmes ne connaissaient pas suffisamment de lettres pour signer leur propre nom. Zeba leur avait fait ce cadeau sans le savoir.

Elle était prête à entendre le verdict du juge. En fait, elle était prête depuis l'instant où elle s'était retrouvée seule devant le corps de Kamal. C'était pour cette raison qu'elle s'était écroulée, qu'elle était restée assise par terre sans bouger, qu'elle avait attendu que ses enfants rentrent, que le monde découvre ce qui s'était passé. Basir, les voisins, Yusuf, sa mère et même son père avaient tous fourni de courageux efforts pour la sauver, mais le destin en avait décidé autrement.

Les détenues de Chil Mahtab continuaient de s'accrocher à elle, craignant d'assister aux derniers jours de Malika Zeba. Si une femme risquait la prison ou les coups de fouet pour avoir été vue en compagnie d'un homme, elle ne pouvait qu'être pendue pour un meurtre. Leur deuil avait déjà commencé, semblait-il.

Depuis deux jours, les prières de Zeba étaient réduites à l'essentiel. Elle voulait que ses enfants puissent prononcer son nom sans amertume ni honte. Elle voulait qu'ils pensent à elle en sachant qu'elle les avait élevés du mieux possible, qu'elle avait veillé sur eux pendant leur sommeil, pleuré de joie à leur quarantième jour de vie, tressailli lorsqu'ils étaient tombés et s'étaient écorché les genoux. La nourriture n'avait aucun goût si elle ne voyait pas ses enfants l'apprécier. Elle ne s'était pas sentie vivante avant que Basir ne remue dans son ventre. C'était à ce moment-là que le temps avait débuté sa course, que l'aiguille avait commencé à tourner sur le cadran pour mesurer les secondes, les jours, les mois.

Pourvu qu'ils sachent tout cela.

Latifa claqua des doigts.

—J'en ai un! J'en ai un! Écoutez : «Ces hommes obstinés refusent de transiger / Comme le monde serait autre si la femme jugeait!»

Les applaudissements et les éloges fusèrent. Latifa rayonna d'abord, puis le poids de ses propres mots lui tomba dessus. Elle regarda Zeba.

—Je suis désolée. Le moment est mal choisi.

—Latifa, le moment ne pourrait être mieux choisi, la rassura Zeba.

Une boîte de chocolats circulait parmi la foule, une des prisonnières s'étant montrée généreuse. Les femmes divisèrent chaque carré en quatre à l'aide d'une cuillère, pour que chacune puisse au moins y goûter.

—Pour une maison sans fenêtres, Chil Mahtab n'est pas si mal. Parfois, je respire mieux ici que je n'aie jamais respiré à la maison.

—Exactement, approuva une autre femme dont Zeba ne vit que la main levée, tel un mât dans l'assemblée. Malika Zeba, ils appellent cet endroit Chil Mahtab, car c'est le temps que nous passons ici. Quarante lunes au minimum. Mais toi, tu as éclairé ces couloirs avec la lumière de quarante lunes. Quoi qu'il arrive, ton nom sera inscrit sur les murs de cette prison, avec notre sang s'il le faut, aussi longtemps que nous serons ici.

Zeba sentit sa gorge se nouer. Elle leur avait donné si peu et reçu tant en retour. Plus tard, elles reprendraient leurs chamailleries pour savoir qui avait mangé un peu plus que les autres ou qui avait chapardé du détergent pour le linge à sa codétenue. Mais pour l'heure, elles laissaient leurs querelles de côté.

— Dieu est miséricordieux, déclara une autre femme.

Une brise fraîche agita doucement les feuilles de l'arbre *arghawan* dans un coin de la cour. Même la clôture, comme affranchie de sa froideur métallique, scintillait sous le soleil.

— *Inshallah*. Il entendra nos prières. Ayez la foi, mes sœurs.

Latifa brisa la mélancolie ambiante avec un dernier distique.

— « Si j'avais su Chil Mahtab si accueillant / J'aurais bien volontiers pris un amant. »

Une vague de rire balaya l'assistance, on se mit à applaudir. Zeba et Latifa échangèrent un regard complice, admettant, sans avoir besoin de le formuler, qu'il y avait beaucoup à apprécier, même le jour du Jugement dernier.

Le bureau de Qazi Najib s'avéra exigu pour Yusuf, le procureur, Zeba, Gulnaz et une gardienne. Mère et fille durent se serrer dans le fauteuil fleuri, main dans la main. Gulnaz avait parlé à Tamina dans la matinée, apprit-elle à Zeba dans un murmure. La famille lui rendrait visite très prochainement, l'animosité des villageois à leur égard ayant commencé à retomber.

Le procureur bouillonnait d'énergie. Il était allé jusqu'à porter une cravate pour l'occasion, même s'il n'avait pu s'empêcher de penser à une corde au moment de la nouer autour de son cou. Il était impatient de boucler cette affaire. Yusuf était assis en face des deux femmes, et examinait de temps à autre sa cliente pour évaluer son état d'esprit. Il s'étonna de son calme apparent, mais à dire vrai, il n'était jamais au bout de ses surprises avec elle. Il tapa du pied et évita de regarder le procureur assis à sa droite.

Qazi Najib était entré en dernier, préférant attendre que tout le monde ait pris place. Par habitude, il plongea la main dans la poche de son gilet au moment de passer derrière son bureau. Son *tasbih* y était, puisque sa femme, à sa demande expresse, en avait enfilé les perles sur un nouveau fil. Il lança un regard furtif à Gulnaz et décida de laisser le chapelet dans sa poche. Il toussa deux fois, faisant osciller le sommet de son turban. Il se racla la gorge, regarda les documents sur son bureau, puis commença.

— Aujourd'hui, je vais annoncer la condamnation de Khanum Zeba, dit-il d'une voix claire et posée. Nous avons tous passé du temps à étudier son cas, à donner à la victime l'attention que sa mort mérite. C'est une affaire tragique. Un mari est décédé, et une mère est en prison. Des enfants sont privés de leurs parents. Des péchés ont été commis et doivent être traités conformément à la justice. On a beaucoup parlé de miséricorde, mais il vaut mieux laisser cela à Allah. Je suis sûr que vous connaissez tous le dicton : « Que soit puni celui qui a péché. » C'est un proverbe très utilisé, mais la plupart des gens ignorent quelle histoire se cache derrière.

Yusuf serra son crayon entre le pouce et l'index jusqu'à ce que la pulpe de ses doigts blanchisse. La façon dont le juge prononçait le mot « péché » lui donnait des haut-le-cœur.

— Il était une fois un voleur, qui, juste avant l'aube, fut surpris en train de dérober des provisions dans la maison d'une famille respectable pour nourrir ses propres enfants. Quelqu'un entendit un bruit et alluma une lanterne. Quand l'homme vit le voleur s'échapper par la fenêtre, il cria si fort que les voisins se réveillèrent. Le voleur prit ses jambes à son cou, mais la moitié des habitants du quartier se lança à ses trousses, en agitant des bâtons, des couteaux, et tout ce qu'ils avaient pu trouver. Le voleur s'enfonça dans la nuit et se réfugia dans un temple. Par chance pour lui, le mullah était allé au ruisseau, derrière la mosquée, pour faire ses ablutions. Le voleur se glissa dans le lit du religieux et tira la couverture sur lui au moment où la foule approchait. Les hommes entrèrent dans le temple et prirent l'homme endormi pour le mullah. C'est alors que le véritable mullah revint de ses ablutions et découvrit avec stupéfaction la foule en colère. Les gens, en le voyant, le prirent pour le voleur et le tirèrent dehors, en le menaçant de leurs bâtons et de leurs poings. Il nia être le voleur et les supplia de réfléchir sérieusement avant de punir la mauvaise personne. «Que soit puni celui qui a péché!» Sur ces mots, ils lui tranchèrent la main. C'était le châtiment pour un vol. Au milieu du chaos, le voleur retourna penaud auprès de sa famille affamée. Le jour de sa mort, le mullah atteignit les portes du paradis et rencontra l'ange de la mort. Il lui demanda pourquoi Dieu avait permis qu'on le punisse pour un crime qu'il n'avait pas commis, et pourquoi le véritable voleur avait pu partir libre. Où était la justice dans tout ça?

Le juge marqua une pause, laissant son auditoire réfléchir à cette question. Il se racla la gorge et reprit.

—L'ange lui répondit que le voleur avait simplement voulu nourrir sa famille. Quant au mullah, il n'avait, certes, pas commis ce vol, mais avait un jour écrasé un grillon et lui avait brisé une patte. C'était un crime sans témoin, mais un crime tout de même. «C'est comme vous l'avez dit, mon ami. Que soit puni celui qui a péché», expliqua l'ange. Ce qui avait l'apparence d'une injustice était simplement une justice différée.

Gulnaz rabattit le pan de son foulard sur l'épaule. Elle regarda Yusuf, qui daigna lever les yeux du sol.

Le procureur hocha la tête, l'air sévère, dans l'attente de la sentence.

— Dans le cas qui nous occupe, il y a eu beaucoup de critères à prendre en compte, et, comme je l'ai dit depuis le début, je veux respecter l'ensemble des procédures qui gouvernent à présent notre pays. C'est la seule façon d'avancer, de laisser derrière nous cette sombre période où régnait le chaos, où chacun faisait sa propre loi. Pour cette raison, je me tourne vers le Code pénal.

Yusuf cilla rapidement. Il regarda le juge, qui lisait, sourcils dressés, à travers la partie inférieure de ses lunettes.

— L'article 400 du Code pénal nous dit qu'une personne qui en tue une autre par erreur sera emprisonnée pour trois ans ou devra payer une amende de 36 000 afghanis. (Il leva les yeux vers Zeba.) D'après ce que j'ai constaté, cette femme n'avait pas l'intention de tuer son mari. Elle n'avait rien prémédité, n'a pas non plus fait de déclaration à ses voisins ou à ses proches en ce sens. Étant donné ses agissements, nous l'avons même fait examiner par un expert pour évaluer son état mental. Elle s'est volontairement affaiblie et, après une discussion avec le mullah du sanctuaire, souffrait très probablement de remords. Je ne pense pas qu'elle ait voulu tuer son mari. Je pense qu'elle a voulu se défendre, compte tenu du comportement de cet homme — un comportement qui était à la fois contraire à l'islam et illégal —, et éviter que son foyer devienne l'antre du péché. De toute évidence, elle avait l'intention de le dénoncer, puisqu'il est apparu qu'elle est allée voir le chef de la police avant la mort de son mari. L'attitude déplorable de ce dernier aurait été punie par la loi, selon l'article 347, qui considère le blasphème comme un crime.

Tandis que le juge récitait des articles spécifiques du Code pénal, le cœur de Yusuf battait la chamade. Le visage du procureur était passé de la satisfaction sournoise à la sidération. Comment avait-on pu en arriver là aussi vite ?

— Ainsi, Zeba ayant été déclarée coupable, il est de ma responsabilité de trouver une condamnation appropriée, et j'ai décidé que cette peine correspondrait à celle qu'elle a déjà purgée à Chil Mahtab, à laquelle viendra s'ajouter une amende de 1 000 afghanis.

Le procureur s'était levé, bouche bée. Yusuf, fébrile, était également debout. S'il y avait eu davantage de place dans le bureau du juge, il aurait bondi sur le dossier de son fauteuil. En l'occurrence, il se tourna vers Gulnaz et Zeba pour voir si elles avaient compris la sentence.

— Mais Qazi-*sahib*, ce n'est pas bien. Ne m'obligez pas à faire appel. Comment pouvez-vous la déclarer coupable et ensuite…

Le juge rejeta les protestations du procureur d'un mouvement de la main. Le ventilateur électrique bourdonnait au-dessus de leurs têtes.

— Le temps des plaidoiries est terminé. Je vous suggère fortement de passer à l'affaire suivante, dit-il en fermant sur son bureau le dossier en papier kraft avant d'y poser les deux paumes d'un geste protecteur. Cette décision est définitive.

Le procureur souffla, lèvres serrées. Il savait qu'il ne ferait pas appel. Cette affaire était pleine d'incohérences, et il était impatient de passer à autre chose.

Le verdict commençait tout juste à faire son effet. Gulnaz serra les mains de sa fille. Zeba regarda sa mère, dont les iris verts, sous leur voile de larmes, ressemblaient à de minuscules prismes. On leur faisait là le plus beau des cadeaux : l'occasion de tourner la page, à présent que leurs secrets n'étaient plus cachés dans les plis de leurs jupes. Le jugement avait été prononcé, et Zeba serait bientôt libre de prendre dans ses bras les quatre anges dont on l'avait tenue éloignée durant de longs mois. Tout ce qu'elle mangerait serait plus doux que les fruits du paradis. Tout ce qu'elle boirait serait plus onctueux qu'une rivière de lait pur. Zeba aurait le droit de jouir du modeste éden qu'était ce monde.

Zeba vivrait.

CHAPITRE 53

Yusuf fit défiler la liste d'appels jusqu'à son nom et appuya sur le bouton vert. C'était jeudi soir, et la surprise du verdict était encore fraîche. Le procureur était sorti sans un mot, la mine renfrognée, ce qui n'avait pas échappé au *qazi*. Gulnaz et Zeba avaient appuyé leurs fronts l'un contre l'autre et sangloté. Yusuf avait regardé le juge, mais celui-ci s'était déjà levé de sa chaise en marmonnant qu'il avait un autre cas à examiner. Il ne s'était arrêté que pour poser une main sur l'épaule du jeune avocat et hocher la tête en silence.

Quand Sultana décrocha, Yusuf se renfonça dans le siège arrière du taxi avec soulagement.

— Elle est libre, annonça-t-il, économisant ses paroles pour éviter que sa voix se brise. Zeba est libre.

— Vraiment ? Vous êtes sérieux ? s'exclama la journaliste.

— Oui, très sérieux. C'est arrivé cet après-midi. Si je n'avais pas été là, je n'y aurais pas cru.

— Mais… mais… pourquoi ? Qu'a dit le juge ?

Yusuf répéta le raisonnement du *qazi*, une nouvelle jurisprudence peu compatible avec son âge et les traditions de la ville. Le jeune avocat se demandait quelle constellation d'influences avait incité cet homme à libérer Zeba.

— C'est stupéfiant.

—Vous m'enlevez les mots de la bouche. Écoutez, je ne sais pas ce que vous lui avez dit, et si cela a un lien avec son verdict. Que lui avez-vous dit, au juste ?

—Pas grand-chose. Seulement que j'envisageais d'interroger les habitants du village de Zeba et d'enquêter sur les rumeurs circulant autour de son mari. Il m'a demandé pourquoi, et je lui ai répondu que l'homme méritait que son nom soit lavé si les horribles choses qu'on disait sur lui s'avéraient des mensonges. J'ai ensuite demandé au juge son avis sur le sujet, mais il a refusé de parler. Il semblait pressé de raccrocher.

—Quelque chose a fait tilt, Sultana. Je ne sais pas quoi, mais ça a marché.

Le taxi venait de tourner à l'angle. Son appartement était à une demi-rue, et c'était l'heure où les hommes s'affairaient dehors. Le rythme électronique d'une chanson pop s'échappait d'une échoppe de kebabs en même temps que les effluves de viande carbonisée. Un jeune garçon proposait aux passants de cirer leurs chaussures.

—Elle va vraiment être libérée ? Complètement ?

L'incrédulité de Sultana faisait écho à ses propres pensées. Qazi Najib avait-il été influencé par les requêtes du mullah ? Par les supplications de Gulnaz ? Ou bien avait-il redouté la lumière que Sultana risquait de jeter sur l'affaire, en révélant quel genre d'homme était Kamal et en alimentant les critiques à l'égard du juge qui avait osé punir celle qui avait défendu le Coran ? Il y avait aussi la possibilité que le *qazi* ait pris sa décision en se basant sur la vérité, qu'il ait enfin disposé de tous les faits, même s'ils ne lui étaient pas parvenus par l'argumentaire de la défense.

— Merci pour ce que vous avez fait. Votre appel a peut-être été décisif.

— J'en doute, soupira Sultana. Il ne semblait pas très réceptif à mes propos. En fait, il avait plutôt l'air ennuyé que j'interrompe sa soirée.

— Je n'avais pas imaginé un tel dénouement, mais c'est le résultat que je souhaitais, et j'en suis ravi.

— C'est la frustration que l'on ressent quand on essaie de faire le bien. Même lorsqu'il y a un véritable processus judiciaire, le résultat peut donner le sentiment que l'on est revenu au temps des talibans. Une femme a été condamnée dans la province de Ghor cette semaine pour *zina*. Son affaire est passée par un procès, et à la fin, elle a reçu cent coups de fouet devant une assemblée d'hommes.

Yusuf ne fut pas découragé par cette information ni par son échec à faire valoir le code de procédure dans le bureau de Qazi Najib. Il savait que les tribunaux pouvaient prendre n'importe quelle forme, les témoignages être gribouillés sur des feuilles arrachées à des cahiers d'écolier. Il savait que les dossiers d'arrestation pouvaient être totalement fantaisistes et que le crime de *zina* risquait d'être jugé plus sévèrement qu'un meurtre. Cela signifiait seulement qu'il y avait encore beaucoup à accomplir.

— Et que se passe-t-il pour vous maintenant ? demanda Sultana comme si elle avait lu dans ses pensées. Vous rentrez aux États-Unis ?

— Pas encore, répondit-il en souriant.

Sa mère aurait la même question, mais la formulerait comme une exigence. Il rentrerait à New York… au bout du compte. Il serait bientôt assis sur le canapé de ses parents

– peut-être même à temps pour tenir sa nièce ou son neveu dans les bras –, mais pas tout de suite.

— Je crois que je vais rester encore un peu.

— Vraiment ? s'enquit Sultana d'une voix guillerette.

— Absolument. Alors, si vous avez d'autres questions à me poser, je reste disponible.

Le taxi s'arrêta devant la porte de son immeuble. Il aperçut le store de la salle de gym au bas de la rue et décida d'y faire un saut dans la soirée, se sentant débordant d'énergie. Il glissa quelques billets au chauffeur et descendit de voiture. Des odeurs d'essence et de pain chaud flottaient dans l'air.

— C'est bon à savoir, Yusuf-*jan*, dit Sultana.

Qu'elle s'adresse à lui par son prénom et de façon si familière ne le laissa pas indifférent. C'était ainsi que l'on procédait dans ce coin du monde, un pays où les rumeurs, les allusions, les insinuations étaient aussi solides que les montagnes qui les encerclaient.

CHAPITRE 54

Tamina lui amena les enfants une semaine après sa libération, mais ne daigna poser le pied dans la maison de son frère. Elle vint en fin de journée, dès la nuit tombée, demanda au taxi de s'arrêter au bout de la rue et de l'attendre. C'était une dépense excessive, mais elle ne voulait pas être vue par les voisins avides de ragots concernant la famille de la criminelle sortie de prison.

Les filles se jetèrent dans les bras de Zeba. Basir se tint à côté de sa mère, posant d'abord la tête sur son épaule, puis appuyant le visage contre la manche de sa robe pour endiguer ses larmes.

Zeba se tourna vers Tamina, restée raide comme un piquet.

— Je crois qu'il vaut mieux que tu te tiennes à distance, lui dit sa belle-sœur en regardant les nuques des filles. Nous ne sommes plus rien l'une pour l'autre.

— Tamina-*jan*, merci pour tout ce que tu as fait…

— Tais-toi, s'il te plaît. Il n'y a rien à ajouter. J'ai fait ce qu'il fallait. Ce que toute mère aurait fait. Nous obéissons à la volonté de Dieu.

Zeba se contenta de hocher la tête, sachant qu'elle ne reverrait plus jamais Tamina. Kamal se trouvait deux mètres sous terre, et avec lui était enterré tout ce que sa sœur désirait oublier. Elle avait enfin la possibilité de le faire et ne gâcherait pas cette chance.

— Je suis contente pour les enfants, Zeba, lui dit-elle tout en s'éloignant. Tu ne méritais pas de mourir.

Zeba, les bras encore autour de ses filles, la joue contre le crâne de son fils, éclata en sanglots avant de tomber à genoux.

Elle passa l'automne et l'hiver chez elle avec ses enfants. Son grand-père, Safatullah, lui avait cédé un lopin de terre qu'il louait à des fermiers. Les loyers étaient modestes, mais suffisants pour faire vivre une petite famille. Ils quittèrent peu la maison pendant les trois mois de vacances d'hiver. Zeba utilisa cette période pour se remettre. Elle aéra la demeure, encore imprégnée des odeurs de nourriture pourrie et de renfermé consécutives à une longue absence. Elle nettoya la cour, bien que le sang de Kamal ait été lavé par les pluies abondantes qui étaient tombées pendant son séjour à Chil Mahtab. Elle coupa les branches mortes du rosier et laissa ses doigts s'attarder sur la terre souple au-dessous.

À l'intérieur, Zeba balaya les sols, lava chaque récipient, chaque casserole, chaque verre à l'eau bouillante. Elle fit tout cela dans la sérénité, remarquant, alors qu'elle frottait les murs du salon, qu'elle ne ressentait plus la noirceur. Le mal avait disparu des lieux aussi furtivement qu'il y était entré. Dans la chambre qu'elle avait partagée avec Kamal pendant dix-sept ans, Zeba sépara les vêtements de son mari des siens, tenant ses chemises et ses pantalons à bout de bras. Elle les plia puis les disposa au centre d'un vieux drap, dont elle réunit les angles pour former un nœud serré. Les jours les plus froids de l'hiver, elle ouvrait le ballot, et se servait de ses tuniques et de ses chapeaux comme combustible pour les feux de cuisson, alimentant les flammes avec une pointe de satisfaction.

Les enfants ne parlaient pas de leur père. Ils n'avaient pas besoin d'explication, ayant connu l'homme de son vivant. Le fait qu'il ne fasse plus partie de leur monde ne les dérangeait pas. Ses crises de violence ne leur manquaient pas, ni la façon dont il se jetait sur la silhouette apeurée de leur mère. Leurs oreilles chauffaient encore au souvenir de ses doigts sadiques, leurs joues à celui de ses gifles. Ils n'avaient nulle nostalgie pour le fracas du verre brisé, ni pour l'angoisse qui faisait ruisseler un filet d'urine entre leurs jambes au milieu de la nuit. Il était préférable et plus juste qu'il soit parti, et que leur mère soit revenue.

« Que soit puni celui qui a péché », avait dit le juge. C'était une vérité que les enfants avaient comprise sans jamais entendre la fable. La jurisprudence d'un enfant était stupéfiante.

Le printemps arriva. Les températures glaciales laissèrent place à la douceur. La palette du paysage changea, comme une roue de couleurs qu'on aurait fait tourner. Le jaune se transforma en vert, le gris en bleu. Les montagnes perdirent leur coiffe de neige. Les rivières se remirent à couler, une nouvelle génération de poissons peupla leurs lits. Il était temps que sa famille réintègre le monde, songea Zeba. Peu importait que les villageois les regardent avec hébétude. Peu importait qu'ils les désignent du doigt, chuchotent ou poussent des cris. Elle n'avait pas quitté Chil Mahtab pour que ses enfants se retrouvent prisonniers dans leur propre maison.

Les petits doigts de Rima, dont Zeba apprécia la douceur et la chaleur de sa paume, se logèrent dans la main de sa maman. Basir prit un sac en plastique dans lequel ils mettraient le fruit de leur pêche. Zeba suivit ses enfants sous le soleil, le cœur gonflé d'amour. Basir, Shabnam et Karima marchaient à quelques mètres d'elle, et elle les voyait se tourner l'un vers l'autre pour rire d'une plaisanterie.

Karima s'arrêta brusquement, se retourna et appela sa mère.

— Tu promets qu'on ira voir Bibi-*jan*, demain ?

— Oui, confirma Zeba. On partira le matin pour aller chez ton oncle. Il faudra bien se laver, pour ne pas sentir le poisson quand ils nous embrasseront.

Karima éclata de rire, et sautilla pour rattraper son frère et sa sœur.

Ce sont mes enfants, pensa Zeba. *Regardez ces visages radieux, la façon dont leurs bras se balancent quand ils marchent, comme ils se poussent du coude pour se taquiner. Il n'y a pas une once de mal en eux. Ces petits sont à moi.*

Gulnaz les attendrait, tout comme Rafi et sa femme. Sans Kamal pour tout gâcher entre eux, Zeba avait le sentiment d'avoir retrouvé son enfance. Connaître la vérité sur leur père les avait libérés, son frère et elle, leur avait permis d'aimer leur mère totalement, à présent qu'ils la comprenaient en tant qu'être à part entière. Ils n'avaient pas besoin des explications de leur père, et ne désiraient pas faire partie de sa vie. Le savoir vivant, savoir qu'il n'était ni le diable en personne ni un héros mort en martyr, leur suffisait.

Un grand nombre de villageois était venu à la rivière, et Zeba hésita une seconde en les voyant. Elle envisagea de rappeler les enfants et de faire demi-tour, de leur promettre qu'ils reviendraient une autre fois. Mais ensuite, elle se mit à penser aux prisonnières de Chil Mahtab. Elle pensa à Latifa,

Nafisa, Bibi Shirin, à la jeune femme aux jumeaux. Elle se rappela le surnom de Malika Zeba qu'elles lui avaient donné, qu'elles avaient même tatoué sur leurs corps.

« Nous sommes tellement heureuses pour toi, avaient-elles crié le jour de sa libération. Prie pour nous, Malika Zeba. Tu sais bien que personne d'autre ne le fera. »

Elles s'étaient réjouies pour elle, car cela aussi leur donnait de la force. Si une meurtrière pouvait être libérée, il y avait de l'espoir pour les autres.

Encouragée par ces voix qui résonnaient encore dans sa tête, Zeba leva le menton et avança d'un pas décidé, s'approchant des villageois qu'elle avait évités pendant deux saisons consécutives. Les petits garçons riaient, brandissant au bout de leurs bâtons des truites à la peau vert argent mouchetée de rouge. Une famille faisait frire les poissons au bord de la rivière, à quelques mètres des rochers où leurs petits s'étaient assis et trempaient les doigts dans l'eau glaciale en frissonnant.

Zeba et ses enfants s'installèrent sur un terrain plat, non loin du coude de la rivière. Ils reconnurent certaines personnes, mais se trouvaient trop loin pour entendre leurs conversations. Elle étala un drap, puis ses filles et elle s'assirent en tailleur, pendant que Basir alla tester le filet de pêche qu'il avait emprunté à un voisin. Shabnam et Karima sortirent leur boîte de jacks et commencèrent leur jeu silencieux, jetant la balle et attrapant habilement les araignées de métal sur le sol. Rima riait chaque fois que ses sœurs repoussaient gentiment ses petits doigts potelés.

La rivière scintillait sous le soleil de l'après-midi, et Zeba mit une main en visière sur son front. Elle vit la silhouette de Basir au milieu d'un groupe de garçons de son âge. Tandis que certains se tenaient sur des rochers, Basir et quelques autres pataugeaient dans l'eau, le pantalon retroussé jusqu'aux genoux, et tiraient leurs filets.

Zeba entendit un bruissement derrière elle et tourna furtivement la tête, apercevant un couple et sa fille qui rentraient chez eux. Elle se pencha ensuite vers Shabnam pour lui brosser les cheveux lorsqu'elle sentit soudain sa poitrine se serrer. Elle se tourna de nouveau, lentement, ne sachant si elle souhaitait ou non que la famille la remarque. Il y avait d'autres personnes alentour, mais aucune ne semblait se soucier d'eux, comme si Zeba et ses enfants étaient les gens les plus ordinaires du monde.

La femme parlait à son mari qui hochait le menton. La fillette serrait fermement la main de sa mère. Ils s'approchaient, passeraient bientôt devant Zeba et ses trois filles. Zeba baissa la tête et sentit ses yeux s'embuer. Mais elle ne put détourner le regard. Quelle jolie petite fille c'était, tout aussi jolie que les trois anges qui étaient assis devant elle.

Sa silhouette gracile apparaissait puis disparaissait, à demi cachée par son père. Il avait l'air d'être un homme bon, songea Zeba, et une vague de soulagement l'envahit. C'était le genre d'homme capable de distinguer le bien du mal, elle le devinait au fait qu'il marchait aux côtés de son épouse et de sa fille, et non devant elles.

La mère prononça quelques mots qui firent rire son enfant. Celle-ci leva son précieux visage, révélant une joie timide. Zeba laissa échapper un petit cri, à peine perceptible par ses filles, qui continuèrent tranquillement de jouer. Mais comme si son souffle avait cheminé jusqu'à la fillette et tapé sur son épaule, cette dernière tourna la tête.

Elle regarda dans la direction de Zeba, et sa bouche s'ouvrit légèrement. Zeba ne put se résoudre à détourner le regard. Son cœur tambourinait dans sa poitrine. La fille allait-elle dire quelque chose à ses parents ?

Mais non. Elle se contenta de cligner des yeux et de lui sourire, une douce courbure des lèvres qui fit à Zeba l'effet de minuscules bras autour de son cou. Toutes les paroles tues entre elles, toutes les questions restées en suspens se dissipèrent dans l'air printanier, pour être remplacées par le babillage de la rivière, au flot renforcé par l'eau des montagnes.

De là, Layli semblait parfaitement indemne. Son père posa une paume distraite sur le crâne de sa fille, comme pour confirmer sa présence alors qu'ils marchaient côte à côte. Elle avait survécu à ses quarante premiers jours de vie, mais passé les derniers mois à revivre la pire journée de son existence. Tandis que les mains furieuses de Farid avaient tenté d'étrangler Zeba, la mère de Layli avait mêlé ses larmes au rouge effroyable dont elle lavait les cuisses tendues et blessées de sa fille. Au moment où Zeba avait rejeté la tête en arrière et hurlé dans le bureau du juge, Layli avait supplié sa mère de mettre fin à ses souffrances. « Tue-moi », l'avait-elle implorée. Dans la pièce à côté, Timur, son père, était tombé à genoux en entendant la demande fatale de sa fille. Ils n'avaient pas d'autre enfant. Layli était tout pour eux.

« Tu es une bonne petite fille, une bonne petite fille », lui avait-il murmuré inlassablement. La mère de Layli avait dû détourner le regard, brisée une seconde fois par la façon dont son mari berçait leur fille. Son moral était en miettes, mais son honneur intact.

Parce que son père l'avait serrée dans ses bras avec fierté, parce que sa mère s'était occupée d'elle jour et nuit jusqu'à ce qu'elle se remette, Layli avait survécu pour connaître ce printemps. Elle ne serait plus jamais l'enfant qu'elle avait été, mais ses blessures continuaient à guérir.

Zeba leva une main et la posa sur son cœur. Elle aurait suivi la fille du regard éternellement, jusqu'à ce qu'elle ne soit plus qu'un point violet au milieu des arbres, mais elle ferma les paupières, gravant dans sa mémoire l'image de ce sourire timide.

— Madar, tu vas bien ? demanda Shabnam en tournant des yeux inquiets vers sa mère.

Karima et elle avaient interrompu leur jeu, donnant à Rima l'occasion d'éparpiller les jacks d'une petite main espiègle.

Basir revenait vers elles, une truite scintillante plantée au bout d'un bâton, qu'il brandissait en l'air tel un sceptre victorieux.

— Je vais très bien, rassura-t-elle ses filles.

Et, pour la première fois depuis longtemps, elle pensait réellement ces mots, simples et précieux.

REMERCIEMENTS

Le temps, l'envie d'écrire et l'inspiration sont des cadeaux précieux que me fait ma famille. Je remercie mon mari, qui rend mes histoires (et la nôtre) passionnantes ; mes parents, pour tout ; mes enfants, qui me rappellent à quel point il est important de raconter ces histoires, et pour leur amour naissant des livres ; mes amis et mes proches pour avoir partagé mes romans avec leur entourage ; ainsi que mes collègues, qui pensent, comme moi, que l'art et la médecine ne sont pas si éloignés.

Je suis redevable à Heather Barr, pour qui j'ai la plus grande admiration. Son rapport pour l'Observatoire des droits de l'homme intitulé *« J'ai été obligée de fuir » : l'emprisonnement des femmes et des jeunes filles pour « crimes moraux » en Afghanistan* m'a ouvert les yeux sur le fonctionnement des prisons pour femmes dans le pays. Heather m'a généreusement donné de son temps et de sa sagesse concernant le Code de procédure pénale de l'Afghanistan, et c'est grâce à elle que cette histoire est crédible. Toute erreur éventuelle serait de mon fait.

Je remercie la dévoué Manizha Naderi de m'avoir mise en contact avec Heather.

Je remercie également le docteur Esmael Darman, rédacteur en chef du site *Rawan Online*, pour ses connaissances des stigmates, de la prévalence et des traitements des maladies mentales en Afghanistan.

J'ai la chance que mon œuvre soit représentée par l'avisée Helen Heller, et publiée par Rachel Kahan. Leur passion pour la littérature nous élève tous.

Il y a tellement de personnes à remercier chez HarperCollins : Jeanie Lee et les secrétaires de rédaction et correcteurs à l'œil affûté, Mumtaz Mustafa pour la merveilleuse couverture, Virginia Stanley et la dynamique équipe commerciale, Amanda Mulvihill, Camille Collins, Kate Schafer, Ashley Marudas et tous ceux qui ont contribué à porter mes histoires jusqu'aux lecteurs.

Et, bien sûr, je remercie les clubs de lecture, les organisateurs de festivals littéraires, les bibliothécaires, les libraires, et tous ceux qui célèbrent le roman et défendent les livres qui nous façonnent.